Je l'ai appelée chien

Marli Roode

Je l'ai appelée chien

Traduit de l'anglais (Afrique du Sud)
par Fabienne Duvigneau

Collection fondée
par François Guérif

Rivages/noir

Retrouvez l'ensemble des parutions
des Éditions Payot & Rivages sur

payot-rivages.fr

Titre original : *Call It Dog*

À mes parents, tous mes parents.

« J'ai donné un nom à ma douleur et je l'appelle "chien", – elle est tout aussi fidèle, aussi indiscrète et effrontée, aussi distrayante, aussi sage que n'importe quel autre chien – et je peux l'apostropher et passer sur elle mes accès de mauvaise humeur ; comme d'autres font avec leur chien, leur domestique et leur femme. »

Friedrich Nietzsche, *Le Gai Savoir*
(traduit par P. Wotling, Paris, GF Flammarion, 1997)

1

Une saison au paradis[1]

Je le trouve à Empangeni. Mon père est étendu sur le dos au bord d'un vallon planté de canne à sucre, un bras sous la tête, l'autre étiré, ses doigts jouant dans les broussailles et les fleurs jaunes. L'objectif de l'appareil photo près de lui est fermé, aveugle. Il cligne des yeux sous le ciel que la chaleur fait trembler, il n'y a pas un souffle de vent. Empangeni est derrière nous : des cahutes de tôle scintillent dans la fumée de la raffinerie de sucre, des pistes en terre sillonnent les collines rouges pour relier les églises de la mission, maintenant en ruine. Devant nous, le vert des plantations s'étire jusqu'à l'horizon.

« Quand es-tu arrivé ? dis-je.

– Là, à l'instant. »

Je reste debout à côté de lui. On se tait, perpendiculaires l'un à l'autre. Je ferme les yeux et bascule mon visage en arrière comme si j'espérais sentir la

1. Les titres de la plupart des chapitres de ce roman renvoient à des œuvres ou des photographies. Le lecteur trouvera l'explication des références en fin d'ouvrage.

pluie. Mais le soleil brûlant du matin me transperce les paupières, tout est rouge soudain dans ma tête.

« Comment sais-tu que je suis ici ? » La chaleur me caresse les épaules et la poitrine, une grâce.

« J'ai lu tes articles en ligne. *Par Jo Hartslief à Johannesburg, Afrique du Sud.* » Il parle avec un accent britannique, en prononçant mal mon nom comme ils le font tous. Le sien – Roussouw – leur donnerait autant de fil à retordre, compte tenu du *r* que seuls les Gallois sont capables de rouler. « Ils étaient bien. »

Son compliment me surprend. « Merci. » Je le regarde, allongé à mes pieds. Les reflets qui dansent sur sa peau et ses vêtements disparaissent quand mes yeux s'ajustent à la lumière.

« Enfin, pas mauvais. Un peu trop "pétris d'humanité" à mon goût. » Il ne mime pas les guillemets avec ses doigts, et ce n'est pas la peine. « Toutes ces interviews de réfugiés éplorés. »

Même couché, mon père a un ventre proéminent. Je me demande si sa bedaine pendra par-dessus la ceinture de son pantalon quand il se lèvera. Il s'est laissé pousser une barbe, d'un roux grisonnant, et son nez a été cassé depuis la dernière fois que je l'ai vu, mais, à cinquante-trois ans, il est trop vieux pour en tirer un quelconque charme.

Je ne sais pas encore si je vais m'énerver ou pas. Avant que je n'aie le temps de décider, il demande : « Tu logeais du côté d'Alexandra ?

– Non. Tumelo, le photographe avec qui je travaille, m'a emmenée. Il connaît les townships.

– C'est un bon, dit-il en marquant son approbation de la tête. Il a fait une ou deux images correctes. »

Tumelo est correspondant de guerre et prend des photos depuis bien plus longtemps que mon père. Il m'arrive parfois de fouiller les banques d'images pour suivre les traces de la production paternelle – jattes fumantes de pâtes en sauce, tranches de gâteau moelleux. J'ai envie de lui demander en quoi ses compétences, qui consistent à badigeonner de cirage les morceaux de viande crue et à vaporiser de la laque sur les grappes de raisin, le qualifient pour se poser en juge, mais je n'ai pas oublié, même après tant d'années, qu'il est préférable de m'abstenir.

« Évidemment, la plupart des journalistes étrangers, ici, descendent dans les beaux hôtels de Jo'burg », dit-il.

Moi aussi, je me suis installée dans un bel hôtel de Jo'burg, où j'ai dépensé l'argent de ma grand-mère pour profiter d'une piscine et d'un lit king-size. Mais je n'ai pas réussi à dormir.

« Et ils piquent les photos des agences de presse, ajoute-t-il avec mépris, pendant que d'autres se coltinent le boulot à leur place. » C'est une de ses marottes, le manque de reconnaissance dont souffrent les photographes. Je ne lui montre pas que je suis de son avis. « Mais toi, ce que tu fais est différent.

– Merci. » Je me demande pendant combien de temps il va continuer dans cette veine-là.

« Parce que tu es assez conne pour y aller. La presse a été prévenue que c'était trop dangereux, surtout pour une femme, et toi, bien sûr, tu fonces tête baissée. » Il me regarde pour la première fois ; ses yeux sont des dagues triomphantes qui luisent dans la lumière. « J'espère que ces *kaffirs* t'ont un peu rudoyée, qu'ils t'ont paluchée avec leurs mains roses sur ta peau de blanche. Ça t'apprendra. »

J'empoigne les pans de ma jupe et je les serre fort pour me préparer à ce qui va me tomber dessus. « Qu'est-ce que ça m'apprendra ?

– Que tu ne peux pas juste revenir comme ça, après si longtemps, et croire que tu te débrouilleras ici – où tout a tellement changé –, sans te mettre en danger. » Il tourne sa figure maussade vers le soleil. « Tu ne peux pas te ramener au bout de dix ans et prétendre que c'est encore chez toi.

– Je n'ai jamais dit ça.

– Je parie qu'ils t'ont choisie pour ce boulot à cause de ton nom. Et parce que tu as la nostalgie des piscines et de Mandela, bref, le baratin que tu sors quand tu te fais passer pour quelqu'un d'intéressant. D'exotique. »

Je m'oblige à compter quatre longues inspirations. Mais ma voix reflète la chaleur qui m'est montée aux joues. « Tu ne sais pas pourquoi je suis venue, ni ce qui est arrivé quand j'étais à Alex. » Les larmes ne sont pas loin sous les mots. Et il l'entend, il a toujours deviné quand il marquait un point, même au téléphone. Malgré moi, j'aimerais lui parler des incendies, des couvertures tachées de sang sur le bord de la route. Raconter qu'un magazine m'a envoyée en reportage mais qu'avant de quitter Londres, il y a deux semaines, j'ai proposé à d'autres contacts une série d'articles sur la corruption et le clientélisme en Afrique du Sud. Quand les émeutes ont éclaté, j'ai pu fournir de l'info à moindres frais : « Déjà sur place », c'est ainsi qu'on le présente. Mais mon père se fiche de savoir comment j'ai atterri à Alex, et si j'essaie de m'expliquer, il aura gagné. Pour lui faire mal, comme je le voudrais, je lui balance un cliché qui n'en est pas moins vrai. « Tu ne sais rien de moi. »

Il me regarde, le front plissé par un grand sourire. « Si tu me ressembles un tant soit peu – ce dont je ne doute pas –, tu as sans doute envie d'une cigarette. Tu veux pas t'asseoir ? »

Instinctivement, je raidis les épaules et me redresse de toute ma hauteur. Mon père rit.

« Quand est-ce que tu t'es teint les cheveux ? »

Je retiens ma main qui voudrait dissimuler ma frange. « Je ne sais pas… Il y a deux ans, peut-être ?

– C'est pas à moi qu'il faut poser la question – je ne connais pas la réponse. » Il observe un ibis hagedash en vol qui descend vers nous, paresseux à cette heure matinale, frôle la végétation de ses pattes et se pose près de la vieille Mercedes que j'ai louée à Durban. « Le rouge ne te va pas. Et tu as maigri. Tu es trop maigre. » Il agite la main dans ma direction comme s'il essuyait un miroir. « Tout ça, c'est pour ce garçon ? »

Il pense sans doute à Dan, le seul petit ami dont je lui aie jamais parlé, avec qui j'ai rompu longtemps avant de changer de coiffure. « Non.

– Pour une fille, alors. » Va-t-il former un V avec ses doigts et les lécher de manière obscène ? Je l'ai déjà vu faire ce geste. « Tu t'es laissé pousser les poils sous les bras pour pouvoir les teindre aussi ?

– Mais oui… Et j'arrête de me maquiller, et j'ai brûlé tous mes soutiens-gorge. » Il ne réagit pas. Je continue, alors que je sais que je ne devrais pas. « Et bien sûr, je déteste les hommes et je n'écoute que Ani DiFranco.

– Qui c'est ? »

Je hausse les épaules. « Peu importe.

– Chaque fois que je te vois, je me demande si tu ressembleras à ta mère, dit-il en me toisant à nouveau. Mais heureusement, mes gènes sont plus puissants que ceux de Karen. » Il rit encore.

« Qu'est-ce que tu me veux, Nico ? » J'espère le blesser en l'appelant ainsi. « Je n'ai pas beaucoup de temps. Je bosse, figure-toi. »

Il crache dans l'herbe. « Je suis très honoré que tu aies daigné sortir du *bundu* juste pour me voir.

– Ça n'a rien d'honorant. Tu m'as suppliée de te retrouver ici. » J'attrape ma clé de voiture dans mon sac. Je suis prête. « Vu que tu n'as jamais eu besoin de moi de toute ma vie, je suis venue : pour satisfaire ma curiosité. Après, je me casse et on continue comme avant.

– *Kak.* On ne s'est pas vus depuis trois ans…

– Trois ans et demi. » Je m'entends parler fièrement, comme une gamine qui se vante de réussir à retenir sa respiration sous l'eau. Il gagne de tellement de façons.

« D'accord, trois ans et demi. Depuis ce pub pourri à Londres. » Il montre les dents en exagérant son sourire. « Alors comme ça, t'es venue par simple curiosité ? »

Je secoue la tête, sans vouloir avouer qu'après avoir reçu son coup de fil, je me suis fait du souci pour lui. Mais je m'aperçois maintenant qu'il va bien, il n'a pas changé, je n'aurais pas dû me déplacer.

« Tant mieux, déclare-t-il. Il fallait que je te voie, et pour ce que j'ai à te demander… Disons que la curiosité ne suffira pas. » Il marque une pause. « Tu veux pas t'asseoir ? » Il me dévisage longuement, et ce n'est pas vraiment une question.

J'obtempère et je m'assieds en tailleur. La sueur me coule déjà sous les cuisses. J'ai acheté ma jupe à l'aéroport de Johannesburg, orange à paillettes, évasée ; on verra des auréoles derrière quand je me lèverai.

L'ibis s'approche plus près.

« Comment va ta grand-mère ? »

Il ignore qu'elle est morte il y a un mois. Je devrais le lui dire. Mais il s'est déjà détourné. Ce n'est qu'une entrée à rayer dans sa liste d'obligations. « Bien.

– Ton accent a changé. Tu parles vraiment comme une British maintenant. » Ses doigts s'immobilisent. Il regarde l'ibis, et moi aussi, j'arrête de triturer l'herbe et je contemple l'oiseau.

À Benoni, où j'ai grandi, les ibis hagedash étaient ternes et gris comme des huîtres fermées. Le matin, je les voyais lisser leurs plumes dans le jardin et je laissais sortir le chien, qui courait en cercles autour d'eux dans l'herbe gelée et les faisait s'envoler. Ils se perchaient sur les antennes et les lampadaires, se plaignant avec des cris lugubres du terrier maltais et de la fillette pâle aux cheveux bruns, trop lente pour les chasser elle-même. Mais ici, au soleil, l'oiseau m'apparaît soudain magnifique. Ses ailes déclinent toutes les teintes du vert au violet, pareilles à l'intérieur d'une coquille.

« Au cas où tu n'aurais pas remarqué, cet oiseau s'appelle Frank, dit mon père. On se mate tous les deux depuis que je suis arrivé. Apparemment, le voilà qui se décide enfin à venir fumer une clope. » Il sort un paquet de Peter Stuyvesant et une boîte d'allumettes de la poche de son short. Avec un geste de fumeur expérimenté, il sort trois cigarettes, en pose deux sur son ventre et m'invite à en prendre une.

« Je vais craquer une allumette d'une seule main », il fanfaronne, une cigarette pendouillant entre ses lèvres.

Quand la flamme jaillit, Frank, inquiet, penche la tête d'un côté. Mon père inhale, comme moi, puis se tourne vers l'oiseau qui le regarde d'un air intrigué et méfiant.

« Approche, petit con. » Mon père attend que Frank vienne chercher la cigarette sur son ventre. Voyant que l'oiseau ne bouge pas et le fixe avec l'air de porter un jugement, il souffle de la fumée dans sa direction. « Ben alors, fous le camp, Frank. »

Frank proteste : *« Hao-hao-he. Hao-hao-he. »* On dirait presque une lamentation : *Je croyais qu'on était amis – comment peux-tu me parler sur ce ton ?*

Je ris.

« Je t'ai dit de foutre le camp, Frank ! » Cette fois, mon père se dresse sur son séant, et la cigarette sur son ventre roule dans la poussière. Frank le fusille des yeux, d'abord de l'œil gauche, puis du droit. Son bec rouge est furieux. Mon père soutient son regard, le bout de sa cigarette rougeoyant tandis qu'il tire une longue bouffée.

Je me tiens tranquille. Bon public.

Plus calme maintenant : « Frank, je vais être très clair. On ne veut pas de toi ici. J'ai besoin de parler à Jo et il n'est pas question que tu t'immisces entre nous. Tes arguments sont nuls, ton vocabulaire *kak*, et tu ramènes toujours la conversation à toi. Alors ne prends pas de risques, tire-toi. »

Frank rentre la tête dans les épaules, comme un fauteuil de plage qu'on replie en hiver.

« Et t'as pas intérêt à chier sur ma voiture en partant sous prétexte que t'es pas content. » Mon père tourne le dos à l'oiseau. Puis, voyant dans mes lunettes de soleil que Frank, au lieu d'obéir, se lisse les plumes, il pivote brusquement et lui crie : « *Hamba !* Dégage. »

L'oiseau déploie ses ailes. Il est tout gris, soudain, différent, et une peur étrange me saisit au moment où il s'envole. Je me baisse, mais ses pattes ne rasent que les plants de canne à sucre. Il décrit un cercle autour du champ, lentement, avant de filer vers les montagnes.

Le cri de mon père a fait se lever le vent ; la végétation frissonne en entendant résonner l'afrikaans au cœur du pays zoulou.

« Tu veilleras à bien éteindre ta cigarette, dit-il, redevenu sérieux. Ça fait des mois qu'il n'a pas plu ici. »

Je me demande s'il s'est installé dans le Natal. La dernière fois que j'ai eu de ses nouvelles, il vivait au Cap. Mais je ne pose pas la question et nous restons assis sans parler. Derrière la route qui conduit à la ville, la terre se transforme en sable, et, plus loin encore, en roche rouge. On distingue çà et là, sur les collines parsemées de broussaille, des huttes en boue séchée à l'abandon.

En venant de Durban ce matin, j'ai franchi la Tugela à l'endroit où la rivière ralentit après son long voyage, au milieu des aloès aux feuilles succulentes. C'est là que les tuniques rouges ont traversé, introduisant les armes et l'homme blanc en pays zoulou. Ni elles ni lui n'en sont encore repartis.

Et voilà que moi aussi, une tunique rouge, j'emprunte le même chemin.

« Qu'est-ce qu'on fait là ? je demande en ramassant la cigarette de Frank dans la poussière.

– Je voulais te montrer cet endroit parce que je pensais qu'il te plairait. » Mon père élude délibérément ma question pour essayer de piquer mon intérêt.

Je ne la reposerai pas. Donc, j'attends. Un bourdon déshabille les pâquerettes sauvages.

« Je suis déjà venu ici. » Il allonge ses jambes devant lui et étire ses pointes de pied. Les lacets de ses grosses chaussures en cuir sont attachés avec un double nœud. « J'ai cheminé dans les verts sillons de la canne à sucre. À l'ombre des feuilles je me suis assis. »

J'imagine qu'il cite un auteur, mais je ne sais pas lequel.

« Oui, je suis déjà venu, répète-t-il, mais je dois toujours me décrire le paysage et lui redonner forme, pour me le rappeler. C'est un instrument, et chaque tige une paille qui apaise la soif du voyageur. »

Je me laisse aller en arrière sur mes mains. Ses préambules me fatiguent.

« Je suis recherché par la police. »

Je me redresse, soudain en alerte. « Quoi ?

– Un mandat d'arrêt a été déposé contre moi, je suis soupçonné de meurtre. » Il tire sur sa barbe en entortillant les poils autour de ses doigts.

« *Qu'est-ce que tu racontes ?* » Je n'arrive pas à savoir si cette déclaration alimente encore son petit jeu.

« Il y a une semaine et demie, j'ai vu les flics s'arrêter en bas de chez moi. J'ai compris tout de suite et je me suis tiré. » Il chasse ce souvenir d'un geste, comme une mouche lui tournant autour du visage. « Heureusement que les Noirs sont de gros fainéants. Ils ont fumé une cigarette avant de descendre de la voiture. » Il a un sourire narquois.

« Tu me fais marcher ?

– Pauvre conne ! » Il envoie un crachat dans l'herbe juste à côté de moi. « Pourquoi je te mentirais ? T'es vraiment narcissique au point de croire que j'inventerais un truc pareil juste pour que tu me reparles ? »

Je ne sais pas quoi répondre. J'ai envie de partir et de le planter là, mais je suis frappée par son expression. Troublée. Effrayée. Les quelques fois où on s'est vus depuis que je vis en Angleterre, et lors de nos échanges par mail, il était expansif, hâbleur. Même pendant nos disputes, fréquentes – causées par une remarque trop blessante de sa part pour que je ne la relève pas, à propos des femmes, de la discrimination positive, ou de l'éducation différente qu'il m'aurait donnée –, il ne m'a jamais semblé aussi à vif. « Non… »

Il se penche vers moi, en appui sur ses mains. « Excuse-moi. » Il fixe mes lunettes noires qui ne lui renvoient rien ; quelque chose me pousse à les enlever et je les pose sur mes genoux. « S'il te plaît. Parce que je me suis enfui, je parais coupable… Je le sais. Je ne peux pas m'en sortir seul. J'ai besoin de ton aide, Jo. »

J'oblige mes mains à rester immobiles sur ma jupe. « Raconte-moi ce qui s'est passé. »

Il se redresse, de la terre sur les doigts. « Au mois d'avril, deux flics sont venus chez moi et m'ont interrogé à propos d'un Noir qui a disparu en 83 – il a été enlevé, et il est sans doute mort. » Il hausse une épaule ; juste une, l'événement ne méritant pas qu'on lève les deux. « Ils m'ont montré une photo pourrie de lui, mais je ne l'avais jamais vu. De toute façon, tous les Noirs se ressemblent pour moi. »

Il a toujours aimé me provoquer, mais, non, je ne réagirai pas. Ça pourrait durer des heures, je préfère aller droit au fait. « Et après ? »

Il détourne les yeux. « Ils ont cru que je mentais, je l'ai bien vu.

– Mais pourquoi ? »

Il écrase sa cigarette en l'enfonçant jusqu'à se noircir les ongles dans la poussière. « L'histoire de ce type-là, c'était deux ans avant que je rencontre ta mère. J'avais une vie un peu compliquée à l'époque. Pas beaucoup de bons alibis, disons… Bref, j'ai failli les envoyer paître, mais ils m'ont dit qu'un témoin m'avait vu avec l'homme en question.

– Un témoin ? Qui ? »

Il se cure l'ongle du pouce.

Je bascule, à genoux, et je lui pose une main sur l'épaule, comme je le ferais avec toute autre personne. Mais ce contact-là ne me semble pas naturel. « Regarde-moi. »

Quand il s'exécute, je vois que ses yeux sont tout rouges. « Je ne sais pas. Ils n'ont pas voulu me répondre. » Il courbe le dos pour se dérober. « Et maintenant, ils mènent une enquête.

– Mais pourquoi penseraient-ils que tu as quelque chose à voir avec ça ? »

Il contemple les hauteurs du Drakensberg, violet dans la brume à l'horizon. Il a le nez qui pèle et les cheveux coupés court pour masquer qu'ils grisonnent en masse. Des genoux maigres, à présent remontés contre sa poitrine. Il paraît vieux et vulnérable.

« Parce que je suis un Afrikaner, un homme blanc qui vit dans un pays de Noirs. » Il gratte une croûte sur son mollet. « Parce qu'ils ne veulent plus ni vérité ni réconciliation, mais juste quelqu'un à accuser. » Encore un discours.

« C'est pas possible de leur dire simplement où tu étais quand il a été enlevé ?

– Tu ne crois pas que je l'aurais fait, si j'avais pu ? »

Je secoue la tête, mais il garde les yeux baissés.

« En 83, c'était quand je venais de rentrer... Après l'armée, tu vois ? » Il m'interroge, pour sonder ce que je sais de lui.

« Oui. » Il avait raconté à ma mère qu'une fois terminé son service militaire minimum en 1979, il avait voyagé dans toute l'Afrique, puis en Europe, sans passeport, en traversant les rivières et les frontières la nuit. Il s'était laissé pousser la barbe et se faisait passer pour un Hollandais. Ma mère trouvait séduisant, même admirable, qu'il ait manqué au devoir de service annuel. Ces trois années dressaient le portrait imaginaire d'un jeune homme brandissant le symbole de la paix devant la tour Eiffel, caressant un chien errant près de la Sagrada Familia de Gaudí à Barcelone, apprenant tout seul le latin à Rome. Ma mère le croyait quand elle avait vingt ans. Je n'avais pas commis la même erreur.

Il chasse la mouche qui s'est posée sur son avant-bras. « Cette zone d'ombre dans mon passé alimente leurs soupçons. Alors que la seule explication, en réalité, c'est que j'étais objecteur de conscience. »

Déjà que je ne gobe pas vraiment son voyage en Europe sans passeport, là, je ne peux pas faire semblant. « Tu n'as pas déserté parce qu'on allongeait la durée du service obligatoire ? Et que tu aurais dû rester plus longtemps ?

– *Ja*, pour cette raison aussi. » Il me balance le paquet de cigarettes.

Je suis sceptique. Mon père n'est sûrement pas le seul homme blanc à avoir disparu dans la nature, comme il dit, pour éviter le service militaire. « Continue. »

Il hésite. « J'ai un casier judiciaire.

– Pourquoi ? Le coup du vol à l'étalage ? »

Il rit. « Je ne savais pas que tu étais au courant. Ta grand-mère t'a raconté ? »

Je hoche la tête.

« Ça ne m'étonne pas. Non, c'était autre chose. Pour agression. »

Mes doigts qui tiennent la cigarette se raidissent. « Qu'est-ce que t'as fait ?

– Il y a deux ans de ça, au Cap, je me suis battu avec un *bergie*.

– C'est quoi, un *bergie* ? » Je suis vexée d'avoir à demander.

« Un clochard. Dis donc, faudrait que tu révises ton afrikaans.

– Pourquoi tu t'es battu avec lui ?

– Je courais sur la plage à la tombée de la nuit, du côté de Clifton. Le gars était en train de fouiller les poubelles en haut d'un escalier. Il jetait tout par terre… Alors, je me suis arrêté et je lui ai dit de ramasser. J'ai dit qu'il cherchait à manger, d'accord, mais que c'était pas une raison pour tout dégueulasser. Il m'a envoyé chier – les gens de couleur sont imbattables, côté insultes – et j'ai continué à l'asticoter parce que ça me faisait marrer de l'écouter. *Jou ma se slapgenaaide bees-poes.* » Va défoncer la grosse chatte de ta salope de mère. Il rit encore. « Et tout d'un coup, un de ses potes a surgi de nulle part et m'a cassé le pif. » Il se pince l'arête du nez. « Je l'aurais tué si on ne m'avait pas embarqué.

– Putain… » Je ne sais pas quoi dire d'autre. L'homme qui a fait ça, et qui en rit maintenant, c'est mon père, la seule famille qui me reste. J'ai la bouche sèche et j'écrase ma cigarette à moitié fumée sous ma sandale.

« Ils ont essayé de me coincer pour mobile racial, mais c'est n'importe quoi. » Il lève les yeux au ciel. « J'ai d'abord vu un type qui me sautait dessus. *Après*, j'ai vu que c'était un Noir.

– Ça a sûrement aidé que tu leur donnes ton point de vue sur les *kaffirs*. » C'est la première fois que j'emploie ce terme, et je ne peux pas m'empêcher de baisser la voix, comme pour ne pas être entendue – même pas par moi. Avec ce mot dans la bouche, je ressemble trop aux autres Sud-Africains blancs.

« Non, sans doute pas. » Il arrache une poignée d'herbe. De la terre rouge s'accroche aux racines.

« Pourquoi tu t'es enfui ? Pourquoi tu n'as pas simplement répondu à leurs questions ?

– J'ai paniqué. Mais je te jure, Jo, la veille, quand je suis rentré du boulot, j'ai remarqué que certains objets avaient bougé dans l'appartement.

– Comment ça, “bougé” ? » Je pourrais poser ma main sur la sienne, mais je me contente de regarder ses doigts sales.

« Les flics avaient fouillé partout. » Il se frotte les yeux. Il y a de la poussière dans ses sourcils. « Je savais qu'ils allaient revenir, et qu'alors, ce serait grave. »

Je lance le paquet de cigarettes sur ses genoux. J'ai plus fumé pendant ce voyage que pendant mes années de fac, et je commence à me sentir mal. « Pourquoi crois-tu que je peux t'aider ?

– J'ai besoin de quelqu'un qui soit capable de penser comme eux. »

C'est plus fort que moi. « De manière rationnelle, tu veux dire ?

– D'accord. Tu as raison. » Il ne me regarde pas.

Est-ce que je devrais m'excuser ?

« En fait, je suis à court d'argent, avoue-t-il.

– Bien sûr. » Je savais qu'il y avait une autre raison à son appel. C'est peut-être la vraie raison, la seule.

« Tout le monde est capable de prendre de belles photos de bouffe maintenant, j'ai pas eu beaucoup de commandes. » Il attrape mes lunettes de soleil sur ma jupe et les met.

« Tu ne pourrais pas refaire la montagne de la Table et des paysages avec des lions ? » Autrefois, il travaillait pour une agence de voyages. Des Blancs riches sur tous les clichés.

« Là n'est pas la question. Je ne peux pas me servir de mes cartes de crédit, évidemment, alors je dors dans ma voiture depuis une semaine. »

Je me détourne du reflet que me renvoient les lunettes. Les yeux trop grands, les joues trop creuses, comme si ces quinze derniers jours m'avaient marquée et laissée sans appétit pour toujours.

« Je suis passé par Port Elizabeth, et un connard a explosé la vitre une nuit et je me suis réveillé sous une pluie de verre comme un feu d'artifice à Jo'burg. » Il est essoufflé quand il termine sa phrase.

Mon regard revient sur lui. « Tu n'es pas blessé.

– Tu me crois pas ? » Il relève un côté de son T-shirt. Un hématome s'étend de son aisselle à sa taille, bleu sombre, granuleux. Sur la droite, le bord extérieur est parfaitement rectiligne. Il sourit, mais je ne vois pas si ses yeux sourient aussi. « On dirait la plage à marée haute, hein ? » Il baisse le T-shirt. « Enfin, au moins, je suis pas touché au visage.

– Bon sang… » Son T-shirt est retombé juste au-dessus de la ceinture de son short. Je vois une tranche de peau, plissée, jaune comme un vieux drap. « Je suis désolée. »

Il surprend mon regard et tire sur le T-shirt. « Y a pas trop de mal ; rien de cassé, ou alors juste fêlé. Mais j'ai compris que je ne pouvais pas continuer à tourner comme ça en attendant qu'ils me mettent le grappin dessus. J'ai besoin d'avoir un plan, de me poser devant un bon café…

– Depuis combien de temps tu n'as pas mangé ?

– Deux jours, mais c'est pas grave. » Il pince la graisse sur son ventre. « J'ai déjà tenu plus longtemps. »

J'ai envie de lui demander quand c'était, mais le moment est mal choisi. « Bon, alors, voilà l'objectif prioritaire », dis-je, en espérant que la fermeté de ma voix me donnera l'illusion de contrôler la situation. En espérant surtout qu'après un passage au Nando's le plus proche, et par la suite, à un distributeur automatique de billets, il renoncera à son petit jeu de « l'homme recherché ».

« Non. » Il sort une cigarette du paquet sur ses genoux et la roule entre ses doigts. « Il faut qu'on aille à Durban pour que je me débarrasse de ma voiture et que tu en prennes une autre.

– Pourquoi je devrais changer de voiture ?

– Au cas où on nous aurait vus ensemble. » Il ôte les lunettes de soleil et les pose dans l'herbe devant moi, puis garde les yeux baissés. « Tu vas m'aider, Jo ?

– Je ne sais pas, Nico… Je peux te prêter de l'argent. »

Il secoue la tête. « Non. S'il te plaît, Jo. J'ai personne d'autre vers qui me tourner. » Il me regarde. « Je veux pas gérer ça tout seul. Et ce serait bon de passer un peu de temps avec toi. »

Quand j'étais plus jeune, il téléphonait pour annoncer qu'il allait nous rendre visite le week-end suivant. J'attendais sur les marches devant la maison, dans mon unique robe, jusqu'à ce que la nuit tombe et que ma mère m'oblige à rentrer. Il ne venait jamais.

« Ben voyons », je dis.

Il se raidit et je me prépare à un retour de bâton. Mais il se contente de répéter : « S'il te plaît, Jo. Je sais que je n'ai pas le droit de demander. »

C'est la première fois qu'il reconnaît, bien qu'implicitement, à quel point il a été absent de ma vie. Je ferme les yeux. Même ici, à des centaines de kilomètres d'Alexandra, je sens encore l'odeur du caoutchouc qui brûle. J'ouvre les yeux et je le regarde gratter la croûte sur son mollet. Si j'accepte de faire route avec lui, des deux personnes dans la voiture, ce ne sera pas moi la pire. Je pourrai peut-être retrouver le sommeil.

Je soupire. « D'accord. Je vais t'aider.

– Merci », dit-il avec un sourire en me serrant l'épaule.

Il arrondit le dos contre le vent pour allumer sa cigarette, et je m'occupe les mains en ramassant les mégots autour de nous, les siens encore humides, d'autres, plus anciens et desséchés, innocents. C'est une habitude que j'ai gardée de mes années de pensionnat, quand un seul mégot risquait d'entraîner une punition générale, mais je réalise aussi que s'il dit la vérité, c'est probablement une bonne idée de couvrir nos traces.

Il aspire une grande bouffée et scrute le bout de sa cigarette. « Putain, avec ce vent, les clopes se consument toutes seules. » Il se recouche, un bras sous la tête pour pouvoir contempler l'horizon.

J'attends. Quand il ferme les yeux, je déclare : « Je vais annuler mon vol pour Jo'burg.

– Oui. » Il se gratte l'entrejambe. « Je déteste Jo'burg. Ça ressemble de plus en plus à une ville de Noirs d'Afrique, tu vois ce que je veux dire ? »

Je fais non de la tête – il ne le remarque pas – et je m'allonge à côté de lui. J'observe un nuage solitaire dans le ciel qui change de forme au gré du vent.

« Une ville où on trouve des spirales antimoustiques », dit-il en guise d'explication.

Je regarde les montagnes dans le lointain. « Pourquoi, c'est pas bien les spirales antimoustiques ?

– À la place des bombes ou des prises ? De la technologie moderne, quoi. » Il se tourne vers moi d'un air sombre. « Tu fais vraiment chier. C'était une métaphore. Pour dire qu'à Jo'burg, maintenant, on se croirait au Ghana. »

Je pose mes bras de chaque côté de mon corps ; mes clés qui tintent dans mon sac rendent un son étrange.

« Putain… » Il s'assied. La sueur qui coule dans son dos dessine comme un sablier sur son T-shirt. « Tu me rappelles tellement ta mère, parfois. À tout prendre au premier degré, sans un pet d'humour. » Il se lève et me foudroie du regard. Je suis toujours étonnée de le trouver aussi grand, et son ventre, au lieu de l'adoucir, le fait paraître plus fort, plus solide. « T'as tout gâché maintenant, dit-il. Allez, on y va. » Il sort une casquette de baseball de sa poche et rabat la visière sur son front.

Je ferme les yeux pour bloquer ses paroles, que j'ai déjà entendues. Puis je me lève aussi et brosse la poussière rouge sur ma jupe. Le soleil est soudain plus proche, juste avant de disparaître derrière les nuées.

Je repars à l'aéroport de Durban pour rendre ma voiture de location. Mon père me suit à distance, en laissant toujours trois véhicules entre nous. Il n'a pas voulu me dire où nous irions ensuite.

Sur la route, je téléphone à Londres et j'annonce que je ne soumettrai pas d'article pendant quelques jours. Les euphémismes tels que *urgence familiale* sont juste assez imprécis pour qu'on ne vous pose aucune question. Je n'ai pas le numéro du rédacteur en chef du magazine en ligne qui m'a commandé l'autre reportage en Afrique du Sud ; il habite à New York. Je vais devoir trouver un cyber-café. Puis je laisse un message à Tumelo en lui expliquant que j'ai finalement décidé de voir mon père. Il approuvera ; c'est moins dangereux que de couvrir les émeutes, et je sais qu'il pense qu'un peu de repos en famille me fera du bien après ce qui est arrivé à Alex.

Hier, quand mon père a appelé, j'étais debout devant le corps d'un homme réduit en charpie. Les émeutes avaient touché Durban la veille de mon arrivée. Un Malawite avait été obligé de sauter d'un immeuble de six étages pour échapper à la foule armée de machettes. Il avait la peau sombre et était fendu en deux, comme un fruit tombé de l'arbre. Je suivais l'insurrection depuis un peu plus d'une semaine, j'avais exploré quatre townships, cinq centres de réfugiés, et je ne comptais plus le nombre de morts que j'avais vus. Je n'ai pas reconnu le numéro quand mon portable a sonné, mais j'ai saisi l'occasion qui m'était offerte de m'écarter.

« Joyeux anniversaire, a dit mon père.

– Ce n'est pas mon anniversaire.

– À partir d'aujourd'hui, tu commences à mourir. Tout décline après vingt-cinq ans.

– Ce n'est pas mon anniversaire. Et je n'ai pas vingt-cinq ans.

– Je parie que l'écart d'âge entre toi et moi ne te paraît plus aussi énorme, hein ? Tu pourrais bien sortir avec un vieux de cinquante-trois ans qui bosse dans la com', boire son bon vin et lui caresser les poils du dos, pas vrai ? » Il a attendu ma réponse.

Des hommes en blouson bleu avaient étendu une couverture sur le corps, mais le sang débordait de ce rectangle qui se voulait propret.

« Tu es là ?

– Oui, j'ai répondu à mon père en retournant à ma voiture.

– Il faut que je te voie. »

Il m'a demandé de ne dire à personne où j'allais, mais quand j'ai pris l'autoroute, j'ai appelé Naledi : la personne qui s'approchait le plus d'une vraie famille à mes yeux et, maintenant que ma grand-mère était morte, la seule dans mon entourage – mis à part mon père – à avoir connu ma mère.

« Qu'est-ce qu'il a encore comme ennuis ?

– J'ignore s'il en a. Enfin, pas plus que d'habitude... Il a évoqué un sujet d'article pour moi. » Je n'étais pas sûre de ce que je raconterais à Naledi, une fois que j'aurais été éclairée.

– Il ment. » Naledi n'avait jamais rencontré mon père, mais elle en avait entendu parler tout le temps que j'étais à l'école primaire, et ensuite dans mes mails, après mon départ pour l'Angleterre.

« Peut-être qu'il se sent coupable, à cause de la dernière fois. » Le goudron de la chaussée s'effritait comme du sable sur les côtés.

« Non. » Elle semblait très sûre d'elle. « Ton père n'éprouve aucune culpabilité... Si c'était le cas, tu le saurais, parce qu'il te le ferait payer.

– Oui. » J'ai ri en dépassant un panneau qui annonçait des nids-de-poule.

« Crois-moi, a dit Naledi, pensant que je me moquais d'elle, que je la trouvais parano ou trop mélodramatique.

– Je te crois. Tu as raison.

– Alors, pourquoi tu vas le voir ?

– Je ne sais pas. » Une rangée d'arbres aux troncs minces et nus, couronnés de feuilles, séparait la route des plantations de canne à sucre.

« C'est une bonne idée, en fait », a-t-elle repris. Son brusque revirement m'a étonnée. Mais les conversations avec Naledi étaient ainsi. Comme si, au coin de votre jardin, vous trouviez un babouin dans la baignoire pour oiseaux. « Il s'est passé du temps, et tu consacres trop d'énergie à être en colère contre ton père. Du moment que tu ne t'illusionnes pas sur son compte.

– Fais-moi confiance, je n'ai plus aucune illusion. » Ce qui était vrai. J'avais dix ans quand il a commencé à s'intéresser à moi. Avant qu'il s'installe au Cap, il m'emmenait deux week-ends par an au Kruger National Park ou au bord du Limpopo. Je me baignais et il restait assis à lire sur la rive. Une fois, au cours d'une de ces sorties, il a attendu que je sois séchée et habillée pour me dire qu'il y avait un crocodile dans l'eau.

« Ce n'est pas à toi de veiller sur lui. » Il y avait un écho dans le téléphone.

« Je sais. » J'ai tourné sur la route de terre que mon père m'avait décrite.

« Je sais bien que tu sais. Désolée de te la jouer *Ces femmes qui aiment trop*[1]. Je ne voudrais pas que tu sois déçue à nouveau. » Sa voix a pris une intonation rauque. « Enfin, c'est lui qui perdra le plus dans l'histoire, s'il recommence à déconner.

1. *Ces femmes qui aiment trop*, de Robin Norwood, ouvrage regroupant conseils et témoignages sur la dépendance affective. (*Toutes les notes sont de la traductrice.*)

– Merci, mais ça m'étonnerait qu'il voie les choses comme ça. » Devant moi, une voiture tremblait dans la chaleur.

« Tu fais partie des gens que j'adore, tu le sais. Et si j'avais le pouvoir d'anéantir tous ceux qui ne sont pas adorés par quelqu'un, je doute que ton père soit encore de ce monde. »

J'ai ri en m'arrêtant sur le bas-côté dans un nuage de poussière.

« C'est comme le chou-fleur. Personne ne se réveille à trois heures du matin en disant : "J'ai une furieuse envie de chou-fleur. J'en veux, là, tout de suite !" » Elle riait aussi maintenant. Puis, redevenant sérieuse : « Bon. Tu décryptes, là ?

– C'est pas franchement crypté, mais oui, merci. » À présent que je m'étais garée, je distinguais mon père sur sa colline, scrutant les plantations de canne à sucre tel un seigneur colonial.

« Et que ça ne t'empêche pas de faire ton boulot, même s'il est facile.

– Très drôle. » Quand j'avais annoncé à Naledi, qui, à l'époque, terminait ses études de droit, que je voulais me lancer dans le journalisme, elle s'était moquée en déclarant que j'allais seulement apprendre à ajouter ma signature sous des communiqués de presse. Mais quand j'ai démarré mon blog, elle a été la première à le commenter. Elle m'envoyait des liens vers divers sites pour m'aider à *nourrir mes opinions* ; elle a même proposé d'être citée anonymement : *Pour qu'on voie que tu as des contacts en Afrique du Sud et que tu n'y vas pas au flan*, avait-elle dit. Et plus tard, elle m'avait demandé de lui envoyer tous les articles que j'avais signés dans le *Guardian*.

« Non, ne t'inquiète pas.
– Bon. Sois prudente, hein ?
– OK.
– Appelle-moi si je peux faire quoi que ce soit. »

La terre rouge qui maculait mon pare-brise jetait une éclaboussure sanglante sur mon père étendu dans l'herbe, son appareil photo braqué vers le ciel.

***

Une fois que j'ai échangé ma Mercedes contre une vieille BMW, mon père charge son sac à dos dans le coffre, ainsi qu'une glacière, ses clubs de golf et trois sacs en plastique, puis nous allons manger dans un Spur Steak Ranch à l'aéroport. Il commande des travers de porc. Quand il suce les os, la sauce brune autour de sa bouche lui dessine un grand sourire de clown.

« Je t'ai raconté la fois où je t'ai surprise à piquer un paquet de chips au Spar ? Tu avais deux ans, tu étais assise dans ta poussette et tu essayais de le planquer sous ton gilet. » Il mime. « J'adore raconter aux gens ce que tu faisais quand tu étais petite. Ils me croient pas, parce que leurs enfants à eux étaient tellement cons et chiants. »

Je connais ces histoires par cœur, et je ne suis même pas sûre qu'elles soient vraies. « Oui, celle-là, tu me l'as déjà racontée », je réponds en ouvrant un cream soda. Depuis que je suis arrivée, j'explore les boissons et les aliments que j'aimais autrefois, je compare les marques et les emballages par rapport à ce que l'on trouve en Angleterre. Ici, le sachet de chips au sel et au vinaigre est bleu, non pas vert. Tout ce que je pense, tout ce que je vois, passe au tamis de la comparaison.

Je bois une gorgée, mais le cream soda est trop vert, trop sucré, et je sens que mon ventre proteste. Je repousse la canette.

Mon père jette sa serviette grasse dans son assiette. « Qu'est-ce que cette bonniche attend pour débarrasser la table ? dit-il en désignant la serveuse.

– Tu appelles les Noires des "bonniches" maintenant ? » Je pose un billet de cent rands, orné d'un buffle bleu, sur la table.

« Non. » Il sourit. « Seulement celles qui sont bêtes et fainéantes.

– Bon sang, Nico.

– T'es pas tombée dans la religion, hein ? Ta grand-mère t'a eue à l'usure ou quoi ? »

Selon ma grand-mère, mon manque de foi s'expliquait par mes parents : la mort de ma mère, et l'existence même de mon père. Je ne croyais pas en Dieu parce qu'il m'avait enlevé ma mère. C'était simpliste, comme lorsqu'un thérapeute affirme que vous sortez avec des hommes plus vieux à cause de votre relation avec votre papa. Mais je n'avais jamais essayé de la détromper, ce qui me garantissait de passer des week-ends tranquilles avec elle à St Albans.

Je me lève. « J'ai besoin de sortir prendre l'air.

– Tu fais snob, maintenant.

– Pardon ?

– Avec ton accent british… Ici, les Sud-Africains articulent et prononcent toutes les syllabes comme il faut. »

J'attrape mon sac. « Je sors, ne viens pas avec moi. » Sans me retourner, je me dirige vers les portes vitrées.

Dehors, quatre palmiers bordent le chemin qui mène au parking. Je m'appuie contre la porte. Je n'ai pas envie d'être ici, et je ne sais pas si je pourrai aider mon père, ni même s'il a vraiment besoin d'aide. Je me demande s'il n'est pas tout simplement en train de m'embobiner.

Je ferme les yeux ; le pansement qui me démange sur la cuisse me rappelle une autre réalité, et je lui en suis reconnaissante. Les horreurs qui ont eu lieu à Alexandra – partout dans le pays –, voilà ce qui est le plus important en ce moment. Je retiens un petit rire. *Les horreurs*. C'est une emphase tellement britannique. Ici, on parle d'un « petit coup de vent » pour un ouragan, et d'un « picotement » dans le cas d'une jambe amputée.

« Excuse-moi pour ce que j'ai dit. » Mon père est debout devant moi quand j'ouvre les yeux. Il éteint sa cigarette et sort un flacon d'eau de toilette de la poche de sa veste. Pendant qu'il s'asperge le cou, je réalise que c'est l'odeur – orange amère et clou de girofle, je crois – que je lui ai toujours associée.

« Je suis accro à ce truc, explique-t-il. Je me suis mis à fumer juste pour avoir une raison d'en mettre. »

Je me décolle de la porte et fais un pas vers la gauche. « Je ne pourrai pas t'aider tant que t'arrêteras pas ton jeu à la con et que tu ne me diras pas la vérité. » Son visage reflété dans la vitre est asymétrique, tordu vers la droite. Le mien m'apparaît identique à lui-même. « Est-ce que tu as vraiment des ennuis ? Ou est-ce que tu me mènes en bateau une fois de plus ? »

Il déglutit. « J'ai vraiment des ennuis. C'est sérieux. » Il marque une pause. « Je sais que cet homme est mort, parce que je l'ai vu mourir. Et je voudrais t'emmener là où ça s'est passé. »

Un avion atterrit au bout de la piste, en provenance de Madagascar peut-être, ou de l'île Maurice. Les palmiers s'agitent tout autour comme des pinceaux qui tracent des motifs lumineux dans le ciel.

2

Some Afrikaners Photographed

Avant de quitter Durban, mon père veut s'arrêter à Battery Beach pour manger des glaces à l'eau.

« La dernière volonté d'un condamné à mort », plaisante-t-il, pendant que je paie les deux glaces.

Il n'y a pas de vent et la mer est plate, ourlée de blanc. Des surfeurs en combinaison sont debout les pieds dans l'eau, face à l'horizon, leurs planches posées plus haut sur la plage.

« J'ai pas envie d'aller là où on va. » Ma langue est rouge bonbon, j'en suis sûre.

« Moi non plus, répond mon père. Mais il faut que tu m'aides à comprendre comment un témoin a pu me voir avec ce type. Qui ça pourrait être, et ce qu'il a vraiment vu. » Il secoue la tête. « Ce que je peux ou ne peux pas nier.

– Pourquoi tu ne l'as pas dit aux policiers ?

– Ils me soupçonnent déjà. Si ensuite ils découvrent quelque chose, je suis fichu… Et c'est pas demain la veille que je vais me retrouver à quatre-vingt-dix balais en taule avec quelqu'un qui me torche le cul. »

Je me contente de sourire, alors que je crois qu'il attendait davantage. Assis sur la plage, pieds nus avec nos glaces, on fait très carte postale. Sauf que c'est l'hiver et que nous sommes tous les deux trop vieux pour qu'on nous prenne pour un père et sa fille. Et que l'un de nous est recherché pour meurtre.

« J'espérais te montrer la course des sardines, dit mon père en grattant le sable de ses orteils. Il y en a tellement que l'eau devient couleur argent, parfois sur dix kilomètres. Mais ce n'est pas avant une ou deux semaines, je pense.

– Je l'ai vue. Je veux dire, à la télé. À la BBC.

– Oh. » Il jette le bâtonnet de glace en direction d'une poubelle, mais rate son coup.

« Elles se déplacent en bancs serrés pour échapper aux prédateurs – on dirait un énorme poisson – et elles ont l'air plus liquide que l'eau. » Je sens que j'ai mal expliqué. « Comme le mercure… Ou le méchant dans *Terminator 2*.

– Ah oui… » Il se lève, pas convaincu, et frappe ses chaussures l'une contre l'autre de sorte que l'air résonne. « J'ai pas aimé Linda Hamilton dans celui-là ; elle est trop costaud. Je l'ai préférée dans le premier. Plus douce… Presque rose. »

J'ai oublié cette façon qu'a mon père de cataloguer ce qu'il aime et n'aime pas chez les femmes, et de le clamer haut et fort, presque avec fierté. Encore une chose à laquelle je ne me suis pas préparée.

« Mariska était du genre costaud », je riposte. C'est la dernière petite amie dont je me rappelle le nom.

« Je ne me souviens même pas de sa tête. » Il me dévisage, sans bouger, puis se tourne vers l'escalier qui conduit à la rue. « Viens. Il faut qu'on y aille. »

En ouvrant les portières de la voiture, il dit : « Regarde bien la mer. »

L'océan est d'un bleu grisâtre, chaud et trouble comme l'eau du bain de quelqu'un d'autre. Il n'existe pas de crayon couleur « océan Indien », et je crois comprendre pourquoi.

« Celle-là, tu ne la reverras pas avant un bout de temps. Des années, sans doute. » Mon père s'assied au volant, la voiture accuse son poids. Je m'installe à côté en ramenant ma jupe entre mes cuisses pour ne pas accrocher le tissu. « La mer au Cap est la même qu'en Angleterre. Quand on y pense, toi et moi, on n'est pas si loin que ça l'un de l'autre. » Il me fait un clin d'œil : comme si la scène ne se déroulait pas dans la vraie vie, mais dans un livre qu'il avait lu.

J'attache ma ceinture.

« Tu m'as manqué, dit-il en démarrant. J'ai failli me mettre sur Facebook juste pour savoir comment tu allais. »

Je ne peux pas m'empêcher de rire.

« Ben quoi ? » Il vérifie les rétroviseurs. « Tu ne m'accepterais pas comme ami ?

– Probablement pas, je réponds au moment où la voiture s'engage dans la circulation.

– Ça, c'est ma fille tout craché. » Avant que je n'aie le temps de réagir, il s'empresse d'ajouter : « C'est bien, je veux dire, de montrer du discernement. »

Il fait visiblement des efforts.

« Un tas de gens que je connaissais à l'école primaire m'ont ajoutée à leur liste d'amis », dis-je. Facebook commence à se répandre ici, et j'ai beau les rejeter, je reçois sans cesse des demandes provenant du réseau de Naledi. « Il y a plein de filles qui mettent leurs photos de mariage comme profil. Ou pire, les échographies de leurs bébés. Elles ont à peine vingt-trois ans… » Je secoue la tête. « C'est bizarre. Déprimant.

– Si t'es pas mariée à cet âge-là, tu as raté ta vie.

– Alors, je suis contente de l'avoir ratée. » Le conducteur de la voiture à côté de nous est sur son portable. Sur son *mobile*, comme on dit ici.

Mon père sourit. « Et je suis fier d'avoir engendré un tel ratage. » Il se frotte la cuisse d'une main. « Mince, je ne suis pas assez vieux pour être grand-père. »

Je suis soulagée de ne pas évoquer avec lui le père qui conduit sa fille à l'autel et fait ensuite un discours. S'il abordait le sujet, j'essaierais de ne pas l'écouter, mais vu qu'il me présenterait en détail une foule de personnages – mon nouveau mari, le garçon d'honneur à l'œil paresseux, la demoiselle d'honneur délurée qui lui poserait la main sur la cuisse pendant le repas –, je n'y arriverais pas et on se disputerait pendant cent kilomètres. En tout cas, jusqu'à l'endroit où il prétend que l'homme a été tué.

On s'arrête à un feu rouge et il me montre quelque chose du doigt. « Vise un peu ça. »

Je regarde dans la direction indiquée mais je ne vois rien de particulier, à part une file de voitures et des hommes qui profitent du feu rouge pour tenter de vendre des filets d'orange et des porte-clés en perles.

Je me tourne vers lui. « Quoi ?

– Dans la voiture, là. Une Noire au volant. C'est pas un spectacle fréquent. »

Voilà pourquoi on ne s'est jamais beaucoup parlé, entre autres raisons, même quand on n'était pas en froid : les choses basculent si vite entre nous, c'est trop pénible de devoir sans cesse s'adapter. De supporter la déception.

On bifurque sur la N3, qui nous emmènera jusqu'à Pietermaritzburg – ainsi que le promet un panneau vert militaire –, et on perd la femme dans la circulation. Il continue : « C'est comme quand je cours sur la plage et que je vois un Noir en train de promener un chien. Dans ma tête, les Noirs ne promènent pas de clébards. Ils en ont même pas. C'est nous qui avons des chiens, et ils aboient sur les Noirs. Enfin, pas sur nos bonnes ou nos jardiniers, mais sur tous les autres. Quand je vois un Noir en train de promener un chien, je sais pas pourquoi, ça me fait penser au dessin animé de Bugs Bunny où il est dans un grand chaudron qu'on a mis à bouillir et il explique à Elmer Fudd quels sont les légumes qui s'accommodent bien avec le lapin. » Il jette un coup d'œil dans le rétroviseur et change de file. « Ou alors, c'est à Daffy Duck qu'il s'adresse ?

– Aucune idée. » J'actionne la manette de mon siège et je le recule aussi loin que possible, de sorte que je suis assise derrière lui et que je ne vois que sa nuque, son oreille et la courbe de sa joue.

« Bon, peu importe. T'as compris.

– Non, j'ai pas compris. » Je contemple le paysage urbain qui cède la place à un bidonville. Des cabanes en tôle entassées à flanc de colline, avec des fils à linge sur lesquels pendent des couvertures à carreaux.

« S'il y avait un bouton, là – il désigne le tableau de bord –, pour faire disparaître les gens qui vivent en dessous du seuil de pauvreté, j'appuierais. Tous les jours. J'hésiterais pas. » Il baisse sa vitre à moitié et crache son chewing-gum dans le vent qui siffle autour du rétroviseur. « Les cons et les pauvres procréent partout dans le monde, pendant que les gens intelligents et créatifs comme toi et moi, on culpabilise à cause d'eux. Nous, on réfléchit à la surpopulation et on n'engendre pas. » Malgré le bruit, son monologue me parvient distinctement. « D'accord, moi, j'ai engendré, mais sache que je parle en général, là. Je dis ça au cas où tu voudrais faire ta Karen et me sauter à la gorge. »

Il sait toujours exactement comment me provoquer. Je laisse aller ma tête contre la vitre, contente de porter des lunettes de soleil.

« À force d'avoir trop de sens moral, un jour on finira par leur donner tellement, à ces salopards, qu'on se retrouvera comme eux. Et après, qu'est-ce qui arrivera ? » Il relève la vitre, enfermant la question dans la voiture.

Je me penche pour ouvrir la boîte à gants et chercher une carte que je pourrais déployer entre nous. Mais je ne trouve qu'un atlas routier.

« Qu'est-ce que t'as ? demande-t-il. Tu tires une tête de six pieds de long, on dirait un crapaud. » Il se tourne vers moi. « Tu me fais la gueule ? »

C'est la même sempiternelle dispute et je suis prête à en découdre, d'autant plus que je n'arrive pas à croire que je me suis fourrée moi-même dans cette situation. Je pense à nouveau que j'aurais dû raccrocher quand il a appelé, ou ne pas répondre. Je referme brusquement la boîte à gants et me redresse sur mon siège. « Tu sais très bien ce que j'ai. »

Il sourit : le stratagème a marché. « Tu vas pas remettre ça. » Il pousse un soupir théâtral puis allume une cigarette, tire trop fort et tousse en faisant tomber le briquet à côté du levier de vitesse.

« Si, je vais remettre ça. » Je récupère le briquet au métal encore chaud. « Tu parles comme un sale fasciste. Une caricature de fasciste, en fait. » Cette deuxième accusation le blessera davantage que la première, je le sais. Je jette le briquet dans le cendrier, qui est vide et propre. « Je suis vraiment trop conne de m'être laissée encore embrouiller. J'ai cru – *encore* – que ce serait peut-être différent ce coup-ci. » Je cherche à lui faire mal. « J'ai tellement honte de toi. » Le ton est monté entre nous de la même manière lors de notre dernière entrevue. Mais je m'étonne du peu de temps que cela nous a pris cette fois.

Il lâche d'une voix basse, tenue en laisse : « *Kak.* C'est de toi que tu as honte. Parce que tu viens de quelqu'un comme moi. » Il m'offre une cigarette, après l'avoir allumée à la sienne. Je la prends ; le filtre est humide à cause de ce passage entre ses lèvres.

« Va te faire foutre. » Je me détourne, mais on sait tous les deux qu'il a raison. J'ai honte de cette partie de moi – la biologie, la généalogie, la curiosité, peu importe – qui m'interdit de ne plus aimer mon père. Même si ses idées me sont étrangères et que je trouve révoltante sa façon de servir les jardiniers et les bonnes dans des tasses et des assiettes en émail qu'il range sous l'évier ; ou de se vanter d'avoir passé à l'eau de Javel tout ce qu'un ouvrier qui est venu réparer le téléphone a touché dans la maison. Comme dans les pubs à la télé où l'on voit des microbes danser sur les planches en bois qui ont servi à découper du poulet cru, mon père imagine, sur les interrupteurs et les poignées de porte de son appartement, des empreintes écarlates qui conduisent droit à un misérable taudis. J'avais espéré qu'il changerait – que, contrairement à la majorité des gens, il deviendrait plus ouvert en vieillissant –, ou du moins qu'il ne me montrerait pas cet aspect de lui-même.

« Tu as honte d'avoir du sang blanc, afrikaner, reprend-il avec un plaisir manifeste. Mais tu n'y échapperas jamais, quel que soit le nombre de Noirs ou d'Arabes avec qui tu baiseras. » Dans sa bouche, tous les mots qu'il prononce sont aussi vulgaires que le dernier.

Je descends ma vitre au maximum et je laisse le vent emporter ma cigarette. La voiture s'emplit de l'odeur du goudron chaud, mêlée à celle d'un orage qui approche. Je détache ma ceinture, que l'enrouleur happe aussitôt.

« Qu'est-ce que tu fais ? » Il est presque obligé de crier.

Je me tourne dos au tableau de bord et j'agrippe l'appuie-tête pour me mettre à genoux. Derrière nous serpente un long chapelet de voitures. « Je m'éloigne de toi », je réponds en engageant ma jambe gauche entre nos deux sièges pour passer à l'arrière.

Il m'attrape par ma jupe. « Assieds-toi, crétine. Si on est suivis, tu crois vraiment que c'est une bonne idée d'attirer l'attention ? » Il jette un coup d'œil dans les rétroviseurs.

« Je m'en fiche. » J'essaie de me libérer. Il ne lâche pas, et le tissu craque. En entendant le bruit, il retire brusquement sa main. Je regarde par-dessus mon épaule. Une déchirure ovale révèle le blanc de mes cuisses.

Je me tourne vers lui. « Je devrais peut-être coller mes nichons à la vitre. Ce serait plus discret, comme ça ?

– Désolé. » Il me regarde. « Tu veux pas t'asseoir, s'il te plaît ? Tu es en train de montrer tes fesses aux conducteurs des véhicules lents. » Il sourit, mais, voyant que sa plaisanterie tombe à plat, il fixe la route.

Je réintègre mon siège. « On s'arrête à la prochaine station-service pour que je me change.

– OK. » Il se mord la lèvre.

J'allume la radio et je cherche les informations en parcourant la sélection automatique.

« … portant le nombre de morts à trente-deux, avec une centaine de blessés au moins. Des incidents anti-immigrés ont été signalés dans la province du Nord-Ouest et dans l'État-Libre. »

Ce qui a commencé à Alex se répand. Je me revois en train de courir et de me cacher dans les ruelles du bidonville. L'odeur des cheveux roussis, du caoutchouc qui brûle.

Mon père éteint brusquement la radio. Le silence retombe dans la voiture. « Qu'est-ce qui s'est passé là-bas ? » Il se frotte la cuisse de la main gauche en repoussant son short le plus haut possible. « Ramène donc ton siège vers l'avant. Je vais finir par foncer dans un arbre si je dois me dévisser le cou comme dans *L'Exorciste* pour te regarder. »

Ma réponse me paraît terriblement guindée. « Je voulais mettre de la distance entre toi et moi. » Mais même trois ans n'ont pas suffi. J'actionne la manette et je reviens à sa hauteur.

« T'avais envie de me frapper ?

– Non. » J'étire le bas de ma jupe, de sorte que le tissu se déploie de ma taille jusqu'aux bords du siège. Un trapèze en coton. J'essaie de me rappeler comment on calcule les angles d'un quadrilatère.

« Ouf. Parce que je te comprendrais. » Il sourit, et je sais qu'il va me lancer une pique. « D'ailleurs, on dirait que tu t'es retenue de me gifler toute la matinée. Ce à quoi je ne vois que deux explications. » Il me dévisage, retardant son effet. « Soit tu es enceinte, ou alors t'as pas eu une grosse bite entre les jambes depuis un moment. » Il guette ma réaction. Mais je suis déjà fatiguée d'être en colère.

« Si seulement ça pouvait être la deuxième option. » Je prends le briquet dans le cendrier et je fais mine de l'examiner, comme ces jeunes femmes soucieuses qui évitent le regard de leur interlocuteur dans les feuilletons de l'après-midi sur Channel 5.

Il m'observe. « Quoi, tu es enceinte ? »

Je rentre la tête dans les épaules et mes cheveux retombent devant mon visage, de sorte qu'il est obligé de se pencher en avant pour me voir.

« Je ne dis pas que t'as l'air enceinte ni rien, s'empresse-t-il d'ajouter. Mais *si* tu l'es, il faut qu'on fasse quelque chose le plus vite possible. »

Je ne sais pas pleurer sur commande, mais je feins de frissonner en inspirant profondément.

« Ça ira..., dit-il. On n'est plus à l'époque où les filles devaient partir à Londres pour avorter. » Ses yeux surveillent la route et me scrutent en un rapide va-et-vient. « Laisse-moi t'aider, Jo. »

Je ne me rappelle pas la dernière fois qu'il m'a parlé sur ce ton – avec sollicitude, sans moquerie ni insulte. L'a-t-il même jamais fait ?

La plaisanterie ne m'amuse plus. Je me renverse en arrière dans mon siège et j'allume une cigarette. « Je ne suis pas enceinte.

– T'es sûre ? » Ses yeux s'attardent sur moi, cherchant à lire sur mon visage.

« Évidemment. » Je relève ma fenêtre. « Qu'est-ce que tu crois ? Que je me suis retrouvée en cloque après être allée aux toilettes ? » L'air est bleu de fumée dans la voiture. « Si j'ai l'air d'avoir envie de te frapper depuis ce matin, c'est parce que t'es un sale con. » J'attends de voir comment il va réagir, mais il regarde droit devant lui. « Pas parce que mes hormones me travaillent ou parce que – non, mais je rêve – j'ai pas couché depuis un moment. »

Après un silence, il lâche : « Donc, t'es revenue avec les hommes ? »

Ça recommence. « Je n'ai jamais rien eu contre eux. »

Il ouvre le toit vitré et la fumée s'échappe.

Je ne veux pas entrer dans un de nos conflits à propos de ce que les parents souhaitent pour leurs enfants – je devrais exercer un métier jusqu'à trente ans et ensuite épouser un gentil Sud-Africain, ou, à la rigueur, un Australien ou un Américain, du moment que ce n'est pas un Anglais ; mais surtout, choisir un camp et m'y tenir. Cette dispute revient si souvent entre nous que le scénario paraît écrit à l'avance, comme pour toutes nos prises de bec. À la différence, cette fois, que nous avons plongé à pieds joints dans l'affrontement. Normalement, les désaccords surgissent un par un au détour de la conversation, quand il m'interroge sur ce que je lis en ce moment, par exemple, ou qu'il casse du sucre sur le dos de l'Angleterre. Je me demande ce qu'on trouvera à se dire une fois que les sujets habituels auront été épuisés. Est-ce que d'autres suivront, plus graves encore ? « Je peux remettre la radio ?

– Non. J'écoute jamais la radio, j'ai apporté des CD que j'avais dans ma voiture. » Il désigne un tas d'étuis craquelés, à côté des boutons de réglage de la clim.

« Pourquoi t'écoutes pas la radio ? » Je ne sais pas pourquoi, mais je me revois, petite, assommer ma mère de *pourquoi ?* jusqu'à ce qu'elle me réponde avec des mots compliqués que je devais chercher dans le dictionnaire.

« Parce ce que je n'aime pas avoir à subir ce qu'ils passent. Et que la musique moderne est nulle.

– T'étais pas fan de Van Halen, autrefois ? »

Il rit. « Oui, mais j'étais jeune et con. Je n'avais pas encore écouté *Le Vaisseau fantôme* de Wagner. Ça a changé ma vie. » Il se gratte l'oreille avec l'index. « C'est Karen qui t'a parlé de Van Halen ? »

Je n'ai pas envie de l'entendre prononcer son nom. « Oui. » Un panneau Shell clignote plus loin, luisant comme un fruit en plastique.

« Pff. Ta mère a toujours eu un goût affreux en musique. » Il rétrograde d'une vitesse.

Je refuse de laisser passer cette insulte facile. « Tu avais la coupe caniche de Van Halen ? Dans *Hot for Teacher* ?

– Non. »

On arrive à la station-service. « Dommage. J'aurais bien aimé voir des photos de toi comme ça.

– Ben, désolé. » Il s'arrête et coupe le moteur. Je réalise combien la clim était bruyante une fois qu'elle est éteinte. « Donne-moi ton téléphone, ordonne-t-il.

– Pourquoi ? » Je baisse les yeux sur mon sac posé entre mes pieds. Mon portable est visible dans la poche latérale. J'aurais dû la fermer.

« Pour t'empêcher de faire une bêtise en appelant quelqu'un à qui tu diras où on est. » Il détache sa ceinture et se tourne vers moi.

« Je ne vais appeler personne. » Je serre le sac entre mes pieds. « Descends, pour que je puisse me changer. » Je me détache à mon tour. Mais mes cuisses collent au cuir du siège par la déchirure de ma jupe.

Il secoue la tête. « Pas avant que tu m'aies donné ton téléphone. »

J'enfile la bandoulière de mon sac sur mon épaule gauche. « Bon. Alors, c'est moi qui descends. » J'essaie d'ouvrir la portière, sans succès. Je recommence. Impossible. La vitre est bloquée aussi.

« Ton téléphone. » Il soupire, comme devant une gamine qui refuse de manger ses légumes, et pose ses lunettes de soleil sur le tableau de bord.

« Ouvre. » J'ai beau savoir que c'est inutile, je continue à appuyer sur le bouton de la fenêtre.

« Non. » Sa voix est dure. « Passe-moi ton téléphone. » Il se penche vers moi, si près que je respire l'odeur de son chewing-gum. J'ai le dos contre la portière. « Passe-moi ton putain de téléphone. » Ses lèvres sont minces et gercées, ses sourcils striés de gris. La couleur de ses yeux semble plus délavée qu'autrefois, leur intention plus indéchiffrable. Je ne parviens pas à soutenir son regard.

« Jo. » Ses doigts se referment sur mon poignet et le serrent. Je sens ses os contre les miens. « File-le-moi, sinon je te le prends. »

Soudain, quelqu'un frappe à la fenêtre derrière lui. Il pivote, pose les mains à dix heures dix sur le volant. Un pompiste lui fait signe d'abaisser sa vitre. Nico tape un coup sur le volant du plat de la main, enfonce un bouton près du contact. Le déverrouillage automatique claque.

Je sors d'un bond et je m'éloigne de quelques pas. Puis, me rappelant la déchirure de ma jupe, je la cache avec mon sac.

« Le plein, *baas* ? demande le pompiste.

– *Ja.* » Dans la voiture, mon père referme la portière que j'ai laissée ouverte. Il ne me regarde pas. Le pompiste lui demande de se rapprocher de la pompe avec de grands gestes qui imitent un agent de la circulation. Je me dis que je devrais le remercier en lui donnant un gros pourboire.

Pendant que les chiffres défilent sur la pompe, j'ouvre le coffre, je défais d'une main la fermeture à glissière de ma valise et j'attrape une robe noire sur le dessus pour ne pas avoir à trop me pencher. Je rabats le coffre si fort que la voiture tremble, mais mon père ne se retourne pas.

Une pancarte à la fenêtre de la station indique que les toilettes se trouvent à l'arrière. Je marche d'un pas rapide. Attaché à un robinet sur le côté du bâtiment, un berger allemand attend son propriétaire. Il grogne sur mon passage.

Les toilettes n'ont pas de porte. Les lettres *H* et *F* sont peintes en noir sur le mur et une flèche à côté du *F* pointe vers un petit couloir de brique turquoise.

Au fond, à droite, on entre par une simple ouverture dans le mur. Ça sent l'eau de Javel et la vieille brosse à récurer.

Une seule des cabines comporte un verrou. De toute façon, si quelqu'un arrivait, je l'entendrais. Je mets le verrou mais je garde quand même le pied appuyé contre la porte tout en me changeant, pour retarder un éventuel agresseur le temps d'appeler la police. J'inspecte le pansement sur ma cuisse, il est taché de jaune. Je devrais le changer, mais j'en utilise deux par jour depuis la nuit à Alex et il ne m'en reste pas beaucoup. J'enlève prudemment mon T-shirt et ma jupe en les passant par-dessus ma tête pour qu'ils ne touchent pas le sol et je les tiens dans une main puis dans l'autre tandis que j'enfile la robe. Elle est trop courte pour être portée la journée, je m'en aperçois seulement maintenant, mais tant pis. Après avoir étalé ma jupe déchirée sur la cuvette des toilettes, je m'assieds. Deux minutes s'écoulent à l'écran de mon portable, je me demande qui appeler. Naledi répondra peut-être, *Je te l'avais dit*, elle posera trop de questions, s'inquiétera exagérément. Claire et Hannah, mes amies journalistes rencontrées lors de mon premier boulot à Londres, spécialistes du renouvellement urbain, seront assises à leurs bureaux et décrocheront sans doute le téléphone, mais je ne leur ai rien raconté. Ma vie en Afrique du Sud se limite pour elles à un trait d'humour que je répétais chaque fois que le sujet était abordé : Ça ressemble au Midwest américain, mais avec moins de pouvoir d'achat.

Je compose un numéro de portable sud-africain et je suis soulagée de tomber directement sur la boîte vocale. Ma voix, même assourdie, résonne dans les toilettes. « Salut, Paul. C'est Jo. » Recroquevillée sur moi-même, j'essaie de ne pas laisser transparaître ma panique. « Désolée de ne pas t'avoir rappelé. J'aurais dû. Et on aurait dû faire quelque chose plus tôt, et peut-être que… » Je ferme les yeux. Je ne sais pas quoi ajouter. « Tu peux me rappeler quand tu auras ce message ? Il faut que je te parle. » Puis, maladroitement : « Merci. »

Quand je ressors, avec mon téléphone sur vibreur, roulé dans ma jupe au fond de mon sac, le chien a disparu. Et mon père aussi.

La voiture est fermée à clé. Il y a son appareil photo sur le siège du conducteur. Je ne pense pas qu'il soit parti. Il n'est pas non plus dans la boutique. J'entre à l'intérieur pour attendre, et je regarde les paquets de biscuits qui me rappellent les fêtes au bord de la piscine et les cours d'arts ménagers. Avec ma mère, nous léchions les animaux en sucre blanc sur les gâteaux Iced Zoo. Je paie une boîte de paracétamol, de l'eau et des chewing-gums à l'homme derrière le comptoir. Dehors, je vais attendre près de la BMW, mon sac coincé sous le bras et le sac en plastique contenant mes achats suspendu au poignet. Quatre voitures arrivent, remplissent leurs réservoirs et repartent.

« *Missies.* » J'entends la voix du pompiste un peu plus loin.

Je me raidis, gênée à cause de la robe trop courte, et je relève mes lunettes de soleil sur mes cheveux avant de m'approcher des pompes.

« *Baas* est allé par là, *missies.* » D'un doigt tordu depuis des années, il désigne le côté du bâtiment.

« Merci. » Je sors un billet de cinquante rands de mon porte-monnaie.

« Dieu vous bénisse », murmure-t-il en contemplant le lion couleur bordeaux imprimé sur le billet. La paume de sa main est rugueuse.

Je retourne vers l'arrière du bâtiment. Il n'y a pas d'ébauche de sentier dans les broussailles, pas de brindilles cassées indiquant que quelqu'un s'est frayé un chemin. Je vais être obligée d'explorer les toilettes.

La flèche sous le *H* pointe vers le bas. « Nico ? » je lance dans le couloir. « Il y a quelqu'un ? » Le mur est taché aux endroits où les hommes n'ont pas pu se retenir avant d'atteindre l'urinoir ; je respire par la bouche. Une lumière fluorescente éclaire le sol mouillé. « Nico ?

– Jo ? » J'entends un reniflement. « Une minute. »

Je m'approche de la cabine d'où provient sa voix. Comme la porte n'est pas fermée à clé, je la pousse doucement.

Il l'arrête de son pied. « Non. N'entre pas. »

Je m'avance aussi loin que je peux. Il est assis sur les toilettes, penché en avant, la tête dans ses mains et le T-shirt relevé pour couvrir entièrement son visage.

« Qu'est-ce qui t'arrive ? » Le T-shirt humide est gris, pareil à un linceul. Son ventre est poilu et tout plissé.

« C'est juste que… » Il inspire deux fois, sans expirer, comme s'il avait besoin d'air. « J'arrive pas à croire… » Sa voix est plus aiguë que d'habitude, fluette. « Ce que je viens de te faire.

– Non », dis-je en baissant les yeux. Il y a un œillet dans le motif du carrelage. « Moi non plus.

– *Ag*, merde. » Son torse tressaille et il se mouche dans son T-shirt. « Je suis… » Mais il ne termine pas sa phrase qui se noie dans des sanglots.

J'attends, je le regarde. Je ne l'ai jamais vu ni entendu pleurer, pas même quand je suis partie en Angleterre. C'est peut-être le moment d'essayer de le convaincre qu'il vaudrait mieux arrêter de fuir et aller voir la police.

Mais, déjà, sa respiration se calme. J'ai raté l'occasion.

« Excuse-moi, réussit-il à articuler, la tête toujours dans son T-shirt. Cette histoire. Ça me rend dingue. » Il frotte ses deux mains sur le T-shirt et le rabaisse. Son visage est rouge, luisant ; avec sa bouche dont les coins tombent, il ressemble à un chien de dessin animé. Il m'attrape le poignet, comme tout à l'heure. « Jamais…, dit-il. Je ne te ferai jamais de mal. » Il avale sa salive. « Je t'aime. » Je ne l'ai jamais entendu dire ça non plus. Il me dévisage fixement maintenant, et je suis obligée de détourner les yeux.

Je pose le sac en plastique devant lui. « Tiens. Il y a de l'eau et du paracétamol, si tu en as besoin.

– Merci. » Il me lâche le poignet.

Je recule d'un pas. « Je t'attends à la voiture.

– D'accord. » Sa voix glisse sur le sol mouillé et vient buter contre mes chevilles.

Il faut que je sorte de là. « À tout de suite », dis-je en m'éloignant. Mon visage m'apparaît flou dans le miroir au-dessus du lavabo.

Il déverrouille les portières à distance quand il débouche au coin du bâtiment. Son visage est redevenu normal et il balance le sac en plastique à bout de bras. Je monte dans la voiture. Il ouvre le coffre.

Quand il s'assied au volant, il tient une bière à la main.

Je désigne la Castle Lager d'un mouvement de la tête. « Qu'est-ce que tu fous ? »

Il coince la canette entre ses cuisses. « Relax... C'est pas avec une bière que je vais conduire aussi mal que les Noirs ou les femmes. »

J'agrippe d'une main la poignée au-dessus de la fenêtre et je l'ignore.

Une fois qu'on a quitté la station-service et qu'on est revenus dans la circulation, je l'interroge : « Combien de temps ça prendra pour arriver où on va ?

– Quelle importance ? » Il double un pick-up. « Tu es devenue tellement anglaise. Quand on écoute une conversation entre Américains, on entend tout le temps le mot "dollar" qui revient. Les Anglais, eux, sont obnubilés par les transports. Ça me frappe chaque fois que j'y vais : les transports publics là-bas sont peut-être excellents, mais du coup, vous ne pouvez parler de rien d'autre. Pour ça, l'Angleterre, c'est nul. » Il appuie sur un bouton et la musique de Bach emplit la voiture. Il saute plusieurs morceaux. Des violons entament un lent crescendo. « Tu connais ce concerto ? Écoute comme c'est compliqué. » Ses doigts épousent les mouvements de la mélodie sur le volant.

Je regarde le paysage défiler par le toit ouvrant. De gros nuages se sont amoncelés au-dessus de nous. Quand ma grand-mère et son mari m'ont emmenée à l'internat pour la première fois, un jour d'hiver il y a plus de dix ans, les bleus et les verts luxuriants du paysage gorgé d'eau m'avaient rappelé le Natal. À l'époque, je n'avais encore rien vu de magique en

Angleterre, mis à part un envol d'étourneaux. J'avais pleuré, ma mère me manquait, l'Afrique du Sud me manquait. Mais à présent, dans la voiture avec mon père, les énormes nuages qui avalent des montagnes m'évoquent l'Angleterre en hiver.

« Ils sont venus pendant la saison creuse.

– Qui ça, "ils" ?

– Attends, j'y arrive, dit mon père. Bon sang... »

Nous nous sommes arrêtés sur une aire de pique-nique aux abords de Dundee, petite ville où les constructions sont de faible hauteur, les rues larges et désertes, de sorte qu'il peut s'assurer que personne ne nous suit.

La vieille table en pierre dépourvue de bancs est couverte de fientes d'oiseaux. Il fume une cigarette, assis sur le capot de la voiture, renversé en arrière contre le pare-brise. Je suis adossée à la voiture et je donne des coups dans l'enjoliveur avec mon talon droit. Les gommiers bleus nous crachent leurs feuilles cireuses à la figure. L'écorce des troncs pèle en larges rubans.

« Il ne vaudrait pas mieux que la police voie les lieux avant moi ? Si jamais il y avait des indices... » Je me sens ridicule, à parler comme dans une série télé où tout le monde est beau et l'image retouchée pour produire un effet bleuté. Et j'ajoute, pitoyablement : « Comme des traces ADN...

– Ils ont sûrement effacé toutes les traces. Et puis je voulais te montrer l'endroit d'abord, avant que les flics se pointent comme une nuée de vautours. » Il me semble que la comparaison est mal choisie. La police ne se nourrit pas de cadavres.

Après avoir passé quatre heures dans la voiture, j'ai besoin de marcher. Je me dirige vers la table de pique-nique en traînant les pieds dans les feuilles et les lambeaux d'écorce. « Qu'est-ce que tu faisais là-bas ? »

Le peu que je sais de lui, je le tiens essentiellement de ma mère. Sa vie a toujours ressemblé à une conversation absurde. Plus jeune, je l'interrogeais, pour tenter de me représenter le petit garçon qu'il avait été ou comment se passaient ses Noël, mais chaque fois, il me rabrouait : « Concentre-toi sur ta propre histoire et cherche à la rendre excitante, au lieu de me voler la mienne. » Quand j'avais dix ans, il m'a expliqué que ma vie serait toujours morne, sauf s'il y jouait le rôle principal. Il m'emmenait à des dégustations de vin ou escalader la montagne de la Table. « Rappelle-toi ces balades qu'on fait ensemble, disait-il. Et combien j'étais sympa de te laisser emprunter quelques-unes de mes aventures. » Il racontait qu'il avait travaillé comme conducteur de train pour un cirque itinérant, et que le grand clown anglais lui avait appris à devenir pickpocket ; qu'il avait pourchassé des braconniers dans le Kruger National Park ; qu'il avait maquillé et costumé des enfants à Vienne, introduisant l'Afrique en Europe avec des crinières hirsutes et des peintures de couleurs. Un baratin différent chaque fois.

« Quand je suis rentré d'Europe, dit-il maintenant, il y avait des recommandés de l'armée qui m'attendaient. Je ne les ai pas ouverts. » Il souffle la fumée sur une abeille qui lui tourne autour, je me penche pour essuyer la poussière sur mes pieds. « Je savais bien de quoi ils me menaceraient : *En refusant de rejoindre votre base et de terminer votre service, vous encourez six ans de prison.* » Il exagère l'accent afrikaans, avec des voyelles assourdies et des *r* roulés.

Je me redresse, étonnée. Une fois, il m'a vue me moquer de mauvaises photos – des célébrités auxquelles on avait coupé les pieds – dans un magazine afrikaans et m'a accusée de prendre tous les Afrikaners pour des imbéciles. « Tu ferais bien de ne pas oublier d'où tu viens », m'avait-il sermonnée.

À présent, il poursuit : « J'ai ramassé mes affaires et je me suis tiré de Jo'burg le soir même. Jusqu'à la dernière fois que j'ai quitté le Transvaal, je ne m'étais pas rendu compte à quel point on y respirait mal. »

Je hoche la tête. Quand je me suis enfuie devant le commissariat à Alex, l'air m'avait paru raréfié.

« Pendant des mois, je n'avais pensé qu'à ce que j'avais vu là-bas près de la frontière quand j'étais dans l'armée. Je ne savais pas si je pourrais revenir ici. Mais on s'emmerde tellement en Europe. Avec toutes ces églises partout. À la fin, j'ai été obligé de rentrer. » Il arrache un morceau de caoutchouc à l'un des essuie-glaces. « Quand j'ai traversé le Vaal, mon cerveau s'est enfin remis à fonctionner normalement. Mais, *sjoe*, il lui a fallu un moment pour démarrer. » Il rit, comme si ce constat lui paraissait maintenant ridicule. « C'est pour ça que j'ai fait une bêtise. »

J'attends, ne sachant quel rôle jouer – public captif ou aimable animateur de débat télévisé – pour lui soutirer le maximum d'informations.

« J'étais tellement naze, j'ai cru qu'il me suffirait de dépasser Pretoria et je suis parti habiter dans une des maisons que tes grands-parents m'ont laissées à leur mort.

– Tu n'imaginais pas que tu serais traqué par l'armée ? » Traqué. Le mot m'évoque aussitôt le Grand Trek[1], dont on nous rebattait les oreilles en histoire à l'école primaire, et l'Apartheid avec un A majuscule.

« Chut, laisse-moi raconter.

– On peut aller voir la maison ? dis-je d'un air détaché, comme si ça m'était égal. J'aimerais bien en savoir plus sur eux.

– Sûrement pas. » Il lève les yeux au ciel. « Je ne vais pas refaire deux fois la même connerie. T'as pas pigé ? La police surveille sûrement le coin. »

Il me semble un peu parano, mais comme je ne veux pas l'énerver, je me contente d'acquiescer.

« Bref, je me croyais très malin de m'être planqué là. Personne ne me connaissait et j'avais même changé de nom. » Il referme son poing sur le morceau de caoutchouc. « Je m'appelais…, dit-il en agitant son autre main comme dans un tour de passe-passe, Erik Klavier. » Il me montre ses deux mains ouvertes, paumes en l'air. Le caoutchouc a disparu.

Je ris docilement. « Eric Piano. Ça sonne complètement faux.

– Je sais, mais les gens du lodge, là où je t'emmène, ils s'en fichaient. C'étaient des Hollandais. Un jour, j'étais assis au Milky Lane, en ville. Ils sont entrés et m'ont offert une grosse glace au caramel, avec cette sauce qui devient dure en refroidissant… On s'est mis à parler de gaufres et d'Amsterdam,

1. Grande migration de milliers de fermiers Boers, révoltés par le comportement des autorités britanniques, depuis la colonie du Cap vers l'intérieur des terres. Ce périple occupe une place importante dans la mythologie et le nationalisme afrikaners.

et ils ont dit qu'ils cherchaient un gardien pendant la basse saison, quand ils partaient en Hollande. Ils étaient déjà assez vieux et ils n'arrivaient plus à assurer l'entretien, alors j'ai commencé à bosser pour eux l'été aussi. Au début, je faisais des petits travaux de peinture, du jardinage, mais très vite, j'ai pris en charge tout le bar, la cuisine et l'animation pour les touristes. » Il descend du capot et écrase sa cigarette sur le pneu.

« Quel genre d'animation ? » J'ai des visions de filles ringardes, vêtues de tenues que les films des années 1980 présentaient comme sexy, avec des couettes et de l'ombre à paupières bleu layette.

« J'ai commencé en lisant des nouvelles de Herman Charles Bosman. Tu connais ? »

Je fais non de la tête.

« C'est pas vrai… Bon, tant pis. Elles ne te plairaient pas, de toute façon – ça ne donne pas une bonne représentation de la diversité raciale de la population en Afrique du Sud. Trop de femmes en tabliers qui servent de l'eau-de-vie de pêche à des hommes. » Pour imiter ma voix, il relève le menton et me toise de haut. « Mais les touristes adoraient. Après, j'ai inventé des trucs à moi. Des petits récits bêtes et amusants, par exemple des babouins qui volent une voiture dans le Kruger National Park. » Il jette son mégot dans l'herbe.

« Et les propriétaires ? Qu'est-ce qu'ils faisaient pendant que tu t'occupais de tout ? » Des patrons fainéants, un modeste employé à qui l'on confie de plus en plus de responsabilités… C'est une histoire que j'ai déjà entendue.

« Ils étaient contents que quelqu'un d'autre se tape le boulot.

– Où sont-ils maintenant ? Ils pourraient sûrement t'aider. » Je m'aperçois soudain que je connais déjà la réponse : ils sont morts.

« Ils sont morts. » Il secoue la tête, grave comme un médecin de série télé. « Tués dans un incendie à Amsterdam. J'étais déjà parti depuis quelques années. Je l'ai su plus tard, quand j'ai retraversé le Natal et que je suis passé les voir. »

Le mégot fume encore dans l'herbe. « Merde. » Je me demande si je peux interroger le notaire de ma grand-mère à propos d'un couple de Hollandais, sans devoir lui expliquer pourquoi j'ai besoin de cette information. « Comment ils s'appelaient ? » J'écrase le mégot, je le ramasse et je le mets dans ma poche.

« Je me souviens plus. Des noms hollandais typiques. J'ai ça quelque part chez moi. »

Il n'est pas très convaincant. Des gens pour qui on a travaillé pendant deux ans, on se souvient de leur nom. Combien de temps va-t-il me mener en bateau avec son histoire de cavale-devant-la-police ? Jusqu'à quand continuera-t-il à surenchérir – pour justifier qu'il a déchiré ma jupe et essayé de me prendre mon téléphone – avant de me raconter ce qui se passe vraiment ? « Il y avait quelqu'un d'autre sur les lieux qui pourrait confirmer ta version ? »

Il me regarde. « Tu me crois pas ? » Il marche d'un pas décidé vers la table de pique-nique ; la voiture délestée de son poids rebondit derrière lui. « Putain, merde, Jo. Je te demande de l'aide – ce qui est très difficile pour moi – et tu me traites comme un imbécile et un menteur ? » Il envoie un coup de pied dans la poubelle en métal qu'aucune équipe de nettoyage ne vient jamais vider. Des canettes de Coca rouillées s'en échappent, pleines d'abeilles mortes. « C'est pas à toi que j'ai pensé en premier, tu sais. J'ai cherché pendant des semaines qui d'autre pouvait m'aider. » Deuxième coup de pied dans la poubelle. Cette fois, elle vacille.

« Calme-toi. » J'ajoute aussitôt, sachant que, comme moi dans pareil cas, il risque de s'énerver encore plus : « Pardon d'avoir douté de toi. » C'est un animal, et moi, je deviens un dompteur. Mais je suis agacée par ses histoires concoctées à l'avance, lisses comme des cailloux, par son mode défensif. « Tu ne pourras pas t'en sortir avec des bobards. Ils te font paraître moins crédible. Même à mes yeux. » Je marque une pause, mais je n'ai pas fini. « Et ce n'est pas le moment de jouer la carte Je-suis-ton-père.

– C'est jamais le moment pour ça, hein ? lâche-t-il, sans plus bouger.

– Non, c'est trop tard. Je ne peux pas accepter tout ce que tu dis simplement parce que je suis ta fille. Tu comprends ça ?

– Évidemment. Je ne suis pas con à ce point. » Il fait les cent pas.

« Alors, cesse de te comporter comme si tu l'étais. » Je m'aventure en zone dangereuse, là, après ce qui s'est passé à la station-service. Heureusement que je ne vois pas ses yeux derrière ses lunettes de soleil. Je préfère ne pas penser au regard qu'il doit avoir. « Et arrête de brutaliser cette putain de poubelle. Sinon je te donne un coup de pied dans les tibias. » Cette menace d'écolière nous fait rire tous les deux.

« D'accord, pardon. » Il tire sur sa barbe, redevenant soucieux. « J'ai vraiment peur qu'être innocent ne suffise pas. »

Ce en quoi il a raison, à mon avis. Ça n'a jamais suffi dans ce pays. Même s'il a fait semblant d'y croire autrefois. Mais tout haut, je dis : « Si, c'est suffisant, et on va le leur prouver. » Je m'oblige à sourire. « Allez, raconte-moi ce qui s'est passé.

– Puisqu'on s'entend bien maintenant, allons jusqu'au lodge. Je te mettrai au parfum là-bas. » Il déverrouille les portières et s'assied au volant. « On va se faire passer pour des agents de voyage qui veulent amener de grands groupes de touristes. Comme ça, on n'aura même pas besoin d'être polis. Moi, je serai Andre, un gay de Jo'burg. De Sandton, en fait. Et toi, Hermione, la British snobinarde. »

Le cuir de la voiture est froid contre mes jambes, et le vent, après le calme qui régnait sous les arbres, siffle derrière les vitres entrouvertes quand on quitte l'aire de pique-nique.

« On ne pourrait pas juste dire que tu travaillais là autrefois ? Quelque chose de simple ? » Mais je sais déjà ce qu'il va répondre : mon père aime mentir aux gens, leur faire croire à une histoire compliquée qu'il vient d'inventer. C'est encore une manière de les évaluer.

« Non, c'est pas drôle. Alors que là, on aura des trucs à raconter après. » Il attrape une autre canette de bière sous son siège.

Je ne dis rien. De toute façon, il se fiche de ce que je pense.

« Dans le temps, il y avait une tête d'éléphant sur le mur derrière le bar. Et une grande piscine avec des lions et des buffles qui crachaient de l'eau. » On tourne à gauche quand un panneau annonce : *Lodge de l'Éléphant blanc, Réserve privée.*

« L'Afrique des clichés, je vois. » Je hais ce genre d'endroits. Les gens s'imaginent que mon appartement ressemble à ça.

« Il y a surtout un nombre incroyable d'oiseaux ici. Le râle à bec jaune, le guêpier. L'amadine cou-coupé avec la gorge rouge. » On se gare dans la poussière devant un bâtiment de plain-pied peint à la chaux. Une autre pancarte nous accueille dans les onze langues officielles, ainsi qu'en français et en allemand.

Je suis assise à côté de la piscine, les pieds sur l'enrouleur de la couverture, l'appareil photo de mon père dans les mains. C'est l'accessoire d'Hermione. Andre-l'agent-de-voyages-de-Sandton fait miroiter aux propriétaires du lodge, deux Afrikaners d'âge mûr qui ne sont jamais sortis du pays, des séjours organisés, des navettes pour le mémorial de la bataille de Blood River (« Les Anglais adorent prendre des mines accablées là où tant de gens foncés sont morts », dit Andre) et des leçons de tir. Il la joue « grande folle » et les appelle *chéri*. J'ai l'impression qu'il voit les gays uniquement tels qu'on les représente dans de mauvais films.

Au début, je suis soulagée de me retrouver seule. J'essaie de me concentrer sur ce que m'a raconté mon père de ses années ici, en intégrant ces éléments aux maigres informations concrètes que je détiens à propos de sa vie : sa date de naissance, son arrivée dans la communauté où il a rencontré ma mère, le moment où il nous a quittées. Au lieu de quoi, je ne peux pas m'empêcher de penser à ma mère. Le dernier printemps que j'ai passé avec elle, on repoussait la couverture de la piscine tous les après-midis pour tester la température de l'eau, et, les pieds ankylosés par le froid, on s'obligeait à rester debout sur la première marche pendant au moins cinq minutes. Au fil des semaines, on était descendues d'une marche, résistant chaque fois plus longtemps, jusqu'au jour où on a pu enlever complètement la couverture et sauter en se donnant la main. Elle atterrissait toujours la première dans l'eau.

« À tout à l'heure, mes jolis », j'entends mon père déclarer. « Je vais montrer les lieux à Hermione. La pauvre, elle a du mal avec la chaleur. » Quand il approche de la piscine, il redevient lui-même, marchant à grandes enjambées et balançant les bras. « Tu m'as vu dans mon rôle d'efféminé ? me glisse-t-il à l'oreille. Je me sentais comme Kevin Spacey à la fin de *Usual Suspects*. »

Je me lève. « Est-ce que tu as déjà vu un gay, en vrai ?

– J'en compte parmi mes meilleurs amis », répond-il avec un sourire. Comme je lève les yeux au ciel, il croise les bras. « Non, sans blague, ça marche du tonnerre – ils sont tellement mal à l'aise qu'on a les coudées franches… D'ailleurs, ils sont en train de nous préparer deux chambres dans le bâtiment principal.

– Je n'ai pas envie de rester. » La nappe phréatique est gorgée de sang par ici.

« T'as pas le choix. Parce que j'en ai marre de conduire, et que franchement, j'aimerais bien parler avec d'autres gens que toi. » Il cherche à se débarrasser de son chewing-gum et choisit de le coller au pied d'une chaise longue rouillée. « Le dîner sera servi dans une demi-heure. Je leur ai dit de ne pas se laisser intimider par cette petite peste d'Hermione. » Il agite mollement la main, façon Andre. « Mais bien sûr, ils sont très inquiets, vu que tu connais la Reine et tout.

– Quoi ?

– Tu habites en Angleterre, donc forcément tu es très proche de la Reine. » Il s'incline, une main derrière le dos, l'autre décrivant une arabesque, mais il s'interrompt à mi-course. « Du coup, ils vont faire un *braai*[1] pour t'impressionner. Ne bousille pas tout. Il faut qu'on reste chacun dans notre personnage. » Il plonge les doigts dans sa poche, sort deux clés dont les anneaux sont garnis de breloques en forme d'animaux de bandes dessinées et les agite sous mon nez. « Pour visiter les cases africaines typiques. » Il me désigne la case la plus proche, dont le nom est indiqué sur un panneau accroché au toit de chaume : Rhinocéros. « Tu portes mon appareil photo autour du cou, ou bien je te le reprends ? » Il me regarde passer la tête dans la bandoulière. « Ça, c'est une fille obéissante.

– Va te faire foutre. »

Il ne réagit pas. « Les cases ont été enduites de plâtre, mais de mon temps, on voyait les grosses pierres rouges des murs. C'était mieux. Pas aussi léché. » Il ouvre la porte de Rhinocéros. « C'est ici qu'ils m'avaient mis. »

La case sent le renfermé et il y a des mouches mortes sur les rebords des fenêtres. Un lit et un fauteuil

1. Barbecue, ou viande grillée.

sont poussés contre le mur rond, qu'ils touchent seulement de leurs coins ; une armoire a été calée près de la fenêtre.

« Ils sont venus pendant la saison creuse, raconte mon père, reprenant enfin son récit. Deux soldats, avec les cheveux qui commençaient juste à repousser. Je leur ai dit qu'on était fermé mais ils ont proposé de payer en espèces pour que les propriétaires ne s'en aperçoivent pas.

– Bravo. » Les mouches sont renversées sur le dos, les pattes raides comme des feuilles d'aloès.

« J'avais besoin d'argent. Une pension alimentaire, ça coûte cher. »

J'ai envie de répondre, *Tu n'as jamais versé le moindre sou*, mais je me contente de demander : « Et après ? Qu'est-ce qui s'est passé ?

– Le lendemain, l'un d'eux m'a fait venir dans sa case – ici même – en se plaignant que les prises ne marchaient pas. Je suis entré, et un troisième type – qui ne s'était pas montré la veille – m'a menacé avec une arme. C'est là que j'ai su que j'étais foutu.

– Pourquoi ? » J'ouvre l'armoire. Des cintres recouverts d'un tissu rose mousseux se balancent sur une tringle.

« Ce serait trop long à expliquer. » Debout sur le seuil, il s'appuie au montant de la porte.

« Et le Noir ? Il était où à ce moment-là ?

– Je ne sais pas. » Il se redresse, le visage à demi éclairé par la lumière du dehors dans l'air chargé de poussière.

« C'est important. » J'insiste. « C'est *le plus* important. Même si les rebondissements d'aujourd'hui te concernent de manière secondaire…

– La prison, c'est pas secondaire.

– Si, par rapport à quelqu'un qui été enlevé et tué. Ce qui ne t'est pas arrivé, à toi. » Je claque la porte de l'armoire pour donner de la force à mon argument.

« Je sais bien. Tu me prends pour quoi : un crétin fini ? Bon. On n'a plus que vingt minutes avant le dîner, et je veux te montrer où j'ai vu le gars pour la dernière fois. » D'un geste du menton, il indique la cour derrière lui.

« D'accord, mais après le dîner, tu me raconteras tout. Du début à la fin. Plusieurs fois, même, si j'en ai besoin.

– Non. Ce soir, je suis Andre, et je vais leur faire découvrir les trous de la gloire et les fissures anales, ils seront tellement estomaqués qu'ils parleront de moi à leurs petits-enfants. Mais demain, dans la voiture, on discutera. »

Je sors avant lui. Il y a trop de choses incohérentes. Pourquoi ont-ils choisi cet endroit, et qu'avait vu mon père ? Pourquoi ne l'ont-ils pas tué aussi, ensuite ? Pourquoi ne les a-t-il pas dénoncés ?

Il ferme la porte de Rhinocéros à clé. « Mince, Jo. Pourquoi tu me soupçonnes toujours du pire, hein ? » Encore une question rhétorique. « *Wa-ngi-buka-nge-loku-khola insimu.* »

Il a un bon accent ; les consonnes claquent comme des billes. Je ne savais pas qu'il parlait zoulou. « Qu'est-ce que ça veut dire ?

– Que tu me regardes en essayant de trouver un défaut. » Il enjambe un vieux tuyau à la couleur passée qui ressemble à une peau de serpent. « En fait, la traduction littérale, c'est : *il m'a regardé comme s'il inspectait un champ.* »

Mon ombre plonge dans la piscine et, sous l'eau, attrape le soleil dans sa main.

« La langue zoulou est tissée de conneries, je te jure. » Il crache dans l'herbe, ouvre la porte de Guépard et me fait signe d'entrer dans la case. Identique à la première, mais avec des tissus plus criards. « C'est là qu'ils le gardaient enfermé la plupart du temps. Juste lui et une chaise au milieu, posée sur un vieux rideau de douche. Ils devaient sans cesse écarter la pisse, le sang et la merde tout autour. » Il se tient dans l'encadrement de la porte et je suis debout dans la pièce. Ce que mon père a vu ici semble incompatible avec le décor et ses couleurs ringardes. Je n'arrive pas à regarder la chaise appuyée contre le mur.

Quand on ressort, il me montre un grand rectangle d'herbe coupé en deux par un filet de badminton. « C'est là qu'ils l'ont "coulé". » Je le dévisage sans comprendre. « Ils ont pissé et chié dans un seau, ils ont ajouté des crottes du chien, et ils ont tout versé dans un sac en plastique. Ensuite ils l'ont obligé à mettre la tête dedans et ils l'ont maintenu jusqu'à ce qu'il arrête de respirer. » Il se penche pour boire à un robinet dans le mur. S'essuie le menton sur l'épaule. « Ils l'ont ranimé, pour pouvoir recommencer. »

J'ai envie de partir d'ici, de quitter ce pays.

« Après, ils l'ont emmené sur la colline, là-bas. » Il me surveille du coin de l'œil et remarque, j'en suis sûre, que je suis pâle.

Je recule. « Je dois prendre des photos des cases, pour comprendre où était le témoin…

– Ça peut attendre. Viens. » Il me saisit le poignet. « Il faut que tu voies ça. »

On est debout côte à côte sur la colline près de Dundee. L'horizon ressemble à une peau d'orange desséchée qui ondule dans le soleil de la fin d'après-midi.

« Quand ils l'ont amené ici, il était déjà en train de mourir, raconte mon père. Il n'avait plus d'oreilles ni de nez depuis longtemps. Au bout de deux jours, ils l'ont détaché et ils l'ont regardé essayer de s'enfuir. » Mon père donne un coup de pied dans une touffe d'herbe. « Il est tombé en se trémoussant comme une poupée de chiffon.

– Arrête. »

Il pivote vers moi et je sens son odeur – eau de toilette, sueur et tabac. « Tu as entendu parler de ce Blanc qui est mort et dont le cœur a été transplanté à un patient noir, à Jo'burg, je crois ? » Il n'attend pas de voir que je fais non de la tête. « Quand sa famille l'a appris, elle a demandé à récupérer le cœur. » Il rit.

Je m'essuie le nez du revers de la main.

« Tu vas pas chialer… » Il soupire en levant les yeux vers le ciel, comme pour demander confirmation : *Oui, Nico, je vois ce que tu dois supporter, et sincèrement, tu es d'une patience extraordinaire.* « Quelle mauviette. »

Je lui tourne le dos. Le vent et le soleil ont rasé l'herbe sur les flancs de la colline.

Derrière moi, mon père dit : « Ça va ?

– Oui. » Les yeux fermés, je m'éloigne de deux pas, pour le cas où il se rapprocherait de moi ou me poserait une main sur l'épaule.

« Tu es un peu pâlotte. » Puis, plus doucement : « J'aurais dû te prendre quelque chose à manger. »

Je reviens face à lui, pesant de tout mon poids sur la terre et les cailloux que je sens sous mes chaussures. « Je suis capable de me nourrir toute seule. » Après réflexion, j'ajoute : « Je fais ça sans toi depuis vingt-trois ans.

– C'est vrai. » Il baisse les yeux, roule une petite pierre sous son pied. « Tu veux entendre la suite ?

– Non. Mais dis-la-moi quand même.

– Il est tombé. Ils m'avaient forcé à porter un générateur jusqu'ici et ils l'ont posé à côté de lui. » Il désigne un carré de poussière, nu et lisse comme une nectarine. « Ils ont collé les électrodes, une sur son téton droit, l'autre sur son pénis. Du scotch bleu, je me souviens… » Il se retourne. « Et après, ils ont mis la radio.

– Putain, qu'est-ce que ça veut dire ? » Je ne comprends pas le rôle que ces euphémismes sont censés jouer. Faire paraître les choses moins réelles, sans doute, pour pouvoir les supporter.

« Ils lui ont envoyé des décharges électriques et l'ont regardé tressauter, jusqu'à ce qu'il ne puisse même plus se pisser dessus. Finalement, il a cessé de réagir. Il tremblait, c'est tout, recroquevillé par terre. Mais il vivait encore. »

Je pleure maintenant, en me cachant le visage. Mon père s'avance, peut-être pour me prendre dans ses bras, mais je secoue la tête et je l'arrête d'un geste. Il recule, les mains dans les poches.

« Et ensuite ? je demande quand je réussis à parler.

– Je ne sais pas. Ils m'ont ramené à la case.

– Pourquoi ?

– Je ne sais pas, répète-t-il en plissant les yeux, face au soleil. Ils m'ont assommé.

– Tu as revu le Noir ? » Je m'essuie les joues avec le dos de mes mains.

« Non. C'était la dernière fois.

– Tu as dit que tu l'avais vu mourir.

– Ne prends pas toujours tout au sens littéral… Il est mort peu de temps après. Bizarrement, ses cris ne semblaient pas humains, or c'est ce qu'ils n'avaient pas cessé de répéter, que les Noirs ne sont pas des êtres humains. Mais comme tu peux le constater, il n'y a pas grand-monde par ici, et encore moins à l'époque. Personne n'a entendu ni n'est venu s'enquérir de l'animal en train de mourir sur la colline.

– Comment sais-tu tout ça ? » J'observe sa réaction. « Je croyais que tu étais en bas, dans la case, inconscient ? »

Il sourit. « Parce que quand je me suis réveillé, Gideon van Vuuren me l'a raconté.

– Qui est-ce ?

– Un des gars. Je l'avais croisé à l'armée. C'était un peu mon *bru*[1] pendant un moment. » Il ne me regarde pas et parle assez fort pour que je l'entende, comme s'il avait lu quelque part que les acteurs ne jouent pas toujours face au public. « C'est lui, le meurtrier. »

Je serre les poings en enfonçant les ongles dans ma paume. « Tu as dit que tu ne connaissais pas ces types. »

Brusquement, il redescend vers le lodge. « J'ai menti. Mais c'est plus percutant maintenant, non ? » lance-t-il par-dessus son épaule.

Il s'attend à ce que je coure derrière lui, certain de l'effet produit par sa mise en scène et par la

1. « Frère » en argot afrikaans.

révélation tardive de ce détail d'importance, mais je ne bouge pas. C'est plus loin qu'il se retourne, curieux de voir ma réaction. Je bascule légèrement la tête en arrière, les yeux fermés, pour sentir les derniers rayons du soleil sur mon visage, et je jure à voix basse en essayant de retenir mes larmes. J'aurais dû savoir que je ne gagnerais rien à revoir mon père et à accepter de le suivre, plutôt que de continuer à couvrir les émeutes. C'est différent, mais ce n'est pas mieux.

Je prends quelques photos du lodge, vu depuis la colline. Au moins, il n'est pas là pour m'expliquer comment cadrer. Quant à m'en apprendre davantage, il va faire durer le suspense jusqu'à ce que nous soyons de nouveau dans la voiture.

Bien sûr, vingt-cinq ans plus tard, il n'y a pas d'ossements à découvrir derrière un rocher. Pas d'initiales écrites avec du sang. Les cases sont dissimulées par la végétation et aucun témoin n'aurait pu se tenir sur cette colline rase sans être repéré. On ne trouvera rien ici qui puisse aider mon père, il le savait parfaitement. Il a organisé tout ce voyage aux seules fins de composer une image pour moi. L'image qu'il veut que je voie. Mais je ne sais pas pourquoi. Pas encore.

En bas, mon père siffle. Je photographie encore la route qui part en direction de l'ouest, vers l'État-Libre et ses herbes fauves raidies par le givre. Ses réservoirs à sec, ses pompes éoliennes immobiles.

Le vent apporte une odeur de viande sur le grill.

***

J'ouvre la fenêtre de ma chambre. Les barreaux anti-effraction sont humides de la rosée en suspension dans l'air depuis qu'Andre m'a souhaité bonne nuit, deux heures plus tôt. Comme Hermione ne s'est pas présentée au dîner, prétextant une fièvre, mon père a eu la scène pour lui seul.

Les branches des arbres se balancent dans le vent. La compagnie de mon père me fatigue – être constamment sur mes gardes, mettre en doute tout ce qu'il dit –, mais je n'arrive pas à dormir, je suis assaillie par des images de ce qui s'est passé ici, les électrodes et le rideau de douche plein de sang.

Une lumière s'allume dans une des cases. Je me demande si mon père dort dans la chambre à côté – je ne l'ai pas entendu sortir – ou s'il est là-bas, avec ses souvenirs. Les rideaux à la fenêtre de la case s'agitent, puis ne bougent plus.

3

Voici comment cela s'est passé

Je roule une orange épluchée dans mes mains, l'odeur emplit la voiture. J'espère qu'elle me poissera les doigts et les tachera. Je la mords pour arracher le cœur et je le garde sur mes genoux pour plus tard, comme le capuchon d'une bouteille en plastique.

Hermione ne s'est pas montrée non plus pour le petit déjeuner, mais il y avait des fruits dans un saladier posé près de la porte de sa chambre. En partant, Andre a promis d'appeler et a embrassé la femme du Boer en short.

« J'imagine que tu veux en savoir plus sur Gideon », demande mon père en allumant une cigarette. Il a pris une douche et ses cheveux sont encore mouillés.

J'espère que mes deux dernières semaines ici passeront aussi vite que les aloès qui défilent à toute allure de l'autre côté de la vitre, que je me réveillerai plus tard en entendant, non pas une mélodie de Bach sifflotée dans un nuage de fumée, mais la clameur de Londres en plein été, avec mes cheveux plus longs et l'Afrique du Sud derrière moi. Mais pour l'instant, je dois rester avec mon père, le convaincre que la seule chose sensée, c'est de parler à la police. Rien qu'à cette pensée, je suis fatiguée.

« On va au col Swartberg, juste au nord de Oudtshoorn », dit-il.

J'ai offert de payer un avocat, un professionnel capable de découvrir la nature exacte des preuves à charge contre lui, mais il refuse. Il tient à débrouiller l'affaire tout seul. Un homme ne confie pas son destin à quelqu'un d'autre, a-t-il argué. Quant à moi, je ne suis pas quelqu'un d'autre, mais un prolongement de lui-même.

Il veut filer vers l'ouest, en évitant les grandes routes, pendant qu'on cherche qui l'aurait dénoncé. Le lodge est trop isolé pour qu'il y ait eu un témoin, et d'ailleurs, tout le monde à Dundee le connaissait sous le nom d'Erik Klavier. Il nous faut donc passer en revue la liste des personnes impliquées et imaginer à qui elles auraient pu parler. On roule sans destination précise ; le principal, c'est de ne pas s'arrêter. Et plus on s'éloignera du lodge, mieux ça vaudra. Mais ce plan m'inquiète : à mesure qu'on s'avancera dans le désert, je n'aurai pas d'autre choix que de rester avec lui et d'espérer qu'il m'a monté un bateau.

Je pose l'orange sur mes genoux et me penche pour ouvrir la boîte à gants. L'atlas routier me colle aux mains.

« Il y a une chute d'eau que peu de gens connaissent, dit-il. Il faut grimper au-dessus du col. On devrait y être ce soir. »

Je repère Oudtshoorn dans l'index et je trouve la page. La ville est entourée de canaux d'irrigation, minces comme des vaisseaux capillaires, tous portant des noms afrikaners qui promettent des éléphants et des singes. « Il ne fera pas nuit quand on arrivera ? Je ne verrai rien.

– Le bruit, à lui seul, est magnifique. C'est un des plus beaux endroits au monde, il n'y a rien de pareil en Europe. »

Je referme l'atlas et le glisse sur le tableau de bord. On dirait que ce voyage offre à mon père l'occasion de se prendre pour un guide touristique.

« Surtout pas en Angleterre, continue-t-il. La campagne là-bas est jolie, au début, mais tape-à-l'œil. » Il me regarde en souriant. « Comme une putain, avec trop de rouge à lèvres et de la lingerie bon marché. En plus, tout se ressemble : aucune différence entre Bath et Édimbourg. Mais cette chute d'eau…

– Ferme-la, dis-je en attrapant mon sac à main. Tes hauts lieux du tourisme en Afrique du Sud ne m'intéressent pas. Pas plus que de passer ma vie dans une bagnole. » Je sors un paquet de cigarettes, mon dictaphone et un carnet à spirale. « Parle-moi juste de Gideon, qu'on en finisse. Et cette fois, je vais t'enregistrer pour que tu ne puisses pas revenir sur ce que tu as dit après, et nier. » J'ai décidé hier soir d'enregistrer toutes nos conversations à partir de maintenant, comme une assurance – contre quoi, je ne sais pas exactement. Le dictaphone a une autonomie de batterie de soixante-douze heures, et je ne compte pas rester avec mon père plus longtemps.

Il écrase sa cigarette dans le cendrier propre. « J'espère qu'on arrivera au Karoo avant le crépuscule pour que tu voies les aloès du Cap, dit-il sur un ton désinvolte. Ils sont rouges en cette saison, et si tu as le temps de bien composer ton image, on dirait une boule de feu.

– Je ne suis pas là pour parler photo, bordel. » J'ouvre ma fenêtre et je lâche l'orange sur la route. « Maintenant, tu vas me raconter ce que tu sais sur Gideon. » J'ai élevé la voix pour qu'il m'entende malgré le bruit, mais une fois que j'ai relevé ma vitre, c'est trop.

Il soupire. « D'accord. Mais on peut quand même se comporter comme des gens normaux ? Ceux qui vont à des matchs de rugby et mangent du biltong[1]... Enfin, les trucs normaux que font un père et sa fille. »

Je manque d'arracher les pages de mon carnet avant de parvenir à une feuille vierge. « On n'est pas des gens normaux. Cette situation n'a rien de normal.

– *Ja*, bien sûr, mais...

– On ne s'est pas parlé depuis trois ans. C'est pas *normal.* » Je griffonne la date en haut de la page. « Quant à ce genre de retrouvailles, excuse-moi, mais j'appelle pas ça normal non plus. » J'ai envie de l'attaquer.

« Tu as raison. » Il se tourne vers moi. « Et je suis désolé. Mais je n'ai personne d'autre à qui m'adresser.

– Sans blague. » Je note rageusement l'heure affichée au tableau de bord. « C'est la vie que tu as choisie. »

Il reporte son attention droit devant lui, refusant manifestement de mordre à son tour, et se gratte le flanc. Chaque fois que ses doigts remontent son T-shirt, je vois l'hématome. J'ouvre mon paquet de cigarettes, mais il est vide. Je le jette par terre et je pose les pieds sur la boîte à gants.

« Ça ne me regarde pas, d'ailleurs. Sauf que tu me balances cette bombe sur les épaules en me demandant

1. Viande séchée.

de t'aider. Et à part Gideon, je ne vois pas par où commencer. »

Il indique du menton le dictaphone en équilibre sur mon ventre. « Bon, d'accord. Allume ton machin. »

Je le branche sous la radio, j'oriente le micro vers mon père et j'appuie sur le bouton rouge pour enregistrer. Je parie qu'il a pensé qu'il lui suffisait d'acquiescer pour que je renonce. Le carnet ouvert sur mes genoux, je trace une marge du côté gauche pour le cas où ma sténo nécessiterait une explication. J'attends.

On double un camion dont le feu arrière ressemble à une croûte de sang à moitié arrachée.

« Gideon était juste un surnom, dit-il, mais c'est comme ça que tout le monde l'appelait. Gideon van Vuuren. Je crois que personne ne connaissait son vrai nom, en fait. »

Je le note malgré tout. Il faudra que je demande à Naledi de faire des recherches.

« Gideon avait commencé son service militaire deux ans avant moi. Je l'ai rencontré à la frontière. Un gros gaillard aux cheveux roux… » Il me regarde. « Pourquoi tu écris en même temps ?

– Le tribunal accepte la sténo. » En fait, je ne suis pas sûre que la loi concernant les médias soit la même en Afrique du Sud et en Angleterre.

« Et les enregistrements ? »

J'acquiesce en silence, sans préciser qu'ils seraient valides seulement avec sa permission.

« Alors, pourquoi tu gribouilles en plus ?

– Ça me détend », dis-je, les yeux fixés sur mon carnet. Gideon van Vuuren est une série de traits terminés par des boucles. « Lâche-moi, OK ? »

Il semble mal à l'aise, s'agite et tire sur son short avant de reprendre la parole. « Il était religieux – originaire d'une de ces villes très blanches de l'ouest du Transvaal. Tu sais, où les gens sont tellement arriérés que même le cheval est trop moderne pour eux, ils préfèrent le bon vieux char à bœufs.

– Il avait quel âge ?

– Deux ans de plus que moi, je crois. » Il tend la main vers ses plaquettes de chewing-gums à la nicotine à côté de la radio et en sort un. On dirait un gros cachet blanc. « Donc, je l'ai connu quand je suis allé à la frontière. J'étais pas très bon…

– Tu me parais assez bien bâti pour remorquer des troncs d'arbres ou je ne sais quoi d'autre dans le veld.

– Oui, bien sûr, mais c'est pas parce que j'en étais capable que j'obéissais. J'aurais pu aussi zigouiller tous les Noirs et tous les communistes qu'ils me demandaient de tuer, ça ne veut pas dire que je l'ai fait. » Il se lèche les lèvres. « Bref, j'en ai bavé à cause de ma grande gueule – les séries de pompes supplémentaires et tout ça. Mais la paye était bien meilleure et ils avaient besoin d'un maximum de soldats, alors je me suis engagé.

« Gideon, lui, il était à fond là-dedans. Oui, chef. Non, chef. Combien de *kaffirs* vous voulez que je descende, chef ? » Il me jette un coup d'œil et secoue la tête. « Le bon élève, quoi, le genre de fayot que je butais au lycée.

– Moi aussi, j'étais bonne élève. »

Il détourne les yeux. J'ôte mes pieds du tableau de bord et je me redresse sur mon siège. « Continue.

– Quand on est partis en mission au Kavango, en Namibie, il s'est avéré que c'était un putain de malade. La mascarade du parfait soldat lui permettait juste de cacher qu'il aimait vraiment tuer des Noirs. » Il prononce le mot différemment de d'habitude, comme adouci.

Je ne regarde que mon père, pas le paysage désertique en arrière-plan. « Qu'est-ce qu'on vous a fait faire ?

– Tu as entendu parler de la Koevoet ? »

Je fais non de la tête.

« Ça ne m'étonne pas. » Il me tend son paquet de cigarettes. « Allume-m'en une, s'il te plaît. Au départ, c'est un mot afrikaans qui désigne un crochet, une sorte de pied-de-biche. C'était aussi le nom d'une unité contre-insurrectionnelle qui combattait les communistes aux frontières de la Namibie. »

Il jette son chewing-gum dans le cendrier et je lui passe une cigarette. Je m'en allume une aussi, pour le geste.

« La Namibie était encore une colonie de l'Afrique du Sud, à l'époque, dit-il en exhalant la fumée. Et le gouvernement n'avait pas l'intention de la lâcher.

– C'est ce que tu faisais ? Tu étais dans la Koevoet ? » Les yeux rivés sur mon carnet, je n'ai pas vraiment envie de connaître la réponse.

« Non. »

Je m'aperçois soudain que j'avais bloqué ma respiration.

« Malgré l'impression que je donne parfois, je ne pourrais pas faire ça. Tuer quelqu'un. Tu le sais, hein ? »

J'espérais qu'il dirait quelque chose dans ce genre-là, avec franchise, pour que je n'aie pas à me le demander. Je hoche la tête.

« Tant mieux », dit-il en souriant. Puis il émet un sifflement. « Si tu avais vu comment la Koevoet opérait… Chez eux, Gideon était une putain de star. Ils lui ont même remis la Croix du Sud. On commençait tous à imaginer l'effet que ça ferait de sucer une bite, parce qu'on était là depuis trop longtemps, mais le chef – le brigadier van der Westhuizen – a fourni des Namibiennes à Gideon pour qu'il puisse *pomper.* »

Je m'étrangle de rire. « Hein ? J'arrive pas à croire que tu dises *pomper.*

– Pourquoi ? C'est bien ce qu'on fait. » Une voiture venant dans l'autre sens, la première qu'on croise en une demi-heure, nous fait un appel de phares. « À l'époque, je me suis rendu compte que finalement, les rapports sexuels entre hommes me paraissent plus naturels qu'entre les lesbiennes, parce que ça ressemble à l'acte normal. » Il attrape sa casquette sous son siège et la coiffe. « Filmé en gros plan, ça pourrait être n'importe quel trou… même celui d'une femme.

– Oh, putain… » Si j'étais un personnage de dessin animé, ma bouche s'ouvrirait si grand qu'elle toucherait par terre, puis se refermerait comme un store qu'on relève. « S'il te plaît, ne commence pas, dis-je en tirant une grande bouffée de ma cigarette.

– Je ne commence rien du tout. » Il jette un regard par-dessus son épaule et réduit sa vitesse en deçà de la limite. « Je t'explique juste ce que je pense. J'aime pas les gouines hommasses, ni les tantouzes efféminées, ni même les machos. Tout ce qui est extrême. »

La fumée tournoie dans l'air comme des gouttes de couleur dans un verre d'eau lorsqu'on rince un pinceau. « Et moi, alors ? » Je regrette immédiatement d'avoir posé la question et j'ouvre ma fenêtre pour qu'elle s'échappe, en même temps que la fumée.

« T'es pas gouine. Du moins pas encore, ou pas que je sache.

– C'est bon. Raconte-moi juste ce qui s'est passé avec Gideon. »

À nouveau, il surveille la route derrière nous en regardant dans le rétroviseur. « Tais-toi un peu, ordonne-t-il. Et mets ta ceinture. » Il est inquiet à cause de la voiture qui nous a fait cet appel de phares.

« D'accord, mais…

– La ferme. »

Je me surprends à espérer qu'on tombe sur un barrage de police, avec des sirènes tout autour de nous pour l'empêcher de quitter la route et de filer à travers le désert.

Il ralentit encore dans une petite côte ; en haut, il y a une autruche morte sur la chaussée. « C'est pour ça qu'ils nous ont fait un appel de phares », dit-il en se détendant.

Je garde ma ceinture attachée. À cause du vent qui agite les plumes de l'autruche, j'imagine qu'elle est peut-être encore en vie, mais quand on passe à côté, je vois son cou inerte et mou comme une algue.

« Bref. Juste avant qu'on me renvoie de la frontière, Gideon et son unité – deux jeunes gars qui lui obéissaient au doigt et à l'œil – sont revenus au camp. Ils avaient tué un guérillero namibien et Gideon portait les oreilles du type autour du cou, sur un fil de fer.

– Bordel… » La dernière phrase est un gribouillis en sténo. Je le barre et je recommence, en me concentrant sur mon tracé pour ne pas penser à ce qu'il signifie.

Mon père continue : « Ce soir-là, ils se sont défoncés à la méthaqualone. Normalement, on était censés s'en servir pour shooter les prisonniers, mais beaucoup de gars en fumaient aussi. Ça s'appelle "se faire un bouton". Tu écrases un comprimé de Mandrax, tu le mélanges à de la *dagga*, et après tu le fumes avec le goulot d'une bouteille cassée. » Il mime, de sa main qui tient la cigarette. « C'est tellement fort que tu tombes raide par terre. »

Sur la page suivante, je dresse une liste de démarches à effectuer, toujours en sténo pour le cas où mon père fouillerait dans mes affaires. « Tu en as pris, toi ?

– Je voulais, mais on m'a dit que ça ratatinait la bite. »

Je retourne à ma liste. *Appeler Naledi. Confirmer enquête. Vérifier archives armée.*

« Bref, ils étaient juste à côté de ma tente, et ils riaient en se rappelant comment ils avaient explosé le visage du Namibien. Je suis sorti pisser. Gideon tannait l'un des gars parce qu'il ne s'était pas encore fait tatouer un pied-de-biche. Il avait un morceau de verre et un stylo, et il menaçait de le tatouer lui-même. » Mon père s'éclaircit la gorge. « Le pauvre gars était à moitié à poil, il tremblait, et c'est là que j'ai remarqué que Gideon bandait. Les autres étaient trop défoncés pour s'en apercevoir, mais j'ai pris une photo et j'ai crié que la boussole au bout de sa queue avait trouvé le nord. » Il rit de sa propre expression. « Après ça, tout le monde s'est foutu de lui en le traitant de gay.

– Donc, tu as toujours été un emmerdeur. »

Il ne relève pas. « C'était marrant. Ils ont tous entendu dans le camp. Mais il avait vraiment la honte et le lendemain, en plein milieu du déjeuner, il m'a balancé un plateau à la tête. Je me suis réveillé à l'hôpital, en Afrique du Sud, avec trois côtes cassées. En fait, il s'était déchaîné sur moi pendant que j'étais inconscient. Une fois que j'ai été rétabli, je suis retourné à la frontière, mais loin de Gideon. On m'a missionné pour protéger les fermes contre les *terrs.* » Les terroristes. « Et ça s'est arrêté là.

– N'importe quoi, je dis en refermant mon carnet.

– Hein ? » Il retourne sa casquette, visière sur la nuque.

« Toute cette histoire, c'est parce que tu l'as traité de gay ? Il a attendu des années… Il t'a suivi jusqu'à Dundee, et il t'a fait participer à la torture et au meurtre d'un homme pour pouvoir te dénoncer à la police vingt-cinq ans plus tard ? Personne n'est dingue à ce point.

– T'as raison. » Il examine son reflet dans les rétroviseurs latéraux. « Comment tu trouves ? demande-t-il en désignant sa casquette.

– Putain, on dirait Fred Durst. » Je lui décoche mon regard le plus cinglant.

« C'est qui ? Un mec cool, j'espère. »

Je fais non de la tête.

« Oh. » Il lance la casquette sur mes genoux. Les bords sont humides à l'intérieur.

« Arrête de me raconter des craques. » Je repousse la casquette par terre et je rouvre mon carnet.

« Bon, alors écoute ça. Quand je suis revenu à la frontière, les gens en Afrique du Sud commençaient à trouver que ces fichus combats en Namibie n'étaient pas une bonne idée.

– Bel esprit d'ouverture. »

Il ne réagit pas. « Du coup, des journalistes ont été envoyés pour écrire sur cette guerre "juste". C'était une opération de com', ajoute-t-il, au cas où je n'aurais pas compris. Bref, ils ont remarqué que je trimballais toujours un appareil sur moi et ils m'ont demandé de prendre des photos pour illustrer les articles. Développement professionnel, ils appelaient ça – enfin, devant les journaleux. »

Il me vient à l'esprit que mon père a passé sa vie entière, du moins toute sa carrière de photographe, à déformer la réalité au lieu de la documenter. Et que son travail s'est davantage attaché à ce qui n'apparaît pas sur les images, plutôt qu'à ce qu'on y montre.

« Je n'ai pas voulu te le dire avant, mais j'ai accompagné plusieurs missions pour prendre des photos, déclare-t-il.

– Ben voyons. » Il y a toujours quelque chose qu'il ne raconte pas. Je m'étonne simplement qu'il n'ait pas mis en scène sa révélation comme à son habitude.

« Une fois, je suis parti avec l'unité de Gideon – six gars et lui – et ils ont chopé la famille d'un des *terrs*. Ils voulaient obliger ses proches à le balancer, à dire où il se cachait. Parmi les soldats, il y en avait un qui venait d'une autre unité – un Anglais, je crois. On voyait bien que c'était un pédé. » Il agite gracieusement la main. « Gideon l'a mis en joue et lui a ordonné de violer la femme. »

Je revois l'effroyable nuit à Alex... Le rire des hommes, les cris de la femme.

« À ce moment-là, je l'ai envoyé à terre. Gideon, je veux dire. » Il se redresse sur son siège et bombe le torse. « Le reste – le coup du plateau et tout –, ça s'est passé après. Mais tu vois maintenant qu'il était vraiment naze dans sa tête. »

Je ne suis pas sûre que ces deux histoires soient vraies. Ni qu'elles expliquent l'épisode avec Gideon au lodge. « Je m'étonne qu'il ne t'ait pas tué. »

Il rit. « Les Blancs ne tuent pas d'autres Blancs. En tout cas, pas eux.

– Et ceux qui sont venus avec lui au lodge ? » Je commence une nouvelle page dans mon carnet. « Ils étaient à la frontière aussi ?

– *Ja*, dans son unité, répond-il d'un air las.

– Et ? »

Il secoue la tête. On dirait que ça ne l'amuse plus, à présent qu'il n'a pas de rôle dans l'histoire. « Ils lui obéissaient. Danie Strydom était très jeune, facile à contrôler. » Il me regarde écrire le nom. « Jaco Eloff, lui, il était juste bête. On le surnommait Le Marteau, tellement il avait le front en avant. » Il essaie de reproduire le graphisme correspondant à Jaco sur le volant. « Jaco venait des mauvais quartiers de Pretoria. Il avait un gros grain de beauté noir sur la joue et la peau basanée comme les Blancs pauvres qui passent trop de temps au soleil. Je crois qu'il était entré dans l'armée à seize ans, juste après avoir quitté l'école. »

J'ai encore en tête son récit de ce qui s'est passé à Dundee, les deux soldats qui ont offert de payer en espèces. « Donc, tu savais qui ils étaient quand ils sont arrivés au lodge ? » Avec tous les détails qu'il m'a donnés sur Jaco, il se rappelait forcément.

« Je n'ai pas une très bonne mémoire des visages. Des visages d'hommes, du moins.

– Mais quand tu as vu Gideon le lendemain, tu l'as reconnu ?

– *Ja*, bien sûr. Lui, on l'oublie pas.

– Et maintenant, c'est fini ?

– Qu'est-ce que tu veux dire ?

– Tu te souviens sans cesse de nouveaux "détails". Il y a autre chose que tu ne m'as pas raconté ?

– Bon sang, Jo. Tu crois que ça me fait plaisir ? »

Je me détourne pour m'empêcher de lui répondre.

« Ce que j'ai vu là-bas, au lodge, ça me hante chaque jour depuis. »

Avant de pouvoir me retenir, je lâche : « Ah bon ? On ne dirait pas.

– Va te faire foutre. » Il serre le volant, si fort que ses articulations deviennent toutes blanches.

« Excuse-moi. J'essaie juste de te faire comprendre que je ne peux pas t'aider si tu ne me dis pas tout.

– D'accord, *baas*. Tu veux savoir quand je vais à la selle, aussi ? »

Je ferme mon carnet, j'éteins le dictaphone, et je les range dans mon sac. « Non, mais merci de l'avoir proposé. » Trop fatiguée pour lutter, je détache ma ceinture et je pivote pour passer à l'arrière.

« Tes désirs sont des ordres », dit-il sur un ton sarcastique en s'écartant ostensiblement, feignant de me laisser le champ libre.

Dans le rétroviseur, il me regarde pousser les bouteilles d'eau vides et les canettes de bière sur la banquette pour m'allonger. « J'ai parlé de Gideon aux gars de Pretoria et je leur ai dit qu'il avait essayé de me draguer.

– Très bien, je réponds en lui tournant le dos.

– Il attachait les corps des gens qu'il avait tués devant le Casspir, le véhicule blindé, pour que tout le monde puisse admirer ses trophées. » Mon père ferme la fenêtre à l'arrière. « À la fin de l'expédition, quand il arrivait au camp, il ne restait plus que des lambeaux de chair. »

Il fait sombre quand je me réveille. Plus loin devant, on aperçoit les lumières vacillantes d'une ville, sous un ciel noir sans étoiles. J'ai mal à la tête, une barre douloureuse sur le front.

« Il faut qu'on prenne de l'essence et j'ai besoin de me dégourdir les jambes », dit mon père en s'arrêtant à une station.

La clé des toilettes pour femmes est attachée à une bouteille de Coca de deux litres remplie de sable. Mon père doit m'aider pour ouvrir la porte : il tient la bouteille et remarque mes mains qui tremblent tandis que je tâtonne avec la clé. Il dit qu'il a faim aussi, qu'il rapportera quelque chose pour moi. À l'intérieur, le bruit de l'ampoule fluorescente couvre le bourdonnement des mouches qui tournoient, reflétées dans le miroir. Je contemple les quatre cachets de paracétamol que j'ai déposés dans ma paume et je me demande si c'est trop. La peau de ma main me paraît si fine que j'ai l'impression de voir à travers.

Dehors, je m'assieds sur le capot pendant que mon père paie l'essence dans la boutique et rend la clé. Je balance mes jambes, le temps que Naledi décroche. Mon père m'a dit de rester dans la voiture et de verrouiller les portières, et je le vois qui me surveille en attendant son tour à la caisse. Je cache mon téléphone sous mes cheveux.

Il me fait des grimaces en se tirant les oreilles pour imiter un singe, tête inclinée sur la gauche à cause du panier qui pèse au creux de son bras.

« Allô ? répond Naledi, la bouche pleine.

– Salut. » Je contemple mes pieds qui dansent. « Excuse-moi de te déranger à l'heure du dîner. Je ne peux pas parler longtemps… » Il y a de la terre sous mes ongles. Est-ce qu'elle vient de la colline à Dundee ?

« Pas de problème, dit-elle. Ça va ?

– Oui, ça va. » Je ne sais pas quoi dire d'autre. Je crains de me mettre à pleurer si je commence à expliquer tout le « ce-qui-ne-va-pas » de la situation.

« Je te crois pas. » Quand je ne suis pas bien, elle le sent toujours.

« Je te raconterai plus tard. » Je relève les yeux et j'essaie de mettre un sourire dans ma voix. Mon père me fait un signe de la main. Voyant le téléphone à mon oreille, il suspend son geste et se tourne vers la caisse.

« T'as intérêt.

– Tu peux vérifier quelque chose pour moi ? À propos de mon père. » Je perds une de mes tongs qui tombe devant la voiture.

« Oui, quoi ? » J'entends les perles de ses cheveux cliqueter contre le téléphone.

« Est-ce qu'il y a quelqu'un au boulot à qui tu pourrais demander de chercher si… » Je m'interromps. « S'il traîne une casserole ? » Je n'arrive pas à dire tout haut : *Est-ce que mon père est recherché pour meurtre ?* « Je ne parle pas de pensions alimentaires qu'il devrait à des centaines d'enfants illégitimes. »

Elle rit.

« Quelque chose de moins anodin… Mais grouille-toi, d'accord ? »

Elle fait claquer sa langue contre son palais. « Qu'est-ce qui se passe, Jo ?

– Tu t'en occupes, s'il te plaît ? » Mon père, un sac à la main, sort de la boutique. « Je voudrais aussi que tu fasses une recherche sur ces trois noms : Danie Strydom, Jaco Eloff et Gideon van Vuuren. Celui-là, c'est peut-être un pseudo. » Ce mot dans ma bouche me paraît irréel. « Pour demain matin, c'est possible ? Je t'appellerai au boulot, tu me donnes ton numéro ? » Je prends un stylo dans mon sac.

Elle n'hésite pas. « *Ja*, bien sûr. »

Je cale le téléphone contre mon épaule et j'écris le numéro sur ma main. « Merci. »

Mon père pose le sac en plastique à côté de moi sur le capot.

« Faut que j'y aille. » Je raccroche et je range mon téléphone.

« C'était qui ? demande-t-il, sa voix mêlée au bruissement du plastique.

– Un chef de rédac. Il me demandait quand je rentrais à Jo'burg. » À moins de recomposer le numéro, il ne pourra pas m'accuser de mentir. Ça ne fait pas longtemps qu'il s'intéresse à mon travail, et il ne sait sûrement pas pour qui j'écris ni où mes articles paraissent. Il ne doit même pas connaître l'existence des blogs.

Mon père hausse les sourcils.

« Non, je n'ai pas dit où j'étais, ni que mon père était en cavale, j'ajoute.

– Tu te crois dans un mauvais polar, ou quoi ? » Il sort un Yogi-Sip à la banane du sac, le tient en équilibre sur sa paume et agite son autre main derrière. « Ha ha ! Je me suis rappelé que tu me suppliais de t'en acheter quand je t'emmenais en virée. » Il perce le yaourt à boire avec une paille aussi grosse qu'une chenille et me le tend. « J'espère que t'aimes toujours ça. »

Je lui souris. « Merci.

– J'ai pris aussi des Ghost Pops et des tranches d'ananas en boîte. » Des gâteries que j'adorais quand j'avais dix ans. Il ouvre la portière derrière la place du conducteur et pose le sac par terre. « On y va. »

Je descends du capot. En ramassant ma tong, je laisse le Yogi-Sip à côté de la pompe à essence. J'ai toujours préféré le parfum fraise.

« Vas-y, dit-il. Allez, saute. » Il jette une canette de bière vide – sa quatrième – sur les rochers.

En culotte et soutien-gorge, je frissonne. La lampe torche dessine une lune engloutie dans l'eau. Je ne comprends pas comment j'ai pu accepter de me baigner à onze heures du soir.

« Pourquoi tu ne viens pas aussi, toi ? » Le bruit de la cascade s'élève à la surface comme de la vapeur.

« Il faut que quelqu'un tienne la lampe. J'irai après toi.

– J'ai pas envie. » L'eau est noire, une gueule béante.

« Vas-y, crie-t-il. Pour une fois dans ta vie, fais quelque chose de spontané ! »

L'écho de sa voix me frappe de tous les côtés. Pour prouver qu'il se trompe – comme il le prévoyait –, je saute.

L'eau est froide, plus froide que la mer à Brighton. Et dure, comme la roche d'où elle vient. Assez propre pour qu'on puisse la boire, mais j'imagine des grimpeurs tombés de la falaise, leurs squelettes tordus, blanchis par le soleil, flottant dans leurs coupe-vent, des corps que seule cette rivière retrouvera, alors je ferme la bouche. Les yeux aussi ; l'obscurité derrière mes paupières est plus rassurante que le noir de l'eau. Mais quand je refais surface et que j'ouvre les yeux, tout est sombre là aussi. La lampe torche a disparu.

« Nico ? » Le silence règne, il n'y a que ma voix et l'eau. « Nico, t'es où ? » Aucune réponse, même pas un rire sous cape. Les étoiles, tellement silencieuses le jour, semblent émettre un léger vrombissement. « Hé ? » J'explore les rochers à tâtons, cherchant des prises pour mes doigts et mes orteils. Il y a une petite corniche juste sous la surface, assez large pour poser un pied. « C'est pas drôle », je crie en me hissant. Mes doigts ne trouvent pas à s'accrocher sur la roche lisse, je retombe à plat dos en arrière. J'avale de l'eau par le nez et je tousse dans l'air de la nuit.

Je suis trop près de la cascade ; même si le débit n'est pas très important en hiver, l'eau de la vasque s'agite à cet endroit. Je m'éloigne du bruit de la chute, en nageant la brasse avec mes jambes mais en pédalant des mains parce que je ne vois pas ce qu'il y a devant moi. L'espace d'une seconde, ma main droite se prend dans quelque chose, c'est gros, mou et lourd. Je hurle et sors aussitôt le bras de l'eau, projetant l'objet contre les rochers où il s'écrase puis retombe dans la vasque. Un oiseau mort, peut-être. Je nage plus fort en essayant de ne pas m'essouffler. « Nico ? » Je lève les yeux, espérant voir le blanc de ses yeux ou de ses dents, mais il n'y a rien. Un mur de chaque côté et une étroite bande de ciel étoilé.

J'attends, tremblant de froid. « S'il te plaît. » Je ne veux pas pleurer ni hurler mais j'entends la peur dans ma voix. « Papa ? » Mes doigts rencontrent la paroi et je m'y colle, pareille à une créature marine rendue à la plage, vautrée sur le sable au milieu des coquillages en miettes. « Papa ? » La lune est l'œil d'un oiseau noir.

Je m'éloigne de la cascade en suivant la paroi, avec l'espoir d'atteindre un replat où l'eau se déverse dans une vasque moins profonde. Je palpe la roche dure de mes doigts ankylosés. « C'est pas drôle », je crie encore. Mes orteils trouvent une aspérité, j'agrippe une petite saillie, mais je ne peux aller nulle part et je retombe dans l'eau.

Il me punit pour toutes mes questions.

Sa voix me parvient d'en haut, bondissant avec lui quand il sort de sa cachette. « Si, au contraire ! » Je ne me rappelle plus ce qu'il conteste. Il me braque le faisceau de la torche dans les yeux, mais je baisse la tête pour qu'il ne voie pas mon visage. Je pleure et je suis sûre que j'ai les lèvres bleues.

« Aide-moi. » Les orteils crispés sur le rocher, je lève les mains et il me tire, la torche coincée entre ses cuisses. Quand je m'écarte du bord, je perçois une coulée chaude sur mon pied. Du sang. J'ai dû me couper sur un éclat de pierre et mes pieds gelés n'ont pas senti la douleur. Le vent de la nuit me cingle la peau. Mon père s'avance en me tendant mes vêtements ; dès qu'il est assez près, je le frappe. Je visais sa joue mais je l'atteins sur le nez.

« Aïe ! Putain, pourquoi tu fais ça ? » La lampe torche lui échappe et roule dans la vasque noire, où elle brille comme un appât pour poissons d'eau profonde. Il renifle.

« Ta gueule. » J'essaie d'enfiler ma robe, mais le tissu colle à mes cheveux mouillés et je m'empêtre les bras dans l'encolure.

Il renifle à nouveau et crache. « Merde, t'as vraiment pas le sens de l'humour ! Je saigne. » Dans l'obscurité, je ne vois pas s'il renverse la tête en arrière ou s'il se pince seulement le nez, mais sa voix remonte la pente au-dessus de moi, et les *m* sonnent comme des *b*.

« Pas ce genre d'humour, connard », je crie en renonçant à mettre ma robe. Il me faudra attendre d'être dans la voiture. « J'ai cru que tu étais parti. »

Il crache encore. J'ai l'impression qu'il me regarde. « Comment t'as pu penser ça ?

– Sans problème. » Je lutte pour ne pas bafouiller ni claquer des dents. « T'es complètement cinglé, parfois ! Tu t'en rends compte ou pas ? » J'ai envie d'aller plus loin. « Tu crois que c'est normal, comment tu te comportes ? »

Il expire bruyamment. « Qu'est-ce que tu veux dire ?

– Tu as très bien compris. Tout le monde le voit – il suffit de passer une heure avec toi pour s'en apercevoir. » Là, debout en culotte et soutien-gorge, avec mon ventre à nu, je me dis soudain que le moment est peut-être mal choisi pour essayer de le blesser en insistant sur ce qu'il sait déjà. Forcément, il le sait, et je ne veux pas en discuter ici dans le noir. « Les pères ne sont pas censés faire ça à leurs mômes. »

Il soupire. « Je croyais qu'on en avait fini avec ces conneries. »

Non. À Londres, il y a trois ans, ce n'était pas terminé. Mais j'ai compromis mon droit à cette conversation en répondant à son coup de fil avant-hier. « C'est bon, on s'en va. » Les embruns de la cascade me picotent la joue. « À moins que tu veuilles te baigner ? Récupérer la torche ?

– Des clous ! La dernière fois que je suis venu ici, j'étais avec une femme de Oudtshoorn, et elle a dit que cette vasque était vraiment dangereuse. Neuf personnes ont disparu – happées par le tourbillon au fond. »

Dans l'obscurité, je prends une grande inspiration.

« Elle était plutôt sexy. Pour une femme de couleur. On s'est baignés ensemble là où c'est moins profond et j'ai vu un bout de son nichon. Pointu, avec des stries foncées sur les bords. Comme une coquille de noix de pécan.

– Passe-moi les clés de la voiture. » Je serre ma robe contre ma poitrine et je tends la main.

Il détache les clés de sa ceinture en étouffant le bruit du métal dans son poing. « Vaudrait mieux que tu viennes les chercher… Je ne voudrais pas qu'elles dégagent comme la torche. »

Encore un coup stratégique. Je suis un pion isolé sur le plateau, mais je veux juste quitter la partie. « Très bien. » Je m'avance prudemment sur le sol inégal, précédée de mon bras. C'est moi qui me trouve la plus proche de l'eau. La lumière de la torche a clignoté puis disparu, avalée par une créature qui attendait au fond. Tout est si noir que je pourrais fermer les yeux, ça ne ferait aucune différence, mais il me semble qu'alors je ne sentirais plus le vent, la roche sous mes pieds et le sang entre mes orteils.

« Elle voulait baiser avec moi, continue-t-il. Je le savais à son odeur. »

Il est tellement près que je l'entends respirer malgré le bruit de la cascade. Je ne veux pas le toucher.

« Elle s'est pressée contre ma bite sous l'eau. »

Mes doigts effleurent son T-shirt. Au contact du coton, j'ai une conscience plus aiguë de ma nudité. Il pose sa main sur la mienne. Elle est chaude, et je me demande s'il saigne.

« Elle avait la peau assez claire – presque blanche – mais des grosses lèvres de négresse. » Il retourne ma paume vers le ciel, y dépose les clés et me serre fermement le poing, comme s'il avait attrapé une araignée. « Je savais que ça aurait été agréable de sentir ces lèvres sur moi, sauf qu'elles étaient trop noires pour que j'aie envie de la *pomper*. »

Mon cœur cogne à mes oreilles, plus fort que l'eau tumultueuse. Ses doigts remontent sur mon poignet. Je ramène mon bras vers moi, mais il ne me lâche pas avant d'avoir effleuré mon ventre au-dessus de mon nombril.

« Bref, conclut-il en se faisant craquer les phalanges. C'est elle qui m'a dit que neuf personnes avaient disparu dans la vasque où tu t'es baignée… Aspirées dans des grottes souterraines, apparemment. »

Je laisse dépasser une clé entre mes doigts à la manière d'une arme, comme quand je marche dans des rues mal éclairées à Londres. « T'es complètement malade », dis-je. Pour qu'il ne me voie pas pleurer, je me détourne et, à tâtons dans l'obscurité, j'entame l'ascension du ravin qui ouvre sa gueule au-dessus de moi et hurle vers le ciel.

« C'est tellement facile de te faire enrager », lance-t-il dans mon dos.

Mes pieds couverts de sang glissent sur la terre – j'ai oublié mes tongs, mais pas question de lui demander de me les apporter. Je ne quitte pas des yeux le sommet de l'escarpement. Des branches dénudées dépassent en haut, comme des randonneurs curieux qui regardent dans le vide.

4

Mauvaise conscience

Dans la lumière grise qui précède l'aube, les arbres sont plus sombres que le ciel, découpés à l'horizon par une main hâtive, avec des branches pointues et incurvées comme des rognures d'ongles. Mon père dort sur la banquette arrière. J'ai conduit pieds nus pendant cinq heures, sans respecter ses instructions, en prenant des routes plus fréquentées. J'ai besoin de voir d'autres voitures, de me rappeler que je ne suis pas seule au monde avec lui.

Après avoir quitté la cascade près d'Oudtshoorn, j'ai mis la radio exprès pour l'agacer, mais il s'est quand même endormi. J'ai bientôt coupé le son parce que je ne trouvais que de l'afrikaans trop difficile à comprendre et des airs d'accordéon. Dans le silence, pour me distraire, j'ai essayé de me remémorer des chansons enfantines en afrikaans. J'ai passé en revue les mots qui me restaient – *elfe, envoûtement, magie* – et renoncé à dresser la liste de ceux que je ne connaissais pas ou que je devrais peut-être apprendre – *torture, complicité, connivence*.

Je n'ai pas couvert beaucoup de distance. Il y a des lapins partout et ils sont attirés par la lumière ; je roule lentement afin de pouvoir les éviter quand ils surgissent devant la voiture, telles des marionnettes qui bondissent de l'ombre et détalent sur l'asphalte clair. Ils sont rapides, avec de longs corps et des oreilles démesurées comme dans les dessins d'enfants. Vu que rien ni personne ne nous attend – je ne sais pas où on va –, j'ai décidé de m'arrêter un peu.

Sur une aire de repos dans la vallée de Langkloof, j'ouvre toutes les fenêtres et j'écoute les cigales dans les champs. L'air sent la pomme. Bien qu'elles pâlissent maintenant, je n'ai jamais vu autant d'étoiles. À l'arrière, mon père grogne et se retourne. La serviette sous laquelle il dort glisse à moitié par terre, révélant la chair de poule sur ses bras nus. Je m'en désintéresse et j'allume une cigarette.

Tout à l'heure, j'appellerai Naledi. Si mon père m'a menti au sujet de cette enquête policière, je ne serai plus là quand il se réveillera.

L'un des lapins n'a pas été assez rapide – ou moi –, et je répugne à découvrir de la fourrure et du sang sur le pare-chocs quand je descendrai de la voiture. Mais est-ce que ce n'est pas mieux de mourir de cette façon ? Aveuglé. Tué sur le coup.

« Ben alors, t'es toujours là. » Mon père sort de la voiture en s'étirant. « Ça veut dire que tu vas arrêter de ronchonner comme si t'avais tes ragnagnas, et te rendre enfin utile ? »

Je ne réponds pas. Je braque le tuyau d'eau de la station-service sur son visage, bloquant en partie l'orifice avec le pouce de manière à l'asperger. Il rit et ouvre la bouche pour boire.

« Merci. Là, je suis bien réveillé », dit-il en secouant la tête.

Il s'amuse sans cesse à mes dépens, comme un enfant qui lèche toute une barre chocolatée pour que ses amis n'en demandent pas un morceau. Je ramène le jet sur la voiture.

« Je comprends maintenant pourquoi on s'est battus contre le péril rouge. » Il s'essuie les joues sur ses épaules et me regarde en souriant. « Les femmes deviennent dingues et dangereuses quand elles succombent aux communistes. » Il s'éloigne de quelques pas et se met à faire des pompes, respirant comme on le lui a appris, sûrement, et je suis étonnée de voir avec quelle facilité il les exécute.

« J'ai rêvé que tu avais vieilli, dit-il en se relevant et en essuyant le gravier sur ses paumes. Moi, je n'avais pas changé, mais toi, tu marchais courbée en deux tellement t'étais vieille. » Il se penche en avant jusqu'à toucher ses orteils, la voix étouffée dans ses genoux. « On parlait, et quand tu riais, on aurait dit une huître qui s'entrouvre… » Il se redresse, lève les bras et se cambre ; un trait brun apparaît sous son T-shirt. « Alors, je racontais plein de blagues – je ne m'en souviens plus maintenant – et tu t'écartais de plus en plus. Mais à la fin, quand tu te retrouvais sur le dos, ça grouillait d'asticots au niveau de ton ventre. » Il sort ses lunettes de soleil de sa poche et les met. « Ça veut dire quoi, à ton avis ?

– J'en sais rien. » Depuis la nuit à Alex, il n'y a rien à décoder dans mes rêves, seulement des femmes qui pleurent et des incendies que je ne peux pas éteindre.

Quand je me suis arrêtée à la station-service un peu après neuf heures, Gert – puisque le panneau indiquait *Chez Gert* – a proposé de nettoyer mon pare-chocs. Ça arrive tout le temps, a-t-il dit. Mais ensuite, il a vu mes pieds en sang et m'a demandé où était mon mari. Je me suis contentée de secouer la tête en silence, ne sachant que répondre, le laissant inventer une histoire à ma place – *c'est lui qui m'a fait ça ; je n'ai pas de mari, sinon je n'en serais pas là ; il m'a punie de l'avoir trahi avec un autre.* Il m'a indiqué du doigt le tuyau pour me rincer. Plus tard, pendant je m'essuyais les pieds, il m'a apporté du café sucré dans une tasse en émail et un biscuit maison aux raisins secs et à la cannelle. Comme le gâteau était trop dur, je l'ai fait tremper dans le café le temps de passer mon coup de fil.

Naledi m'a raconté que mon père était le suspect principal dans une affaire de meurtre. Elle n'avait pas de contacts suffisamment haut placés au ministère de la Justice pour obtenir plus de détails. « Qu'est-ce qui se passe ? a-t-elle dit. Tu l'as vu ? Je suis inquiète pour toi. »

J'étais donc obligée de rester avec lui, du moins pour l'instant. Je n'avais aucune idée de ce qu'il risquait de faire si je partais, et je savais que je me sentirais responsable. Quoi qu'il advienne. J'ai failli charger Naledi de prévenir la police si je ne donnais pas de nouvelles au bout d'une semaine. Ou l'ambassade de Grande-Bretagne. Mais je me suis retenue. « Et Gideon van Vuuren ? ai-je seulement demandé.

– Pas la moindre trace, même pas comme pseudo.

– Merde. » Mon père avait-il menti en prétendant ignorer le vrai nom de Gideon ?

« Jo, qu'est-ce qui t'arrive ?
– Je vais bien, je te promets. Et les deux autres, Jaco et Danie ? » Peut-être que l'un d'eux en savait davantage sur Gideon, assez pour nous aider – ou aider la police – à le retrouver.

Elle a soupiré et m'a transmis ce qu'elle avait appris. Je l'ai remerciée, puis j'ai raccroché sans écouter la fin de sa question et j'ai éteint mon téléphone.

Mon père s'approche du capot tout éclaboussé, une cigarette pas encore allumée à la main. « T'en as eu combien ? »

J'arrête le jet d'eau ; un dernier reste de lapin s'écoule en filet rouge dans la rigole. « Un seul. »

Il va vers le mur, comme pour actionner l'enrouleur du tuyau, mais se contente d'ouvrir sa braguette. « Je hais Joubertina. » L'urine jaune sombre se mêle à la flaque sous la plaque d'immatriculation.

« Tout ce qu'il y a dans cette putain de ville, c'est une église réformée hollandaise, un barrage et cette fichue station-service. La vente d'alcool est interdite ici, tu sais ? » Il referme sa braguette et pivote vers moi, un doigt profondément enfoncé dans son nez. « C'était un des principes fondateurs… Heureusement que j'ai mes bières dans la bagnole. »

Je ramasse un mégot tombé de la voiture avant de rétorquer : « Je pensais que ça te plairait, au contraire. Des montagnes tout autour, une belle nature jaune et rouge avec laquelle tu pourrais communier. » Je glisse le mégot dans la poche de ma robe, où il en rejoint d'autres. « Tu tiendrais de grands discours sur l'économie agraire. » Une main en visière, l'autre sur ma hanche, je contemple la station-service comme un propriétaire examinant son champ de coton. « Tu daignerais saluer quelques non-Blancs. Et tu mâchonnerais des brins d'herbe toute la journée.

– Va te faire foutre. » Il pose un pied sur le capot et allume sa cigarette. « Chaque fois que j'arrive dans un endroit comme Joubertina, je me sens tout d'un coup accro à la technologie. » Il tire une grande bouffée, prêt à pérorer. « Tu vois, là, par exemple, j'aurais envie de me mettre sur Facebook, juste parce qu'ils ne doivent même pas avoir de connexion Internet avec modem ici.

– Tant mieux. Ça veut dire que les gens ne te reconnaîtront pas après t'avoir vu sur les avis de recherche.

– Il y a un avis de recherche pour moi ? » Son large sourire fait remonter la ligne d'implantation de ses cheveux.

« Oui. En ligne. Avec un numéro à contacter par SMS si on te repère. » Je sors le tapis côté conducteur et je le frappe contre la portière. Des débris de boue séchée s'en échappent. « Pourquoi ? C'était ton ambition depuis tout petit ?

– Non, répond-il. On se croirait dans un western, c'est tout. » Il repousse ses lunettes de soleil sur sa tête pour me regarder. « Comment tu l'as su ?

– Peu importe. » Je vais ouvrir le coffre. « Tu avais raison, et je suis toujours là. » Je trouve des chaussettes et des tennis à me mettre aux pieds. Quand je claque le battant, mon père est appuyé contre la portière ouverte du conducteur et serre fort l'antenne dans son poing. Je vois à son visage que, si, ça importe.

« J'ai appelé quelqu'un que je connais au ministère de la Justice.

– Qui ?

– Son nom ne te dira rien. » Mes amis : encore un aspect de ma vie auquel mon père ne s'est jamais intéressé.

« Tu as dit où on était ? »

Je fais non de la tête.

Sa main descend le long de l'antenne, se détend un bref instant, puis se referme de nouveau en un poing qui s'abat sur le toit ouvrant, si violemment que le plastique se fissure. « T'es vraiment trop conne. »

Involontairement, je me suis fait un rempart de mes chaussures contre ma poitrine et je suis passée de l'autre côté de la voiture. « C'est une amie, et je ne lui ai rien dit. » La clochette de la porte de la boutique tinte.

« Qu'est-ce que t'as raconté exactement ?

– Je lui ai caché que je t'avais vu. » C'est la vérité, mais sous son regard, j'ai l'impression de mentir.

Gert s'avance vers nous, tenant un *knobkierie*, un bâton de marche muni d'un gros pommeau rond qui peut fendre un crâne en deux comme une pastèque.

« J'ai expliqué que je n'arrivais pas à te joindre.

– Et qu'est-ce qu'elle a dit ? »

Gert approche, mais mon père ne l'entend pas.

« Que la police te cherchait. Il y a une récompense offerte pour toute information, dix mille rands, je crois.

– Tu lui as refilé le tuyau, c'est ça ? Pour toucher le fric ? » D'une chiquenaude, il me balance sa cigarette. J'essaie de l'esquiver, mais le vent la rabat vers mes cheveux qui grésillent avant que je m'en débarrasse.

« Hé ! » Gert, coiffé d'un chapeau vert à bords mous, est debout derrière mon père. « C'est t'y que vous auriez des ennuis ? »

Je me retiens de rire devant son air benêt et grave à la fois. « Non, Gert. Merci, dis-je en roulant le *r* de son nom pour qu'il sache que je ne suis pas une Anglaise, en tout cas pas seulement cela. Tout va bien.

– *Draai om, laaitjie* », dit-il à mon père en lui tapotant le dos avec le pommeau de la canne. Mais mon père, sans se retourner, ferme les yeux et lève son visage vers le ciel. Le message est clair : à toi de gérer ça.

Gert a des yeux enfoncés dans leurs orbites, des paupières tombantes, une moustache grise ; ses joues couleur terracotta brillent comme si elles avaient été frottées. J'ai envie d'enfiler mes tennis, de lui prendre son bâton et d'exploser toutes les vitres de la boutique, toutes les bouteilles de Fanta ou de cream soda en verre, et de partir ensuite à pied vers les vergers, plus loin dans la vallée, jusqu'au barrage. Je déteste mon père parce qu'il me place dans une position où je dois être secourue par un autre homme. Et je déteste Gert parce qu'il vient à mon secours.

Je minaude, en imitant l'intonation chantante des femmes à la télé lorsqu'elles se font offrir un bijou : « Gert… Merci infiniment pour le café. J'en avais bien besoin ce matin. » Puis je contourne la voiture. Mon père se raidit quand je passe à côté de lui, mais il n'ouvre pas les yeux. « Je vous ai laissé la tasse sur la pompe à essence. »

Gert semble dubitatif.

« J'étais un peu *babalas*… » Je préfère invoquer une gueule de bois, plutôt qu'une « indisposition » typiquement féminine, même si cela doit lui paraître moins convaincant. « Je me sens mieux maintenant, on va se remettre en route. » Il ne me quitte pas des yeux, tout en tournant le bâton dans ses mains. « Mais avant de partir, je voudrais vous acheter quelques-uns de vos délicieux biscuits. Et des cigarettes. » Quand les compliments ne marchent pas, offrez de l'argent.

Il baisse son bâton. « *Ja*, d'accord.

– J'arrive. » Je lui fais un grand sourire. Il hoche la tête et repart, portant le bâton sur l'épaule comme un fusil. Aide-toi, le Mauser t'aidera.

« Bien joué. » Mon père s'installe à la place du conducteur, un genou contre le volant, un pied dehors sur le gravier. On regarde Gert qui disparaît dans la boutique.

Je m'assieds sur la banquette arrière et je jette mes chaussures par terre à l'intérieur. Puis j'essuie la poussière sur mes pieds avec mes chaussettes avant de rentrer les jambes dans la voiture.

« Est-ce que ton amie… ? » Il laisse sa phrase en suspens ; sa voix est un leurre de pêcheur, avec plumes et hameçon.

« Je ne te dirai pas comment elle s'appelle. » Je pose ma cheville gauche sur ma cuisse droite et j'enfile une chaussette. L'entaille recommence à saigner. « Et je ne lui ai pas raconté que je t'avais vu ni que je sais où tu es. Bref. Elle a remonté la trace de Danie. Il a pris le nom de jeune fille de sa mère. Il s'appelle Danie Gerber maintenant, et il habite à Potchefstroom. » Le pied droit, à présent. Je me sentirai plus en sécurité avec mes deux chaussures, sans avoir cette impression d'absorber toute la poussière du sol en moi. « Jaco a disparu depuis 97, mais mon amie a trouvé une ancienne petite copine, Wilna. Ils ont eu un fils dans les années 1990. J'ai l'adresse dans mon sac.

– Excellent », dit mon père, et je décide que ce n'est pas le moment d'insister pour lui arracher le vrai nom de Gideon. Il retire la clé de contact et la glisse dans sa poche. « Tu as appelé de la boutique ?

– Non, de mon portable. » Je finis d'attacher les lacets de mes tennis. Quand je lève les yeux, mon père me regarde fixement dans le rétroviseur, une cigarette pendouillant entre les lèvres. « On n'est pas dans un film d'espionnage, dis-je. Ils ne vont pas nous localiser grâce à mon appel. »

Il détourne les yeux. « Je sais. Mais je veux me tirer d'ici le plus vite possible. » Il attrape mon sac à main par terre, met ses lunettes de soleil et sort dans la lumière. « Je vais chercher des clopes. » Serrant mon sac contre lui, il s'éloigne rapidement.

Je m'allonge sur la banquette. Il y a des baies noires écrasées par terre derrière le siège passager, sèches et plates comme des *pennies*. J'ignore comment elles sont arrivées là. Nulle part en Afrique du Sud on ne se sent à l'abri de la nature sauvage. Et tout semble plus menaçant qu'ailleurs, plus dangereux, sans garde-fous – pas de ligne jaune au bord du quai ni de voix enregistrée qui répète *Attention à la marche en descendant du train*. Mes jambes nues collent déjà à la banquette. Je ferme les yeux et me tourne sur le côté. J'ai envie de thé, alors que je n'en bois jamais, envie de saluer les pies qui donnent des coups de bec sur les poubelles devant mon appartement à Londres. Ma vie là-bas me paraît si loin, moins réelle que les deux semaines que j'ai passées ici. Pour la première fois depuis l'enterrement, ma grand-mère me manque.

« Bon sang, Jo, qu'est-ce que t'as raconté à cet homme ? »

J'ouvre les yeux, réintégrant mon corps sale et poisseux. Mon père pose un sac en plastique plein de boîtes colorées sur le siège devant moi.

« Il a gardé le *knobkierie* sur le comptoir tout le temps que j'étais dans la boutique. » Il claque les deux portières côté passager et fait le tour de la voiture. « J'ai dû acheter deux paquets de biscuits et une tarte au lait pour l'empêcher de me tabasser. »

Je me mets sur le dos et le regarde, debout à mes pieds.

« Joli, le double menton, dit-il.

– Tu fais chier. » Tête en arrière, j'observe le trait de lumière dans le toit ouvrant fissuré. On dirait que la lumière elle-même est fêlée, comme une paille tordue au-dessus d'un verre d'eau.

Mon père jette mon sac par terre derrière le siège du conducteur. « Il y a une bouteille d'eau là-dedans, pour toi. Je t'ai rendu la monnaie. » Il ferme ma portière et s'assied au volant.

« Où on va ? »

Il insère la clé dans le contact. « J'ai dans l'idée de suivre le soleil.

– Au Cap, alors ? » Je souris – un endroit qui ne m'est pas étranger, où je connais des gens – et je me redresse sur un coude pour hisser mon sac sur la banquette.

« Non, chez la copine de Jaco. » Il démarre. « On n'est pas en vacances, je te signale.

– Je sais. » Je prends mes lunettes de soleil dans mon sac. Je suis trop fatiguée pour discuter, au point que je pourrais dormir malgré la lumière, mais je ne veux pas le montrer à mon père. La bouteille d'eau a déjà été ouverte. Je bois quand même et la vide d'un trait.

« Ah oui, j'ai acheté un journal aussi. *Le Hamburger.* »

Die Burger, il veut dire.

« Y a rien d'écrit sur moi. » Il balance le journal derrière le siège passager et on quitte la station-service.

En rangeant la bouteille vide dans mon sac, je cherche mon téléphone. Il n'y est pas. Mon passeport sud-africain a disparu aussi. Je suis coincée avec lui, dans ce pays. Je me sens soudain envahie par une montée de chaleur, ma peau me démange. Est-ce que j'aurais dû m'y attendre de sa part ?

« Mais ils parlent du connard qui a lancé toute cette histoire.

– Qui ça ? Gideon ? » Je décide de laisser passer sa diatribe avant de réclamer mon portable. En première page, il y a la photo d'un homme mort, recroquevillé sur lui-même sur une route de terre près du Cap. Ses vêtements et les semelles de ses chaussures sont toujours en feu et le sol est calciné autour de lui.

« Non, un politicien. On voit sa gueule partout dans la presse. Il dit que des conneries et cite Shakespeare. » Il tousse dans sa main.

« C'est qui, bordel ? » Je m'assieds et j'entoure de mes bras l'appuie-tête devant moi. Sur la route, des panneaux signalent la vente de confitures artisanales et de honeybush.

« Tu parles que ses “partisans” connaissent Shakespeare. » Il ouvre le poing ; ce qu’il a craché s’étoile dans sa paume comme une anémone malade.

« Arrête, Nico. Qui c’est, ce politicien ?

– Je savais bien que tu paniquerais. » Il s’essuie la main sous son siège. « C’est lui qui me poursuit. »

Je me renverse en arrière et j’ouvre le journal. « Évidemment que je panique. Pourquoi il te poursuit ?

– L’homme qu’on m’accuse d’avoir tué… C’est son père.

– Quoi ?

– Voilà pourquoi j’ai dû m’enfuir. Il y a trop de pouvoir derrière tout ça. » Il surprend mon regard dans le rétroviseur. « C’est un geste politique de coincer un Blanc.

– Non, il faut qu’on s’arrête. Là, tout de suite, et on va à la police. » Je vois des lapins morts sur la chaussée, de petits tas sombres que la voiture dépasse en un instant.

« Pas possible. » Il enfonce le bouton du verrouillage de sa portière avec le coude ; les trois autres s’enclenchent aussi. « Je ne peux pas rentrer avant d’avoir prouvé mon innocence. »

J’avais tort de penser que j’aurais mon mot à dire, qu’il se laisserait faire. « Et comment tu comptes t’y prendre ? » Je me demande s’il a également subtilisé mon passeport britannique, que j’avais caché dans un pantalon au fond de ma valise.

« En allant parler aux autres qui étaient là. » Il regarde la route droit devant lui. « Pour chercher qui nous a vus et nous dénonce maintenant. » L'indicateur de vitesse affiche 120 km/h. « Regarde page cinq. »

Je tourne rapidement les pages, glissant sur les cambriolages de banque et la Coupe du monde.

« Il s'appelle Paul quelque chose. »

Là, page cinq, il y a un article sur les villes du Gauteng qui abandonnent leur nom afrikaans pour reprendre leur appellation d'origine en langues sotho et zoulou. À côté, la photo d'un homme. Il est debout devant l'entrée d'un immeuble, et son nom se détache en lettres plus claires que la pierre du bâtiment. Il rit en s'apprêtant à couper un ruban d'inauguration avec de gros ciseaux.

Je referme le journal, le jette par terre, et m'allonge sur la banquette, la tête derrière le siège de mon père pour qu'il ne voie pas mon visage.

Paul quelque chose, c'est Paul Silongo. Je le connais.

5

Trop longtemps

Il y a 16 jours

Vu d'avion, le Highveld était une grosse autoroute, et Johannesburg une tache d'huile dont les couleurs se fondaient les unes dans les autres, comme diluées par la pluie et la pollution. Mais il ne pleuvrait pas avant des mois. Pendant que l'appareil décrivait des cercles autour de l'aéroport, la ville s'éveillait, iridescente dans la lumière du matin ; bleu translucide quand l'avion remontait au vent ; grise comme ses parkings et ses monticules de charbon dans l'autre sens. Je me rappelais l'hiver en Afrique du Sud, le ciel lavé, les champs jaunis par la sécheresse ou noircis après le passage des incendies. Ici, les paysages à cette saison rendent mieux quand on porte des lunettes de soleil.

Je suis revenue avec mon passeport sud-africain, comme neuf et dépourvu de tampons. J'avais lu quelque part que le pays n'appréciait pas la double citoyenneté. Mieux valait donc garder mon passeport anglais dans mon sac ; au retour, il m'éviterait d'avoir à subir une radio des poumons. Deux femmes, chacune à son poste, scannaient les codes-barres et vérifiaient les photos en discutant d'une voix forte. J'ai reconnu le mot *touriste* dans la langue sotho que j'avais apprise à l'école primaire – *bahahlaudi*, avec le son *hl* que j'aurais été incapable de prononcer aujourd'hui –, et elles ont ri. Je me trouvais pourtant dans la file réservée aux citoyens sud-africains, mais j'ai eu peur soudain qu'elles soient en train de parler de moi. La photo de mon passeport avait été prise sept ans plus tôt dans un drugstore près de mon pensionnat, juste avant mon seizième anniversaire, alors que je n'avais pas encore découvert la raie sur le côté et le maquillage. Mais Prudence – ainsi que l'indiquait son insigne – l'a scanné, tamponné, et m'a fait signe de passer. Du point de vue de l'Immigration, j'étais la même personne.

Partout, l'aéroport n'était qu'un immense chantier. Des panneaux promettaient l'achèvement des travaux et un espace totalement rénové pour la Coupe du monde 2010. À côté du carrousel à bagages, une autre pancarte livrait une promesse identique, mais cette fois, concernant l'amélioration du réseau électrique. Ma valise est apparue parmi les premières, j'ai franchi la douane et je suis sortie dans le terminal des arrivées. J'avais oublié comme il pouvait faire chaud, même en hiver, quoique la chaleur fût plus supportable qu'à Londres : plus sèche, plus légère sur ma peau. Tout était plus grand que dans mon souvenir. L'aéroport avait changé de nom, divers restaurants et boutiques s'alignaient à présent le long du hall conduisant aux agences de location de voitures. Dix ans auparavant, Naledi et moi étions allées au Wimpy. On avait mangé autant d'assiettes de chips au vinaigre qu'il nous était possible d'avaler avant que mon vol soit annoncé. À la porte d'embarquement, elle m'avait offert un cadeau : un bâton dont la partie supérieure était enveloppée dans du papier brun. En ôtant ce grossier emballage dans l'avion, j'avais découvert un drapeau sud-africain, et j'avais pleuré pendant que les éclairs rougeoyaient dans le ciel au-dessus de la Zambie. Les deux Anglaises assises à côté de moi m'avaient donné des mouchoirs en papier qui sentaient la lavande.

Dans la file d'attente devant le comptoir de Hertz, j'ai posé mon sac à main sur ma valise à mes pieds, à côté d'une pochette en plastique contenant les lunettes de soleil et la jupe d'un orange trop vif que je venais d'acheter. C'était la première fois que je louais une voiture ; j'avais juste l'âge requis – raison pour laquelle, entre autres, je m'étais décidée à faire le voyage. Je transportais dans mon sac à main le certificat de décès de ma grand-mère, ainsi que son testament et un document de la banque. Mon billet d'avion (j'avais choisi une date de retour au hasard, quatre semaines plus tard), représentait l'unique dépense que je m'étais autorisée avec l'argent qu'elle m'avait légué. Elle souhaitait me constituer une dot en espèces, je le savais. Préférable, selon elle, dans le cas d'une femme célibataire, à un bien foncier qui intimiderait les hommes. J'avais songé un instant à passer outre à ses volontés, et à convertir cet héritage en mise de fonds pour acheter le petit appartement que je louais dans l'est de Londres, mais après réflexion, je n'avais pas voulu me lier à ces pièces humides en sous-sol, avec leurs déshumidificateurs et leurs ampoules basse consommation.

J'allais devoir présenter l'Angleterre sous un jour plus excitant à Naledi quand je la verrais le soir, ai-je pensé. Maintenant que j'étais étrangère – du moins, à moitié –, on me réclamerait des comptes rendus un tant soit peu exotiques.

« Vous feriez mieux de vous méfier », a dit une voix d'homme derrière moi. J'ai fait volte-face. Un grand Noir en costume avait attrapé mon sac à main et le portait à l'épaule. « Vous n'êtes plus au Kansas.

– Hé… » En me jetant sur lui, j'ai renversé ma valise. La pochette en plastique a atterri contre les chevilles d'une femme qui me précédait dans la queue et s'était retournée.

« Vous affolez pas », a dit l'homme en posant mon sac à mes pieds.

Je l'ai aussitôt ramassé. Dans le compartiment secret, j'avais aussi glissé le certificat de décès de ma mère, par précaution, et il me semblait sentir mes précieux documents à travers le cuir.

« Je ne vais pas vous voler votre sac, mais quelqu'un d'autre pourrait le faire. » L'homme a relevé ma valise. La femme devant moi souriait, et leurs mains se sont effleurées quand elle lui a tendu la pochette en plastique. « Merci. » Il s'est penché pour l'attacher solidement à la poignée de la valise. « Là, c'est mieux. » Il s'est redressé, a lissé les pans de son veston, puis a ajouté : « Il faut surveiller ses affaires ici. Je voulais juste vous prévenir.

– Merci, ai-je bredouillé, rougissante.

– De rien », a-t-il répondu avec un sourire.

Je lui ai tourné le dos, serrant ma valise contre ma hanche. La queue avait diminué, il ne restait plus que la femme avant moi, puis ce serait mon tour et je pourrais m'enfuir. Elle tapotait du pied par terre et je maintenais les yeux fixés sur ses chaussures, souhaitant désespérément que mes joues reprennent leur couleur normale, n'osant pas regarder tout autour au cas où l'homme s'attarderait dans les parages. Une voix dans les haut-parleurs a annoncé en cinq langues, et deux fois en anglais, que les usagers du parking devaient régler le montant du stationnement aux caisses automatiques près des ascenseurs avant de rejoindre leur véhicule.

L'index glissé dans le porte-clés, serrant entre mes lèvres un plan d'accès au parking des voitures de location, je me suis retournée. L'homme, qui portait des lunettes de soleil, était assis à l'extrémité d'une rangée de chaises, parallèle au comptoir. Il était appuyé en arrière contre le dossier, un bras passé sur le siège voisin, jambes croisées, et lisait un journal posé sur sa cuisse. J'ai plié le plan en deux et j'ai sorti les lunettes de soleil de la pochette en plastique. Pendant que je décollais l'étiquette sur un des verres, j'ai vu que l'homme se levait en boutonnant la veste de son costume anthracite. Il a abandonné le journal sur la chaise et est venu vers moi. Les talons de ses chaussures claquaient sur le carrelage. J'ai mis les lunettes, heureuse de pouvoir dissimuler la moitié de mon visage.

Il s'est arrêté devant moi, souriant de ses dents très blanches. « Je voulais m'excuser pour tout à l'heure.

– Non, non… C'est vrai que je devrais faire plus attention. » Il avait une mâchoire anguleuse, un brillant à une oreille. Une cicatrice longue d'un centimètre au-dessus du sourcil gauche, près des cheveux.

Je pensais qu'il allait reprendre la parole, ou partir, mais il restait là à sourire avec l'air d'attendre quelque chose. J'ai tiré la poignée de ma valise. « Bon… Merci encore.

– Ça alors, a-t-il dit alors que je m'éloignais. Les Anglais ne sont vraiment pas aimables. »

J'ai continué mon chemin, espérant naïvement que si je ne le regardais pas, il s'en irait. Il m'a suivie. Ses semelles cliquetaient. J'avais envie d'être le bonhomme qui court sur les panneaux indiquant la sortie.

« Et ils sont coincés. » Il est passé devant moi, marchant à reculons. « C'est bien ce qu'on dit : ils boivent trop – en plus, ils ont le vin mauvais –, mais quand ils n'ont pas un coup dans le nez, ils sont carrément rigides. » Il a souri à nouveau.

Je me suis arrêtée. « Vous avez quelque chose à me demander ?

– Eh bien, déjà, de me reconnaître, pour qu'on puisse éclaircir ce malentendu. » Il a tiré sur les poignets de sa veste. « Franchement, vous me faites douter de vos talents de journaliste. »

J'ai repoussé mes lunettes sur ma tête. « Pourquoi je devrais vous reconnaître ?

– Parce que je suis une des personnes que vous êtes venue interviewer. » Il a tendu la main. « Johanna Hartslief, c'est bien ça ? »

En Angleterre, quand on lisait mon nom à voix haute, j'étais toujours obligée de rectifier. Mais il l'avait bien prononcé du premier coup.

« Bangizwe Silongo, vice-Premier ministre du Gauteng. Mais vous pouvez m'appeler Paul. On s'est parlé au téléphone, vous vous rappelez ?

– Moi, c'est Jo. » J'ai serré sa main, qui était douce, aux ongles soignés. Son coup de fil m'avait étonnée. Une semaine plus tôt à peine, j'avais envoyé un mail au service de presse de l'ANC – avec en gras le nom du magazine et la mention de ses collaborateurs lauréats du prix Nobel –, expliquant que je cherchais un porte-parole susceptible de m'accorder un entretien. J'étais chez moi, encore en pyjama, quand il avait téléphoné. On avait discuté pendant presque une heure, d'abord de l'article – inégalité des revenus, finances publiques et subventions fiscales –, passant ensuite, je ne sais pas comment, à sa carrière, ses pubs préférés à Londres, dans une conversation détendue et animée.

« Bonjour. Paul. » C'est ainsi qu'il s'était présenté au téléphone, et cela m'avait semblé tout naturel. Mais ici, en Afrique du Sud, l'usage du prénom me faisait un drôle d'effet.

« J'étais pourtant sûr que vous me reconnaîtriez. » Il se tenait à contre-jour et je distinguais mal ses traits. « Que vous m'auriez cherché sur Google Images, au moins.

– J'aurais dû. » Tentant de revenir sur un pied d'égalité, j'ai souri. « Mais nous avons rendez-vous la semaine prochaine. Vous me traquez, Paul ? » Comment avait-il appris par quel vol j'arrivais ? me suis-je demandé, mi-flattée mi-inquiète.

« Je voulais accueillir la fille prodigue, de retour au pays pour interviewer le modeste fonctionnaire que je suis. C'est la moindre des choses. »

Derrière lui, dans la devanture des boutiques, il y avait des paquets de chips et des friandises dont j'ai reconnu les emballages. Je n'imaginais pas que j'en aurais gardé une image si vive dans ma mémoire. J'avais envie de tous les acheter – non pas pour les manger, mais simplement pour retrouver mes souvenirs. « Vous n'avez pas une province à administrer ?

– Non. Moi, je ne suis que le visage. Les cerveaux se débrouillent très bien en mon absence. » J'ai deviné que c'était une plaisanterie qu'il faisait souvent. Il avait sans doute l'habitude qu'on lui renvoie un compliment sur son physique.

« Ce sera rapporté. » J'ai regardé ma montre, que je portais à l'autre poignet, heureusement, de sorte que je n'ai pas eu à lâcher ma valise. Mais ce geste à la signification universelle (*Vous avez vu l'heure ? Il faut que je file*) n'a apparemment pas retenu son attention.

« Je peux vous aider avec vos bagages. » Ce n'était pas une question. Sa main a couvert la mienne sur la poignée de la valise et je me suis aussitôt dégagée.

« Merci… » Nous sommes sortis par les portes automatiques, dans la lumière aiguisée par le soleil d'hiver.

« Ça fait un bout de temps que vous n'êtes pas revenue, hein ? » Il était trop grand pour la valise dont les roulettes lui heurtaient parfois les talons. « Dix ans ? »

Comment le savait-il ? Je ne me rappelais pas avoir été aussi précise au téléphone. « Oui… » ai-je répondu, en regrettant de ne pas être seule avec mes émotions. La lumière était différente ici. L'air sentait l'herbe qui brûle et ma mère soudain m'a manqué, plus que jamais depuis des années. J'avais les yeux pleins de larmes derrière mes lunettes.

« Vous avez perdu votre accent. »

Un panneau au-dessus du passage pour piétons m'a souhaité la bienvenue en Afrique du Sud, la nation arc-en-ciel. Je me suis ressaisie. « Vous préféreriez que je parle afrikaans ?

– Oui, parce que *Afrikaners is plesierig*. "Les Afrikaners aiment s'amuser". »

Je n'ai pas pu m'empêcher de rire en l'entendant citer les paroles de la chanson rock.

« C'est par là. » Il a pointé du doigt. Après avoir traversé la zone dépose-minute, on est entrés dans le parking couvert. « Où allez-vous loger pendant votre séjour ici ?

– J'ai réservé une chambre pour quelques nuits au Mercure, à Bedfordview, mais après, je serai à droite à gauche. Ça dépendra du reportage. » Parvenue devant une rangée de Toyota, j'ai vérifié le numéro de la plaque d'immatriculation indiqué sur le porte-clés.

« Impressionnant.

– Je n'essaie pas de vous impressionner. Juste de faire mon boulot. » J'ai appuyé sur le bouton de l'ouverture à distance et les feux d'une Toyota argent se sont allumés.

Pendant que j'ouvrais le coffre, il a calé ma valise contre la voiture et s'y est appuyé, presque assis. « Vous connaissez bien Jo'burg ? » a-t-il demandé.

J'ai posé mon sac à main dans le coffre et j'en ai sorti une bouteille d'eau. « J'habitais à Benoni, mais ce n'est pas pareil… » C'était le plus bel appartement que nous ayons jamais occupé, petit et presque trop cher, mais très agréable. Benoni était une banlieue arborée, avec un hôtel de ville Art déco et un parc animalier, qui, même à l'époque, n'avait rien à voir avec Jo'burg.

« Bon, alors qu'est-ce que vous pensez de cette proposition ? On met vos affaires dans le coffre et je vous emmène à Lookout Point, pour que vous puissiez avoir une vue d'ensemble de Jo'burg et prendre vos repères. En plus, ça vous donnera un point de départ pour votre interview.

– Les cerveaux ne vont pas trop souffrir de l'absence du visage ? » L'eau de la bouteille était tiède. De l'eau comme à Londres.

« Non. Mon agenda prévoit des escapades de ce genre. »

J'ai ri. « Vous êtes bien présomptueux. Presque insultant… Il ne vous vient pas à l'idée que, moi, j'ai du travail qui m'attend ?

– Je vous offre une petite visite guidée, et après, je vous promets que je ne vous embêterai plus. Vous avez ma parole. »

J'ai réfléchi. On se cantonnait tous les deux dans des comportements caricaturaux, maniant le sarcasme et l'humour pour remplir l'espace. C'était amusant, mais je ne voulais pas continuer sur ce ton-là, sinon ce serait tout ce que je me rappellerais de mon arrivée en Afrique du Sud. Et cette promenade, en effet, pouvait m'être utile. « D'accord. À condition que vous cessiez votre jeu. »

Il a haussé les sourcils. « Quel jeu ?

– Paul… » J'ai posé la bouteille en équilibre sur mon sac. « On ne se connaît pas, mais vous n'êtes pas obligé d'embrayer en mode séduction.

– Bon.

– Maintenant, il faut que je me change pour la balade… » J'ai attendu qu'il réagisse.

Les jambes étirées devant lui, il fixait ses chaussures.

J'ai agité la main devant son visage pour attirer son attention. « Vous êtes assis sur ma valise. »

Il s'est levé, essuyant d'une main le pli de son pantalon. « Je dois me retourner ? a-t-il demandé en chargeant la valise dans le coffre.

– Non. En revanche, vous pouvez aller chercher votre voiture et je vous retrouve à la dépose-minute dans dix minutes. » J'ai pris un haut vert, des ballerines, du déodorant et une brosse à cheveux dans ma valise.

Il s'est incliné docilement. « Très bien, mais je vous conseille de ne pas vous enfuir. Je pourrais vous faire arrêter pour résistance à mon charme. »

J'ai levé les yeux au ciel. « N'aggravez pas votre cas, Paul. Allez, ouste, et à tout de suite.

– Bien, madame. » Il est parti en sifflotant.

Je me suis assise au volant et j'ai mis le contact pour pouvoir allumer la radio. J'avais envie d'entendre une chanson que je reconnaîtrais, mais, après avoir fait défiler les stations, n'obtenant que des grésillements, j'ai éteint et me suis glissée à l'arrière. J'ai enlevé mon jean et mon pull, les ai poussés sous le siège avant, et, en guise de douche, me suis aspergée de déodorant au point que j'en ai toussé. Comme il faisait assez chaud pour être jambes nues, j'ai arraché l'étiquette de ma nouvelle jupe avec les dents avant de la passer. Puis je me suis brossé les cheveux devant le rétroviseur, j'ai vaporisé encore du déodorant sur mes pieds et j'ai enfilé les ballerines, après quoi je suis retournée prendre mon sac à main et du chewing-gum dans le coffre. Je me voyais déformée dans le gris luisant de la voiture, trapue comme un champignon. De haut en bas, rouge, vert et orange : les couleurs d'un feu de circulation, mais pas dans le bon ordre. Une fois la voiture verrouillée, l'alarme enclenchée, je suis ressortie à pied dans la lumière en regrettant de ne pas savoir siffler.

Je ne l'ai pas vu dehors. Il n'y avait que des taxis ou des gens qui s'arrêtaient un bref instant pour dire au revoir puis repartaient, les larmes aux yeux, et pleureraient durant tout le trajet jusqu'à chez eux. Je me tenais sous un panneau blanc qui annonçait la durée limite de stationnement en majuscules d'un jaune violent. J'aurais dû passer un coup de fil dans la voiture, ou parcourir les paperasses déposées par Hertz dans la boîte à gants. Debout à attendre, je paraissais crispée.

« Jo ! » J'ai jeté un regard autour de moi. Une main s'agitait par la vitre teintée d'une Mercedes noire. La portière arrière s'est ouverte et Paul est descendu. Il avait ôté sa veste et ses lunettes de soleil.

Regarde droit devant toi, me suis-je dit en avançant vers lui, et ce n'est pas le moment de trébucher ou de te prendre les pieds dans je ne sais quoi.

« Prête pour suivre le guide ? » De près, j'ai remarqué les fines rayures roses de sa chemise. Pour se donner un air plus doux, sans doute.

« On distingue quelque chose à travers ces vitres noires ?

– Évidemment. Il faut bien que je voie la province que j'essaie de remettre sur pied, n'est-ce pas ? » Il a fait un geste théâtral, embrassant la file de taxis et les passagers qui sortaient du terminal.

J'ai souri.

« Après vous… » Il s'est effacé, mais n'a pas assez reculé : son haleine exhalait la menthe, et j'ai senti le pli de son pantalon empesé contre ma jambe quand je l'ai frôlé en montant dans la voiture. Il a refermé doucement la portière, laissant l'empreinte de sa main sur la vitre, et je l'ai entendu siffloter à nouveau tandis qu'il contournait l'arrière de la voiture.

À l'intérieur, l'air était frais et bleuté. J'ai tiré ma jupe sur mes genoux d'une pâleur translucide, et j'ai attaché ma ceinture. « Bonjour », ai-je dit au chauffeur, en notant qu'il ne me regardait pas dans le rétroviseur. Costume et lunettes noires… Au moins, il n'a pas de casquette, ai-je pensé.

Appuyé contre l'aile opposée de la voiture, Paul parlait au téléphone. « D'accord… Je comprends. Tenez-moi au courant. » Il a rangé son téléphone, a ouvert la portière et s'est assis à côté de moi. « Désolé.

– Un problème avec vos sous-fifres ? »

Il a claqué la portière et s'est attaché, le sourcil froncé. « Je préférerais que vous ne parliez pas d'eux en ces termes. »

J'ai mis mes lunettes de soleil et me suis détournée. J'avais abattu mes cartes trop vite. Maintenant, j'allais devoir attendre qu'il m'offre une chance de me rattraper. Le chauffeur a démarré, et l'aéroport a déroulé ses bâtiments derrière un écran bleu, comme le fond des criques que ma mère et moi explorions avec un masque, des palmes et un tuba pendant les vacances d'été. Le silence régnait dans la voiture, imprégné seulement du bruit étouffé de l'asphalte sous les roues.

Il a pris une grande inspiration, gonflé les joues en retenant l'air, puis expiré bruyamment. « Excusez-moi. Je suis un peu tendu... J'ai des soucis familiaux. »

Je l'ai volontairement fait attendre, avant de me tourner enfin vers lui. « Pas trop graves, j'espère ?

– Si. » Il a baissé les yeux. « Mais je réglerai ça plus tard. Enfin, je crois. » Il a marqué une pause. « Alors, de quoi aimeriez-vous parler ?

– Je ne sais pas... De la Coupe du monde ? » J'ai massé doucement mes genoux envahis par la chair de poule. « Ou de ce nouveau visage de l'ANC dont vous êtes le plus bel exemple.

– Qu'est-ce que vous voulez dire ? » Il a déboutonné le poignet droit de sa chemise et roulé sa manche plusieurs fois.

« C'est le choix de votre parti. Vous devez bien le savoir. » Les veines de son avant-bras étaient légèrement gonflées, comme des cicatrices récentes.

Il a entrepris de remonter sa manche droite. « Je n'ai pas le temps de me préoccuper de ce que le reste du monde pense de nous.

– Alors, pourquoi était-ce si important pour vous de m'accueillir ? » Là, je revenais en terrain connu.

« Parce que je voulais vous rencontrer de visu. » Il s'est adossé à la portière, une jambe repliée sur la banquette. « Je n'aime pas le téléphone. On ne voit pas la réaction de la personne en face. » Entre-temps, il guettait la mienne.

« C'est vrai. » J'avais oublié que les poteaux des feux de circulation étaient jaunes ici. Les robots, ainsi qu'on les surnommait.

Voyant son sourire narquois, j'ai deviné ce qui allait suivre. « Je voulais aussi faire la connaissance d'une journaliste particulièrement antipatriote, parmi tous les gens qui ont fui cette terre.

– Antipatriote ? » Je m'y attendais, mais pas si vite. Il avait sans doute lu mon blog.

« Ce n'est pas bon pour le pays… Votre critique du gouvernement nous discrédite aux yeux du monde et, au bout du compte, elle a un impact négatif sur tous ceux qui n'abandonnent pas le navire et continuent de se battre ici. » Sans me quitter des yeux, il a essuyé une éraflure sur sa chaussure.

« Je vous croyais plus intelligent que ça. » J'ai ôté mes lunettes de soleil et je les ai repliées sur mes doigts comme un poing américain.

« Pourquoi ? Parce que je parle bien anglais et que j'ai une voiture européenne ?

– Avec chauffeur. »

Il a soupiré. « Je ne dis pas que c'est le cas pour tous les pays. Mais l'Afrique du Sud est une société qui vient de sortir d'un conflit, et les journalistes ici jouent un rôle essentiel dans la construction de la nation.

– Je vois que vous me considérez comme une journaliste sud-africaine, merci. » Je ne pouvais réprimer le sarcasme dans ma voix.

« Ils doivent servir l'intérêt public, n'est-ce pas ? Et l'intérêt public, c'est la préservation et le bon fonctionnement de la société. » Il marquait son argument en se tapotant le genou. « En quoi votre critique de l'approvisionnement en électricité, vos attaques concernant l'intégrité et la compétence des fonctionnaires servent-elles l'intérêt public ? Cela ne fait que remonter les gens contre nous et attiser leur méfiance. » Approvisionnement en électricité. Il aurait pu simplement dire « black-out ». Comme tout le monde.

Je me suis tournée face à lui. « Vous confondez intérêt public et intérêt national. Le devoir d'un journaliste, c'est de dire la vérité – de donner du pouvoir aux populations, pas aux gouvernements. »

Il a ri.

« Mais ce n'est pas grave, ai-je poursuivi. Des membres de la classe politique plus âgés et plus expérimentés que vous font la même confusion. » Il est resté silencieux, touché par cette pointe de condescendance. J'ai souri, je me sentais très à l'aise maintenant. « Et c'est dangereux, surtout quand on en vient à soutenir que le HIV ne cause pas le sida. »

Il a froncé les sourcils. « Ah bon ? Vous pensez vraiment que le HIV est responsable du sida ? » Il a attendu ma réaction. « Pardon, c'était une blague. Je suis entièrement d'accord avec vous sur ce point.

– Tant mieux. Parce que sinon, je vous aurais demandé de me laisser descendre ici. » Je ne parlais pas sérieusement, et j'espérais qu'il le comprendrait. « D'autant que la visite guidée laisse un peu à désirer…

– Je vous ai seulement promis Lookout Point. Vous vouliez voir autre chose ? »

J'ai baissé les yeux, revenant à notre conversation. « Vous avez un exemple de ce soi-disant journalisme patriotique à votre porte. Toute critique de Mugabe est automatiquement un acte de traîtrise envers le Zimbabwe, et c'est bien là le problème. Le Zimbabwe, ou la mort.

– Mais le gouvernement sud-africain ne tue pas ceux qui le critiquent, a-t-il répliqué. Au fait, je préférerais que mes paroles ne soient pas citées. Même si je n'approuve pas la position du parti à propos du Zimbabwe, je n'aimerais pas qu'on sache que j'ai traité Mugabe d'assassin. Et d'imbécile.

– Ne vous inquiétez pas. Je n'ai pas de magnétophone sur moi », ai-je dit en levant les mains. Comprenant aussitôt le message implicite contenu dans mon geste – *Vous pouvez me fouiller si vous voulez* –, j'ai reposé les mains sur mes genoux. Le badinage me venait facilement en entretien, mais là, il s'agissait d'un bras de fer politique qui ne m'était pas familier. « Je suis contente d'apprendre que vous ne tenez pas Mugabe pour… » J'ai pris le temps de choisir le mot juste. « Un homme intègre. »

Il a ri encore. « Sûrement pas. » La voiture s'est arrêtée et il a jeté un regard dehors. « Nous y sommes. » Quand il a ouvert sa portière, la lumière blanche de l'après-midi est tombée comme une lame sur le cuir de la banquette. « Venez. »

J'ai mis le pied sur une herbe rabougrie et me suis redressée, éblouie.

Il a contourné la voiture. « C'est là. Lookout Point… » On se trouvait à mi-hauteur sur un versant escarpé. Au-dessous, des rangées d'arbres nus trouaient l'air pollué, et les bâches des piscines découpaient çà et là des rectangles bleus. Non loin, l'écran blanc d'un vieux cinéma drive-in pendait en lambeaux.

À une dizaine de mètres, quelques Noirs étaient rassemblés pour prier, à genoux sur la terre. Aucun ne portait de chaussures. L'un d'eux, vêtu d'une veste en jean, s'est tourné vers nous en se frottant les mains et a souri. Paul lui a répondu d'un signe du menton.

« Ici, ce sont les banlieues Nord, a-t-il expliqué. Où vivent les gens riches, au cas où vous n'auriez pas remarqué le nombre de piscines. Tous ces arbres font de Jo'burg la plus grande forêt au monde plantée par l'homme.

– Parfois, on a l'impression que vous parlez avec des majuscules. Johannesburg : La Plus Grande Forêt au Monde Plantée par l'Homme.

– Je suis fier de mon pays. De *notre* pays. » C'était un avertissement. « Là, c'est la Hillbrow Tower. L'office du tourisme souhaite la promouvoir comme la réponse de Jo'burg à la montagne de la Table, mais pour moi, elle ressemble simplement à une grosse seringue. Et là-bas… on ne voit pas vraiment à cause de la pollution, mais faites semblant…

– Je vois, ai-je dit docilement.

– C'est le stade de Soccer City, que nous sommes en train d'agrandir pour 2010. Une fois achevé, il figurera parmi les édifices les plus prestigieux du monde, tels la statue de la Liberté, la tour Eiffel, et l'opéra de Sydney. »

J'ai levé les yeux vers lui. « Ce n'est pas vous qui parlez, là, j'espère. »

Il a souri. « À votre avis, il sera fini à temps pour la Coupe du monde ? » Il s'est penché et m'a glissé à l'oreille, comme dans un aparté au théâtre. « Attention, je vous teste.

– Mais oui, bien sûr qu'il sera fini pour la Coupe du monde, ai-je répondu en hochant la tête d'un air pénétré.

– Bravo, vous avez bien écouté. En fait, j'ai peur qu'on ne tienne pas nos délais. Demain, toujours demain… À ce propos, qu'est-ce que vous faites ce soir ? Vous êtes libre à dîner ?

– Non, je retrouve une ancienne amie d'école. »

Il contemplait l'épaisse nappe jaune étendue sur la ville. « Naledi ?

– Oui. » J'étais étonnée qu'il se souvienne de son nom. Au téléphone, je lui avais parlé d'elle pour prouver que mes attaches avec le passé, avec ce pays, n'étaient pas complètement rompues. J'avais aussi évoqué ma mère, en racontant que je n'étais pas retournée en Afrique du Sud depuis sa mort.

« Alors, avant votre départ ? Peut-être au Cap, si vous allez voir votre père… J'y suis très souvent. » Il se rappelait tout ce que je lui avais dit.

« D'accord. »

Il a fait claquer sa langue et a pointé ses doigts sur moi comme un pistolet. « Ça marche.

– C'est fini depuis longtemps, cette expression.

– Préparez-vous pour ce soir… Il y a tout un argot nouvelle génération que vous ne comprendrez pas. » Il a ouvert la portière. « Je vous ramène. »

Avant de remonter en voiture, j'ai senti l'odeur d'un champ qui brûlait plus loin : le parfum de l'hiver.

Enveloppée dans une serviette, les cheveux encore dégoulinants, j'étais assise sur le lit devant mon ordinateur et j'essayais de ne pas mouiller le clavier tout en parlant avec Naledi au téléphone. J'étais déjà en retard pour le dîner quand j'ai entendu qu'elle débouchait une bouteille de vin.

Après que Paul m'eut déposée à l'aéroport, j'avais soigneusement étudié l'itinéraire pour me rendre à mon hôtel. Pourtant, je m'étais quand même trompée de sortie sur l'autoroute et j'avais fini par me retrouver en pleine heure de pointe. Trop de bruit, trop de voies et de bretelles… Chaque fois que je m'arrêtais à un feu, des hommes tentaient de laver mon pare-brise ou de me vendre des sacs poubelle et des colliers de perles, tandis que je me demandais si c'était à ce carrefour-là, précisément, que ma mère était morte. Le crépuscule tombait sur la ville quand je suis enfin arrivée à l'hôtel. J'ai commandé un verre de vin par le room-service avant de prendre une douche. Puis un autre.

« Tu as passé une bonne journée ? ai-je demandé à Naledi, en me sentant ridicule de poser une question aussi banale.

– Pas trop mauvaise. Même si ça me gave de voir Lauren tous les jours. »

Naledi avait annoncé son homosexualité quelques années auparavant et n'avait pas revu ses parents depuis. Être gay ne plaisait ni à Dieu ni aux ancêtres, avait-elle déclaré.

« Vous avez rompu ?

– *Ja*. Sortir avec quelqu'un du bureau, c'est une connerie. »

Comme je n'avais aucune expérience similaire pour me permettre de comprendre ou d'exprimer ma compassion, je me suis rabattue sur un trait d'humour. « On appelle ça "chier dans son assiette". »

Elle a ri, du rire de ces gens qui ne chuchotent jamais, soit parce qu'ils en sont physiquement incapables, soit parce qu'ils s'y refusent par principe.

« Excellent ! Ça mérite de boire un coup, tiens. » Je l'ai entendue avaler une gorgée. « Ce serait plus facile de trinquer avec toi si tu étais là, tu sais. »

J'ai ouvert une réussite sur l'écran de l'ordinateur, puis l'ai refermée avant même que toutes les cartes aient été dévoilées. « En fait, je ne crois pas que je vais pouvoir venir ce soir. Je n'ai pas fermé l'œil de tout le voyage et je suis vraiment naze », ai-je dit en guise d'excuse. Mais ça n'avait rien à voir avec la fatigue ou le manque de sommeil : il y aurait trop de questions auxquelles je ne pourrais répondre, des questions que je ne m'étais même pas posées moi-même.

« Deux minutes… J'arrive. » Elle ne s'adressait pas à moi, mais à Mpho et Monica, déjà sur place pour l'aider à préparer le dîner. Ils étaient les seuls, à part Naledi, avec qui j'étais restée en contact en Afrique du Sud – et encore, depuis quelque temps, seulement par texto à l'occasion de nos anniversaires.

Avant de partir, je leur avais envoyé un message sur Facebook pour les prévenir de mon arrivée. À ce moment-là, l'idée de se voir tous ensemble me paraissait amusante. Même quand Monica avait répondu : *Tu es tellement mince, Jo. Je suis jalouse ! Comment tu fais ? J'ai regardé de vieilles photos d'école cet après-midi, et j'étais toute maigre à l'époque. Ça me motive.* Elle terminait par un smiley et deux *x*[1].

Je n'avais pas su quoi répondre, ni même si je devais expliquer. Parce qu'à Londres, je me déplaçais toujours à pied ? C'était la seule façon d'explorer vraiment la ville. Deux ans après mon arrivée, je

1. Indique un baiser dans les pays anglo-saxons.

connaissais déjà les noms d'une foule de rues, j'étais capable de recommander des pubs enfouis au cœur de zones résidentielles. J'avais ainsi apprivoisé la ville, ses raccourcis et ses impasses, pour essayer de m'y reconstruire un foyer. Un soir, en sortant d'un magazine où je travaillais parfois en free-lance, j'avais découvert les quartiers les plus anciens de l'est de Londres. Dans Fashion Street, un édifice de style élisabéthain à moitié en bois avait été remplacé par des immeubles de bureaux aux façades revêtues de panneaux blancs et éclairées par des projecteurs rose et bleu. J'avais déjà vécu dix ans en Angleterre, mais l'âge des choses continuait de m'étonner. À l'idée que Londres était déjà une ville, avec des rues cartographiées, alors que Jo'burg n'avait même pas encore été créée, j'avais l'impression que je resterais toujours sur la touche, à courir après un désir d'appartenance. Était-ce Londres qui me manquait, ou Jo'burg ? Je ne pensais pas pouvoir expliquer tout ça à Monica dans un message sur Facebook, et il me semblait que je ne réussirais pas non plus le temps d'un seul dîner.

« Grouille-toi, Jo, a lancé une voix derrière Naledi. Et apporte du vin. »

Quand j'avais quitté l'Afrique du Sud, je m'étais sentie jalouse d'eux, qui iraient au lycée ensemble. Je ne m'attendais pas, dix ans plus tard, à éprouver le même sentiment.

J'ai entendu Naledi fermer une porte. « Tu es sûre ? » a-t-elle demandé. Il y avait des grenouilles dans son jardin. « Ça te ferait peut-être du bien d'être avec des gens qui te connaissent.

– Je ne suis vraiment pas en forme. Mais je viendrai demain, promis.

– Tout va bien, Hartslief ?

– Oui. Excuse-moi, je sais que ça paraît bizarre. »

Le coassement des grenouilles me parvenait plus distinctement maintenant. J'avais espéré entendre des criquets. Lors de mon premier été en Angleterre, j'avais rencontré les voisins de ma grand-mère. Ils me laissaient nager dans leur piscine, bien qu'elle m'ait interdit de le leur demander. Ils élevaient des criquets pour leurs geckos léopards, et cet été-là, les criquets avaient réussi à s'échapper de l'aquarium. Le soir, dans mon lit, je les écoutais chanter dans le jardin à côté. Je me croyais chez moi, et j'avais pleuré toutes les nuits jusqu'à mon entrée à l'internat.

« Pas de problème. Ça doit te faire drôle d'être de retour dans ton pays. » J'ai entendu le bruit de son verre contre ses dents. « Il t'a manqué ? »

J'ai attrapé mon propre verre de vin. « Oui. Je ne m'étais pas rendu compte à quel point. » Le jasmin ne sentait pas le jasmin en Angleterre. La pluie semblait laver les odeurs des fleurs.

« Qu'est-ce que tu as prévu de faire ici ? a-t-elle demandé d'un ton jovial. En plus de "participer à une conversation globale sur l'Afrique du Sud, compte tenu de ta perspective internationale". »

Elle déformait délibérément le texte que je lui avais envoyé, par lequel on me commandait mon article. Après avoir consacré plusieurs heures à lire d'anciens numéros du magazine, elle m'avait répondu avec un mail qui se composait, en tout et pour tout, d'un paragraphe entier de points d'exclamation. « Tu pourrais vivre sur l'héritage de Mamie pendant quelque temps ? »

J'ai ri. « Je tiendrais seulement trois mois et demi, d'après mes calculs.

– Sexy.

– À part les avocats, et toi, bien sûr, il faudrait aussi que je voie Lynda. » Je me suis appuyée en arrière contre la tête de lit, les yeux fermés. Lynda et ma mère s'étaient connues à l'université du Witwatersrand, où la première était étudiante en communication, et la deuxième lectrice assidue d'ouvrages d'anthropologie. Quand ma mère, après une énième dispute avec ma grand-mère, avait décidé de quitter la maison, Lynda lui avait offert de partager une chambre dans une communauté près du campus. C'était par le biais de Lynda qu'elle s'était engagée dans la lutte pour les droits des femmes. Mais Lynda et la communauté lui avaient aussi valu de rencontrer mon père.

« Elle m'a envoyé une carte après l'enterrement, ai-je continué, disant qu'elle prierait pour moi, alors je lui dois bien une visite. » D'aussi loin que je me souvienne, Lynda m'envoyait toujours une carte pour mon anniversaire. Le message ne variait pas : *Puissent tes efforts t'apporter la joie de rendre grâce cette année.*

La religion n'avait pas bonne presse auprès de Naledi. « Berk… À moins que les gens qui ne sont pas horribles comme moi trouvent ça gentil.

– C'est possible. » Avec l'ordinateur en mode veille, la chambre était à présent plongée dans la pénombre. « Mais je suis mal placée pour le savoir. » Je regrettais maintenant qu'elle ait invité les autres. J'aurais préféré qu'on se retrouve tranquillement toutes les deux ; on aurait trop bu, en regardant nos films d'action préférés des années 1990. « Bon, je te laisse à ton dîner. Amusez-vous bien. J'ai hâte de te voir. »

Il fallait que je raccroche, vite, sinon je risquais de changer d'avis et de foncer chez elle.

***

Si ce n'était le tapis au motif vaguement africain, ma chambre n'évoquait rien de ce pays. Il y avait la télévision par satellite, des menus en français et en allemand. J'ai remis le jean et le pull que je portais dans l'avion. J'avais besoin de sortir prendre l'air.

Je me suis assise sur le bord du trottoir devant l'hôtel, dans la lueur vacillante d'un lampadaire, et j'ai allumé une cigarette. De l'autre main, j'ai cherché mon téléphone dans mon sac ainsi que mon portefeuille où j'avais glissé la carte de visite. J'ai composé le numéro. La sonnerie a retenti deux fois.

« Allô, Paul ? C'est Jo Hartslief. » Je poussais du pied une brique descellée. « Mon dîner a été annulé. Est-ce que vous êtes toujours libre ce soir ? »

Après avoir raccroché, j'ai rangé mon téléphone et mon portefeuille, et, le front posé sur mon sac, j'ai fini ma cigarette en détaillant les coutures du tissu, les dents de la fermeture Éclair, les pétales et les tiges vert sombre. Il y avait des motifs en forme d'os de poulet parmi les fleurs.

Puis, pensant que je devais me changer, je me suis relevée, j'ai ramassé mon sac, et je suis rentrée à l'hôtel.

6

Le droit de faire des promesses

« C'est dur, en ce moment. » Une voix de femme, un accent que je n'identifie pas.

Les poteaux téléphoniques rendent compte de notre allure, les fils ondulent contre le ciel couleur de soupe au potiron. Sans savoir comment, j'ai dormi toute la journée. Le toit ouvrant est un rectangle de lumière qui signale la fin de l'après-midi, parfait comme une carte postale s'il n'y avait les fientes d'oiseaux et la sève des gommiers bleus qui tachent le plastique.

Elle toussote. « Vous pouvez entrouvrir votre fenêtre, s'il vous plaît ? Ça me donne mal au cœur. »

Je lève doucement la tête pour voir l'inconnue qui parle avec mon père. Une Noire mince, guère plus âgée que moi, occupe la place du passager. Cheveux noués derrière la nuque, châle à carreaux sur les genoux. Elle est assise toute raide, les épaules droites, sans toucher le dossier.

« Pardon, dit mon père, qui abaisse sa vitre et jette sa cigarette.

– Merci, *baas*. » Elle baisse les yeux quand elle parle.

Il rit. « Qui vous a appris à dire “*baas*” ?

– L'homme pour qui je travaille maintenant. C'est un bon emploi. Je m'occupe du petit garçon.

– Qu'est-ce que vous faisiez avant, au Zimbabwe ? demande mon père en changeant de vitesse.

– J'étais institutrice, mais quand ils ont fermé l'école, je suis venue ici pour chercher du travail.

– Putain de pays », lâche mon père. La femme est visiblement gênée par ce langage. « Excusez-moi. » Je l'entends pianoter sur le violant. Avec nervosité, plus que pour marquer un rythme. « Alors, vous êtes nounou, maintenant.

– Oui. Ils veulent aussi que je lui donne des leçons.

– Des leçons de quoi ? »

Les bracelets de la femme tintent quand elle lisse l'étole sur ses genoux. « Je lui fais faire des exercices de vocabulaire, surtout, avec des livres d'images. Mais je lui ai aussi appris à chanter – il n'avait jamais entendu de chansons à part des airs d'opéra. Maintenant, il m'accompagne. Enfin, il produit des sons. » Elle se penche pour attraper son sac. « Je lui ai acheté une *mbira* pour qu'il puisse jouer », dit-elle en sortant un piano à pouces du sac. Les touches en métal ressemblent à des manches de cuillères, dont l'extrémité est clouée sur une petite caisse de résonance en bois. Elle laisse courir ses doigts sur les capsules de bouteille de Coca qui tiennent lieu de sonnailles, fichées à la base de l'instrument. « On me demandera sans doute de les enlever. Elles attirent les esprits des ancêtres.

– Très bel instrument », commente mon père. Elle pose le piano sur ses genoux, précautionneusement. « Il a coûté cher ?

– Non… pas quand on paye avec des rands au Zimbabwe. » Elle glisse son auriculaire droit dans le trou au coin inférieur de la caisse et appuie sur les touches avec son pouce.

« Jouez quelque chose », dit mon père, mais elle fait non de la tête.

Mon père garde le silence. Elle effleure de ses doigts la face cannelée des touches, puis range le piano dans son sac. Quand la voiture se déporte sur la voie rapide, j'aperçois un panneau qui indique Mangaung. Je croyais qu'on allait à Bloemfontein. C'est peut-être le nouveau nom de la ville. Ou l'ancien.

« Où habitez-vous ? » demande encore mon père.

Elle croise les mains sur le sac qu'elle garde sur ses genoux. « À Thabong, près de Welkom.

– Vos enfants vivent avec vous ? » J'entends qu'il déplace des CD pour prendre un chewing-gum à côté de la radio.

« Non. Ils sont restés à Harare.

– Ça ne doit pas être facile. »

La femme soupire. « Non. J'envoie de l'argent, mais les épiceries sont vides au Zimbabwe. Mon mari doit aller en bus à Jo'burg pour acheter à manger. Ça lui prend la journée entière. » Elle fixe la route. « Je veux faire venir les enfants ici avec moi. Ma sœur s'en occuperait pendant que je travaille… Mais avec les événements, en ce moment, je ne peux pas. »

Je serais curieuse de savoir combien de fois elle a répondu ainsi, à des Blancs au visage grave qui lui demandent comment ça va. La courte histoire du Zimbabwe, racontée en moins de temps qu'il n'en faut pour disputer une partie de golf.

Silence. « Mince, alors », dit mon père. Je me retiens de rire. Sans les jurons et la grossièreté destinée à choquer, il n'a pas l'air sincère. « Ça chauffe aussi, à Thabong ?

– Non, pas encore. Mais bientôt... Juste avant mon départ, des hommes ont attaqué une Malawite dans un township près de Bloemfontein. Je ne sais pas ce qu'ils lui ont fait subir, mais elle a été emmenée à l'hôpital. »

Mon père expulse l'air bruyamment entre ses dents. « Qu'est-ce que vous allez faire ? »

Pour la première fois, elle se renverse contre son dossier. « Rien, pour l'instant. Attendre de voir comment les choses tournent. Il faut que je continue à travailler pour envoyer de l'argent, alors je vais rester aussi longtemps que je le pourrai. » Elle regarde la montre à son poignet droit. « Vous pensez qu'on en a encore pour longtemps ?

– Quelques minutes. On arrive... », répond-il en montrant du doigt la bretelle qui mène au centre commercial.

Elle se penche en avant pour lire le panneau sous lequel passe la voiture, puis hoche la tête. « Bon.

– Vous repartirez au Zimbabwe si des émeutes éclatent ici ? » demande mon père.

La femme regarde ses mains. « Je suis en Afrique du Sud depuis deux ans. Si j'y retourne, ils croiront peut-être que je suis une espionne, ou que je travaille contre le gouvernement. Il n'y a rien là-bas, rien à manger, pas d'eau. Que des maladies. Vous savez qu'un œuf coûte cinquante milliards de dollars zimbabwéens ?

– Bordel », lâche mon père. Voilà qui lui ressemble davantage. La femme le dévisage. « Pardon. »

Elle s'autorise enfin un sourire. « *Baas* dit des choses bien pires. »

Le bruit n'est plus le même dans la voiture quand on quitte l'autoroute.

« Le Zimbabwe vous manque ? » demande mon père.

Elle se laisse aller contre l'appuie-tête, menton relevé. Mon père va-t-il détailler son cou ? « La lumière, répond-elle. Ma famille. » Elle ouvre les yeux et lui jette un regard. « On n'oublie jamais vraiment sa terre natale. »

La voiture tourne à gauche et ralentit en franchissant un dos-d'âne. « On y est, dit mon père. Je vous dépose quelque part en particulier ?

– Non, dit-elle en remontant le châle sur ses épaules. N'importe où, ça ira.

– Je vais juste m'approcher un peu des boutiques... »

La femme acquiesce.

« Vous êtes sûre que vous voulez descendre ici ? insiste mon père. Je peux vous emmener chez vous si vous préférez. Ou à votre travail... »

Elle serre ses mains l'une contre l'autre et incline poliment la tête. La voiture s'arrête. « Merci, mais ce n'est pas loin, et il faut que je me change avant.

– Pourquoi ?

– Je dois porter un uniforme. De domestique. » Elle ouvre sa portière. « Bleu clair, avec un tablier et un col blancs. » Elle sort sur le parking, ajuste sa robe et glisse la bandoulière de son sac à main sur son épaule.

« Je vous donne vos bagages », dit mon père, penché sur le siège passager pour qu'elle l'entende.

Je fais semblant de dormir. La voiture se balance légèrement quand il descend. Au moment où il ouvre le coffre, je perçois la variation de la lumière. Je me dresse sur un coude pour les observer par la lunette arrière.

« J'espère que tout se passera bien pour vous, Maria », dit-il en posant un gros sac de toile par terre. Voit-elle les canettes de bière vides, ou est-ce qu'il les a couvertes avant de charger le sac dans le coffre ?

« Merci… Moi aussi. »

Mon père referme le coffre, il tient son appareil photo à la main. « Ça vous va que je prenne les photos ici ? C'est ce qu'on avait convenu. »

Je suis déçue. Il l'a prise en voiture et lui a fait la conversation – tout ça pour une transaction conclue sur le bord de la route.

« Oui… D'accord. »

Est-ce qu'il voudra la photographier aussi en uniforme ?

Quelques instants plus tard, il pose l'appareil photo sur le coffre. « Maria, j'aimerais vous donner quelque chose. » Il sort son portefeuille de sa poche.

« Non, non, *baas*. » Maria recule d'un pas.

« S'il vous plaît. Prenez. » Il lui offre ce qui reste de la liasse neuve que je lui ai donnée à l'aéroport de Durban. « Je vous en prie. »

Elle hésite, regarde autour d'elle pour s'assurer que personne ne les voie, puis s'avance. « Merci, dit-elle en fourrant les billets dans son sac à main sans l'ôter de son épaule. Merci beaucoup. » Elle attache soigneusement le rabat du sac.

« Faites attention à vous, dit-il. Et si vous n'êtes pas en sécurité, fichez le camp. »

Elle hoche la tête. « Bonne route. »

Il tire une cigarette du paquet dans la poche de sa chemise. « À vous aussi. »

Maria empoigne son gros sac en toile et part vers le centre commercial, le haut du corps incliné sur la droite. Que peut-elle bien trimballer de si lourd ? Est-ce qu'elle rapporte un peu de son foyer, petit à petit, à chacun de ses voyages ?

Je me rallonge. Des oiseaux cisaillent le ciel. Le soleil ne devrait pas tarder à se coucher. Je ne sais même pas où on est.

« Debout ! me crie mon père en tapant du poing sur le coffre. Sinon je t'enferme là-dedans avec l'odeur de tes pets. » Je m'assieds, et il revient à la portière avant qu'il a laissée ouverte. « Tu te sens mieux qu'hier ? demande-t-il en soufflant sa fumée dans la voiture.

– Quoi ? » Je regarde ma montre. Il est huit heures.

« Tu as presque fait le tour du cadran, grosse vache. »

Je me frotte les yeux. « N'importe quoi. »

Il approche sa montre de ma vitre. Comme la mienne, elle indique huit heures. Mais à la place du trois, la date apparaît dans un petit cercle blanc. Vingt-six. J'ai sauté un jour, il est huit heures du matin. Comment ai-je pu dormir si longtemps ? Trop de nuits blanches accumulées, sans doute. Ou peut-être que je couve quelque chose. La brûlure sur ma cuisse me lance et j'ai peur que la plaie se soit infectée.

« Pendant que tu ronflais, j'ai localisé l'adresse de Wilna. » Il ouvre ma portière. « Allez, viens t'aérer un peu les aisselles, sinon ça va devenir irrespirable dans cette bagnole, dit-il en jetant sa cigarette par terre. Et fais-toi présentable. Tu ne trouveras jamais de mari avec une tronche pareille. »

Sans qu'il n'ait à réclamer, je lui donne tout l'argent qu'il me reste. Il sourit. « Tu vois que je peux être gentil avec les Noirs, parfois. »

Savait-il que j'étais réveillée et que je l'observais, quand il a proposé de payer la jeune femme ?

« Attends-moi ici », ordonne-t-il. Il part vers le centre commercial en faisant tournoyer le porte-clés autour de son doigt.

Je change de sous-vêtements et me lave le visage avec un fond d'eau que je recueille dans une des bouteilles éparses sur la banquette. Puis je cherche mon téléphone à l'avant de la voiture, mais ne le trouve pas. Quand j'inspecte ma valise, mon passeport britannique n'y est plus. Il a dû le prendre pendant que je dormais.

Il revient avec deux cannes à pêche et une boîte à leurres. « Il faut *absolument* qu'on aille pêcher, déclare-t-il en posant la boîte sur le toit de la voiture. Il y a un barrage pas loin.

– Je déteste pêcher. »

Il ouvre le coffre pour y mettre les cannes. « Tu l'as déjà fait ?

– Oui. Assez pour savoir que je déteste.

– Quand ? » Il cesse de manipuler les cannes à pêche et me regarde.

« Une fois, quand je suis allée en France avec l'école. C'était vraiment d'un ennui. » Je contemple mes ongles pour mimer l'ennui.

« En France ? » Il ouvre une bière. « Première nouvelle ! On ne m'a pas appelé pour me demander mon autorisation. J'aurais dit non. » Il boit une longue gorgée et s'essuie la bouche du revers de la main.

Son autorisation ! Autrefois, j'aurais démarré au quart de tour. J'aurais balancé un tas d'autres d'endroits où j'étais allée, vrais ou inventés. Décrit comment on sentait le parfum des fleurs à New York près de Central Park, et les odeurs de cuisine dans les autres quartiers. Mais maintenant, après tout ce qu'il a fait, je laisse couler.

« Bref, t'aimes pas la pêche. Et on y va. » Il pose sa bière à l'ombre de la voiture, son genou craque quand il se redresse. « C'est excellent pour la relation père-fille. »

Je gratte le bord du pansement qui me démange sur la cuisse. « Elles ont coûté combien, ces cannes à pêche ?

– Je sais pas. C'étaient les moins chères du magasin. Deux mille balles chaque ?

– Ne me le demande pas à moi ! Tu m'as dit de t'attendre ici. Putain, Nico, je t'ai donné ce fric pour la bouffe et l'essence.

– C'est bon, t'énerve pas.

– Va les rendre. Elles ne tiennent pas dans le coffre, de toute façon.

– Pas question. » Il appuie les cannes, trop grandes en effet, contre la voiture.

J'attrape mon sac sur la banquette.

« On les rend. Où est le ticket ?

– Non. Elles sont abîmées.

– Elles ne sont *pas* abîmées. » Je claque la portière et m'avance vers lui. « Arrête tes caprices. »

Il saisit les cannes à deux mains et les soulève au-dessus de sa tête. Des hommes rassemblés autour du stand de *boerewors* se retournent vers nous. « Sinon, je les casse. Ne m'oblige pas à ça. » Les cannes brillent contre le ciel du matin comme si elles se reflétaient dans de l'eau.

« Comme tu voudras. Ce n'est pas moi qui t'oblige à quoi que ce soit. » Je pars vers le centre commercial en m'interdisant de regarder derrière moi.

Après avoir cherché en vain une cabine téléphonique, je vais m'asseoir dans les toilettes. Je devrais peut-être demander à quelqu'un dans le centre commercial d'appeler la police. Mais je ne pourrais pas rester ici jusqu'à son arrivée – il devinerait qu'il se passe quelque chose. Je serais dehors, avec lui, quand il comprendrait que je l'ai trahi. Je décide que je ne peux pas faire ça. Pas encore. Je n'ai plus d'argent liquide, mais il me reste mes cartes de crédit. J'achète des fruits et de la viande, du Coca light pour la caféine, et un journal. Plus loin, à un distributeur automatique, je retire le montant maximum autorisé. Puis je marche de long en large devant deux caméras de vidéosurveillance, en regardant droit dans les objectifs. Si Paul savait qui j'étais quand il m'a accueillie à l'aéroport, il me suit peut-être à la trace au moyen de mes cartes bancaires.

Quand je regagne la voiture, les cannes à pêche dépassent du toit ouvrant, calées sur la banquette arrière. Mon père est assis de travers sur le siège passager, pieds nus et jambes au soleil. Ses chaussettes sont roulées en boule dans ses gros souliers qui reposent à côté de la portière.

« Je te rembourserai, dit-il. Promis.

– Tu paieras aussi tous les psys dont j'aurai besoin après ce voyage ? »

Il rit en écrasant la canette de bière dans sa main. « C'est ton problème. » Il se lève. « Allez, on mange. Ça fait trop longtemps que je me suis pas tapé un *braai*.

– Deux jours.

– Et alors ? Il me faut des saucisses avec ma bière. »

Il va nous acheter des sandwichs aux *boerewors* grillées et une bouteille d'eau gazeuse à la pêche, qui est déjà ouverte quand il revient à la voiture.

« Tu goûtes ce que je mange et ce que je bois, maintenant, au cas où on voudrait m'empoisonner ? dis-je en prenant le sandwich qu'il me tend, dégoulinant d'oignons frits et de sauce.

– Tais-toi et sois reconnaissante, réplique-t-il. Au Zimbabwe, ils ont rien à bouffer et pas d'eau potable. Les gens meurent du choléra là-bas, tu le sais ?

– Oui. » Je mords une bouchée, et aussitôt me revient le souvenir des *braais*, les grillades au barbecue, avec ma mère sous le mûrier. « Merci », dis-je en me détournant.

Presque instantanément, mes cheveux sentent l'oignon frit. Je lèche la moutarde au coin de mes lèvres.

« Wilna habite à vingt minutes d'ici, à la périphérie de Bloemfontein, déclare soudain mon père.

– Comment tu as trouvé la rue ?

– Un plan dans l'annuaire. Pas bête, hein ? Appelle-moi Magnum... » Il ouvre une autre bière.

On observe l'activité du stand de saucisses, où se présentent les premiers clients de la matinée. Un Blanc vêtu d'un gilet multipoches est installé dans un fauteuil de camping sous un parasol, des Noirs avec un filet sur les cheveux et des gants en plastique retournent les saucisses sur le barbecue. C'est le Blanc qui tient la caisse.

On est assis dans la voiture au pied d'un immeuble, à la lisière nord de Bloemfontein. Les fenêtres sont étroites et dépourvues de volets, ouvertes pour permettre de brasser l'air chaud à l'intérieur. L'un des appartements du dernier étage est équipé d'une antenne satellite. Sur le côté du bâtiment, l'herbe de la pelouse s'efface au profit de larges plaques de terre, blanche comme de vieux os. C'est ici qu'habite Wilna Dell.

Parmi les commerces installés au rez-de-chaussée de l'immeuble, seul le magasin de vins et spiritueux est encore ouvert, les autres sont condamnés avec des planches. Au coin, un panneau qui ne tient plus que par un clou signale un restaurant italien fermé depuis longtemps.

Mon père attrape une casquette que je n'ai pas encore vue dans le vide-poche de sa portière. La visière est pliée, comme le toit d'une maison dessinée par un enfant. « Quelle chute ça a été, dit-il.

– Pardon ?

– C'est un jeu de mots. » Il roule la tête d'un côté à l'autre pour se dégourdir la nuque, puis me regarde. « Elle est tombée enceinte…

– Oh. » J'attache mes cheveux en queue de cheval basse, un œil sur le rétroviseur latéral.

« Ça ne m'étonne pas qu'elle ait atterri dans un trou pareil. Normal pour une looseuse comme la mère du gosse de Jaco.

– Qu'est-ce que t'es moderne…, je marmonne, faute d'avoir trouvé une réplique plus cinglante.

– Allez, Jo, dit-il en se penchant pour me taper sur l'épaule. Réveille-toi. »

Je prends mon sac sur mes genoux, mais je ne sais pas ce que je cherche, alors je tire la fermeture Éclair. « J'ai envie de gerber.

– C'est sans doute la saucisse. » Il met ses lunettes de soleil. « T'es pas trop portée sur la chose, toi. Tu vois ce que je veux dire ?

– C'est bon, j'ai compris. » J'essaie d'ouvrir ma portière. Verrouillée. « Tu aurais pu t'empoigner les couilles, pour être encore plus clair.

– Bon sang, Jo. » Il prend un air accablé et rabat sa visière sur ses yeux. « Tu es une fille sympa et tout, mais je te sens pas trop, là. »

Je me laisse aller contre l'appuie-tête, les yeux fermés. « Tu as maté MTV ou quoi ? C'est dingue ce que tu parles "djeuns". »

Il rit. « Non, je suis juste en train de préparer mon coup.

– Quel coup ? » J'entends le verrouillage automatique qui se désenclenche et j'ouvre ma portière, en espérant que l'air frais me remettra d'aplomb. Pourquoi suis-je si fatiguée ?

« J'essaie de caser "faisander le dindon" dans la conversation.

– Berk ! » Je lui envoie mon poing dans le bras, de toutes mes forces.

« Ou “andouille à col roulé”. » Il sourit. Là, au moins, je le reconnais, malgré les lunettes, la casquette et la barbe de trois jours.

« T’es répugnant, dis-je en secouant la tête.

– Hein ? C’est de ta faute. » Il se frotte le bras. « Putain, tu m’as fait un mal de chien.

– Tant mieux. » Je passe la bandoulière de mon sac sur mon épaule. « Pourquoi, ma faute ?

– Tu m’as offert un dictionnaire d’argot. Fallait t’y attendre ! Je le lis aux chiottes. » Avant de descendre, il glisse les clés de voiture dans sa poche.

J’allume mon dictaphone dans la poche avant de mon sac, puis je sors au soleil et je claque la portière.

« D’ailleurs, continue-t-il en pianotant sur le toit de la voiture, si tu marches à voile et à vapeur, je peux t’en balancer deux fois plus. »

Et voilà. Je n’aurais jamais dû lui raconter que j’étais tombée amoureuse d’une fille pendant ma première année de fac.

« C’est trop perso, ça ? » Le système de verrouillage émet un bip.

Mon sac me paraît très lourd. « À ton avis ? » Je le pose sur le capot.

« Bon, d’accord, j’arrête. Mes respects, chère madame. » Il claque des talons et fait un salut militaire, écartant sa main de sa tête avec une rapidité impressionnante.

Ne sachant comment réagir, je me contente de lever mes deux pouces en signe d’admiration. Je n’ai qu’une envie : retourner m’allonger sur la banquette arrière et dormir encore pendant trois cents kilomètres. « On y va ?

– Une minute… » Il tire mon sac vers lui sur le capot. « Qu'est-ce qu'on raconte comme histoire ?

– Je ne sais pas. On travaille dans un cirque itinérant et on cherche à engager un clown femme ? »

Il tripote le foulard que j'ai noué à la bretelle de mon sac. « Pas cool.

– On est des témoins de Jéhovah qui viennent la gronder parce qu'elle fête les anniversaires ? »

Il secoue la tête.

« Des anciens détenus qui se sont amendés et qui font du porte-à-porte pour vendre des éponges et des feutres ? » J'espère qu'il y a un ascenseur dans l'immeuble ; je ne réussirai pas à monter quatre étages tellement je me sens mal.

« Non. » Il tire sur le nœud et dégage le foulard, froissé et effrangé aux extrémités. « Pas mal, pourtant.. »

Je m'appuie contre le capot. « Je n'ai plus d'idée. »

Il me passe le foulard autour du cou, l'attache sous mon menton. Je vois des taches de sueur sur sa casquette, au-dessus de la visière, à côté du springbok d'un jaune délavé en train de bondir.

« Là. » Il déplace le nœud sur mon épaule gauche.

« Je suis censée être quoi ? » dis-je, alors qu'il tend à nouveau la main vers mon sac. Je retiens mon souffle. S'il trouve le dictaphone allumé dans la poche, on va encore se disputer.

Il prend mon étui à lunettes dans le sac. « Tu verras. Mets ça. »

L'image est trouble, encadrée par la monture vert sombre : mon père en supporteur de rubgy, souriant devant une rangée de boutiques désaffectées.

« *Parfait*[1] », dit-il en prononçant le *t*.

Je soupire. « Ce soir, Matthew, je vais être… une Française.[2]

– Hein ?

– Laisse tomber, c'est pas grave. » J'attrape mon sac et je le sens qui bat contre mes jambes quand je pars vers l'immeuble.

La porte du 4D est ouverte, malgré l'odeur nauséabonde de ragoût trop cuit qui émane de l'appartement voisin. Puisqu'il ne peut pas frapper, mon père secoue la grille de sécurité. J'attends derrière lui, adossée à la rambarde, hors d'haleine après avoir monté les escaliers à pied.

« Il y a quelqu'un ? » Il saisit la grille, à deux mains cette fois, et l'ébranle plus fort.

Je chuchote en m'approchant derrière lui : « Arrête. Les voisins… » Je ne vois pas son visage, mais je suis certaine qu'il lève les yeux au ciel. « En plus, ça pue chez eux, j'ai pas envie qu'ils ouvrent leur porte. »

Il se tourne vers moi et baisse ses lunettes de soleil. « Rentre ton ventre. Les Françaises sont minces.

– Elle n'y croira pas.

– Mais si. Elle n'a sûrement jamais voyagé », déclare-t-il, ne doutant pas de me convaincre avec cet argument.

Au fond de l'appartement, un enfant hurle puis se met à pleurer. « Obéis, sinon je vais chercher la

1. En français dans le texte.

2. Phrase célèbre de la non moins célèbre émission de télévision *Star in Their Eyes*, par laquelle les participants présentaient à l'animateur la vedette du show-business qu'ils allaient imiter.

cuillère en bois », dit une femme, dont la menace paraît encore plus effrayante parce qu'elle parle en afrikaans.

« Miss Dell ? » Mon père recule d'un pas. Par les losanges blancs de la grille de sécurité, je distingue une écharpe vert et blanc que quelqu'un est en train de tricoter, abandonnée sur la table. Une pelote de laine a roulé par terre, derrière la chaise et sous le divan.

Une petite fille d'un an ou deux, nue, les joues rouges, les cheveux coupés au bol, surgit dans la pièce. Elle a de l'eczéma sur les bras et sur les jambes, une tétine jaune dans la bouche. Dans son poing grassouillet, elle tient une Barbie chauve. Elle nous lance un regard qui ressemble à celui d'une ado, puis ouvre la bouche autour de la tétine pour crier.

« Chut, tout va bien », dit mon père en levant les deux mains.

Un enfant plus grand, coiffé de manière identique mais vêtu d'un survêtement rose, apparaît derrière la petite, comme répondant à un appel lancé dans une langue secrète. À cause du rose, je devine que c'est aussi une fille. Elle chevauche une moto en plastique noir dont les roues sont en fin de vie. « Bonjour, dit-elle en s'approchant plus près. T'es qui ? » Elle sourit à mon père. Il lui manque une dent de devant.

« Vous désirez ? » C'est une femme. Wilna. Ses cheveux sont relevés en queue de cheval haute, retenue par un chouchou violet. Elle attrape la petite qui court vers la porte et la cale sur sa hanche étroite.

« Bonjour. Miss Dell ? Je m'appelle Erik Klavier. » Mon père tend la main à travers la grille, mais elle ne la prend pas. Il me désigne d'un geste. « Et voici mon associée, Jolie Bourdeaux. »

Je pensais qu'il prononcerait mieux le nom, puisqu'il est censé avoir passé du temps en France. Je sais qu'on ne peut pas expliquer à Wilna la véritable raison de notre présence, mais je refuse de participer à cette mascarade et je baisse les yeux. Il y a une tache rouge sur le tapis.

« Jolie ne parle pas très bien anglais. » Il hausse les épaules. « Saletés de Français. » Il sourit et incline la tête avant de relever les yeux vers Wilna. C'est un mouvement que je l'ai déjà vu faire devant les femmes, surtout les plus jeunes. Je me rappelle qu'une fois, quand j'étais enfant et qu'il m'avait emmenée manger dans une pizzeria au Cap, j'avais remarqué sa petite pantomime tête basse/coup d'œil – assortie d'un monologue sur la difficulté, mais ô combien gratifiante, d'être un père célibataire –, qui lui avait valu d'obtenir le numéro de la serveuse. J'ai envie de lui dire qu'il est trop vieux maintenant pour que ça marche, mais je me trompe peut-être. Les femmes ont toujours eu l'air d'apprécier.

« Qu'est-ce que vous voulez ? » demande Wilna, en ne nous regardant ni l'un ni l'autre. La petite dans ses bras nous fusille du regard et laisse tomber sa Barbie de l'autre côté de la grille.

« Je cherche Jaco Eloff. » Mon père se baisse pour ramasser la poupée.

Wilna fronce les sourcils. « Je ne sais pas où il est. »

La fillette sur la moto en plastique s'approche de la grille.

« La petite souris est venue chercher ta dent et t'a laissé un cadeau ? » demande mon père. Elle lui fait un grand sourire et montre une pièce de cinquante cents qu'elle tient dans sa main poisseuse. Je crois identifier un mélange de beurre de cacahuètes et de sirop sur sa manche. C'était le seul sandwich que j'aimais au centre aéré. Je me demande si ma mère et moi ressemblions à ça, aux yeux du monde extérieur.

« Vous voulez quoi exactement ? » Wilna remonte la petite sur sa hanche.

Mon père se redresse. « Je peux entrer une minute ? C'est à propos de Jaco. »

Wilna secoue la tête. « Non, désolée. Les filles ont attrapé des poux avec les autres gamins de l'immeuble. Je suis en train de leur faire couler un bain. » Voilà qui explique peut-être pourquoi la poupée est chauve.

« En fait, Miss Dell… Un parent éloigné de Jaco – un grand-oncle qui a vécu en France toute sa vie – est mort récemment et lui a légué une belle petite somme. Son notaire m'a chargé de retrouver Jaco pour lui donner l'argent.

– Oh. » La petite se penche et arrache la Barbie des mains de mon père à travers la grille. « Combien d'argent ?

– Je ne suis pas habilité à divulguer cette information, mais il s'agit d'un don testamentaire d'importance, et il a tout intérêt à entrer en contact avec nous. »

Je devine qu'il sourit ; il s'amuse à manier le jargon juridique comme il l'a vu faire dans les émissions à la télé.

« Je n'ai aucune nouvelle de lui depuis plus de dix ans », dit Wilna. La petite se tortille, signifiant qu'elle veut descendre. Une fois à terre, elle agrippe la moto et essaie de passer sa jambe couleur rose mortadelle par-dessus le siège derrière sa sœur. « Depuis 96, je crois. » Wilna assied l'enfant sur la moto.

« Et votre fils ? Jaco ne vient jamais le voir ? » Mon père glisse les mains dans ses poches, affichant ainsi une allure détachée.

« Non. » Elle s'essuie les mains sur son jean.

« Oh.

– Je n'ai plus entendu parler de Jaco depuis la dernière fois que la police est venue me poser des questions. Il dealait, à l'époque, et ça ne m'avait pas étonnée. » Elle replie ses bras sur sa poitrine. Je me demande si elle se rappelle la première nuit, quand il l'étonnait encore. « C'était un salopard. » L'aînée des filles rit, comme si elle comprenait que sa mère vient de dire un gros mot. « Vu qu'il ne me versait pas la pension alimentaire, il n'aurait pas osé se pointer chez moi.

– Et leur père, à elles ? interroge mon père en montrant les fillettes. Il vous donne quelque chose au moins ? »

Wilna lui décoche un regard noir. Je me dis qu'il est allé trop loin, qu'elle va lui claquer la porte au nez. Mais elle se contente de soupirer et pose une main sur la tête de l'aînée. « Pas assez. Je crois qu'il leur manque, mais qui sait ce qu'elles ont dans la tête, hein ? » Ce n'est pas vraiment une question. La culpabilité creuse un sillon entre ses sourcils de mère qui avoue ne pas connaître ses enfants, deux étrangères pour elle.

« Elles sont peut-être mieux sans lui », dit mon père. Puis, craignant à nouveau que sa remarque ne provoque la fermeture de la porte, il s'empresse d'ajouter. « Elles vont être ravissantes. »

Wilna sourit. « La première s'appelle Elani, et l'autre, c'est Ellen. » Avec leurs coupes au bol identiques, assises l'une derrière l'autre sur la moto, on dirait un portrait raté.

« Bonjour, Elani. Bonjour, Ellen. » Mon père leur fait un signe de la main, mais elles le dévisagent sans réagir. « Écoutez-moi, Wilna… Si nous ne parvenons pas à retrouver Jaco, cet argent vous reviendra, à vous et à votre fils.

– C'est vrai ? » Pour la première fois sans doute aujourd'hui, un sourire lui éclaire les yeux.

« Absolument. » Il s'approche plus près, une main sur la grille. « Mais vous pouvez nous aider à accélérer la procédure, si vous savez quoi que ce soit qui nous permettrait de prouver qu'il ne reviendra pas. »

Je comprends qu'il est en train de lui demander si Jaco est mort.

« La dernière fois que j'ai eu de ses nouvelles, il était au Cap pour une réunion des anciens de son unité. Depuis, rien. »

Mon père retire sa main.

C'est au tour de Wilna de s'avancer. « Mais il avait replongé dans la drogue à ce moment-là. Ça ne m'étonnerait pas qu'il lui soit arrivé quelque chose.

– Je vois », dit mon père. Il se tourne vers moi. « *Vous avez une carte d'affaires pour le madam*[1] ? demande-t-il, puis il articule silencieusement *carte de*

1. En français dans le texte.

visite. Comme je n'ose pas saboter son histoire en répondant que non et en le plantant là, j'ouvre mon sac pour chercher la carte du notaire de ma grand-mère, que j'espère avoir gardée dans mon portefeuille. Mais je ne la trouve pas, alors j'écris mon numéro de portable au dos d'un ticket de métro.

« Vous me préviendrez si vous trouvez quelque chose ? demande Wilna d'une voix pleine d'espoir, légère comme un ballon gonflé à l'hélium.

– Bien sûr. Vous serez la première avertie. » Il lui tend le numéro à travers la grille. « Les Français ne sont pas très organisés, dit-il en manière d'excuse. Mais s'il vous plaît, appelez-nous si vous apprenez quoi que ce soit. »

Elle sourit en caressant du doigt la bande magnétique sur le ticket.

Ellen veut avoir la moto pour elle seule. Elle enlève la tétine de sa bouche, la range en sécurité dans son poing, puis mord sa sœur à l'épaule. Elani hurle et devient toute rouge. Ellen se met à pleurer, peut-être pour se faire plaindre aussi. Avec leurs visages levés et leurs bouches ouvertes, elles m'évoquent des oisillons affamés.

Wilna s'appuie à la porte. « Il faut que j'y aille… Merci de votre visite. J'espère que vous me contacterez bientôt. » Elle sourit encore et referme doucement le battant. À l'intérieur, deux gifles claquent, puis le silence retombe, comme après l'applaudissement de quelqu'un qui se fige, comprenant qu'on ne trouble pas le silence entre deux morceaux.

« *Allons-y*[1] », dit mon père en tournant les talons.

---

1. En français dans le texte.

Je m'assieds sur le trottoir, jambes étendues devant moi, pendant que mon père photographie l'immeuble. Une camionnette noire est garée devant le magasin de vins. La chaleur fait trembler l'air tout autour.

Ce ne peut pas être Jaco qui a parlé de mon père à la police. Il ne s'est pas manifesté auprès de Wilna depuis dix ans, et Naledi n'a trouvé aucune trace de lui depuis 1997. Pas de contravention pour stationnement illégal ni excès de vitesse. Tout porte à le croire mort, même si aucun décès n'a été enregistré. Restent donc Danie ou Gideon.

Mon père pose son appareil photo sur le siège du conducteur et s'assied par terre à côté de moi. Il allume une cigarette. « Nom de Dieu, qu'est-ce qu'elles étaient moches, ces gamines. Heureusement que je t'ai pas beaucoup vue quand tu avais cet âge-là. » Il me presse le genou. « Je t'aimerais peut-être encore moins. »

Je remonte mes genoux sur ma poitrine et je chasse la fumée de sa cigarette. « Pourquoi tu lui as donné de faux espoirs ?

– Avec l'argent, tu veux dire ?

– C'était cruel.

– Pas du tout, dit-il en rejetant une bouffée dans ma direction. Elle a décidé d'être toujours déçue par sa putain de vie, j'y peux rien.

– C'est sa faute si son ex était un sale militaire qui a disparu et n'a jamais payé la pension alimentaire ? » J'enlève mon écharpe et je l'enroule autour de mon poing comme un bandage de boxe.

« *Ja.* » Il tousse. « Tu choisis de te mettre avec des losers, voilà ce que tu récoltes.

– Apparemment, je n'ai pas encore compris la leçon, je réplique en pointant le menton vers lui.

– Tu m'as pas choisi.

– Non. » Je me lève et je m'appuie contre la voiture pour me laisser pénétrer par la chaleur du métal. Ma température corporelle semble complètement déréglée.

« Je t'ai pas choisie non plus, dit mon père. Mais tu n'as pas si mal tourné, finalement.

– Je te remercie. » Il ne réagit pas au sarcasme.

« À part que tu me réponds un peu trop. » Il écrase sa cigarette contre le bord du trottoir.

Je secoue la tête, accablée. « Va te faire foutre. »

Il se lève et s'essuie les mains sur son short. « Non, merci.

– Arrête avec tes grosses vannes.

– Tu adores ça. Pourquoi tu serais là, sinon ? »

Je le regarde en clignant des yeux dans le soleil. « Pas pour toi.

– Pourquoi, alors ?

– Laisse tomber. »

Il m'attrape le poignet. « Pourquoi tu es là, si ce n'est pas pour moi ? »

Parce que quand je suis avec lui, je n'ai pas à penser à ce que j'ai fait. Ou pas fait. Il est le méchant de l'histoire pendant un moment, pas moi. Et, si je suis honnête avec moi-même, mon père est la seule personne qui, si je lui racontais ce qui s'est passé, ne verrait aucune raison de se sentir coupable. Demi-mesure, dilemme moral, il ne connaît pas. Noir ou blanc. Pour lui, tout se résume toujours à ça.

« Pour fuir tes propres problèmes ? » Il me tire par le bras pour forcer mon attention. « Ou alors parce que tu te sens mieux dans ta peau, par comparaison, quand tu es avec moi ?

– C'est *toi* qui t'enfuis. »

Il sourit, et je vois bien qu'il n'est pas dupe. « On se ressemble, toi et moi, peut-être plus que je ne le croyais, ou que tu ne voudrais l'admettre. » Il indique la voiture d'un geste du menton. « Allez, on y va.

– C'est pas trop tôt. » Je me dirige vers le côté passager.

Il ouvre la portière arrière, se penche à l'intérieur, ressort avec une bouteille d'eau dans une main et, dans l'autre, une bière qu'il pose sur le toit.

« Si tu bois, laisse-moi conduire.

– Sûrement pas, répond-il en se versant de l'eau sur les mains et en les frottant l'une contre l'autre. Je risquerais de m'endormir, et je ferais des cauchemars à cause de ces gamines.

– Elles n'étaient pas si horribles.

– Oh si, putain. » Il s'essuie les mains sur son T-shirt. « Toutes roses, poisseuses, bêtes, et sans rien d'intéressant à dire.

– C'est normal à cet âge-là. » Je m'assieds dans la voiture, mon sac à mes pieds.

« Moi, j'étais pas comme ça. Nous, on n'était pas comme ça. »

Je n'aime pas ce « nous » qui m'inclut. « Tu peux te taire, s'il te plaît. » Je prends mon parfum dans mon sac. « Pour une fois.

– Pourquoi tu es tellement de mauvais poil ? »

Je vaporise du parfum sous mes aisselles. « C'est ce qui arrive quand on a un père comme toi. » Sur les deux poignets.

Il agite la main pour chasser l'odeur. « Personnellement, je trouve que je suis quelqu'un de délicieux. »

Je ferme les yeux et je pose mon front sur le tableau de bord, mais c'est trop chaud. Je me redresse. À six ans, j'avais laissé ma première cassette – et ma préférée –, la bande originale de *Dirty Dancing,* sur la banquette arrière de la voiture de ma mère un matin. Le soir, elle était toute gondolée, le ruban avait fondu au soleil. Je l'avais cachée sous mon lit en faisant semblant de ne plus l'aimer, d'avoir trouvé quelque chose de mieux.

« Tu te sens encore patraque ? demande mon père.

– Juste fatiguée. Mais je ne comprends pas pourquoi.

– Rendors-toi, alors. »

Un hurlement de pneus nous parvient, plus loin sur la route.

Au moment où mon père insère la clé dans le contact, une sirène s'élève, alternant deux notes plus graves et plus rapides qu'en Angleterre, et un froid largement supérieur à celui de la clim se répand dans la voiture. Il se retourne sur son siège. « Putain, qu'est-ce que t'as fait ? crie-t-il.

– Rien. » Des lumières bleues et jaunes éclairent le pare-brise. La voiture s'approche derrière nous à toute allure. « Je te jure que je n'ai rien fait.

– Baisse-toi ! » Il se laisse glisser sur son siège pour s'accroupir sous le volant et m'attrape par la manche, de sorte que je suis courbée en deux sur la boîte de vitesses.

« Ça n'aidera pas », je chuchote, mais je ne m'entends même pas, à cause du crissement des pneus qui dérapent sur le goudron. Ils ont dû virer ou freiner brusquement. Mon père repousse son appareil photo aussi loin que possible sous son siège.

Il y a maintenant deux sirènes. La deuxième est plus lente, moins pressante, mais tout aussi proche. Les voitures sont arrêtées juste derrière nous, et le bruit est tellement strident que je me couvre les oreilles.

J'imagine un grand nombre de policiers : se précipitant vers nous, leurs lourdes bottes martelant des pas qui cognent dans ma poitrine.

Mon père me saisit par la nuque et m'attire à lui, la bouche dans mes cheveux quand il parle : « Je suis désolé, dit-il. Ne crois pas ce qu'ils raconteront sur moi. »

Les gyrophares s'éloignent et je retiens mon souffle. C'est pour moi qu'ils viennent, autant que pour mon père. Le complice est puni comme l'auteur de l'infraction, disent-il à la télé.

La lumière revient. Les policiers sont passés à côté de nous, ils se crient des ordres dont je ne distingue pas le sens. Peut-être attendent-ils devant notre voiture. J'essaye d'échapper à mon père, mais il me tient fermement.

« Laisse-moi regarder », dis-je en pinçant de toutes mes forces la peau de son poignet.

Il me lâche. Je me relève lentement en m'agrippant au tableau de bord brûlant. Je transpire, j'ai la bouche sèche. La canne à pêche que je bouscule tremble dans l'ouverture du toit.

« Fais gaffe, Jo », souffle-t-il.

Glissant un coup d'œil prudent par-dessus l'autoradio, j'aperçois les immeubles. Quelqu'un est penché à une fenêtre du dernier étage, la tête tournée dans notre direction. Je me hausse un peu plus. Je ne vois que l'herbe desséchée devant le bâtiment, la porte ouverte du magasin de vins. Les policiers ont disparu.

« Qu'est-ce qui se passe ? demande mon père en me tirant par mon vêtement.

– Je ne les vois pas. » Je jette un regard tout autour. « Mais on ne peut pas partir. » Derrière nous, une voiture de police nous barre la route.

« Putain. » Il pose la tête sur le cuir craquelé du siège. « Merde ! » Il donne des coups de poing dans le dossier.

« Arrête. » À nouveau, je heurte les cannes à pêche en lui immobilisant les bras. « Ça va aller. »

Et puis, derrière moi, quelqu'un frappe à ma fenêtre. Je tourne la tête. C'est un policier, avec un revolver qui brille sur sa hanche. Il me fait signe d'abaisser la vitre.

« Où tu as mis ta bière ? »

J'ai parlé en remuant à peine les lèvres pendant que je me redresse.

« Sous le siège. » Il n'a d'yeux que pour l'homme derrière ma fenêtre.

« Ouvrez », dit le policier, la main sur la poignée.

Je lui souris. Il est blanc et trapu, avec un cou plus épais que sa tête. Un joueur de rugby, peut-être. « Rassieds-toi », dis-je à mon père, et avant qu'il n'ait le temps de protester, je baisse ma vitre. « Pardon, excusez-nous…

– Sortez, dit le policier. Immédiatement. »

Je ne sais pas si je dois prendre le risque de l'énerver en essayant de discuter. Derrière moi, j'entends la portière de mon père s'ouvrir. « Qu'est-ce qui se passe, monsieur l'agent ? »

Il recule quand je descends. L'air est chaud et sec. « Tournez-vous.

– Si vous pouviez juste m'expliquer… »

Il repousse brutalement la portière, une main sur son revolver. « Tournez-vous, j'ai dit. »

Je pivote face à la voiture, mains levées. Mon père a les mains posées sur le toit ouvrant, le menton rentré dans la poitrine. Un autre policier, grand et bronzé celui-là, le palpe pour s'assurer qu'il ne porte pas d'arme. Je n'en ai pas vu, mais ça ne veut rien dire.

Mon père évite mon regard. Le policier derrière moi me pousse contre la voiture et, de son pied, m'oblige à écarter les jambes.

Je tente vaguement de protester pendant qu'il me passe les mains dans le dos. « On n'a rien fait de mal… » Je me demande s'il peut deviner que je mens, si mon pouls qui bat à toute vitesse me trahira.

« Demi-tour », ordonne l'autre policier à mon père.

Des mains sur mes seins maintenant, sur mon ventre.

« Qu'est-ce que c'est que ça ? » demande le grand policier. Je ne vois pas ce qu'il montre. Non, me dis-je en pensant à mon père, il n'est quand même pas stupide au point d'avoir une arme sur lui.

« C'est pour cacher mon argent », répond mon père d'une voix fluette, tête basse. Il sait très bien se faire paraître plus petit, malgré sa haute taille.

Les mains s'arrêtent sur mon pansement puis remontent le long de mes cuisses.

« Il n'a rien », dit le grand policier.

Les mains me libèrent. « Elle non plus.

– Je peux me retourner ?

– *Ja.* »

Je voudrais croiser le regard de mon père, le temps de nous mettre d'accord, même sans parole, mais je ne vois que sa nuque. « Merci.

– Jooster, amène-le par ici. » Le policier à côté de moi garde une main sur son revolver pendant que Jooster s'approche avec mon père. « Vous avez une pièce d'identité ? » me demande-t-il.

Je réplique, le cœur battant : « Et vous ? » Mon père s'appuie contre le capot, les yeux au sol.

L'insigne est bleu et doré. « Sergent van Niekerk, commissariat de Bloemfontein.

– Mon permis de conduire est dans mon sac.

– Écartez-vous de la portière, s'il vous plaît. »

Sous la surveillance de Jooster, Van Niekerk attrape mon sac par terre devant le siège passager et le renverse sur le toit de la voiture. Puis Jooster recopie les données personnelles de mon père dans un carnet. « Je n'ai jamais vu ce nom écrit comme ça, avec deux *l* », dit-il. Le nom de mon père ne comporte pas de *l*. Je me demande quel pseudo il utilise, et depuis combien de temps.

Mon père s'éclaircit la gorge. « C'est un nom d'origine française, je crois. »

Van Niekerk fouille ma pochette de maquillage avant d'ouvrir mon portefeuille. Il tend mon permis de conduire à Jooster, qui note mon nom et mon adresse à Londres.

« Qu'est-ce que vous faites dans le coin ? » Van Niekerk a glissé les pouces dans les passants de sa ceinture.

Les paumes moites, je prends le risque de répondre. « Nous sommes venus rendre visite à quelqu'un de la famille.

– Ici, dans cet immeuble ? »

Mon père se redresse. « *Ja.* C'est une amie de la famille, plutôt, depuis longtemps. Wilna Dell, appartement 4D. » Il veut se montrer coopératif, mais son intervention est mal accueillie.

« Je ne vous ai pas interrogé, dit Van Niekerk en le foudroyant du regard.

– C'est vrai », je confirme. Les yeux de Van Niekerk reviennent sur moi. « Wilna Dell. »

Jooster note le nom puis rend mon permis au sergent.

« Combien de temps êtes-vous restés avec Ms Dell ? » demande Van Niekerk.

Merde. « Que se passe-t-il, sergent ? » J'ai imité de mon mieux ma grand-mère.

« Répondez à la question, Ms Hartslief. » Il insiste sur le *Ms*[1], de sorte que dans sa bouche ce titre paraît une insulte.

Je regarde ma montre. Il est midi et demie. « Nous sommes arrivés vers midi moins dix, et puis… » Je laisse ma phrase en suspens, au cas où mon père aurait une idée pour nous sortir de là.

Van Niekerk sourit. « Ce n'est pas très long, pour rendre visite à une amie de longue date.

– Ses enfants avaient des poux, nous n'avons pas pu entrer. »

Le policier se tourne vers mon père. « Vous avez accompagné Ms Hartslief à l'appartement 4D ?

– Oui, monsieur. » Mon père sort ses cigarettes de sa poche. « Ça vous dérangerait que… ?

---

1. Dans les pays anglo-saxons, combinaison de « Mrs » et de « Miss » qui permet d'éviter la distinction entre une femme mariée et célibataire.

– Non, allez-y, dit Van Niekerk, pendant que Jooster passe à l'avant de la voiture pour noter le numéro d'immatriculation.

– Quelle est votre relation, à tous les deux ? » Le sergent agite son doigt dans notre direction, mais c'est à moi qu'il s'adresse.

« C'est mon chauffeur », dis-je. Jooster écrit dans son carnet.

« Et où étiez-vous avant aujourd'hui ? »

Maintenant qu'ils ont le numéro de la plaque, ils pourront remonter nos traces grâce aux relevés des caméras de surveillance routière. Mieux vaut s'en tenir à la vérité.

« Langkloof.

– Et encore avant ? insiste Van Niekerk. Je veux l'itinéraire complet.

– Oudtshoorn. » Je saute Dundee. « Empangeni, Ladysmith… Tout le Natal. »

Van Niekerk tord mon permis dans ses doigts, tellement fort que la petite carte plastifiée semble sur le point de se casser en deux. « Vous avez beaucoup de famille à voir, Ms Hartslief. »

Je me demande s'ils ont procédé de la même manière quand ils ont interrogé mon père, en faisant durer les questions. « Écoutez, sergent…

– Jooster, lance Van Niekerk. Communique les noms par message radio pour demander une recherche. » Il crache sur l'asphalte. « Et envoie quelqu'un chez Ms Dell.

– Oui, sergent. » Jooster part vers la pelouse jaunie au pied de l'immeuble.

Mon père ne bouge pas, la main en coupe pour fumer sa cigarette. Je me demande ce que ce geste signifie. Si tant est qu'il ait un sens.

« Ce que j'aimerais savoir maintenant…, reprend Van Niekerk. Si vous ne faites que rendre visite à de vieux amis, pourquoi vous vous êtes cachés ?

– On ne se cachait pas », je réponds en essayant de gagner du temps. J'ai presque envie de tout raconter, pour en finir. Au lieu de m'enfoncer chaque fois un peu plus. « On s'était juste baissés. »

Le sergent rit. « Vous vous étiez juste baissés.

– Oui, pour ne pas recevoir une balle. Le Bureau des Affaires étrangères britanniques nous a mis en garde, parce que l'Afrique du Sud est un pays très violent.

– C'est vrai, ça ? » Van Niekerk se tourne vers mon père pour obtenir confirmation.

Nico lève les mains devant sa poitrine dans un geste de défense : nul ne peut l'accuser de trahison. « Elle me paye, moi, j'obéis. Et elle a dit de se baisser. »

Le sergent secoue la tête, incrédule. « Donc, vous n'avez aucune raison de vouloir éviter la police ?

– Non. » Mon père et moi avons répondu en chœur. Du même avis, pour une fois, unis par un mensonge.

« Rien à voir avec l'affaire du septième étage ? »

On lève tous les deux les yeux vers l'immeuble. « Quelle affaire ? je demande.

– Ça ne vous regarde pas. » Van Niekerk règle le volume de la radio qu'il porte à la taille et un grésillement se fait entendre.

Ils ne sont pas venus pour nous. Quand j'ouvre la bouche pour parler, je m'aperçois à mes mâchoires douloureuses que je serrais très fort les dents. « Non. On n'a rien à voir avec le septième étage. »

Van Niekerk me regarde avec méfiance, percevant peut-être mon soulagement, ou simplement agacé par le ton de ma voix. « Vous allez confirmer votre déclaration au commissariat, on vérifiera. Ça ne vous ennuie pas, hein ? »

Mon père se raidit, mais le sergent ne le remarque pas.

« Pas du tout, dis-je. Vérifiez ce que vous voulez. »

Il décroche la radio de sa ceinture. « Ne bougez pas », dit-il en s'écartant, la bouche collée à l'émetteur.

Mon père jette sa cigarette à l'endroit où le policier a craché et s'étire. Est-ce qu'il cherche un moyen de s'enfuir ? Une planque ? Je lui fais un signe négatif de la tête.

« Je peux récupérer mon permis, s'il vous plaît ? »

La radio contre l'oreille, le sergent me le tend. Je veille à ne montrer aucune précipitation en le prenant et je remballe mes affaires dans mon sac à main.

« *Ja*, OK, répond-il au grésillement. J'arrive. »

Deux policiers équipés de grosses ceintures utilitaires sortent de l'immeuble, encadrant un jeune Noir aux épaules voûtées, les bras derrière le dos.

Le sergent se retourne vers moi. « Ms Dell a une version différente. » Il sourit. « Mais on en parlera au commissariat. » Là-bas, il y aura l'avis de recherche de mon père, avec sa photo.

Les policiers entraînent le prisonnier vers leur véhicule garé derrière nous.

« Je vais monter lui parler, dit Van Niekerk. Donnez-moi vos clés de voiture. Je veux vous trouver encore là quand je reviendrai. » Il attend.

Obéissant à mon geste du menton, mon père retire les clés du contact et les lance au sergent.

Van Niekerk les reçoit d'une main sur la poitrine. « À tout de suite. » Il part vers l'immeuble en remettant sa radio dans l'étui.

La sirène retentit à nouveau. Mon père et moi suivons des yeux la voiture de police qui s'éloigne.

« Putain, qu'est-ce qu'on fait maintenant, Jo ? »

Je jette mon sac par la fenêtre sur le siège passager. S'il nous embarquait, la carrière de Van Niekerk ferait un bond en avant, et tout serait terminé pour nous. Mais je ne suis pas prête à laisser tomber. « Ouvre le coffre », dis-je. Même si mon père a sa place en prison – ce dont je ne suis pas convaincue, pas encore –, il n'est pas le seul coupable dans cette sale affaire. On sait où habite Danie et, avec un peu de chance, on réussira peut-être à retrouver Gideon. Ils méritent d'être punis eux aussi. Ensuite, quand l'heure viendra pour mon père, je veux être celle qui l'accompagne. Je demanderai à Paul de le considérer comme un homme inscrit dans l'histoire d'un pays, otage d'une culture qui normalisait la violence et la brutalité. C'est la première fois que j'ai les cartes en main, et je décide de saisir l'occasion.

« Pourquoi ? C'est quoi, le plan ? »

J'attends qu'il se tourne vers moi. « Je veux bien te sortir de là. Mais après ça, plus tard, tu te rendras à la police. » Il fronce les sourcils et se prépare à protester. « C'est soit ça, soit on va tout de suite au commissariat de Bloem. Tu me comprends ? »

Son regard dérive vers l'immeuble dans mon dos.

« Nico. » Ses yeux reviennent sur moi. « Tu me comprends ? »

Il secoue la tête. « Bon sang, qu'est-ce que t'aimes le drame, toi. Mais *ja*, d'accord. »

Je m'immobilise, la main sur la poignée de la portière. « Encore une chose.

– Quoi ? » Il guette l'apparition de Van Niekerk dans l'escalier.

« Rends-moi mon téléphone et mes passeports. »

Il ôte sa casquette et essuie la sueur sur son front. « OK. Tout ce que tu veux.

– Merci. » Je m'assieds à la place du passager. Il se penche pour me regarder par la fenêtre de l'autre côté. « Grouille-toi. Il y a une deuxième clé dans ma valise. »

Il sourit. « Bravo, ma fille. »

7

The Structure of Things Then

Je rêve de Maria, l'auto-stoppeuse que mon père a prise en photo. Enfin, je crois qu'il s'agit de Maria ; son visage est caché, mais je reconnais le châle à carreaux, tout déchiré sur ses épaules. Elle est couchée par terre sur le côté, la tête enfouie dans ses bras, les genoux remontés contre sa poitrine pour protéger les parties les plus vulnérables de son corps. Des hommes et des femmes l'entourent, ils brandissent de gros *knobkierries*, des bâtons africains munis de pommeaux ronds et luisants comme des prunes. Maria est déjà morte.

J'émerge du sommeil, en sueur sur la banquette arrière, seule. La voiture est garée à l'ombre, devant une bâtisse de style colonial peinte à la chaux dont la porte est surmontée d'un pignon à volutes. Je ne sais pas combien de temps j'ai dormi. Je me suis réveillée pour aller aux toilettes dans une station-service, puis à nouveau quelques heures après. La voiture était arrêtée près d'un centre commercial et mon père dormait à l'avant, le visage dissimulé par l'appuie-tête de son siège incliné en arrière. En me redressant pour vérifier, malgré la chaleur étouffante, que les portes et les fenêtres étaient verrouillées, j'avais vu qu'il tenait une batte de cricket sur ses genoux. Je m'étais rendormie aussitôt. Plus tard encore, j'avais vaguement senti qu'il me tâtait la jambe avec la batte. Je regarde ma montre. Trois heures. Les volets de la maison sont fermés, et, un court instant, je me demande si on est revenus dans le Karoo.

Par le toit ouvrant entre un air sec, vibrant de chaleur. Je sors dans la lumière en bougeant la tête pour me dégourdir la nuque. J'ai la bouche sèche, mais ma bouteille d'eau a roulé sous le siège passager et je suis trop engourdie pour la rattraper. J'en déniche une autre déjà entamée devant la banquette, entre des paquets de cigarettes vides et des packs de jus de fruit poisseux.

L'eau est chaude, mais je bois tout, en regrettant de n'avoir ni fil dentaire ni brosse à dents sous la main. L'aire de stationnement devant la maison descend en pente douce jusqu'au lit d'un ruisseau asséché. Des nids de tisserins pendent des branches des arbres comme des larmes jaunes. Je ne sais absolument pas où je suis. Quand je vais ouvrir le coffre pour jeter ma bouteille avec les autres, une odeur de bière éventée s'en échappe. Les canettes vides s'amoncellent, je ne me rappelle pas avoir vu mon père en boire autant. Son sac à dos et ma valise ne sont plus là. Je me précipite vers le siège avant. Mon sac à main a disparu. Les clés de la voiture aussi. Un rire jaillit à l'intérieur de la maison, comme pour annoncer que le festin de la bande de larrons peut commencer.

« Salaud. » J'ai envie de pousser la voiture dans le ruisseau et de partir à pied. Au lieu de quoi, après m'être assurée que personne n'est sorti de la maison, je retourne au coffre. Trois sacs en plastique sont posés au milieu de la roue de secours. Tant pis s'il s'aperçoit que j'ai fouillé. Je vais chercher mon téléphone, mon portefeuille, tout ce que je pourrais récupérer et conserver dans ma poche comme un talisman. Mais il a sûrement déjà emporté mes affaires dans la maison. Un des sacs contient un short de bain encore humide ; un autre, des vêtements sales. Dans le troisième, il y a trois vieilles balles de tennis, quatre paquets de cartes maintenus par un double élastique, et quelques dés. Des gouttes de bière chaude me mouillent les doigts quand j'écarte les canettes pour accéder à la glacière et au sac de golf noir. La glace qu'il a achetée à Welkom a fondu et les Castle Lager flottent dans l'eau. Je me rince les mains, puis je referme la glacière et la tire sur un côté du coffre, mais le sac de golf est coincé, je n'arrive pas à le sortir.

Une pompe éolienne tourne lentement, un peu plus loin, ou alors c'est quelqu'un qui ouvre un portail. Il ne me reste que la place du conducteur à explorer. Encore un coup d'œil à la maison, et je m'installe au volant. Le siège sent l'odeur de son eau de toilette, mes pieds n'atteignent pas les pédales. Dans le vide-poche de la portière, je ne trouve qu'un bouquin de Cussler tout abîmé, un flacon de comprimés contre les maux de tête et un canif. Le compartiment du milieu est vide. Je passe la main sous le siège. Un papier d'emballage, un peigne. Derrière la manette qui permet d'ajuster l'assise, mes doigts rencontrent un objet scotché au cuir.

Je me mets à genoux dans la poussière pour regarder ce qu'il a caché à cet endroit. C'est le seul secret que je découvre moi-même, sans attendre qu'il me le révèle par un coup de théâtre ou au compte-gouttes. Niché sous une épaisse couche de ruban adhésif, il y a un pistolet.

Je pose mon front sur le cuir tiède du siège. L'arme était-elle déjà là quand la police nous a fait descendre de la voiture ? Est-ce la raison pour laquelle il a ensuite maculé de boue les plaques d'immatriculation ? Un chien aboie quelque part. Accroupie sur les talons, je cherche des yeux une autre cachette. À côté de la maison, une carriole bleu clair munie de roues jaunes est montée sur deux grosses poutres. Un panneau cloué aux rayons indique : *Jacobsdal, Le Lézard qui dort, Bed and Breakfast.* On est encore dans l'État-Libre, je crois, mais il faudrait que je consulte l'atlas routier. Une ombre passe derrière les fenêtres de la maison. Je sors de la voiture, j'essuie la poussière sur mes jambes et je ferme la portière sans bruit, puis, à l'arrière, je me dépêche de remettre les sacs en plastique dans la roue de secours et les recouvre avec un monceau de canettes.

La porte d'entrée s'ouvre au moment où je rabats le coffre. Deux hommes s'avancent sur la véranda.

« Jo, ma chérie, dit mon père en afrikaans. Viens faire la connaissance de Marius. »

J'abaisse mes lunettes de soleil que j'avais relevées sur ma tête et je me tourne vers eux. « *Ja*, j'arrive. » Mon père me fait signe d'approcher, un verre de whisky dans une main.

Je suis le sillon que la roue cassée de ma valise a creusé dans la terre. Mon père descend de la véranda et me prend la main.

« Marius, je vous présente Jo, dit-il en souriant à l'homme chauve. Ma jolie petite femme. »

Pour le dîner, on nous sert du *bobotie* et du riz au safran avec des raisins secs. L'œuf au-dessus du gratin n'est pas assez cuit. Le plat est accompagné d'une salade composée et de chutney de tomates.

« Parfois, je suis tellement las de la cuisine sud-africaine que je préférerais manger un morceau de fromage avec du pain, dit Marius en remplissant son verre de vin puis celui de mon père. Mais vu que les invités en raffolent, c'est ce que Leonie leur prépare. »

Nous sommes six autour de la table : outre mon père et Marius, il y a la femme de Marius, Leonie, et deux hommes, Rian et Colin. Ils ont l'air de connaître la maison, ils savent où se trouvent le whisky et le cendrier, sur quelles chaises on est le mieux assis. Colin est jeune, anglophone, je crois. Un peigne dépasse de sa chaussette. Rian porte un polo de rugby vert avec un col et des poignets blancs, le numéro douze dans le dos. Nos hôtes arborent des tenues plus classiques : Marius, chemise à carreaux et pantalon de velours côtelé, Leonie, robe à manches longues ornée de petites fleurs marron. Seuls les hommes parlent, et uniquement entre eux, sauf lorsque Leonie demande si quelqu'un aimerait se resservir. La conversation se déroule en afrikaans et je ne comprends pas tout.

Auparavant, pendant que Nico et Marius buvaient du whisky sur la véranda, Leonie m'a montré la chambre que mon père a retenue pour la nuit.

« Il voulait des lits jumeaux, a-t-elle expliqué en anglais, avec un sourire. Vous bougez beaucoup en dormant, paraît-il.

– *Dankie.* » Merci. La chambre donne sur la piscine à l'arrière de la maison. Le vent avait soulevé un des coins de la bâche, malgré les briques qui la maintenaient en place, et j'ai vu la couleur verdâtre de l'eau saumâtre.

« Vous avez du linge à laver ? a-t-elle demandé. J'ai déjà pris celui de Nico. »

J'ai secoué la tête, espérant que c'était elle qui avait proposé de lui rendre ce service.

« Le dîner sera prêt dans une heure. Nous avons des amis ce soir. » Elle a attendu ma réaction.

« Oh… » Je me suis passé la main dans les cheveux. « Je vais me changer. »

Après un hochement de tête, elle est partie. Ma valise était ouverte sur l'un des lits, mon sac à main posé sur la table de chevet. J'ai fermé la porte à clé et enlevé mes chaussures. Le sol de noyaux de pêche était tiède et rouge sous mes pieds. Dans mon sac, il n'y avait ni passeports ni téléphone. J'aurais dû obliger mon père à me les rendre sur-le-champ, devant l'immeuble de Wilna, au lieu de ne penser qu'à échapper à Van Niekerk. Au moins, il n'avait pas pris le dictaphone.

Pendant que je me faisais couler un bain, j'ai vidé le sac à dos de mon père sur son lit. Trois paires de chaussettes roulées en boule, un pantalon à poches, un T-shirt propre. Encore un canif, plus gros que celui de la voiture. Ses papiers d'identité – les vrais – sales et abîmés aux coins. Des capotes. Deux appareils photo et une batterie de rechange. Je les ai allumés. Le premier contenait les photos de Maria, l'air gêné et ne sachant comment placer ses mains, devant le centre commercial flou en arrière-plan. J'ai passé en revue les autres images, toutes de moi. Le deuxième appareil était vide. Je me suis demandé ce qu'étaient devenues mes photos du lodge, et celles de l'immeuble de Wilna, prises par mon père. Il cachait sûrement une carte mémoire quelque part. J'étais en train de déplier une de ses paires de chaussettes quand on a frappé à la porte.

« Jo, chérie ? » Mon père a essayé d'ouvrir la porte. « Ça va ?

– Je prends un bain, ai-je lancé en remballant les affaires dans son sac et en le reposant là où je l'avais trouvé, près du lit.

– OK. » La poignée s'est agitée encore un peu. « Habille-toi bien pour le dîner. » À la variation de la lumière sous la porte, j'ai vu qu'il était parti.

Pour moi-même, j'ai marmonné : « Va te faire foutre. »

Je me suis allongée dans un fond d'eau chaude, la jambe gauche sur le rebord de la baignoire pour ne pas mouiller mon pansement. Une série de photos de Noirs dans des cadres dorés était accrochée sur le mur au-dessus. La première montrait un garçon posant avec un ballon devant un rideau jaune. La deuxième, un homme aux cheveux grisonnants en chapeau et costume marron, debout, le pied sur une vieille valise, penché sur son genou et souriant. La troisième, un adolescent en jean étroit et lunettes de soleil qui rabattait la visière de sa casquette, le pied droit en l'air. Il dansait. Le fond était rouge cramoisi, un rideau de théâtre peut-être. Quand je me suis redressée pour mieux observer les détails, j'ai senti la mousse des sels de bain me pétiller sur le dos.

Le pistolet apporte un élément nouveau, ai-je pensé. Mon père devait avoir très peur de Gideon. Mais s'en servirait-il pour s'éviter la prison ? Le pointerait-il sur moi ? J'étais incapable de répondre à mes propres questions.

Au dessert, Leonie sert une tarte au lait et du café.

Rian m'adresse brusquement la parole, en anglais. « Alors, Jo… Nico a dit que vous étiez journaliste. »

Je hoche la tête en avalant une gorgée de café.

« Quel genre d'articles écrivez-vous ? » Il jette un regard autour de lui, préparant le terrain pour sa blague. « Mode et maquillage, sûrement », lâche-t-il avant que j'aie le temps de répondre. Les hommes rient, mon père plus fort que les autres. « Mais non, je plaisante. »

C'est le genre de compagnie que mon père apprécie, des gens qui se disent *traditionnels* en dissimulant ce qu'ils sont vraiment, et il a envie de leur plaire. Je peux peut-être me servir de cette faiblesse contre lui.

Je garde ma tasse de café devant ma bouche, de sorte qu'ils croient que je souris.

« Oui, j'avais compris. » Puis je m'adresse à mon père. « Mais tu ne leur as pas dit, *liefie* ? En fait, j'écris des articles sur le sexe. » J'abandonne nonchalamment ma main sur son bras. « Les différentes positions, les meilleurs sex toys sur le marché. » Je me renverse en arrière contre le dossier de ma chaise sans le quitter des yeux. « Laquelle on a essayé déjà, l'autre soir ? C'était… oh là là ! Une tuerie pour tous les deux, hein, chaton ? » Je croise les jambes, ma robe remonte sur ma cuisse et je ne me soucie pas de ceux qui le remarquent.

Colin s'éclaircit la gorge.

« Enfin, Jo…, bredouille mon père.

– C'est vrai, nous, les femmes, on reste parfois un peu sur notre faim. Heureusement qu'il y a les orgasmes multiples pour compenser, n'est-ce pas, Leonie ? » Je me tourne vers elle en feignant de rejeter mes cheveux en arrière.

Elle fixe ses couverts alignés l'un à côté de l'autre sur son assiette et tripote le bout de la longue tresse qu'elle a ramenée sur son épaule gauche. J'ai honte de lui infliger cette comédie.

« Leonie, dit Marius, une main sur le genou de sa femme. Débarrasse la table, veux-tu ?

– Oui, Marius », répond-elle en se levant aussitôt.

Je pose ma serviette sur la nappe. « Je vais vous aider… »

Elle me regarde, les joues en feu. « Non, laissez, Mrs Roussouw. » Puis elle ramasse le couteau et la fourchette de mon père. « Vous êtes l'invitée. Reposez-vous, je vous en prie. »

Je la remercie d'un hochement de tête, tire sur ma robe et décroise les jambes. Devrais-je la complimenter à nouveau sur ses talents culinaires ? Préférant m'abstenir, je dessine son nom en sténo sur l'ongle de mon pouce. C'est un graphisme souple et fluide, terminé par un trait rectiligne.

Marius toussote et boit une gorgée de whisky.

« C'est l'heure d'une partie de poker », dit Rian en roulant les *r* et en se frottant les mains.

La cheminée est surmontée d'une tête d'antilope. Décor typique à l'intention des touristes ? Sur une desserte derrière Rian, un lapin empaillé détale sous une cloche en verre garnie de cailloux, de fougères marron aux bords relevés et de boules de coton vert. Les yeux vitreux de l'animal semblent regarder derrière lui, peut-être dans la direction de son poursuivant. Un oiseau rouge avec un masque noir est perché sur un rebord au-dessus du lapin, légèrement penché en avant pour observer la scène. Dans la pièce aux fenêtres grandes ouvertes, les odeurs de viande et de fumée se sont dissipées. Il fait froid et le poêle à gaz allumé par Marius ronronne dans le coin. Je suis debout devant le foyer pour me réchauffer les jambes.

Leonie est allée se coucher aussitôt après avoir terminé la vaisselle. Les femmes n'étaient pas acceptées au poker, avait dit Marius. C'était la règle de la maison. Mais moi, en tant qu'invitée, on m'autoriserait à regarder. Je me suis resservi du vin en répondant que je serais très honorée. Marius a consulté mon père du regard avant d'acquiescer.

Colin mélange les cartes. « D'où êtes-vous originaire, Nico ?

– De Pretoria », répond mon père. Pourquoi ment-il ? Pour pouvoir mieux bluffer plus tard ? Il écrase sa cigarette. « Quelqu'un d'autre vient de là-bas ? » demande-t-il. Puis, voyant que les autres joueurs secouent la tête : « Bon, alors je peux le dire. C'est nul à chier. » Il sourit en construisant trois tours avec ses jetons. « Je n'y suis pas retourné depuis vingt ans.

– Je suis bien de cet avis, *bru.* » Colin coupe les cartes. « Le Highveld est un endroit pourri, et pas seulement en hiver.

– Et qu'est-ce qui vous amène à Jacobsdal ? » Rian avance un jeton au milieu de la table pour la petite blinde. Marius en ajoute deux.

« On va à Nature's Valley », répond mon père.

Je me tourne vers lui.

« *Ja*, quand j'étais gosse, on passait tous les Noël à Plett. Je voulais montrer le coin à Jo. »

Je suis allée une fois à Nature's Valley, dans la maison de mes grands-parents paternels au bord de la mer sur la Route des Jardins. C'est là que j'ai passé ma dernière semaine en Afrique du Sud, juste après la mort de ma mère. Est-ce qu'il raconte encore un bobard ?

Les yeux fixés sur mon père, Colin distribue deux cartes à chacun des joueurs.

Rian regarde son jeu. « J'aime bien Nature's. Mais Knysna, c'est *lekker*. Dans le temps, j'avais une gonzesse là-bas.

– *Ag*, arrête. Tu avais des gonzesses partout », dit Marius. Il attrape son briquet.

« Mais celle-là, c'était quelque chose. » Rian dessine un motif sur la nappe avec son verre. « Les trucs qu'elle me laissait lui faire au cinéma… *Sjoe !* »

Mon père rit, prélève deux jetons dans son tas et les pousse sur la table.

« Vous ne regardez pas vos cartes, Nico ? demande Colin.

– Pas encore. » Mon père croise les doigts derrière sa tête. Son T-shirt bleu marine peluche sous les aisselles.

Colin secoue la tête. « Comme vous voulez, c'est votre enterrement. » Il lance deux jetons dans le pot. « Je suis. »

Rian mise encore un jeton en observant Marius. « Je suis. »

Marius frappe deux fois sur le pied de sa chaise. « Parole », dit-il, la bouche pleine de fumée.

Colin pose trois cartes faces découvertes au milieu de la table. Trois rouges. Je m'approche et je me tiens debout derrière ma chaise.

Rian regarde de nouveau son jeu. « Je relance. » Il se renverse contre son dossier, les mains derrière la tête, imitant mon père. Le vert de son polo de rugby est plus sombre sous ses bras. Colin voit que j'ai remarqué les traces de transpiration et sourit.

Marius tapote la jambe de mon père avec un air entendu. « Rian a un appétit hors du commun, si vous voyez ce que je veux dire.

– C'est vrai que j'aime la chair fraîche », déclare Rian.

Ils s'esclaffent. Marius se penche en avant pour mieux voir le flop au milieu de la table, puis lance trois jetons. « Je relance de soixante.

– Vous connaissez le proverbe, mes *brus*. » Mon père pose une main sur sa cuisse pendant qu'il regarde ses cartes. Les autres attendent. Il se gratte la joue et jette trois jetons dans le pot. « La clé du bonheur, c'est de bien vivre, de rire souvent, de *pomper* beaucoup. »

Les trois hommes rient. Mon père se contente de sourire en tournant un jeton entre son pouce et son index.

Ils parlent comme si je n'étais pas là. Je suis habituée à ce genre de goujaterie chez mon père, mais je me demande si les autres s'y livrent pour me mettre mal à l'aise, en guise de représailles après mon allusion aux orgasmes multiples.

« Je suis. » Colin ajoute trois jetons à la mise. « Alors, Rian ? » Il tend la main vers le sucrier, prend un morceau de sucre et le suce.

Après un dernier coup d'œil à son jeu, Rian secoue la tête. « Je me couche », dit-il en poussant ses cartes vers Colin, bousculant la nappe dans son geste. Une mince chaîne en or garnie d'un pendentif en forme de fer à cheval s'échappe de son polo. Il surprend mon regard. « C'est un porte-bonheur, explique-t-il, les doigts sur le bijou. « Je peux pas dire que je manque de chance, pourtant. »

Je m'assieds, pendant que Colin pose une quatrième carte face découverte. La reine de trèfle.

Rian lâche un sifflement. « Merde. Quel crétin. » Il a raté une occasion.

Marius sourit. « Faut croire que t'as pas eu de chance sur ce coup-là, hein, Rian ? »

Rian se laisse aller en arrière sur sa chaise, bras croisés, genoux écartés. « C'est pas ce que ta mère disait hier soir. »

Un silence. Ils rient.

Marius se lève pour servir une autre tournée de whisky. « *Ja*, elle a confirmé que tu étais un amant très attentionné. » Puis il se rassied, regarde son jeu et frappe un coup sur la table. « Parole. » Mon père l'imite.

« C'est pas ce qu'on m'a raconté, à moi », dit Colin, frappant à son tour. Il présente une cinquième carte. Le dix de cœur. « Cinq minutes douche comprise, d'après Lena, la fille de la poste. »

Rian abat son poing sur la table, ses jetons tressautent. « Six minutes et demie, réplique-t-il en souriant. Ne sois pas si aigri, Colin. Juste parce que, toi, t'arrives pas à te faire traire. » Il déplace les cinq cartes sur la table pour les disposer à égale distance les unes des autres.

Marius aspire bruyamment une gorgée de whisky et tousse. « Bien envoyé, *bru*. C'est à vous dégoûter de boire du lait. » Il fait glisser cinq jetons au milieu de la table. « Je relance de cent. »

Mon père ajoute dix jetons au pot. « Je suis. » Il s'appuie au dossier de sa chaise et allume une cigarette. « Alors comme ça, Colin, vous avez les patates au fond du panier ? » Je sais qu'il va gagner.

Je finis mon vin.

Colin rougit. « Merde, Rian. Regarde où ça nous entraîne, vieux. » Il tapote ses cartes posées devant lui avec deux doigts. « Je suis, dit-il en poussant dix jetons.

– Ben dis donc, lâche Marius. Je suis. » Il mise cinq.

Mon père lève son verre. « Avant qu'on montre nos mains, j'aimerais porter un toast… Aux meilleurs hommes de l'État-Libre. »

Les autres l'imitent. « *Tjorts*, dit Marius avec un hochement de tête.

– Et aux plus grosses patates de ce beau pays, ajoute mon père, tourné vers Colin.

– Putain, les gars, dit Colin en posant brutalement son verre. Je m'envoie en l'air à côté, moi aussi. Je suis loin de les avoir au fond. »

Rian lui donne une claque dans le dos. « Comment elles sont quand elles sont pas au fond ? À mi-hauteur ?

– Vides », dit mon père. Ils s'esclaffent.

Je me lève. « Je vais me coucher. »

Mon père me retient par la main. « Déjà, chaton ?

– Oui, j'ai mal aux mâchoires à force de rire. » Je me dégage. « Merci pour le dîner, Marius. »

Il acquiesce du menton, sans me regarder.

J'emporte mon verre dans la cuisine, où je le rince et le pose sur l'égouttoir. Leonie a déjà sorti deux tasses pour le café avec Marius le lendemain. La bouilloire est remplie. Près de la panière, il y a une boîte à gâteaux métallique ornée de fleurs de jacaranda dont la peinture violette commence à s'écailler. Je l'ouvre sans bruit ; à l'intérieur, des biscuits faits maison truffés de raisins secs de la couleur de l'or. Sur le plan de travail, des mugs assortis sont accrochés à un support, chacun offrant une illustration humoristique du thème « L'amour, c'est… » Une fillette nue décoche une flèche à un garçonnet nu : *L'amour, c'est ton arme secrète*, indique la légende.

Je laisse courir mes doigts sur la frise de carreaux terracota au mur. La corbeille à fruits sur le comptoir est pleine de pommes jaune clair. J'en prends une et je trouve un petit couteau à dents dans l'un des tiroirs. Ils ne s'apercevront pas de sa disparition. Je le tiens en dissimulant la lame contre mon avant-bras.

Quand je reviens au salon, Rian parle de la nouvelle serveuse du Wimpy. « Cinq centimètres de gazon, et après je suis arrivé en terrain meuble, raconte-t-il en mimant avec trois doigts. Toutes les femmes sont pareilles à l'intérieur, même les Noires. »

Mon père rit en secouant mollement la tête, ivre, les coudes sur la table, avec son cou bronzé qui commence à pendre. En le voyant ainsi, pour la première fois depuis que je l'ai regardé dormir dans la vallée de Langkloof, je me dis que j'arriverai peut-être à me sortir de cette sale histoire. Dans quelle mesure mon sentiment est-il lié au couteau que je serre dans ma main ? Je préfère ne pas répondre à cette question.

« Tu ne vas quand même pas passer ton permis de conduire et l'épouser ? » demande Marius en tapotant le genou de Rian. Je n'en suis pas sûre, mais je crois que cette tournure est une variation sud-africaine du proverbe : pourquoi acheter une vache quand on peut avoir son lait gratuitement ?

« Ravie de vous avoir connus », dis-je depuis le seuil.

Rian ne lève pas les yeux. Marius agite vaguement les doigts sans se retourner et distribue les cartes. Je pars vers ma chambre et j'entends Rian répliquer : « Tu rigoles, *bru* ? L'épouser ? Je lui faisais une faveur. Moi, je cours tous les jupons que je veux quand je veux. C'est pour ça qu'on m'appelle Michael Screwmacher[1]. »

Ils rient encore.

Même si je sais qu'on doit se lever tôt demain pour aller chez Danie, je n'arrive pas à dormir. Je suis allongée sous les couvertures que j'ai étroitement bordées. La chambre plongée dans l'obscurité, malgré les rideaux ouverts, sent le bois ciré. Je pense à Paul et je repasse nos conversations dans mon esprit, cherchant la preuve qu'il ignorait que Nico était mon père.

Le ciel est poudré d'étoiles. Il n'y a pas de téléphone ici, ni dans aucune des pièces devant lesquelles je suis passée en regagnant la chambre. L'unique poste est branché dans la salle à manger, où les

---

1. *Screw* : « baiser ».

hommes m'entendraient. Pour appeler qui, de toute façon ? Je ne connais aucun numéro par cœur, sauf le mien, et mon père a sans doute éteint mon portable pour ne pas risquer que l'alerte d'un SMS n'éveille mon attention.

Je pourrais partir demain. Quand on s'arrêterait à une station-service, j'entrerais dans la boutique et je demanderais à quelqu'un de prévenir la police. Je déclarerais que mon téléphone et mon passeport ont été volés. Mieux vaudrait quelques heures au consulat britannique plutôt que je ne sais combien de temps encore avec mon père. Mais je décide de lui laisser une dernière chance : si Danie est sympathique, normal, et n'a jamais entendu parler de Gideon, j'irai trouver les autorités. Il le faut.

« Merde… » Mon père maugrée derrière la porte. J'ai failli la fermer à clé tout à l'heure, mais puisque je voudrais filer discrètement dans quelques heures, sans voir Leonie, je me suis dit que ce n'était pas la peine de le provoquer, dans son état, éméché comme il était.

J'allume le dictaphone, caché dans mon sac à main sous la table de chevet.

« Nom de Dieu, Jo, dit-il dans le noir. Allume-moi cette saleté de loupiote. »

Je sors un bras des couvertures et je cherche à tâtons le bouton de la lampe. Dans la faible lumière, je vois qu'il mange un gros morceau de pain noir. Il s'assied sur le lit.

« Bois de l'eau. » Je me redresse et prends mon sac sur mes genoux. Je n'aime pas me sentir coincée sous trois épaisseurs, bordée de tous côtés. Pas quand il est dans la chambre.

« Je ne suis pas bourré. » En parlant, il laisse échapper la moitié de sa bouchée. Il rit. « Qu'est-ce que tu peux être rabat-joie. Mais j'ai regagné ton argent des cannes à pêche. » Il sort des billets froissés de sa poche et les jette sur mon lit.

« Merci. » Je remonte mes genoux contre ma poitrine en desserrant les couvertures. Vu qu'il est passablement ivre, j'essaie d'en profiter. « Pourquoi tu n'as pas parlé de Gideon aux flics quand ils t'ont interrogé ?

– Tu déconnes ? » Il s'allonge sur le lit.

« Je connais des gens qui pourraient t'aider. Qui écouteraient. » Plus doucement, j'ajoute : « Je t'accompagnerais. »

Il mord dans son pain. J'attends un peu, en rassemblant les billets épars.

« Pourquoi pas ? j'insiste.

– Parce que, dit-il en se rasseyant, le T-shirt plein de miettes, je sais ce que Gideon fera. » Il me regarde, et je remarque que son œil gauche louche légèrement quand il a bu. « Il y a quelque chose que je ne t'ai pas raconté. »

Sans blague, je me retiens de dire, pour ne pas l'entraîner dans une digression.

« Quand je me suis installé à Dundee, j'étais aux anges. Je pouvais passer mes journées dehors, sans avoir peur que l'armée me remette le grappin dessus. » Il pose le reste du pain sur le coin de la table de chevet. La croûte est mouillée. « J'ai jamais été aussi heureux qu'à cette époque-là. »

Il y a quelques jours, cette déclaration m'aurait mise en colère.

« Mais fin 1982, ils m'ont pincé. » Il cherche ses cigarettes. « En fait, c'est Gideon qui m'a retrouvé. »

Je me laisse aller en arrière contre la tête de lit. Ça, je l'ai déjà entendu.

« Il s'est pointé à ma porte un soir, tout sourire, et il m'a menacé de me donner à l'armée si je ne l'aidais pas. Il a dit que ça ne pouvait pas mieux tomber pour lui. »

Encore un revirement. Ce n'est pas ce qu'il m'a raconté. Gideon n'avait pas encore amené le père de Paul dans la case.

D'une voix lasse, je l'interroge : « Qu'est-ce qu'il te demandait ? Pourquoi ça ne pouvait pas mieux tomber ?

– Il comptait se servir de moi pour son plan bleu. » Mon père essaie d'enlever une de ses chaussures en la poussant de son autre pied.

Toujours ses phrases sibyllines. « C'est-à-dire ?

– Sa couverture. » Il se penche pour dénouer son lacet. « Il voulait avoir accès au lodge pendant la saison creuse, en se faisant passer pour un paysagiste ou je ne sais quoi. »

Il n'y a pas assez de lumière dans la chambre pour cette conversation. Je veux examiner son visage, voir s'il regrette.

« J'aimerais pouvoir dire que je ne me doutais de rien. Mais un type pareil, forcément, il trempe toujours dans des histoires sordides. Je crois qu'il travaillait pour les forces de sécurité. » Il lance sa chaussure par-dessus son épaule. « Quand ils ont débarqué avec le premier Noir dans le coffre de leur voiture, au mois d'avril suivant, j'ai pigé que c'était le plan rouge.

– Ça a duré combien de temps ?

– Deux hivers. Après, je suis parti vivre dans la communauté où j'ai rencontré ta mère. »

Je ferme les yeux. « Combien de personnes ? »

Un silence. Mentir ou non ? Sous l'effet de l'alcool, il est moins rapide à décider. « Au moins dix.

– Bon sang, Nico. »

Il tend le bras maladroitement pour reprendre son morceau de pain et l'envoie par terre. « C'était moi ou eux, dit-il en se levant. Si j'avais refusé, tu n'existerais pas. »

Il essaie de me rendre complice. « Tais-toi, dis-je en serrant les dents.

– Mais sache que je n'ai jamais participé. Je restais dans le lodge, je ne les voyais presque jamais. Ils m'ont demandé de prendre des photos… pour les montrer au suivant, lui faire peur.

– Tu l'as fait ? »

Il se penche pour ramasser le pain. Trop près de mon lit, maintenant. « Au début. Juste une fois… »

Est-ce pour cette raison qu'il a passé le reste de sa vie à détourner son objectif de la réalité ?

« J'ai pris l'homme qu'ils m'accusent d'avoir tué.

– Pourquoi l'ont-ils enlevé, lui, précisément ? » Je veux une explication, si jamais je suis obligée d'en parler à Paul.

« Ils les choisissaient au hasard. Ç'aurait pu être n'importe qui. » La pire des réponses. « Il fallait juste que tout le monde le sache dans le township. C'était un message pour les gens là-bas qui complotaient contre le gouvernement. »

Comploter n'est pas le terme correct. Je me dis que, sobre, il en aurait peut-être utilisé un autre. « Donc, tu as pris des photos ? »

Il secoue la tête. « J'ai dit à Gideon que je ne pouvais pas. Il m'a frappé, et après, il m'a enlevé mon appareil photo et pris toutes les pellicules. »

Je ne lui laisse pas le temps de se plaindre de la perte financière que représentait l'appareil. « Alors, c'est pour ça que tu ne peux pas le dénoncer à la police… Parce que tu serais complice d'au moins une dizaine de meurtres. »

Il rit. « Tu crois que je suis le seul à avoir une raison de le balancer ? » Il part vers la salle de bains en vacillant, se retient d'une main sur le matelas. « Jaco, il voulait aller à la CVR pour raconter ce qui s'était passé à la frontière. »

La CVR. La Commission Vérité et Réconciliation.

« Tu parles que c'était une bonne idée. À mon avis, il a disparu depuis dix ans parce que Gideon l'a tué. Sans doute avec la bénédiction de l'armée.

– Pourquoi tu ne m'as pas dit ça avant ?

– J'avais peur de ce que tu penserais de moi. Que tu me voies comme un trouillard. » Il hésite, l'air perdu dans la chambre. « Un homme faible. »

Je pose mon menton sur mes genoux. « Je préférerais savoir que tu as la trouille – comme un être humain normal. » Mais bien sûr, au lieu de reconnaître cette faiblesse, mon père en fait toujours payer le prix aux autres. Je ne connais que trop sa lâcheté et son égoïsme. « C'est tout ? Il y a autre chose que tu ne m'as pas raconté ?

– C'est tout. » Il essaie de me regarder en face, malgré sa vision trouble. « Je te promets.

– Il n'y avait aucun fichier au nom de Gideon van Vuuren. Tu te rappelles autre chose de lui ? » Mais il est absorbé par sa montre maintenant et essaie de la détacher. « Son vrai nom, par exemple, est-ce qu'il pourrait te revenir si tu réfléchissais vraiment fort, en mobilisant ton cerveau ? Ou est-ce que ça risque de te faire saigner du nez ? »

Il m'ignore, sort son T-shirt de son bermuda et le passe par-dessus sa tête. « À l'heure qu'il est, Gideon a sans doute vu les photos du mort partout à la télé. » Il porte autour de la taille une de ces sacoches banane dont les Affaires étrangères conseillent de se munir avant de partir en Afrique du Sud. « C'est pour ça que je veux savoir qui a parlé de moi à la police. Qui est le mouchard. » La sacoche est pleine à craquer et la fermeture Éclair ne ferme pas complètement. Mon téléphone, c'est sûr. Mes passeports. Les clés de la voiture.

« Si je fais la moindre tentative pour me rapprocher de la police, dit mon père, Gideon me tuera. » Il entre dans la salle de bains et tire la porte derrière lui. J'entends l'eau qui coule longuement.

8

Le poids le plus lourd

Il y a une machine à sous sur la véranda. Les cerises et les pastèques sont éteintes, la prise débranchée gît par terre à côté. Sur le tabouret devant la machine est posée une petite mallette orange remplie de pièces. On boit du thé dans des mugs en verre. Un bougainvillier s'entrelace dans la tonnelle en bois au-dessus de la table ; des fleurs aux couleurs passées, fines comme du papier, descendent jusqu'à nous.

« À l'armée, y avait rien à faire mais on devait toujours se grouiller, dit Danie en versant du thé. Après, on se retrouvait à attendre les imbéciles qui venaient nous inspecter. » Il pousse les biscuits vers moi.

Depuis qu'on est partis de Jacobsdal tôt ce matin, on ne s'est pas arrêtés avant d'arriver chez Danie Strydom. Tout le monde dormait encore au B & B, mais Leonie avait laissé un thermos de café et un Tupperware contenant des œufs durs, des sandwichs et des biscuits sur la desserte près de la porte. Mon père avait pris deux biscuits et rangé le reste dans la glacière. Il cuvait son alcool de la veille en silence. Mal rasé, avec sa barbe plus longue d'un côté que de l'autre et sa mine fatiguée, il semblait comme déplumé. Quand on a débouché sur la route, la cloche de l'église voisine a sonné huit heures. Trois cents mètres plus loin, la cloche d'une autre église a tinté à son tour.

« Voilà pourquoi faut jamais se fier à l'Église », avait-il maugréé en dévissant le capuchon du thermos.

L'État-Libre m'est apparu en une succession d'images. *Bienvenue à Kimberley. Sortie file de droite. Cette portion de la N12 est financée par les assurances Old Mutual.* Aux abords de Klerksdorp, un panneau marron bordé de blanc annonçait tous les musées qu'il était possible de voir mais que je ne verrais jamais. Je regardais les montagnes défiler comme des marionnettes d'ombres chinoises dessinées par le soleil levant – ici, un crocodile, là, une cage thoracique.

J'avais espéré récupérer mon téléphone et mes passeports, et éventuellement m'enfuir, pendant que mon père ronflait, terrassé par le whisky. Mais il avait dormi à plat-ventre sur sa sacoche, la bandoulière tellement serrée autour de sa taille qu'elle laissait une marque sur sa peau. Impossible d'atteindre la boucle. J'avais donc étalé une couverture sur lui, puis fouillé ses vêtements par terre, mais il n'y avait rien dans ses poches. Pour finir, je m'étais recouchée, allongée sur le côté en lui tournant le dos, les mains glissées entre mes cuisses pour les réchauffer. L'aube s'était levée, lente et grise comme un brouillard qui monte.

Danie se baignait dans sa piscine quand je suis arrivée. J'ai sonné, deux fois, en attendant devant le portail vert hautement sécurisé, et j'ai allumé mon dictaphone dans la poche avant de mon sac à main.

Sa maison se dressait au coin d'une rue tranquille, dans une petite ville universitaire où on n'avait pas le droit de danser dans les années 1950, avait dit mon père. Peut-être avait-il existé un précurseur de Kevin Bacon[1] ici.

Danie s'est approché dans l'allée, en slip de bain, et a agité la main. Je n'avais pas oublié que je devais l'appeler par son nouveau nom, Gerber. Debout dans la flaque d'eau qui se formait à ses pieds, il a déclenché l'ouverture du portail à l'aide d'une télécommande. Il était mince, très bronzé et à peine plus grand que moi, avec des cuisses aux muscles saillants au-dessus des genoux.

« Pardon… Je pensais que vous arriveriez plus tard », a-t-il dit en me serrant la main. Il sentait le chlore, et ses yeux sombres, enfoncés, semblaient presque dépourvus de paupières. Je me suis demandé s'il voyait ses sourcils dans son champ de vision, de même que, sur une photo, on aperçoit le doigt de la personne qui tient l'appareil.

J'ai souri en repoussant mes lunettes de soleil sur ma tête. « Non. Trois heures. » Nous étions convenus de l'heure la veille, quand j'avais téléphoné dans la salle à manger du B & B, mon père derrière moi. J'avais expliqué que je voulais l'interviewer sur sa société. Bel exemple de réussite en Afrique du Sud… J'avais écrit l'heure du rendez-vous et repassé sur le chiffre tellement de fois que l'encre avait traversé quatre pages du journal.

---

1. Allusion au film *Footloose* (1984), dans lequel Kevin Bacon combat le puritanisme d'une petite ville de l'ouest des États-Unis en entraînant un groupe de jeunes lycéens à danser.

« *Ag*, désolé. » Il s'est tapoté le ventre. « Mais faut se maintenir en forme, hein ? »

Mon père m'attendait dans la voiture un peu plus loin, et même à cette distance, avec toutes les vitres relevées, il me semblait entendre Beethoven, tel un cœur révélateur[1] de mon propre méfait. Je devais vite entrer dans la maison, avant que Danie ne cherche à découvrir l'origine du bruit.

« Le résultat n'est plutôt pas mal », ai-je répondu en baissant un peu la tête pour abriter mon regard derrière ma mèche.

Il m'a entraînée à l'intérieur, dans la cuisine, puis sur la véranda, en appliquant une main sur mes reins comme je m'y étais attendue. La véranda courait sur toute la longueur de la maison, avec un *braai* à une extrémité, une table de ping-pong de l'autre côté. Le jardin, vert et soigneusement entretenu, déclinait en pente douce jusqu'à la piscine, d'où montait de la vapeur. On s'est assis et j'ai sorti mon bloc-notes et mon stylo.

La bonne, vêtue d'une blouse rose vif, un foulard vert sur les cheveux, a apporté du thé et une serviette pliée. Danie a enfilé un pantalon en coton clair par-dessus son maillot de bain. Je l'ai complimenté sur sa maison, cherchant à l'amadouer par mes questions. Il m'a montré des photos de guépards lors d'une opération de remise en liberté à laquelle il avait participé. Je me suis inventé un chat à Londres. Finalement, je me suis risquée à lui demander si sa discipline personnelle – sa pratique intensive du sport – lui venait de l'armée.

1. *Le Cœur révélateur* : nouvelle d'Edgar Allan Poe, où un assassin entend battre le cœur de sa victime après le meurtre et finit par avouer.

« Il y avait une inspection tous les matins à cinq heures. » Il se laisse aller en arrière dans son fauteuil, portant son pantalon bas sur les hanches. « On était debout à trois heures et demie pour se préparer. » Son léger accent trahit à peine que l'anglais n'est pas sa langue maternelle. « Il fallait que ce soit impeccable, sinon les sanctions tombaient. Parfois, on s'était couchés à deux heures, après avoir lustré le parquet de la chambre en chaussettes. On l'appelait la discothèque. » Il rit. « Ils pinaillaient surtout à propos du lit. Je tirais les draps avec des pinces à linge que j'accrochais sous le matelas. Je mettais aussi du dentifrice sur les bords de ma couverture et je la repassais pour qu'elle soit bien raide et droite. Du coup, je dormais par terre. »

Il a une croix noire tatouée sur le bras, dont la barre horizontale s'incurve vers le bas aux deux extrémités. Pour cacher le pied-de-biche ?

« Vous êtes intéressée par ce genre de détails ? » demande-t-il en se penchant en avant.

Je trempe un biscuit dans mon thé. « *Ja*, c'est parfait pour la toile de fond. » Une moitié du gâteau tombe dans ma tasse.

Il sourit. « Le portrait d'un self-made man, hein ? Un homme parti de rien ? »

Je lèche une goutte de thé qui coule sur ma tasse et je hoche la tête. Le séduire pour lui soutirer la vérité : il me semble que c'est gros comme une maison, mais on dirait que ça marche.

Il s'éclaircit la gorge. « Il y en aurait des choses à raconter, mais je ne suis pas sûr qu'elles conviennent aux oreilles innocentes d'une jeune fille. » Je hausse les sourcils. Il baisse les yeux. « Plus tard, peut-être.

– Quand avez-vous été libéré ? »

Il verse du lait de soja dans sa tasse. « Début 83. J'avais tiré mes deux ans. » Il remue son thé et se renverse à nouveau contre le dossier du fauteuil. Ses tétons sont dressés et presque blancs. « Bien sûr, ils avaient rallongé la durée du service et j'ai dû y retourner trente jours par an pendant huit ans. » Il secoue la tête. « Je me rappelle mon vingt et unième anniversaire. J'ai dû faire vingt et une pompes sur les poings ce matin-là. Et ensuite, un entraînement à l'échelle jusqu'à ce que je vomisse.

– Pas de gâteau ni de bougies ? »

Il rit. « La fête, c'était après. » Il boit une gorgée de thé. « L'armée m'a beaucoup appris, par certains aspects. La discipline personnelle, comme vous avez dit. » Il rentre le ventre. « Je fais toujours mille abdos tous les matins et cinq cents pompes. Mais on était obligés de prendre du vitriol bleu – du sulfate de cuivre, vous voyez ? – pour nous éviter… eh bien, de trop penser aux femmes. » Une mouche se pose sur les biscuits. « Et puis, je crois qu'on savait tous qu'à la frontière, on se battait contre des gens qui un jour gouverneraient notre pays. »

Je m'étonne de l'entendre mentionner la frontière aussi facilement. Qu'il ne nie pas ses années dans l'armée, je m'y attendais : pour un homme de son âge, il est normal d'avoir effectué son service militaire. Mais puisqu'il avait changé de nom, je n'espérais pas qu'il se montre si ouvert.

« Vous êtes resté combien de temps à la frontière ?

– Presque deux ans. En un sens, ça m'arrangeait. Mes parents vivaient à Pretoria et ils étaient vraiment très pauvres. C'était une époque difficile. En allant là-bas, je touchais une prime de danger et je pouvais leur envoyer plus d'argent. » Il croise les bras et presse son biceps droit. « L'AWB apportait un repas pour mon petit frère tous les jours. En hiver, des couvertures, parfois des chaussures. C'est comme ça que ces salopards essayaient d'attirer des partisans. » Il sourit. « Pardon pour la grossièreté. »

J'essaie de me rappeler ce que signifie AWB. Un État pour les Blancs seulement, je crois. « Pas de problème. » Son mépris envers l'AWB[1], qu'il soit calculé ou feint dans le cadre d'une conversation polie, me le rend plus sympathique.

Un petit oiseau au ventre vert atterrit sur la pelouse. Il a un long bec légèrement courbe et une queue étirée qui s'agite dans l'herbe derrière lui.

Danie le montre du doigt. « *Jangroentjie*.

– Pardon ?

– Un souimanga. » Puis il reprend : « Les lettres que je recevais de mes parents étaient censurées, mais je voyais bien qu'ils ne s'en sortaient pas. Pour moi, l'armée, c'était surtout un moyen de leur donner un coup de main. Et aussi de rencontrer des gens qui pourraient m'aider à trouver un bon travail après. » L'oiseau se fige, à l'affût.

J'aimerais en savoir plus sur le travail que lui a proposé Gideon, mais pour ça, je vais devoir attendre.

« On nous avait préparés pour *LA* guerre de notre vie, dit-il. Le mercredi, on venait à l'école en

1. *Afrikaner Weerstandsbeweging* : Mouvement de résistance afrikaner. Groupuscule d'extrême droite sud-africain prônant la suprématie blanche et la création d'un « État du peuple », à dominante afrikaner, au sein de l'Afrique du Sud.

uniforme de cadet, et on apprenait à tirer. » Ses doigts ont imprimé des marques blanches sur son bras droit. « Quand toute votre jeunesse, vous avez entendu parler des *terrs*, de la marée noire, du *rooi gevaar…* » La menace rouge. Il se tait et me regarde, l'air dur.

Je ne dis rien, pour ne pas interrompre le fil de ses pensées. La tête lisse de l'oiseau brille au soleil.

« Ils vous montrent des vidéos de l'ennemi – des communistes et des Noirs – en train de commettre des actes atroces. Et ils vous expliquent que vous vous battez pour votre pays, que Dieu est de votre côté. Que nous, les Afrikaners, nous sommes le peuple élu et que les Noirs sont les Cananéens. » Il ferme les yeux. « Un des gars m'a dit après qu'on était tous morts là-bas dans le bush. Les chanceux étaient ceux qui ne sont jamais revenus. »

Il repousse son fauteuil et se lève. L'oiseau est parti. « Ça vous gêne si je fume ?

– Pas du tout. »

Il prend ma tasse. Le biscuit tapisse le fond comme la fin de la confiture dans le pot. « En fait, dit-il en chargeant le lait et les cuillères sur le plateau, vous ne voulez pas qu'on rentre ? Il commence à faire un peu froid.

– Oui, bien sûr. » Je range mon bloc-notes et mon stylo dans mon sac et je passe la bandoulière sur mon épaule. « Vous n'êtes pas très habillé, notez », j'ajoute en me levant.

Quand il rit, les tasses tintent sur le plateau. « *Ja, ja*, si je suis *obligé,* je mettrai une chemise. » Je lui emboîte le pas sur la véranda, jusqu'aux marches de la cuisine.

La pénombre règne à l'intérieur. Le carrelage au-dessus du plan de travail est couleur chocolat glacé. Un ragoût mijote sur la plaque chauffante. À côté, des légumes sont disposés sur un plat, protégés par un film plastique. Le plafond est bas, le vasistas sale. Des clés en grand nombre sont suspendues à des patères derrière la porte. Toutes les fenêtres comportent des barreaux anti-effraction.

« Je dis juste au revoir à Patience, et ensuite nous irons dans mon bureau », déclare Danie en emportant le plateau vers l'arrière-cuisine, où j'entends que quelqu'un fait la vaisselle.

L'horloge murale – une ancienne poêle en cuivre reconvertie – est arrêtée. Il y a une essoreuse à salade dans l'un des trois éviers. Je me demande si ce repas a été préparé pour lui seul, ou s'il attend quelqu'un plus tard.

« Venez. » Il m'ouvre le chemin dans un couloir en dépliant une chemise verte, puis en l'enfilant. « Mmm. Elle est encore tiède. » Je vois la forme de son slip de bain à travers le pantalon, plus sombre et encore humide.

Il pousse du pied la porte de son bureau et allume la lumière. « Désolé de m'être montré un peu sinistre tout à l'heure… Mais sachez que tous les jours, je demande pardon à Dieu pour ce que j'ai fait à l'armée. » Il m'indique un fauteuil, devant une large baie vitrée qui donne sur l'allée. Là aussi, il y a des barreaux anti-effraction. Même après trois semaines en Afrique du Sud, l'omniprésence des dispositifs de sécurité continue à me surprendre. « Je verrai bien le sort qu'Il me réserve… » Il pose un lourd cendrier en verre sur la table basse, puis se retourne, ouvre un mince tiroir dans le bureau derrière lui et glisse la main tout au fond.

Des étagères en bois exotique garnissent un mur de la pièce. Manuels d'électronique et d'informatique, surtout. Je m'avance vers une rangée plus colorée que j'aperçois près de la fenêtre. Pièces d'Oscar Wilde, romans de la Beat Generation et cinq albums de Calvin et Hobbes. Plus loin, une gravure d'Escher – arbres reflétés dans un étang, feuilles flottant au-dessus d'un gros poisson – est appuyée contre les livres. C'est aussi ma préférée d'Escher. Je m'assieds au bord d'un fauteuil, souriant, les genoux serrés.

Penché sur le tiroir, il fouille parmi divers papiers, bloc-notes et boîtes de trombones. « Je sais qu'elles sont là, quelque part… Pour le tabagisme aussi, je dois remercier l'armée. » Il se redresse. « Ah ! »

Une main serrant un paquet de Stuyvesant, l'autre, des allumettes, il prend place dans le fauteuil en face de moi. Sa chemise n'est pas boutonnée. Il approche la flamme de sa cigarette. Je décline quand il m'en offre une.

« J'ai essayé de payer. » Les mots semblent gris dans sa bouche. « Je donne des millions à des œuvres de charité tous les ans. Je finance les études de mes employés après le secondaire. C'est la raison pour laquelle je vis à Potch – il y a beaucoup d'écoles ici. Mais je sais que ce n'est pas suffisant. Rien ne pourra jamais réparer ce que j'ai fait. » Il se mord l'intérieur de la joue et tire sur sa cigarette.

Sur le mur, dans des cadres noirs, il y a deux photos de lui : plus jeune, barbu, remettant un énorme chèque en carton à un Noir ; souriant, gauchement, debout à côté d'un policier devant un 4 × 4.

« Vous voulez en parler ? » Je pose mon bloc-notes sur la table. « Juste parler, je veux dire. Pas pour l'article. » J'essaie de différer l'accomplissement de ma mission.

Il se penche en avant et fixe le bout de sa cigarette. « Putain, quelle sale habitude… Je me dis toujours que je vais arrêter. » Il l'écrase dans le cendrier.

Je tripote la finition cloutée de mon accoudoir. « Je peux vous poser une question ?

– *Ja*, allez-y, répond-il, les coudes sur les genoux.

– Qu'est-ce que vous avez fait à votre retour de la frontière ? »

Il tousse. « L'armée m'a payé l'université.

– Sympa. »

Son sourire ressemble plutôt à une grimace. À mon avis, il ne rirait pas non plus s'il racontait certaines de ses virées. « Vous n'avez pas été tenté de travailler pour le gouvernement ? »

Il se redresse en fronçant les sourcils. « Je ne vous suis pas… »

À contrecœur, je m'oblige à continuer. « Qu'est-ce que vous pourriez me dire du lodge près de Dundee ? »

Il cligne des paupières. « Pardon ? »

Je m'éclaircis la gorge. « Dundee.

– On vous a mal renseignée. Je ne possède aucune propriété dans le Natal.

– Je sais. » J'évite son regard dans le bureau faiblement éclairé. Pour aider mon père, et pour Paul, je dois insister, mais je n'ai pas envie de lui infliger ça. Je crois qu'il regrette, qu'il a changé.

« Je ne vois pas de quoi vous voulez parler, dit-il, les yeux réduits à une fente.

– Le Marteau a très bien compris, lui. » J'utilise le surnom de Jaco pour l'effrayer, lui montrer que je suis informée.

Son pantalon mouillé crisse sur le fauteuil quand il se penche vers moi. « Vous mentez. »

Sait-il que Jaco a disparu ? À moins qu'ils se soient juré l'un à l'autre de garder le silence… « Et Nico Roussouw ? Van Nuuren ? Vous étiez ensemble à la frontière. »

Il se lève, va à la fenêtre et ferme le rideau d'un coup sec. « C'est lui qui vous a envoyée ?

– Non.

– Dites-moi la vérité. »

Revenant vers moi, il me saisit aux épaules. J'ai peut-être eu tort de penser qu'il ne me ferait pas de mal.

« C'est la vérité. » Je me tasse dans mon fauteuil, mais il me tire vers lui. Il a sans doute vu mon père aux informations, il a compris que la police enquêtait sur le meurtre au lodge. De toute façon, je n'ai plus rien à perdre maintenant. « Quel est le vrai nom de Van Vuuren ? »

Il me lâche et boutonne sa chemise à la hâte, les mains tremblantes. Un peu de salive brille aux coins de sa bouche.

« Je suis désolée, j'essaie juste de savoir ce qui s'est pass…

– Sortez d'ici. » Sa chemise pend d'un côté, il l'a boutonnée de travers.

« Je ne voulais pas…

– Partez », crie-t-il en se tournant vers la fenêtre.

Patience me raccompagne au portail, déjà entrouvert. Mon cœur cogne dans ma poitrine. À la fenêtre du bureau, les rideaux sont fermés, immobiles.

Quand je m'assieds dans la voiture, mon père corne la page de son roman et le range dans le vide-poche de sa portière. Il montre une bouteille d'eau à mes pieds. « Je viens de la sortir de la glacière. Si tu en veux…

– Ça va. On a bu du thé.

– Du thé ? » Il rit. « J'aurais pas imaginé.

– Pourquoi ? Il n'en buvait pas ? » J'attache ma ceinture.

Il se redresse sur son siège pour prendre son paquet de cigarettes dans sa poche.

« Oh, non.

– Apparemment, il a beaucoup changé.

– Comment ça ? » Il m'offre une cigarette.

Je fais non de la tête. « Il sait qu'il ne pourra jamais réparer ce qu'il a fait.

– On a tous ce sentiment, je crois. »

Il allume sa cigarette, qu'il tient entre le pouce et l'index, ferme les yeux et avale la fumée. C'est la première fois qu'il reconnaît éprouver de la culpabilité. Voilà peut-être le seul point commun – en bien ou en mal – que nous avons tous les deux.

« Mais je tiens à préciser que Danie et moi, on ne joue pas dans la même cour, dit-il en ouvrant davantage le toit. Comparé aux siens, mes péchés sont moins graves. »

Je regarde par ma fenêtre. « Peu importe. » Au-dessus de la voiture, les cannes à pêche tremblent dans le vent.

Il soupire. « Écoute, je te propose un deal. D'accord, j'ai été un mauvais père. Je l'admets, et je ne cesserai jamais de me le reprocher. Mais je voudrais essayer d'avoir une meilleure relation avec toi maintenant, et pour y arriver, il faudrait qu'on arrête de revenir toujours là-dessus. » Il pose la main derrière mon appuie-tête. « Marché conclu ?

– Peut-être. » Il y a deux semaines, une sortie pareille aurait sans doute suffi à tout rattraper. Mais à présent, j'ai menti à Naledi et à la police pour lui, je me suis retrouvée seule en face de Danie. J'en sais trop sur mon père, sur le besoin qu'il a de moi, et ce n'est plus si facile. « On verra.

– Ça me va, marmonne-t-il en aspirant une bouffée. Bon, qu'est-ce qu'il a dit d'autre, Danie ? Quelque chose qui peut nous servir ? »

La fumée me donne soif. Je décide de lui cacher que j'ai cité son nom. Il ignore que j'ai enregistré la conversation. « Je l'ai interrogé sur le lodge…

– Qu'est-ce que tu lui as demandé ? Exactement ? »

J'ouvre la bouteille d'eau. « Juste de m'en parler. » Redoutant qu'il ironise sur mes talents d'investigatrice, j'ajoute, sur la défensive : « J'ai d'abord posé une question vague, pour aborder le sujet… » Je bois plusieurs gorgées.

« Et après ?

– Dès que j'ai mentionné Jaco, il a flippé.

– Qu'est-ce que tu veux dire, “flippé” ? »

Je rebouche la bouteille. « Il m'a foutue dehors. Il avait l'air vraiment effrayé. »

Mon père grogne pour signifier qu'il n'y croit pas. Je termine mon compte rendu.

« À mon avis, il n'a raconté à personne ce qui s'est passé là-bas. Il a trop peur.

– Mais t'as pas réussi à savoir qui a pu prévenir la police ? »

Je secoue la tête.

« Super. » Il jette sa cigarette par le toit, elle atterrit sur le capot. « Bravo, Jo. » Il donne un coup de poing dans le volant.

« Qu'est-ce que j'étais censée obtenir ? Des aveux complets, et qu'il promette de tout raconter aux flics ? » Je crispe les mains sur mon sac.

« *Ja*, exactement ! » Il attrape le paquet de cigarettes sur ses genoux et le lance contre ma vitre avec une violence qui me surprend. « Putain, t'es vraiment nulle. J'aurais dû aller le voir moi-même. »

Pensant au couteau dans mon sac, celui que j'ai pris au B & B, je parviens à garder mon calme. « Pourquoi tu ne l'as pas fait ?

– Parce que je croyais que je pouvais me fier à toi et que tu serais moins conne, pour une fois. J'espérais que tu me ressemblerais un peu plus, dit-il en postillonnant. Et moins à ta crétine de mère.

– Va te faire foutre », dis-je en desserrant à peine les dents. Je n'aurais pas dû l'aider à échapper à la police, devant chez Wilna. Je pensais avoir pris la bonne décision, mais je me racontais des histoires.

« Ferme-la et laisse-moi réfléchir. »

Quand je le regarde maintenant, tout ce que je vois, c'est un homme qui en a envoyé dix autres à la mort afin d'éviter la prison. Un homme qui ment pour s'amuser, qui retient sa propre fille en otage et l'embarque dans une errance sans but en Afrique du Sud, tournoyant sur les routes comme une eau qui se perd dans la bonde. Même si j'ai les moyens de lui venir en aide, le binôme que nous formons court droit à la catastrophe. Il me demande trop, et j'attends aussi trop de lui. Puisqu'il ne peut pas être un père pour moi, pas celui que je veux en tout cas, je commence à le haïr. Et à me haïr moi-même, parce que je l'accompagne et que je suis entraînée dans son mensonge. Parce que j'ai cru que je pouvais le sauver.

J'ouvre brusquement ma portière, avant qu'il n'ait le temps de la verrouiller. « J'arrête. »

Il m'attrape par le bras juste au-dessous du coude. « Ne sois pas stupide…

– Rends-moi mon portable et mes passeports. » Je plante mes ongles dans ses doigts et je l'oblige à me lâcher.

Il recule sur son siège. « C'est bon, Jo. Calme-toi. »

D'un coup d'œil, je vois qu'il ne me prend pas au sérieux. « Rends-les moi, sinon je retourne chez lui et j'appelle la police. » Je sors de la voiture.

Il se penche sur le côté pour me regarder. « T'iras nulle part, connasse.

– Une meilleure relation, tu disais ? » Je lui claque la portière au nez et je vais droit à l'arrière de la voiture. J'entends qu'il descend, pendant que je tâtonne pour trouver le mécanisme d'ouverture du coffre.

« S'il te plaît, Jo, ne fais pas ça. »

Le coffre s'ouvre. Je soulève les sacs en plastique et je les pose sur la route. « Prends tes affaires. Prends ta putain de glacière, tes cannes à pêche, et dégage. »

Il me saisit à nouveau par le poignet. « Je suis désolé, d'accord ? Pardon.

– Je m'en fous. » Je tente de me libérer, mais il me retient. Il est si près de moi que je sens la bière dans son haleine.

« Qu'est-ce que je peux faire pour me rattraper ? » Il a le souffle court, la voix rauque d'un fumeur. « Tout ce que tu veux…

– Rends-toi à la police. » Il me lâche le poignet. « Raconte-leur Gideon et le lodge. »

Il secoue la tête. « C'est pas possible, Jo.

– Alors, au revoir. » Je tire son sac à dos dans le coffre.

Il me pousse, fort. Je trébuche sur le bord du trottoir et je pars en arrière. J'atterris brutalement sur le coccyx, la main droite derrière moi pour amortir ma chute. Il se frotte la barbe.

« Je n'ai pas peur de toi. » J'essaie de respirer calmement, de ne pas pleurer. « Frappe-moi si tu veux, couche-toi par terre et trépigne comme un môme de cinq ans, je m'en fous. » Assise, je souffle sur ma paume égratignée.

« Arrête de parler maintenant, et écoute. » Il s'avance vers moi, lentement, comme s'il avait peur que je parte en courant. « Tu crois que ça m'amuse de sillonner ce maudit pays avec toi ? » Il me tend la main pour m'aider à me relever. Voyant que je la refuse, il plaque ses deux poings contre ses hanches et fait craquer ses phalanges. « Pas du tout. Je t'ai emmenée parce que c'est le seul moyen pour que tu sois en sécurité. Gideon nous tuera tous les deux si on reste ici. »

Je me relève, en appui sur la main gauche, l'autre bras replié sur ma poitrine. « Ah oui ? Il est où, alors ? Caché derrière un buisson pour nous sauter dessus ? » Je récupère mon sac par terre, les genoux tremblants. « T'as qu'à garder la voiture. Et mon téléphone. »

Il ramasse un sac en plastique plein de vêtements sales et le jette contre la plaque d'immatriculation. « Putain, tu crois que je plaisante ? » Le fond du sac se déchire. « Il a tué ta mère ! »

J'accuse le choc. « Non, dis-je en reculant. C'était un accident.

– Il a voulu me donner un avertissement, pour que je ne parle à personne. Je voyais un psy à l'époque et il l'a appris. » Il dépose le sac dans le coffre. « Normalement, tu aurais dû être dans la voiture. C'est pour ça que j'ai laissé ta grand-mère t'emmener en Angleterre. »

Il ment. Ce n'est pas possible autrement. « Je ne te crois pas.

– Gideon a saboté la voiture, sans doute les freins, et après il l'a poursuivie. » Il enlève sa casquette. Je vois ses yeux, mais je ne déchiffre pas leur expression. « Le lendemain, il y avait une lettre dans ma boîte me disant que si je ne la fermais pas, la prochaine fois, ce serait toi. »

À cause du sang qui bourdonne à mes oreilles, sa voix me paraît venir de très loin.

« Je suis désolé », il répète.

La porte électrique du garage de Danie s'entrouvre. Mon père jette un regard par-dessus son épaule. « Peut-être qu'il s'enfuit. Je vais voir… Tu remontes dans la voiture, s'il te plaît ? »

Je serre mon sac contre moi.

« S'il te plaît. Il faut que tu sois là quand je reviendrai. Je ne veux pas te perdre à nouveau. »

Il remet sa casquette, et, sans me laisser le temps de répondre, il part vers la maison en surveillant prudemment les environs. Dès qu'il s'est un peu éloigné, je me précipite : la portière du conducteur est restée ouverte, mais les clés ne sont plus sur le contact. De rage, je donne un coup de pied dans le vide-poche et le livre de mon père tombe par terre.

Je me prends à espérer que le bruit des clés dans sa poche le trahira pendant qu'il se faufilera entre les buissons. Un coup d'œil du côté de la maison… Personne. Le couteau ne suffit pas. Je me penche, une main sur le siège encore tiède, pour glisser l'autre en dessous. Le pistolet est toujours niché dans le ruban adhésif, canon pointé vers l'arrière. J'agrippe la crosse et, en tirant, je parviens à le décoller.

Je ne sais pas encore contre qui il servira, mais quand ce moment viendra, je serai prête. Je le range dans mon sac.

9

The Transported

Les bracelets sont en promotion : deux pour le prix d'un. Ils ont été enfilés sur des goulots de bouteilles de bière brune, vides, aux étiquettes grattées. J'essaie le motif girafe, mais il est trop petit. Je tente le zèbre. J'ai envie de rapporter quelque chose en Angleterre, un signe disant que je ne suis pas anglaise. Mais le bracelet zèbre, qui s'orne d'une oreille et d'un museau gravés dans le bois, ne passe pas mon pouce. Je le laisse sur la tablette, puis j'examine les guides touristiques et les cartes rangés sur une petite étagère au-dessus des crèmes glacées. Le dos de *102 Choses à faire sur la Route des Jardins* est cassé.

Au bout de l'allée, un panneau écrit à la main promet du fudge et du *tiffin* au chocolat faits maison. Je choisis le fudge. Confectionné dans la cuisine de Mrs Nel, à Coldstream, garantit l'étiquette, éclairée par le dessin d'une manique. L'emballage en cellophane vert est fermé par un bolduc dont les extrémités ont été entortillées avec des ciseaux. Le paquet ressemble à un ananas en plastique atteint d'anémie.

Avant d'entrer dans la boutique, je me suis brossé les dents dans les toilettes de la station-service. Je m'étais réveillée à l'aube, toujours assise à l'avant, tenant mon sac contre ma poitrine. Au volant, mon père s'arrachait les poils des jambes pour lutter contre le sommeil. J'ai feint de somnoler, attentive aux bruits tout autour, en réfléchissant à ce que j'allais faire. Quand on a dépassé des pancartes invitant à sauter à l'élastique dans la forêt de Tsitsikamma, j'avais trouvé.

Mon père paie l'eau à la caisse. Dans la sono, le DJ demande aux auditeurs d'appeler pour élire la sportive sud-africaine qu'ils aimeraient voir nue.

« Vous pouvez baisser un peu ? demande Nico à l'homme en casquette verte derrière le comptoir. Jo ! Tu veux autre chose ? »

Je lève les yeux du fudge. « Oui… Des Marlboro light. » Une marque que je reconnais.

Il secoue la tête pour marquer sa désapprobation et, du doigt, désigne mon choix sur le présentoir derrière le caissier.

Je suis déjà venue dans cette station-service. Deux cents mètres plus loin, il y a le pont sur la Storms River, d'où l'on voit l'embouchure, une mer bleue nappée de brume à l'horizon. On s'était arrêtés ici, mon père et moi, à Noël, quand j'avais passé une semaine avec lui dans sa maison de famille juste avant de partir en Angleterre. C'était à cette condition seulement qu'il permettait à ma grand-mère de m'emmener. Dans une boîte sous mon lit à Londres, j'ai toujours les photos qu'il a prises. Moi, devant la statue d'un phoque. Moi, agitant la main sur le pont de corde au-dessus de la rivière. Un serpent qui nage le long du bateau, la tête dressée hors de l'eau. Nos deux pouces levés, avec le visage de mon père coupé en deux. Je ne me rappelle pas avoir emporté les photos, je ne conserve aucun souvenir de ce séjour, sinon le sentiment d'irréalité qui enveloppait chaque jour comme une moustiquaire, tellement il me paraissait étrange de passer tant de temps avec mon père. Et, au réveil, la surprise de ne pas être dans mon propre lit, écoutant ma mère qui se préparait dans la salle de bains avant d'aller travailler. Je savais déjà, à ce moment-là, que je ne voudrais pas me rappeler grand-chose. Pour une fois, mon cerveau avait obéi.

Mon père me parle dans le creux de l'oreille. « Viens. On va regarder l'eau sous le pont. »

***

« Tu savais qu'un touriste a été tué ici ? interroge mon père. Il descendait la rivière sur un tube pneumatique et un potamochère est tombé de la falaise sur sa tête. »

Je ris, sachant que c'est ce qu'il attend de moi. On a marché jusqu'au milieu du pont sur un mince trottoir, et mon père est maintenant penché par-dessus la rambarde. Un camion nous dépasse en klaxonnant.

« Tu me paierais combien pour que je pisse d'ici ? »

En bas, le ravin a brûlé sur tout un côté. Même les pierres sont noires, et je me demande comment ils ont réussi à sauver la route.

Pour m'éviter de répondre, je lui renvoie une question. « Ça va mieux ? » Je n'ai pas compté les canettes de bière vides, écrasées, sur la banquette arrière ; j'en ai bu quatre, et je sais qu'il a continué longtemps après que je me suis endormie.

« Hein ? » Il se redresse. « *Ja*, excuse-moi. Je me sens comme le trou du cul d'un chien mort ce matin. »

Je montre du doigt les troncs carbonisés. « Pour ton projet sur les incendies dans le veld ? » Aux dernières nouvelles, il allait publier un livre qui associerait des images de feux à une sorte de commentaire politique. Il sera content que je m'en souvienne, que j'appelle ça un *projet*.

« Non, j'ai laissé tomber. » Il descend ses lunettes de soleil sur son nez puis les accroche à son T-shirt.

« Pourquoi ? Tu y croyais, non ?

– À quoi bon ? » Il hausse les épaules. « Que peut-on attendre de l'art, quand tout est offert à la vente ou à la télé ?

– Tu cites quelqu'un, là ? »

Il tend le bras pour m'ébouriffer les cheveux. Je baisse la tête. Il remet sa main sur la rambarde et la fixe d'un air sévère, comme un chien désobéissant qui devait attendre devant la poste mais s'est enfui et se lèche les babines en surveillant les poulets d'une rôtisserie.

Appuyé sur les coudes maintenant, il contemple la pente. « Tu te rappelles la dernière fois qu'on est venus ici ? » Il détourne les yeux, je ne vois pas ce qu'il regarde. « C'était une des meilleures semaines de ma vie. »

Une voiture passe sur le pont, soulevant ma jupe dans son sillage. « Elle venait de mourir.

– *Ja*, bien sûr… » Il crache son chewing-gum dans sa main et le jette dans le ravin, puis se retourne face à la route. « Ce serait tellement facile pour toi de me pousser. Tiens, je vais t'aider. » Il s'adosse à la rambarde, bras écartés. « Tous tes problèmes disparaîtraient. »

Je recule sur la chaussée. « Je ne vais pas te pousser.

– Allez… » Il se penche en arrière. « T'as même pas besoin de pousser fort. Je te promets que je ne résisterai pas.

– Non. » Le conducteur d'une jeep me crie quelque chose, mais ses paroles sont couvertes par le bruit du moteur.

« Je suis prêt. » Mon père ferme les yeux. « Vas-y ! »

Je ne bouge pas. Des voitures approchent. En me voyant, elles klaxonnent.

Mon père ouvre les yeux et baisse les bras. « Trouillarde. » Il sourit.

Je ne bouge toujours pas. Les voitures arrivent. Ça ne fait pas partie de mon plan, mais pourquoi pas.

« Ne reste pas là, crétine. » Mon père s'avance et me tire par mon vêtement pour me ramener sur le trottoir. Le conducteur de la première voiture écrase le klaxon. Le temps que les autres passent, mon père ne me lâche pas. Sa respiration s'est accélérée.

« Pourquoi on va à Nature's ? » dis-je innocemment. Je remarque un reste de poivron rouge coincé entre ses dents.

Il soupire et me libère. « Il y a beaucoup de choses que tu ne comprends pas encore…

– Je n'ai plus douze ans. » Je lisse les plis de ma jupe tout en parlant. « Tu ne peux pas juste me traîner partout sans que je sache où on va ni pourquoi. » Essayant de profiter de la situation, j'ajoute : « Tu me dois la vérité », et j'attends sa réaction.

Au lieu de se moquer de mon expression emphatique, il a un air grave. Il doit se sentir coupable. Je décide de m'en tenir là et je pars vers la station-service.

« Jo, attends… »

J'hésite, mais je ne m'arrête pas, espérant que ma froideur produira son effet.

Il me rattrape. « J'ai réfléchi à ce que tu as dit… Tu as raison. Je vais aller à la police. Alors, attends. »

Je fais volte-face. « Tu mens.

– Pas cette fois. » Il s'abrite les yeux du soleil, la main gauche en visière. « Tout à l'heure, après avoir vu la maison à Nature's, on ira au commissariat.

– Tu promets ? »

Il hoche la tête. Derrière lui, dans le ravin, un reflet lumineux accroche mon regard.

« Qu'est-ce qui t'a fait changer d'avis ?

– Je crois que c'est Gideon qui m'a dénoncé, pour me mettre sur la sellette et me regarder me débattre. Pour m'obliger à fuir. Mais j'en ai assez de courir maintenant. Et je serai sans doute plus en sécurité en prison. »

J'attends une suite.

« Tu crois qu'on me prendrait dans le programme de protection des témoins ? Ce serait marrant. »

Mon père sort des toilettes, son bermuda et son T-shirt à la main, et les jette sur le fauteuil à bascule dans le coin du salon. Il s'est changé et porte maintenant un pantalon en coton vert olive, un gilet à poches kaki par-dessus un polo à manches longues, et il a égalisé sa barbe. Au milieu de la pièce, un mobile de cinq pélicans en bois rouge et noir tourne lentement. Les plumes blanches des ailes sont rêches et dégarnies.

« Ben quoi ? La prochaine fois, je mettrai une combinaison orange, si tu préfères. » Il se frotte les mains l'une contre l'autre et traverse le salon aux murs lambrissés, un large sourire aux lèvres. « Tu retrouves des souvenirs ? » demande-t-il en sortant sur le balcon.

J'écrase ma cigarette contre la balustrade et je garde le mégot dans ma main. « Un peu. » Je montre du doigt la maison du voisin, un pignon jaune et gris avec des fenêtres triangulaires. « Ça. »

Il rit. « C'est tout ? »

Je secoue la tête. Je ne veux pas me rappeler.

Le balcon entoure la maison sur trois côtés. La peinture blanche s'écaille par plaques sur la rampe de l'escalier. Il manque des morceaux de la toiture en plastique et le barbecue près de la porte d'entrée est rouillé. « On devrait être plus discrets, non ? Quelqu'un pourrait nous voir.

– J'ai appelé avant. La personne qui s'occupe de la location est partie à George aujourd'hui, on est tranquilles. »

Il ouvre tout grand la porte coulissante. De l'autre côté de la route, blottie dans les arbres, il y a une maison en bois aux fenêtres condamnées ; un court de tennis défoncé, envahi par une mousse jaunâtre. Plus loin, la dune, qui se déplace tous les ans, dit mon père. Le sable est d'un blanc immaculé, pareil à de la matière grasse. Un vieux pick-up noir passe devant la maison, le conducteur nous fait un appel de phares. Tout à l'heure, sur la route de terre le long du lagon, il nous a doublés en projetant des petits cailloux sur nos vitres, comme des enfants qui crachent des pépins de pastèque, avant de disparaître dans un nuage de poussière.

« Pourquoi tu as toujours une clé ? dis-je.

– Parce que j'aime bien pouvoir entrer chez moi quand j'en ai envie. » Il retourne dans le salon à reculons. « Non mais, sans déc ! » Il prend un carillon qui traîne dans une coupe, sur une table près de la porte.

« Ça ne se dit plus, "sans déc".

– Arrête... "Sans déc", c'est éternel, proteste-t-il en suspendant le carillon à un clou. Voilà ! » Le carillon ne tinte pas, il n'y a pas un souffle d'air. Sur l'herbe, des ibis hagedash sautillent entre les taupinières comme s'ils jouaient à relier des points.

« Viens voir, dit mon père. Je vais te montrer quelque chose. »

Il y a trop de fauteuils dans le salon, tous en canne, garnis de coussins défraîchis au motif beige et vert qui évoque des taches de moisissure. « Trop belle, la déco », dis-je, avec une voix de bimbo dans une émission de téléréalité. Un mobile en forme de canard est accroché au-dessus d'un tas de chaises en toile pliées. Je tire la ficelle qui pend de son gros ventre et il bat des ailes.

« *Ja*... » Il embrasse la pièce du regard. « C'est pas très classe. Mais du coup, on s'en fout si les mômes essuient leur morve partout. » Il donne une tape dans un panier suspendu qui se balance au bout de ses cordes tressées blanches. « Bref. » Ouvrant une porte, il se penche dans l'obscurité pour chercher l'interrupteur sur le mur. « Vous trouverez peut-être la salle à manger plus à votre goût, madame. »

La table est drapée d'un épais tissu noir, un vieux rideau. Je soulève un coin : du bois jaune véritable, couvert d'un film plastique.

Mon père lisse une bulle dans le plastique. « Elle était à Ma. L'employée de l'agence sait qu'elle doit prévenir les gens : c'est la seule chose à protéger ici.

– Pourquoi ? » La porte de la cuisine est fermée. La clé, désignée par une étiquette violette, repose dans une coupe sur une desserte, à côté d'une pile de jeux de société et d'une conque orange, lèvres roses tournées vers le plafond.

« Il y a trop de sel dans l'air. » Mon père rabat le tissu sur la table. « Trop de lumière. Le soleil décolore tout si on ne fait pas attention. »

J'essaie de me représenter la couleur s'évaporant, désertant le bois et les tissus, mais tout ce qui me vient à l'esprit, c'est une image de dessin animé, des bocaux qui deviennent tout pâles et tremblent de peur parce qu'un marteau est entré dans la pièce.

« Quand j'ai décidé de louer la maison, j'ai mis en place un système avec l'agence. » Il redresse la boîte du Monopoly. « Trois jours avant l'arrivée des locataires, la responsable passe pour enlever les araignées dans les éviers et les lavabos, elle allume le gaz et elle apporte de l'eau depuis Plett. »

Je repars vers le salon. « Pourquoi de l'eau ? »

Il éteint la lumière et ferme la porte derrière lui. « L'eau ici est trop marron pour les gens. Elle vient d'un puits de forage – elle est propre, mais ce sont des chochottes. Ils ne veulent même pas s'en servir pour faire leur lessive… L'agence m'a envoyé un mail pour me dire qu'un des locataires s'était plaint de maux de ventre. » Il secoue la tête. « Mon poing dans le bide, ça, oui, il le sentirait passer. »

Sur une table roulante contre le mur, il y a un pot en terre cuite rempli de coquillages. Je prélève un fragment de corail en forme de V et le respire, m'attendant à sentir la mer. Il est parfaitement inodore. « Je peux l'emporter ?

– Prends ce que tu veux. De toute façon, tout ça sera à toi un jour. »

Je glisse le corail dans mon sac.

Mon père se tourne vers l'escalier. « Par là… Je ne sais pas si tu te souviens, mais il y avait plein de photos des Roussouw dans cette cage d'escalier, remontant jusqu'aux années 1900.

– Pas vraiment… » Je descends derrière lui les marches qui craquent. Le lambris est plus clair à l'endroit où étaient accrochés les cadres.

« Quand j'étais petit, je restais des heures assis à regarder les images, raconte-t-il en suivant du doigt les contours d'un rectangle. Et plus tard, monter cette saleté d'escalier sans réveiller Ma et Pa… » Il soupire. « Bref. »

Je suis plus haut que lui et je vois que son crâne commence à se dégarnir. « Ça devait être chouette... De passer tous les Noël ici.

– Ne dis pas “chouette”. » Trois marches avant le bas, il saute. « Mais oui, c'était bien. » Il lève les yeux vers moi. « Je regrette que t'aies pas eu ça. »

Je hoche la tête en me mordant l'intérieur de la joue. « Moi aussi. » On s'entend mieux quand je lui mens. Je caresse du doigt le lambris, l'air faussement songeur. Puis je me mets en position pour sauter à mon tour, genoux pliés, bras en arrière. « Pousse-toi, le vieux.

– Tu vas te tuer, enlève tes tongs. »

Déjà, il se détourne et disparaît par une porte. Je me redresse. « OK. » Au bout de quelques secondes, je descends sur la pointe des pieds jusqu'à la dernière marche, et je feins d'atterrir de tout mon poids. « Et toc ! J'ai sauté de plus haut que toi. »

Pas de réponse.

Ici en bas, les murs sont en plâtre blanc. Il règne une odeur différente. Des dessins dans des cadres en bronze présentent plusieurs femmes noires en tenue traditionnelle, coiffées de turbans. L'une porte un bébé contre son sein nu ; une autre, un seau vide. Je remarque que les couleurs bleu et vert sont absentes des esquisses.

« Jo ? lance mon père. On s'en va bientôt, alors si tu veux pisser, c'est maintenant ou jamais.

– D'accord. » La salle de bains, avec ses carreaux moutarde et son lavabo jaune, se trouve tout au bout du couloir, après la pièce dans laquelle mon père s'est éclipsé. Par les interstices entre les gonds, j'entends qu'il ne bouge plus et qu'il écoute, attendant que je sois passée. Il essaie de me cacher quelque chose.

Je vais jusqu'à la salle de bains et, sans entrer, ferme bruyamment la porte, en espérant que ma comédie de fille docile a endormi sa vigilance. À pas de loup, je reviens vers la chambre où, apparemment, il déplace un objet lourd.

Appliquant un œil devant le mince espace qui sépare la porte du chambranle, je le regarde tirer une enceinte en bois foncé qu'il a sortie du placard. Lorsqu'il relève la tête et tend l'oreille, je retiens mon souffle. Il prend un canif dans la poche de son gilet et passe derrière l'enceinte. Je me déplace pour ajuster mon angle de vision. Il déplie une lame courte, épaisse, déboîte le panneau de bois qu'il pose sur le côté, puis sort un plumier en métal et un sac en plastique du supermarché Checkers.

Je ne peux pas risquer de rester plus longtemps et je repars sur la pointe des pieds. La poignée de la porte de la salle de bains tourne sans bruit. Je tire la chasse des toilettes, couvercle rabattu. Que peut-il bien cacher dans un plumier ? Rien de très volumineux. Une clé ? Un billet pour une destination quelconque ? Est-ce qu'un passeport rentrerait ?

L'eau crachote quand j'ouvre le robinet du lavabo.

Une liste de noms ? Et dans le sac en plastique, peut-être, des laissez-passer, classés par ordre chronologique, que les Noirs devaient obligatoirement porter sur eux pendant l'apartheid – seule trace maintenant des hommes emmenés au lodge.

J'ouvre la porte de la salle de bains et je tousse pour que mon père entende que j'arrive.

« Je suis là », crie-t-il.

Il y a deux lits simples dans la pièce, le long des murs qui se font face. Au milieu, devant la fenêtre, une commode contre laquelle mon père est appuyé. L'enceinte, le plumier et le sac en plastique ont disparu.

« C'était ma chambre ici, autrefois, explique-t-il. Pas tout à fait pareille, mais bon, tu imagines. » Il tapote sur la commode. « Je rangeais mes bandes dessinées là-dedans. » Il écarte un pan des rideaux. Dehors, la lumière trébuche sur les plantes – succulentes et fynbos – et s'étale en flaques de couleur dans les coins. Derrière la verdure, la voiture brille dans la chaleur. « Je sortais parfois par la fenêtre pour aller rejoindre mes amis. »

Je ne bouge pas, debout sur le seuil.

« Mais regarde ce que je voulais te montrer… » Il va ouvrir deux des quatre portes du grand placard mural et fait mine de fouiller à l'intérieur. « Oui, je crois que c'est là-dedans quelque part. »

En m'approchant, je vois qu'il a remis l'enceinte. La face avant est en tissu. Je la gratte avec un ongle. « On dirait du tweed. »

Il me repousse d'un coup d'épaule. « Fais gaffe. Elle est plus vieille que toi, et bien plus chère à mon cœur. » Il sourit, puis cherche derrière l'enceinte. « Assieds-toi. »

Je reste plantée au milieu de la pièce. Les lits sont couverts de plastique. Je pense à tous les enfants qui se sont réveillés ici, mouillés, dont les parents ont dû essuyer le matelas et trouver un pyjama propre.

« Ce placard, c'est ma cachette secrète.

Encore un demi-mensonge. Que va-t-il feindre de découvrir ?

« Dis donc, c'est bien coincé tout au fond. »

J'ai envie de lui dire qu'il en fait trop.

« Ah, voilà. » Il recule, pose le sac en plastique par terre et en sort le plumier. De près, je vois que c'est un plumier d'écolier, avec un couvercle peint en bleu. Pourquoi m'avoir envoyée aux toilettes, alors qu'il allait me le montrer de toute façon ?

« Qu'est-ce que c'est ?

– Mes trésors. »

Il s'assied sur un lit. Je me pose à côté de lui et il ouvre le plumier. À l'intérieur, il y a quatre billes, deux morceaux de verre dépoli, une petite règle en métal et une coquille d'oursin.

« Mon Superman. » Il prend une bille œil de chat. Trois bandes de couleur au centre, rouge, jaune et bleu. « J'ai gagné beaucoup de parties avec celle-là. » Il me regarde. « Je me la suis enfoncée dans le nez aussi, une ou deux fois.

– Les galaxies, ce sont mes préférées », dis-je en désignant la bille noire mouchetée.

Il caresse entre ses doigts le morceau de verre orange. « Je l'ai trouvé sur la plage ici. Orange, c'est une couleur très rare pour du verre de mer. Un sur dix mille seulement.

– Et la coquille, pourquoi tu la gardes ? » Elle est vert pâle, craquelée, avec des points blancs à l'endroit où se trouvaient les épines.

– Parce que. » Il range les billes et le verre dans le plumier et le referme. « C'était un organisme vivant, avant. Et maintenant, c'est à moi. Mais tiens, je te la donne si tu veux. Je te donne tout. » Il pose le plumier en équilibre sur mon genou. La peinture bleue s'écaille aux coins.

« Merci. » Je prends le plumier à deux mains et le serre contre mon ventre avec une émotion feinte. « Merci… » Il aime l'idée que ce sera un moment dont je me souviendrai, je le sais. En vérité, je n'ai qu'une chose en tête : ce qu'il a dit à propos de ma mère dans la rue devant chez Danie.

« Y a pas de quoi. » Il se met debout. « Je te rendrai ton téléphone, aussi… Il est dans la voiture.

– C'est vrai ? » Je lève les yeux vers lui, et il me fait un clin d'œil. L'espace d'un instant, je me sentirais presque sincèrement reconnaissante, mais je me rappelle aussitôt que je n'ai aucune raison de lui vouer la moindre gratitude.

Il attrape le sac en plastique. « En fait, le vrai trésor est là.

– Attends, je vais deviner… Un jeu de dominos ? » J'ai pris une voix enjouée, mais je suis fatiguée d'imiter ses intonations.

Il secoue la tête et dénoue les poignées du sac.

« Des cailloux ? » En appuyant mes pouces sur le plumier, j'enfonce légèrement le métal.

« Non. » Il baisse le sac devant moi pour me montrer son contenu. Une vingtaine de pièces d'or de trois centimètres de diamètre environ. Il plonge la main dans le sac. « Des krugerrands d'une once d'or, annonce-t-il en m'en tendant une.

– Elles valent combien ? » Sur une face, il y a un springbok ; sur l'autre, le profil de Paul Kruger, président de la République sud-africaine, ennemi des Britanniques durant la Seconde Guerre des Boers. Enfin une chose que je me rappelle de mes cours d'histoire. Pendant un moment, la vente des pièces fut interdite par les États-Unis et les pays européens en représailles contre l'apartheid.

« Ça dépend du prix de l'or, répond-il en refermant le sac. Plus de mille rands chacune, au moins. »

Ça, c'est la vraie raison de notre présence ici. Je lui rends la pièce. « Tu en as besoin pour quoi ? »

Il secoue la tête. « Garde-la. En échange de tout l'argent que tu m'as prêté. »

Je n'en veux pas, mais mieux vaut ne pas refuser. Je mets la pièce dans le plumier ; à côté du verre de mer, elle paraît fausse et clinquante, comme une décoration de Noël dans un centre commercial.

« Pour payer ma défense. » Il enfile le sac sur son poignet.

« D'où tu les tiens ? »

Il lève les yeux au ciel, sans répondre.

« Ton avocat te le demandera…

– Dans ce cas, je lui dirai. Allez, on s'en va. Tu refermes à clé derrière toi, s'il te plaît ? Il faut que je passe aux toilettes.

– *Ja*, d'accord. »

Tandis que j'éteins la lumière dans son ancienne chambre, je l'entends tirer la chasse d'eau. Il fredonne ; Haendel, peut-être. Sur le chambranle de la porte, il y a des marques au crayon, et, à côté, un nom et une date. *Nico, 1965*. Quinze centimètres plus haut : *Nico, 1969*. Ensuite, les traits sont plus espacés. Le dernier, en 1972, indique un mètre quatre-vingts. Ses parents sont morts trois ans après et il n'est plus venu. Je m'accroupis pour regarder sa taille quand il était petit. Là, entre Nico à onze ans et à treize ans, il y a *Jo, 1997*.

***

« On venait tous les ans à Noël. » Mon père a arrêté la voiture sur un talus herbeux surplombant le lagon de Groot River, sur la route de Nature's Valley. L'eau est sombre, il n'y a aucun véliplanchiste ni nageur. La mer scintille au-delà des dunes. Je me rappelle être debout à l'entrée du lagon, pleurant, les pieds dans l'eau, pendant que les vaguelettes brassaient les escargots de mer autour de mes chevilles.

« Tout le monde était là, les enfants avaient des coups de soleil et les pieds noirs de saleté. Et le père Noël arrivait en barque sur le lagon pour nous apporter des cadeaux. Il était toujours ivre, mais je ne l'ai jamais vu tomber à l'eau. » Il baisse sa vitre. « Je me demande si les gens font encore ça. »

Les nuages sont lourds au-dessus des montagnes, roses de promesses. La pluie arrive. Pour rincer la terre et l'imprégner en profondeur. La sécheresse est terminée.

Mon père attrape un sac en plastique sous son siège, fermé par un double nœud. Pendant un bref instant, je me demande s'il me donne tous ses krugerrands pour essayer de m'acheter et ne pas aller à la police. Il lance le sac – trop léger pour contenir de l'or – sur mes genoux. « Tiens. Tes affaires. »

Mon téléphone, mes passeports, tout y est. « Merci. »

Il démarre, puis redescend sur le chemin de terre qui longe le lagon. J'allume mon téléphone et j'attends que s'affiche un réseau.

Une pancarte nous met en garde contre les babouins et recommande de garder les vitres fermées. Mon téléphone émet un bip : messages non lus. Je consulte le premier. Paul, il y a trois jours. *Il faut qu'on parle.*

« Tu as reçu beaucoup de messages », dit mon père.

Je le dévisage d'un œil soupçonneux et range le téléphone dans mon sac, que je serre entre mes genoux.

« Mais non, je ne les ai pas lus, reprend-il. C'est juste que la vibration m'excitait un peu du côté de l'entrejambe. Du coup, je l'ai éteint. » On croise une grosse berline qui fait crisser les cailloux sous ses pneus.

« Oui, d'accord. Bon… » J'essaie de me rappeler de quoi on était en train de parler.

Mon père rit. « Tu reçois plein de messages sexy et tu ne veux pas que ton père les voie ? » Il tousse. « Tu as envie de manger quelque chose avant qu'on aille à la police ? La prochaine station est à Knysna, à une heure de route, un peu plus s'il pleut. » Il jette un coup d'œil aux nuages, bas et de plus en plus noirs au-dessus des montagnes.

« Oui, s'il te plaît », dis-je, et pourtant je sais que si on tarde encore, il trouvera une raison pour ne pas se rendre tout de suite à la police. Un musée du pot de chambre que je ne dois pas rater, une grave carence en fer qui exige l'ingestion immédiate d'un steak, un témoin oublié à qui il faut parler. Sauf que, maintenant, je pourrai téléphoner à Naledi dans les toilettes. Lui dire où on est, lui demander d'envoyer la police. « Mais tu ne crois pas qu'on devrait laisser passer l'orage ? » Un peu plus loin, le chemin de terre débouche sur la R102, qui grimpe dans la forêt.

À l'intersection, mon père tourne à gauche et allume les phares. « Pas la peine. Je connais bien la route. On arrivera sur le plateau avant. » Il ferme le toit, autant que les cannes à pêche le permettent.

Un babouin mort gît sur le côté de la route. Sa poitrine dépourvue de poils est rouge foncé, il a les doigts repliés. Des traces de pneus indiquent qu'une voiture a fait un écart pour le heurter. Mon père ralentit en secouant la tête d'un air attristé.

Au moment où on traverse le pont sur la Groot River, il commence à pleuvoir. « Regarde-moi ce filet d'eau, mince comme un mamba. Mais ça ne va pas durer. » Il met les essuie-glaces en marche.

La tête renversée en arrière, je regarde les arbres par le toit et je sens des gouttes sur mon visage. Les cannes à pêche sont comme des mâts qui dansent dans la pluie. D'énormes rochers jaunes nous surplombent à l'endroit où la montagne a été taillée pour construire la route ; ils avancent parfois aussi loin que la ligne blanche au milieu de la chaussée. Sur le feuillage sombre qui se déploie contre les nuages, le bruit de la pluie ressemble à celui d'une lointaine circulation.

« C'est parti… » Mon père rétrograde à l'entrée du col.

Je me penche en avant pour contempler la route, plus haut, qui s'élève en une succession de lacets et de passages rétrécis. J'ouvre ma fenêtre. La voiture est si près de la paroi rocheuse que je pourrais la toucher.

« Tu peux mettre la radio si tu veux, dit mon père.

– C'est vrai ? »

Il sourit. « Mais oui. Ça me donnera une raison de râler. »

J'appuie sur le bouton AM/FM. Des interférences crépitent. « Merci. »

Il hoche la tête, les yeux sur la route. Je m'arrête sur la première station que je trouve – une chanson des Black Eyed Peas – en me demandant combien de temps il tiendra.

« *Fok*, s'exclame mon père.

– Quoi ? » J'éteins aussitôt la radio.

Il surveille le rétroviseur. « Derrière nous. »

Je me retourne sur mon siège, mais je ne vois pas au-delà du dernier virage et il n'y a qu'une seule voiture derrière nous. « Qu'est-ce qui se passe ?

– J'aurais dû m'en douter. Et merde. » Il frappe le volant de sa main.

« C'est une femme, dis-je en reprenant ma place.

– Pas *juste* derrière, crétine. » Il jette encore un coup d'œil dans le rétroviseur et accélère. « Après la gonzesse. Dans le *bakkie*. »

La pluie entre par les fenêtres ouvertes. Je regarde à nouveau. Le pare-chocs jaune de la femme apparaît quand elle aborde le virage. Elle ralentit. « Je ne vois personne derrière elle. »

Mon père essuie le rétroviseur extérieur avec sa manche. « Évidemment, tu ne vois jamais rien. Le jour où tu seras utile à quelque chose, toi… »

On rattrape une voiture bleue. Mon père lui fait un appel de phares et déboîte.

« Tu ne peux pas doubler ici ! » Je m'agrippe à la poignée au-dessus de la fenêtre. « Il y a un virage devant. »

Il klaxonne. La voiture bleue met ses warnings. Je vois le passager qui pivote sur son siège et nous crie quelque chose. L'autocollant sur le pare-chocs, un poisson, disparaît dans le virage.

Mon père fulmine contre le rétroviseur latéral brouillé par la pluie. « Merde, merde, merde. » À nouveau, il déboîte pour essayer de voir si une voiture arrive en face, puis se range.

Je me retourne encore. Il n'y a personne derrière nous maintenant, seulement le vide qui s'ouvre au-dessus de la forêt. Pas de pick-up, pas de conducteur aux cheveux coupés en brosse avec un pistolet et un pied-de-biche tatoué sur le bras.

Mon père klaxonne. Je crie : « Il n'y a personne ! Ralentis ! »

La pluie tombe à verse. Je distingue à peine la voiture qui nous précède. Une grosse feuille vert sombre, prise sous un essuie-glace, balaie le pare-brise. La boue ruisselle au long des pentes et coule sur la chaussée. Un panneau au bord de la route met en garde contre les chutes de pierre. Il y a tellement de façons de mourir ici.

Quand j'attrape ma ceinture pour l'attacher, je tire trop fort et elle se bloque. Tout est mouillé. La voiture bleue s'arrête sur un étroit dégagement, ses pneus chassant les graviers, mais ses occupants sont plus en sécurité ici, à un mètre du précipice, que devant nous. Le conducteur klaxonne avec insistance sur notre passage. On roule deux fois plus vite que la limite de vitesse autorisée.

Mon père ne prête aucune attention à la voiture bleue. « C'est lui, dit-il, un œil sur le rétroviseur. Merde. » Il frappe sur le tableau de bord. « Je ne l'attendais pas si tôt.

– Tu savais qu'il nous poursuivrait ? » J'ai réussi à attacher ma ceinture, tout entortillée. « Tu as fait exprès de l'attirer ?

– J'ai accéléré ce qui était inévitable, disons. » Il secoue la tête, souriant presque. Un éboulis se déclenche un peu plus loin, la boue glisse dans notre direction. « Mais tu m'as trop ralenti, continue-t-il en se penchant pour passer la main sous son siège. Je fonctionne mieux seul. » Il a le visage tourné vers moi, l'oreille appuyée contre le klaxon. La voiture se déporte sur la voie opposée.

« Arrête ! » Je saisis le volant d'une main, la voiture est lourde à redresser. Des plaques de terre s'abattent sur le capot et une volée de petits cailloux pénètre par le toit ouvrant. Je ne vois plus la route.

« Jo, putain, il est où ? » Il m'attrape le bras et serre fort.

La pluie lave le pare-brise, qui est fendu. Devant nous surgit un virage en épingle à cheveux. La route semble s'engloutir droit dans les frondaisons des arbres, s'il n'y avait la ligne blanche nous promettant un salut auquel je ne crois pas.

« De quoi tu parles ? » Alors que j'essaie de me dégager, la voiture s'approche dangereusement de la paroi rocheuse. Les CD calés dans le compartiment près de la radio glissent sur le plancher. « Je n'ai rien fait.

– Il va nous tuer tous les deux, connasse ! » hurle-t-il en arrachant ma main du volant et en la repoussant brutalement. Ses doigts laissent une empreinte blanche sur ma peau.

L'aiguille du compteur de vitesse fait un bond. Je lance un regard par-dessus mon épaule. La route et la pluie se fondent dans la même grisaille. « Il n'y a personne derrière », je répète en cherchant le pistolet dans mon sac. Il faut absolument que je l'oblige à ralentir.

Il prend le virage trop vite et les roues arrière dérapent, l'une tournant à vide au-dessus de la forêt. Je m'agrippe au tableau de bord. Une boue épaisse descend du toit sur le pare-brise, trop lourde pour les essuie-glaces. Le côté conducteur plonge dans l'obscurité.

« Merde ! » crie-t-il.

En plein dans le virage, un rocher est tombé et se dresse comme une immense porte en travers de la route. Je me demande si ma mère a vu aussi nettement le mur qui l'a tuée. Si elle a fermé les yeux juste avant de mourir.

Le volant, en tournant brutalement, envoie une giclée d'eau.

10

Être sain d'esprit dans des lieux fous

Il y a 13 jours

« N'ayez pas peur : vous êtes des étrangers blancs – ils ne vous feront pas de mal. » Debout dans le minibus, le guide souriait en secouant la tête. « Ils s'en font seulement entre eux. » Il s'est penché pour parler au chauffeur. Le couple assis à ma hauteur, de l'autre côté de l'allée, a ôté le protège-objectif de ses beaux appareils photo.

Par cet après-midi d'hiver, Johannesburg était plus grise que d'habitude et l'air chargé de fumée pesait sur le township d'Alexandra. Nous venions de croiser un pick-up transportant deux bicyclettes aux cadres couverts de ruban adhésif marron et des ustensiles de cuisine entassés dans un seau en plastique. Deux personnes avaient été tuées durant la nuit. Les policiers de Johannesburg, pantalon bleu marine enfoncé dans de lourdes bottes noires, armés de fusils, étaient arrivés à l'aube et les gens partaient pendant que c'était encore possible. Bientôt, toutes les routes permettant de sortir du township seraient barrées, avait dit le guide, soit par des voitures en flammes, soit par des camions blindés de la police.

Le minibus était presque vide. L'agence de tourisme avait doublé le tarif de la visite, en cas de dommages du véhicule… À un contrôle de police sur Canning Road, tout près du township, nous avions attendu derrière une voiture sombre pendant que des policiers vérifiaient qu'il n'y avait pas d'armes cachées dans le coffre. Plus loin, un drap tendu entre deux cahutes portait les mots *Étrangers dehors* peints à la bombe.

J'allais rencontrer Tumelo Kgotso, un correspondant local du *Star*. Le matin, j'avais été réveillée par un appel de la rédactrice en chef d'un quotidien londonien. Je ne souhaitais pas particulièrement m'engager dans le journalisme d'information – univers réservé, encore aujourd'hui, aux diplômés d'Oxford ou de Cambridge, à des hommes qui ne se gênaient pas pour se remonter les couilles pendant qu'ils vous parlaient –, mais bon, ce serait quelque chose à ajouter à mon portfolio. Le journal tenait à avoir ses propres photos, et la rédactrice en chef m'avait suggéré quelques photographes qui travaillaient déjà pour elle. Tumelo était le premier que j'avais contacté.

Il m'attendrait devant le commissariat de la 15e Avenue, près des tentes des réfugiés, avait-il dit. Me conseillant ensuite, pour ma sécurité, de venir avec des touristes. J'avais annoncé que je porterais un jean et un blouson noir, avec une sacoche verte en travers de la poitrine. Une autre version de la rose rouge à la boutonnière.

Il y avait plus d'arbres que je ne me l'étais imaginé. D'après Wikipedia, c'était « l'ancien Alex », prévu au départ pour accueillir des Blancs ; maisons de brique à un étage coiffées de toits pentus, lampadaires ressemblant à des sucres d'orge en forme de canne sur le côté droit de la route goudronnée. Dans le jardinet de l'une des maisons, des plantes jaunissaient sous un vieux parasol. Les immeubles de bureau et les hôtels de la banlieue de Sandton s'élevaient à quelque distance, sur la gauche. Après avoir longé un terrain de football à l'herbe noircie, encore fumante, nous nous sommes enfoncés plus avant dans le township.

Le guide s'est tourné à nouveau vers les passagers. « Écoutez-moi bien, a-t-il dit en ôtant sa casquette de base-ball pour repousser vers ses cheveux la sueur qui perlait à son front. Quand on s'arrêtera, vous pourrez descendre, mais ne vous éloignez pas trop, hein ? Il se pourrait qu'on soit obligés de déguerpir en vitesse. » Le minibus a traversé un carrefour puis s'est rangé. Les maisons étaient plus petites maintenant, à peine en retrait de la chaussée. « Normalement, on vous emmènerait voir la maison de Madiba et la rivière, mais aujourd'hui, la visite n'ira pas plus loin que le commissariat. » Il s'est retenu au dossier d'un siège quand le minibus a tressauté en roulant sur une plaque de tôle ondulée. « Surveillez bien vos sacs à main et vos affaires personnelles, ne prenez pas n'importe qui en photo. » Nous avons doublé un fourgon anti-émeutes avec des bandes jaune fluorescent sur la carrosserie, formant un V sous le pare-brise. Le guide a souri d'un air qui se voulait engageant. « Et surtout, ne pensez pas que tous les Sud-Africains sont comme ça. »

Les maisons avaient fait place à un ensemble d'habitations dont les murs de tôle brillaient dans la lumière. J'ai mis mes lunettes de soleil. Plus aucun arbre ici, seulement des cahutes, autant qu'il était possible d'en entasser de part et d'autre de la rue. Nous avons ralenti en dépassant une voiture incendiée qui n'avait plus de pneus.

« Là-bas, c'est le stade, a dit le guide en se retournant pour montrer du doigt. Où s'entraîne l'Alexandra United… »

Il ne peut pas s'en empêcher, ai-je pensé.

Le minibus a fait un écart pour éviter un homme couché sur le flanc, le bras tendu vers un groupe de quatre femmes debout à quelques mètres. Sa tête en sang était enveloppée dans une taie d'oreiller rougie. Plus loin, un policier plaquait un homme à terre avec son genou.

Au coin d'une rue, un homme torse nu, en jean noir et ceinture à clous, s'est penché pour ramasser une pierre. Il tenait une machette dans l'autre main et portait un paillasson sur le bras en guise de bouclier. Ses côtes saillantes sont apparues quand il a levé la pierre à bout de bras avant de la lancer contre un fourgon de police. Les portières se sont ouvertes, livrant passage à deux policiers en gilets pare-balles. L'homme n'a pas reculé. Je me suis retournée sur mon siège, mais la vitre arrière du minibus était si sale que je ne voyais rien. Quelqu'un avait dessiné un smiley dans la poussière.

Quatre policiers ont amené une femme blessée au commissariat. Elle était allongée sur un matelas dont ils tenaient chacun un des coins, seins nus, le visage caché par une serviette. Tumelo a braqué son appareil photo en soupirant. Il avait une cinquantaine d'années, des cheveux grisonnants et la peau qui semblait flotter sur son corps maigre.

« Ça va mal, a-t-il déclaré en jetant un regard alentour. Je n'ai rien vu de pareil depuis avant 1994. »

Un homme est passé près de nous en boitant, brandissant son laissez-passer. Il avait le visage maculé de terre et la joue déchiquetée, une entaille qui ressemblait à du fil de fer barbelé. Sud-Africains ou étrangers, personne n'était en sécurité ici.

J'étais la seule à descendre du minibus ; les autres passagers prenaient des photos par les vitres ouvertes. Le guide, qui fumait à l'avant avec le chauffeur, m'a recommandé de ne pas m'éloigner. Quand je lui ai répondu en afrikaans, il a pointé un doigt sur sa montre et levé les deux mains. J'avais dix minutes.

Une cinquantaine de mètres plus loin, de l'autre côté de la rue, des hommes s'étaient rassemblés et observaient le commissariat. Il régnait un silence étrange, rompu de temps à autre par un ululement qui s'élevait dans les gorges, un cri de guerre. C'était l'emplacement de la station de taxis, m'avait expliqué Tumelo, mais le seul taxi visible avait été incendié, renversé et dépouillé de ses pneus. Une bouteille de Heineken brisée gisait dans la flaque sombre qui entourait la carcasse. La rue appartenait aux forces de l'ordre, pour l'instant. Cinq policiers gardaient la porte, prêts à tout verrouiller au moindre danger, et ils étaient plus d'une cinquantaine déployés sur le devant, fusil au poing.

L'entrée sud du township, dans la 15e Avenue, était barrée par un tas fumant de détritus d'où s'élevait une épaisse fumée âcre. Tumelo a pris une série de photos d'hommes en train de jeter dans le feu divers objets ayant appartenu à des étrangers. Un crucifix. Une poupée. C'était un endroit abandonné de Dieu et des Blancs.

J'ai désigné les enfants noirs qui donnaient des coups de pied dans des pommes, au milieu de ce qui restait de la charrette d'un colporteur. « On prend les enfants, aussi ? » Aussitôt, je me suis sentie honteuse de suggérer des images à ce photographe expérimenté. Mais Tumelo a simplement hoché la tête en ajustant la courroie de son appareil. Vêtu de sombre, chaussé de gros souliers de marche, il me dépassait de quatre ou cinq centimètres à peine et portait autour du cou, accrochée à un cordon bleu vif, une carte de presse émise par le *Star*.

« Je vais essayer de parler à un policier, ai-je annoncé en me massant la nuque. Ça va aller, vous ? »

Tumelo a eu l'air étonné. « *Ja*, bien sûr. On peut me faire passer le test du coude sans problème.

– Le test du coude ? Qu'est-ce que c'est ?

– Si vous savez dire “coude” en zoulou, vous n'êtes pas un étranger. Autrefois, il y avait le crayon aussi… »

Derrière nous, une femme s'est mise à pleurer. Elle réclamait ses enfants.

« Le crayon ?

– *Eish*. Vous ne connaissez pas ? On vous plantait un crayon dans les cheveux. S'il tenait droit, vous étiez noir. S'il tombait, vous étiez blanc. »

J'ai poussé un soupir et il a ri. Les poches sous ses yeux apparaissaient plus nettement encore. « Qu'est-ce qu'on vous a donc appris à l'école en Angleterre ?

– Pas ça. La Seconde Guerre mondiale, surtout. »

Il a souri. « Bon. Je vous retrouve ici dans une demi-heure. »

Je l'espérais bien. Il m'était déjà sympathique.

« Ne vous faites pas de souci pour moi. » Il a désigné son avant-bras. « Je ne suis pas assez foncé pour qu'ils m'arrêtent. »

À nouveau, j'ai soupiré.

Il a ri encore. « Restez avec moi, *tsotsi*[1], et vous saurez chanter *Shosholoza*[2] d'ici la fin de la nuit. » Après un petit signe de la main, il s'est éloigné, prêt à mitrailler.

J'ai sorti un bloc-notes et un stylo de mon sac. À côté de l'entrée du commissariat, un homme en jean et T-shirt noir était agenouillé devant une femme noire, assise, qui pleurait. Je me suis approchée, puis, me ravisant, j'ai préféré ne pas essayer de l'interviewer. Derrière moi, d'autres ululements ont jailli. L'homme a tourné la tête vers la foule. C'était Paul.

Il a aidé la femme à se lever. Le bébé qu'elle portait dans le dos avait un bandage autour de la tête. Puis il l'a escortée à l'intérieur du commissariat tandis que j'attendais, espérant qu'il m'avait vue.

La foule grossissait. Un homme vêtu d'un bleu de travail, ouvert sur un T-shirt qui disait *100 % Zoulou,* a fait mine de se trancher la gorge d'un doigt, geste prometteur à l'intention des étrangers réfugiés derrière le cordon de police. Il se tapotait la paume de la main avec un morceau de tuyau, tel un métronome marquant un compte à rebours.

---

1. « Voyou », « gangster » dans l'argot des townships.
2. Chanson populaire traditionnelle d'Afrique australe.

« Qu'est-ce que tu fais ici ? » a demandé Paul derrière moi. Il est venu se tenir à mes côtés, tout près, les yeux sur la foule. Son bras touchait le mien.

« Salut. » Il y avait du sang sur le goudron. Une tache presque impossible à croire.

Paul a parlé sans me regarder. « Ce n'est pas un endroit pour toi, Jo. » Il fronçait les sourcils.

« Pourquoi ? Parce que s'il m'arrive quelque chose, ce ne sera pas bon pour ton image ? » J'ai regretté immédiatement mes paroles. Ce n'était ni le moment ni le lieu pour me montrer désinvolte.

« Absolument. » Il s'est tourné vers moi. « Mais je suis content de te voir. »

J'ai hoché la tête et souri. « C'est bizarre quand tu es en T-shirt. On dirait que t'as pas fini de t'habiller.

– Tu m'as déjà vu plus légèrement vêtu. »

J'ai fait mine d'ajuster la sacoche devant moi.

« Il vaut mieux ne pas s'afficher en homme politique aujourd'hui, a-t-il repris. Le parti ne sait même pas que je suis ici. Ça ne plairait pas à tout le monde. »

Quatre policiers ont amené un blessé qu'ils portaient chacun par un bras ou une jambe. Le T-shirt rouge de l'homme semblait se dévider, un fil de sang sur son chemin.

Paul a secoué la tête, le regard à nouveau posé sur la foule. Une fine chaîne en argent apparaissait autour de son cou. « C'est notre faute. Nous avons créé cette situation.

– Comment ça ? » Me rappelant que j'avais relevé mes lunettes de soleil sur mon front, comme si j'étais à la plage, je les ai enlevées et accrochées à la bandoulière de ma sacoche.

« Prépare-toi, ça va être long. » Il a commencé à énumérer en comptant sur les doigts de sa main gauche : « Nous avons nettoyé la ville pour la Coupe du monde et obligé les gens à vivre encore plus loin de leur travail. Nous parlons des “immigrants illégaux” comme s'ils étaient responsables de nos problèmes. Nous avons échoué à sortir la population de la misère. Nous aurions dû refuser d'aménager de nouveaux terrains de golf tant que tous les habitants de ce pays n'avaient pas un toit. La richesse reste blanche, et la pauvreté noire. » Il a craché dans la poussière. « Sauf les membres de l'ANC, évidemment. L'huile remonte vers le haut. Il faudra toujours une tragédie pour qu'on prête attention aux Noirs pauvres.

– Je ne pense pas que je citerai tes paroles. » Il a souri et levé son visage vers le ciel. J'ai vu qu'il déglutissait avec peine.

« *Amangundwane !* » Un homme en polo à rayures, pantalon de survêtement bordeaux et chaussures de sport, avait grimpé sur le taxi incendié. Prêt à s'enfuir. Ou à donner la chasse. Il a levé le poing.

« Ça veut dire “rat”, a traduit Paul. “Crapule”. En d'autres termes, les étrangers – les *kwerekwere.* »

« À mort les étrangers ! » a crié l'homme. Les policiers proches du taxi ont épaulé leurs fusils.

« Ce sont les chefs, a dit une femme près de moi. Ceux qui crient, devant. »

Je me suis tournée vers elle. Elle était noire, grande et très mince, avec des cheveux courts séparés par une raie au milieu et un front large et plat. Vêtue d'un col roulé à pois, d'un jean noir, avec un bandeau autour du bras droit orné d'un logo : cercle noir, étoile rouge au centre, et les mots *Abahlali baseMjondolo*[1] tout autour. « Bonjour. Je suis Lindiwe. » Quand elle a souri, une fossette s'est creusée dans sa joue droite. « La sœur de Paul.

– Oh, pardon. » J'ai glissé mon bloc-notes sous mon bras pour lui serrer la main. Je me suis demandé si, comme lui, elle avait aussi un prénom anglais. Et ce qu'elle pensait du fait que Paul utilisait le sien.

« Je vois qu'il vous a longuement parlé de moi... » Elle a haussé les sourcils, tandis que je secouais la tête en manière d'excuse. « Normal. Il tient à rester la star de la famille. » Tournant le dos à la foule, elle a regardé son portable, un vieux Nokia, plus gros que mon dictaphone. J'ai souri, ne sachant que répondre.

Paul a levé les yeux au ciel. « Jo, je te présente Lindiwe, ma petite sœur. Elle travaille pour l'Association des habitants des bidonvilles – l'AbM. » Je n'avais jamais entendu parler de l'AbM, mais ce n'était pas le moment de réclamer un cours sur le réseau associatif en Afrique du Sud. Paul a montré le bandeau qu'il portait aussi autour du bras. « Et aujourd'hui, je travaille pour elle. Aide aux réfugiés. »

Lindiwe a rangé son téléphone dans la poche de son pantalon. « Parfaitement. »

Cinq hommes, armés de lances, étaient maintenant debout sur la carcasse du taxi qu'ils faisaient tanguer d'un côté à l'autre. Un policier leur a crié de descendre, mais ils ont ri en sautant de plus belle.

« Ça ne fera qu'empirer, a déclaré Lindiwe. Les gens pensent que les réfugiés ont plus de droits qu'eux. Qu'ils obtiennent des maisons, de l'eau, des

1. Mouvement d'action sociale.

soins médicaux, un système sanitaire. Ça ne s'arrêtera pas. » D'un geste, elle a indiqué le commissariat. « Il faut que j'y retourne, mais je suis contente de vous avoir rencontrée, Jo.

– Moi aussi. »

Elle m'a touché l'épaule. « Ne restez pas trop longtemps ici, hein ? » Avant de s'éloigner, elle a décoché une bourrade à Paul. Les chamailleries entre frère et sœur semblaient incongrues. Peut-être était-ce fait exprès. À la porte du commissariat, elle s'est retournée. J'ai agité la main mais elle ne m'a pas vue. Derrière elle, à l'intérieur, Tumelo prenait en photo une femme et son enfant qui pleuraient tous les deux.

« *Amandla* ! » Les hommes hurlaient à présent, sur le toit du taxi. Pouvoir.

L'homme au T-shirt *100 % Zoulou* s'est avancé, brandissant son tuyau, et l'a abattu plusieurs fois sur la route. C'était un signal ancestral, que je n'avais jamais entendu, mais j'en devinais le sens : il allait se passer quelque chose. J'ai glissé mon bloc-notes dans ma sacoche, le stylo au fond de ma poche, et j'ai cherché des yeux le minibus. Parti sans moi. Je savais bien que je resterais absente plus de dix minutes. En revanche, je n'avais pas prévu qu'il ne serait pas si facile de trouver une voiture pour rentrer. Je me suis rapprochée de Paul.

Le chef a sauté du taxi. « Donnez-les-nous ! » a-t-il crié. Il s'est tourné vers la foule en scandant : « *Umshini wami mshini wami.*

– *Khawuleth'umshini wani* », ont répondu les hommes en frappant le sol de leurs tuyaux. Ceux qui n'en avaient pas ont levé leurs armes : machettes, râteaux, haches et lances, hérissés contre la fumée qui montait du tas de détritus. Des bêches tremblaient dans le crépuscule, grises comme des pierres tombales.

« Ils chantent *Apporte-moi ma mitrailleuse*[1], a dit Paul entre ses dents. On s'en va. » Il m'a attrapée par le bras et a reculé d'un pas. « Doucement. »

« *Umshini wami mshini wami* », a entonné à nouveau le chef en faisant face au commissariat.

Un policier a tiré un coup de semonce, tel le signal donné par un pistolet de starter. Les hommes se sont approchés en dansant le *toyi-toyi*, genoux levés à hauteur de la poitrine, tandis que tournoyaient marteaux, bâtons, même un club de golf. Derrière nous, les portes du commissariat se sont fermées, emprisonnant Lindiwe et Tumelo autant qu'elles nous refusaient l'entrée. Un fourgon anti-émeutes, haut sur roues, a franchi la barricade fumante de la 15e Avenue, mais les hommes dansaient et chantaient toujours, sans cesser d'avancer. Le policier a tiré de nouveau. Soufflé par la grenaille, l'homme en T-shirt *100 % Zoulou* s'est effondré, grièvement blessé.

On a pris la fuite. L'odeur du ciment, haleine de Jo'burg, planait sur la ville. Des femmes et des enfants détalaient devant nous, disparaissant dans les ruelles sombres et étroites, entre les cahutes. Près du commissariat, des hommes accroupis sur la route bloquaient Selborne Street. Derrière, des pneus brûlaient : personne ne passera par ici. Ils ont ri en nous voyant ; l'un d'eux frappait le goudron avec sa machette. Ils attendaient leur heure.

1. Chanson militante en langue zouloue.

« Par là ! » a crié Paul. Un fourgon anti-émeutes approchait, en route vers le commissariat, traçant un sillon dans la fumée.

« *Wen'uyang'ibambezela* », scandait la foule en dansant le *toyi-toyi*.

J'ai accéléré pour rattraper Paul. « Où on va ? » Ma sacoche ballottait contre mon dos, la bandoulière me sciait l'épaule. Sur le bord de la route, un chien gisait sous un nuage de mouches, les intestins à nu.

« Il faut sortir d'ici. » Paul a montré du doigt une ruelle sur la droite. « Avant que la nuit tombe. » On a croisé un homme qui accourait, les yeux fixés sur le commissariat. Il souriait, brandissant son marteau.

Un peu plus loin, il y avait le mot *Barbier* écrit à la craie sur le mur d'une cahute, mais la porte était fermée et personne n'attendait pour se faire couper les cheveux. Les pavés de la chaussée avaient été arrachés, emportés sur une barricade quelque part dans le township. Paul s'est faufilé entre deux cabanes et j'ai suivi en haletant. La ruelle était étroite, les toits se touchaient presque au-dessus de nos têtes. L'endroit empestait les égouts. On s'est arrêtés en arrivant à une intersection, dos au mur, l'un à côté de l'autre. Des coups de feu claquaient plus loin.

« Ils ont fermé la porte du commissariat, hein ? a demandé Paul, le front luisant de sueur. Lindiwe était à l'intérieur ? »

J'ai hoché la tête en reprenant mon souffle. « Je l'ai vue entrer, oui. »

Il s'est essuyé le front avec le bas de son T-shirt. « Tant mieux. » Puis il s'est avancé prudemment jusqu'au coin de la ruelle perpendiculaire.

« Qu'est-ce que tu fais ? »

Il a regardé à droite, à gauche, comme avant de traverser à un passage piéton. « J'essaie de me repérer. Par là… Il faut qu'on arrive à la rivière. »

J'ai fait un pas dans la direction qu'il indiquait, mais il m'a retenue par le bras.

« Reste derrière moi. Et si tu as un appareil photo sur toi, sors-le. Il y a plus de chances qu'ils te laissent tranquille si tu prends des photos. » Sans me lâcher, il a de nouveau inspecté la ruelle. « Ta peau te protège, mais jusqu'à un certain point seulement. »

« On va t'apprendre, a dit un homme à l'intérieur de la cahute. Après ça, tu sauras comment être bien gentille. » La femme a hurlé. Personne ne risquant de venir à son secours, ils ne l'ont pas fait taire. « Quand on en aura fini avec toi, tu seras une vraie femme. »

J'entendais le bruit de ceintures que l'on détache. Paul m'a pris la main.

On avait franchi la 16e et la 17e Avenue, en nous éclairant avec nos téléphones le long de ruelles obscures. Six heures du soir, la nuit était tombée. On progressait lentement, sans bruit, obligés parfois de revenir sur nos pas au fond d'impasses. Mes chaussures étaient trempées par les eaux usées. Au moment où on allait déboucher dans la 18e Avenue, une voiture avait bloqué la ruelle. Devant moi, Paul s'était accroupi, serrant son portable contre sa poitrine, et je l'avais aussitôt imité, avant de risquer un regard pour voir ce qui nous arrêtait. Des hommes à casquettes et sweat-shirts à capuches étaient descendus, leurs AK-47 rougeoyant dans la lueur des feux arrière, et avaient sorti une femme de la voiture. Elle se débattait. L'un des hommes lui avait balancé son poing dans le ventre, puis, tandis qu'elle se pliait en deux, le souffle coupé, il s'était mis à rire en lui versant de la bière sur la tête. Ils l'avaient ensuite emmenée dans une des cahutes, mais l'un d'eux restait appuyé contre le capot en fumant. Tapis dans la ruelle, on n'avait pas d'autre choix que d'écouter ce qui se passait à l'intérieur.

« Tu es censée être avec un homme. » Une voix différente.

« Je *suis* avec un homme, a répondu la femme, haletante. J'ai un petit am… » Avant qu'elle n'ait le temps de terminer, ils lui ont enfoncé quelque chose dans la bouche.

« Maintenant, tu vas te mettre à penser droit. » Il a poussé un grognement, et elle a crié. « Ça me fait mal de voir que tu n'es pas un être humain, a-t-il continué, puis il a craché. J'en souffre beaucoup. » Il parlait en anglais. Elle était *kwerekwere*, une étrangère.

Un objet cognait sur la table, de plus en plus vite. Une bière a été ouverte. Quelqu'un a ri.

« Il faut qu'on te viole, a dit une autre voix. Qu'on te remue un peu. »

La femme a hurlé encore. Cette fois, elle a été aussitôt réduite au silence par un coup de poing ou de coude. Elle respirait avec peine, les hommes riaient. Je me suis essuyé le nez sur le dos de la main et j'ai voulu me lever pour me précipiter dans la cahute, mais Paul m'a serré la main plus fort et m'a attirée contre lui. Il a secoué la tête, fermé les yeux. Son visage était mouillé. J'ai appuyé mon front contre son épaule.

« J'apprécie pas ton style gouine. » Un vêtement déchiré, des boutons projetés contre le mur.

J'ai ravalé le son qui montait dans ma gorge.

À nouveau, un grognement. « Et ça, c'est juste pour te montrer que tu dois vivre comme il faut. »

Les hommes ont ri encore. Un jet d'urine sur la tôle.

« À qui le tour, maintenant ? » Quelqu'un a écrasé une canette de bière.

« Moi », a lancé l'homme appuyé contre la voiture. Son mégot a roulé à l'entrée de la ruelle. Il a ouvert la porte de la cahute et l'a claquée derrière lui. À l'intérieur, il y a eu le bruit d'une gifle, mais peut-être avaient-ils simplement topé dans leurs mains.

Paul m'a fait signe de rester près de lui et s'est levé. Mon genou a craqué quand je me suis redressée.

Nous avons tendu l'oreille. La femme pleurait. Les pieds d'une table ont raclé le sol. Les hommes se sont esclaffés.

Après s'être assuré que la porte de la cahute était fermée, Paul a hoché la tête. J'ai allumé mon téléphone pour nous éclairer, mais c'était inutile : plus loin, tout un pâté de maisons brûlait. Nous sommes partis en courant.

Dans le silence, les cahutes semblaient désertes, abandonnées depuis le matin. Des casseroles et des chaises en plastique s'entassaient devant les portes ouvertes, attendant les pilleurs. Des vêtements jonchaient la rue. Il n'y avait personne, hormis un homme couché par terre, son pantalon de survêtement baissé laissant apparaître son slip. Il avait les yeux fermés, la langue pendante. Il saignait encore. Mort depuis peu.

Ils arrivaient. Le sol tremblait sous les pas d'une force puissante qui entamait sa chasse aux trophées.

Deux femmes s'abritaient derrière une plaque de tôle, redoutant l'incendie. Nous sommes sortis sur une route de terre, entre la 18e Avenue et la rivière. Il n'était plus possible de passer entre les cahutes, trop serrées les unes contre les autres, bardées de grillage.

Plus loin, une barricade brûlait. Les gens se réchauffaient les mains autour du feu. Des branchages avaient été jetés en travers de la voie, pour ralentir la police, ou la foule, je ne savais pas.

Nous nous sommes dissimulés derrière une voiture noircie par les flammes. Sales tous les deux, empestant les égouts. Paul saignait, le bras profondément entaillé.

Deux adolescents malmenaient un mendiant aveugle. Ils se sont emparés de sa casquette puis ont filé vers la barricade, scandant à l'unisson de la foule qui s'amassait de l'autre côté.

« On va traverser la Jukskei ici, a dit Paul en montrant un chemin qui se dessinait sous un fil à linge. Elle n'est pas profonde à cette époque de l'année. En longeant la rive, on pourra couper par le cimetière. »

Partout, des cadavres. Le monde s'emplissait de squelettes.

« Et après ?

– On tombera sur la M3. » Il a remonté le bandeau AbM sur sa plaie au bras. Le tissu s'est bientôt imprégné de sang, comme si l'étoile rouge déteignait. « Je téléphonerai pour qu'on vienne nous chercher. »

Soudain, les gens assemblés devant la barricade se sont dispersés avec affolement. Un homme faisait tournoyer au-dessus de sa tête un pneu enflammé qu'il tenait par un fil de fer, telle une fusée crachant une spirale de fumée. Quand il l'a lâché, le pneu est allé rejoindre le tas fumant. Il a éclaté de rire, puis s'est lancé aux trousses d'un groupe de femmes qui ont détalé en piaillant.

Il ne restait plus que nous, et le mendiant.

« On y va. » Paul s'est élancé vers la corde à linge et le chemin. Je l'ai suivi.

Quelqu'un a poussé un cri. J'ai aperçu un manche qui dépassait d'une plaque de tôle par terre. Une bêche. Je l'ai prise.

Paul s'est tourné vers moi. « Qu'est-ce que tu fais ? »

Le chemin s'est illuminé. Un homme se précipitait, hurlant, un pneu enflammé autour du cou. Il est tombé à quatre pattes, prisonnier de ce collier élisabéthain qui embrasait aussi ses vêtements. Un autre homme arrivait de la rivière, brandissant une machette. Il s'est arrêté, silhouette vacillante à la lueur du feu, armé d'un *knobkierie* dans son autre main. Il a souri à Paul d'un air étrangement calme et a baissé la machette. J'ai reculé dans l'ombre des cahutes, prête à me servir de ma bêche. Mais l'homme s'est contenté de rire, puis a filé vers le township en courant à petites foulées.

Les hurlements du brûlé avaient cessé. Ses bras ne le soutenaient plus, il s'est affaissé en avant.

Lâchant la bêche, j'ai attrapé un drap qui pendait sur une corde à linge et me suis précipitée vers lui pour essayer d'éteindre les flammes. Il sentait l'essence et le caoutchouc. J'ai plaqué le drap tout autour du pneu. Les coins prenaient feu, et j'ai senti une douleur à la cuisse. Mais c'était une bonne douleur : mon tribut.

Derrière moi, quelqu'un accourait sur le chemin. « Laissez-le tranquille ! » a crié une femme. Son visage était mouillé, hagard. « Ne touchez pas à mon mari ! »

J'entendais le bruit de la circulation sur l'autoroute, au loin, comme de l'eau qui s'écoule doucement. Dans un brouillard, j'ai compris que la femme s'adressait à moi.

« Jo ! » Paul m'a tirée par les bras. « Il est mort. »

La femme avait arraché le drap. Je suis partie en courant vers la rivière, talonnée par Paul.

La fumée au-dessus du township avait avalé les étoiles. La rivière était large, mais peu profonde. Les gens traversaient, emportant tout ce qu'ils pouvaient sur le dos ou sur la tête. Derrière nous, Alexandra flambait.

11

Intersections

Des vêtements sont pliés sur la chaise à côté du lit. Ils ressemblent aux miens. Je ferme les yeux, compte jusqu'à cinq, et les rouvre. La pièce est claire. Je suis couchée dans un lit, le haut du corps relevé. Au-dessus de la chaise, des rideaux vert et blanc sont à demi tirés. Par la fenêtre, j'aperçois des toits de tuile et des murs peints à la chaux qui brillent au soleil.

J'ai la nausée. Ce n'est pas normal.

Ma main droite repose sur la couverture bleu pâle, les veines gonflées, comme des vers de terre. Elle me paraît très loin. Mes doigts se crispent. Je relâche ma respiration et me rends compte alors que je la bloquais. Une valise est posée par terre à côté de la chaise. Le sol est brun clair. Je me sens trop en hauteur. Une grosse télévision est suspendue au mur en face du lit – Oprah Winfrey à l'écran. Aucun son ne sort de sa bouche, mais j'entends un bourdonnement dont je n'identifie pas la source. J'ai la gorge en feu, la poitrine oppressée. À gauche du lit, il y a un mur en plastique bleu. Pas de porte dans mon champ de vision. Je ne peux pas bouger le bras gauche.

Je bats des paupières en essayant de me rappeler ce qui s'est passé. Une larme est accrochée au lobe d'une de mes oreilles.

« Jo. » Un homme me touche le bras droit. Sa main est douce et fraîche. Il est flou, la lumière derrière lui trop vive. Je cligne encore des yeux.

Il me presse la main. « Tu es au George Hospital. Tout va bien. Rendors-toi. »

***

L'eau ruisselle sur mon visage et j'ai des feuilles dans les cheveux.

Je me réveille brusquement. Il pleut. Les rideaux sont tirés, mais j'entends les gouttes. Je suis essoufflée.

Je ferme les yeux, sans bouger. Le bourdonnement a cessé. Il n'y a que la pluie.

La télévision est éteinte. Au-dessus de moi, le long tube fluorescent clignote.

J'ai mal à la tête.

Le rideau bleu clair à gauche du lit s'agite quand la porte s'ouvre derrière. Une femme s'éclaircit la gorge et referme doucement le battant. Elle écarte le rideau, qui se replie sur le côté comme un éventail.

« Ah, vous voilà réveillée, Ms Hartslief. » Elle fait cliquer la mine de son stylo en s'approchant du pied du lit pour prendre mon dossier et l'examine. « Outre quelques hématomes et entailles, vous vous êtes démis l'épaule dans l'accident. Nous avons réduit la luxation. Vous aurez mal pendant quelques jours… » Elle me regarde. « Gardez bien l'écharpe, hein ? » Elle a un visage ovale et pâle, les cheveux relevés en queue de cheval. De l'ombre à paupières mauve.

J'essaie de hocher la tête pendant qu'elle signe le dossier. Sur le badge accroché à sa blouse, son nom est une longue bande que je n'arrive pas à déchiffrer.

« La brûlure sur votre cuisse cicatrise bien. » Elle attend ma réaction. « Je l'ai nettoyée et j'ai changé le pansement. »

Je fais une autre tentative pour acquiescer… *Merci.* Mon mal de tête est effroyable.

« Vous étiez gravement commotionnée à votre arrivée. Mais nous vous surveillons depuis trente-six heures et tout semble rentrer dans l'ordre. » Serrant le dossier contre sa poitrine, elle glisse son stylo dans sa poche. « J'aurais préféré vous garder encore un jour ou deux, mais votre ami me promet de veiller sur vous au Cap. » Elle secoue la tête. « Il insiste pour vous emmener. »

Je déglutis. « Où est-il ? » La voix qui sort de ma bouche ne ressemble pas à la mienne.

Du menton, elle désigne la porte derrière le rideau. « Là, dehors. »

Je pose la main droite à côté de ma hanche et j'appuie pour me soulever dans le lit. « Il va bien ? »

Elle sourit. « *Ja.* Il est inquiet, évidemment, mais c'est un grand garçon. » Elle tapote mon pied sous la couverture. « Il se débrouille. »

Je me rallonge, vertèbre par vertèbre, et je ferme les yeux.

« Je voulais vous parler avant de le voir… »

Pourvu qu'elle ne vienne pas s'asseoir à côté de moi. Je ne crois pas que j'aurai la force de lui faire de la place.

« Nous avons effectué des examens sanguins. » Elle s'approche plus près. « Vous présentiez un taux élevé de témazépam. »

Témazépam. Un somnifère ?

« Est-ce votre médecin qui vous l'a prescrit ? »

Je ne me rappelle pas avoir avalé autre chose que du paracétamol… Et puis, tout d'un coup, je comprends : les bouteilles d'eau déjà ouvertes. Le salaud.

« Non. »

Elle porte le même parfum que ma mère autrefois. J'ai envie de lui demander comment il s'appelle pour pouvoir acheter tous les flacons qui tiendront dans ma valise.

« Ms Hartslief, dit-elle sèchement. Aviez-vous des difficultés à dormir ?

– Oui. Mais je n'en prendrai plus, promis. » Je voudrais qu'elle l'appelle, maintenant, pour qu'il voie ce qu'il a fait. Je parie qu'il n'aura rien d'autre qu'une coupure au-dessus du sourcil, et il grimacera chaque fois qu'il mettra une casquette. Je lève la main pour m'essuyer le coin des yeux.

« Il est possible que ce soit la cause de l'accident, vous savez », dit-elle en se massant le front.

Je secoue la tête. *Je ne conduisais pas !* Mais j'ai la bouche trop sèche pour parler. Et je ne sais pas qui était au volant, dans la version donnée par mon père.

Elle soupire en roulant la tête d'un côté à l'autre. J'aimerais qu'elle reste, qu'elle s'asseye au bout du lit, mais cette conversation avec moi a l'air de l'épuiser. « Je vais le chercher », dit-elle.

Qu'avait-il donc à faire qui nécessite que je sois endormie, à part fouiller dans mes affaires ? Ou était-ce juste pour me rendre plus docile ? Je lui poserai la question dès qu'on sera seuls.

J'entends le médecin ouvrir la porte derrière le rideau de plastique. « Mr Silongo ? Elle est réveillée. »

Dans le miroir de la salle de bains, je regarde l'infirmière resserrer la bande de tissu qui me soutient le bras.

Elle a soupiré en m'enlevant la tunique d'hôpital. Pendant qu'elle était accroupie devant moi pour m'aider à enfiler ma jupe, j'ai vu les marques sur mon corps. Un ruban violet, tel qu'en porte la gagnante d'un concours de beauté, à l'endroit de la ceinture de sécurité. Des plaques rouges sur mon bras droit, comme si j'avais été piquée par une méduse. Une zébrure en travers de la hanche droite. Tout ça en paiement de ma dette.

« Merci. »

L'infirmière sort de la salle de bains. Je suis seule. J'entends Paul qui change de chaîne dans la chambre.

Avec les doigts, je me coiffe en traçant une raie sur le côté ; avec les dents, je déchire le mince plastique qui contient la brosse à dents. L'infirmière a déjà dévissé le bouchon du dentifrice. Je laisse l'eau couler, je compte jusqu'à soixante pendant que je brosse, puis je me rince la bouche. Je ferme le robinet. Paul a éteint la télé.

Je reviens dans la chambre. Par la fenêtre, je vois les montagnes qui s'élèvent au-dessus du parking de l'hôpital. Le soleil encore bas à l'est éclaire les versants striés de profondes gorges, pareilles aux jointures d'un poing.

« Prête ? » Paul est assis sur le lit. Il est vêtu d'un costume bleu marine et il a maigri depuis la dernière fois que je l'ai vu, le soir après Alex, à l'arrière de la voiture qui me déposait devant mon hôtel à Jo'burg, avec son bandeau AbM ensanglanté.

« Non. » Ma valise est faite, cabossée et empestant la bière, debout sur ses roulettes près du lit. Mon sac à main, encore mouillé, est posé sur le dessus. « Tu savais qui était mon père quand tu m'as accueillie à l'aéroport ? C'est pour ça que tu m'avais appelée à Londres ? »

Il pince un pli de son pantalon.

« Et la nuit chez toi ? » J'ai moins mal à l'épaule quand je ne porte pas l'écharpe. Une fois dans la voiture, je l'enlèverai.

Il hoche la tête, les yeux baissés.

Je soupire.

Il relève les yeux, sans croiser mon regard. Le premier bouton de sa chemise est ouvert.

Mais je n'ai pas le droit d'être blessée. « C'est pas grave. Vraiment. » Je m'assieds près de lui. Il est plus lourd que moi et le matelas penche de son côté. Je m'agrippe à la barre de métal au pied du lit.

Il se tourne vers moi et replie la jambe droite entre nous. Son pantalon remonte sur son mollet, découvrant une chaussette au motif créatures de dessin animé. Il surprend mon coup d'œil et sourit. « C'est Lindi qui me les a offertes, explique-t-il en suivant du doigt les contours d'une girafe.

– Elle va bien ? »

Il fixe le nœud de mon écharpe. « *Ja*. Elle est partie à Du Noon, pour installer un camp de réfugiés. »

J'aimerais avoir un journal, et une carte. Un moyen de savoir quel jour on est, ce qui s'est passé. Où je suis.

Paul demande encore : « Tu es prête ? » Il sort son téléphone de sa poche et le tient de biais, de sorte que je ne peux pas voir l'écran. « Je suis de permanence à sept heures. »

Je pose la main sur sa jambe, étonnée qu'il ne tressaille pas. Il faut que je pose la question. « Il est mort ?

– Je ne crois pas. Le sang était surtout du côté passager, et il n'y avait que ta valise dans le coffre. »

L'expression *il est en cavale* me vient. Encore un cliché qui ne signifie pas grand-chose, dans ce contexte.

« Tu es soulagée ? » Il ne lève pas les yeux de son téléphone, mais ses doigts sont immobiles.

« Je ne sais pas. » J'essaie d'analyser ma réaction. Mon esprit est lent et émoussé. « Pas vraiment… Une part de moi aurait envie que ce soit fini. » Cette réponse sonne juste, et je vois que c'est ce qu'il veut entendre.

Il glisse son téléphone dans la poche de sa veste. « Cette part-là, je veux encore lui parler. »

J'acquiesce. Le mal de tête reflue, mais je ne cesse de penser au témazépam. « Pourquoi on va au Cap ?

– Pour chercher Gideon », répond-il en se levant.

Je ne peux pas m'empêcher de regarder mon sac à main. À l'intérieur, il y a mes notes et mes enregistrements. Le pistolet. Je pourrais expliquer, mais je ne suis pas sûre qu'il me croirait. Une douleur soudaine me vrille le dos. Je me penche en avant, le front sur le lit, en attendant que le spasme s'arrête.

« Ça va ? » Il pose la main sur mon épaule.

« Oui… » Le matelas étouffe ma voix. Je prends quatre profondes inspirations. « Tu as une piste ? » Les mots sortent correctement, mais j'ai l'impression que ce n'est pas moi qui les prononce.

Sa main est lourde. « L'ancien gouvernement a détruit la plupart de ses fichiers. Pour se protéger d'éventuelles poursuites. » Il retire sa main, comme s'il l'avait oubliée là pendant un moment. « Ton père t'a raconté un tissu de conneries, semble-t-il. Il n'y a aucune trace d'un Gideon van Vuuren nulle part. Même pas dans l'armée.

– Je sais. Mon père… Nico… » Je ne sais pas comment l'appeler devant Paul. « Il a dit qu'il n'avait jamais su son vrai nom.

– C'est pratique. » Du coin de l'œil, je vois que Paul tourne son poignet pour regarder sa montre. Comme la mienne, elle n'indique que l'heure, pas la date. Je me demande à nouveau quel jour on est. « Mais visiblement, Danie Strydom a été déstabilisé par votre entretien… Et le brigadier qu'a mentionné ton père, Van der Westhuizen, existe vraiment. Il habite près du Cap. On va lui parler. »

J'inspire à fond, et je compte cinq secondes avant de relâcher mon souffle.

« En fait, c'est *toi* qui vas lui parler. Juste pour vérifier les dires de ton malade de père. » Il y a un sourire dans sa voix. « Tu lui plairas sûrement plus que moi », ajoute-t-il en pointant un doigt sur ses chaussures. Neuves et cirées, avec un petit cercle brillant sur l'arrondi du cuir. Le fameux effet miroir.

Je ferme les yeux. « Tu me donneras une liste de questions à lui poser ? Un micro dans une broche ? »

Il rit. « Sûrement pas. »

Je me redresse lentement. « Tu as interrogé Danie ?

– Oui. Pas moi personnellement, mais il a passé deux heures avec la police hier. »

Danie s'y attendait-il, après m'avoir vue ?

« Et alors ?

– Il avait eu le temps de se préparer, cette fois. Ils n'ont rien pu en tirer. Quand on en aura terminé au Cap, on ira le voir ensemble. Il paraissait mieux disposé avec toi. »

Je me rappelle avoir ri aux plaisanteries de Danie, et je détourne les yeux.

« J'ai aussi envoyé une équipe d'enquêteurs au lodge à Dundee. Je les rejoindrai dès que possible.

– OK.

– Ton père est un putain de malade, au fait, dit-il en se grattant la cuisse. Ces sautes d'humeur constantes… »

Comme un comédien en solo qui n'est pas drôle, j'ai toujours pensé. Mais je ne le dis pas.

« J'ai écouté les enregistrements. Celui de l'accident… » Il secoue la tête. « Je ne sais pas comment tu as tenu si longtemps avec lui.

– Moi non plus. »

Il se lève et me tend la main.

Je ne la prends pas. Avec un soupir, je m'appuie sur ma main gauche pour me mettre debout. « Merci d'aller voir le lodge. »

Voyant qu'il fronce les sourcils, je me rends compte de ma maladresse. Il fait ça pour son père – l'homme qui a été enlevé, si c'est bien lui –, pas pour le mien.

« Vous avez fouillé sa voiture à l'aéroport de Durban ? » Je m'en suis souvenue pendant que je me brossais les dents. « Et son appartement ?

– On est passés chez lui, oui, mais comme on ne sait pas exactement ce qu'il faut chercher, je crois que ta présence nous serait utile. » Il marque une pause. « Quand tu pourras, je veux dire. » Son regard se pose derrière moi. Sur les montagnes, peut-être, ou le motif des rideaux.

« Demain ? je propose.

– On verra comment tu te sentiras. »

Je me rappelle l'homme à mon chevet. « C'est toi qui étais là, quand je me suis réveillée ?

– Oui. » Il tire la poignée de ma valise. « Tu ne penses quand même pas qu'il viendrait voir si tu vas bien, au risque de se faire prendre ?

– Non. » J'ai répondu sans hésiter, sincèrement. « Tu es arrivé vite.

– L'opérateur nous a contactés dès que tu as allumé ton téléphone. Juste avant l'accident. »

Je suis impressionnée. Est-ce qu'il me suivait à la trace, en dessinant ma route avec une punaise sur le plan chaque fois que je retirais de l'argent ou payais par carte ?

« On a ratissé la forêt autour, et on inspecte aussi la voiture.

– Pourquoi ? » Je ne parviens pas à ouvrir la fermeture Éclair de mon sac d'une main. Je le pose sur le lit et le palpe, cherchant à sentir sous mes doigts quelque chose qui pourrait ressembler à un pistolet.

« Pour chercher un indice, n'importe quoi. » Il bascule la valise sur ses roulettes. « Tu es prête, maintenant ? »

Je déglutis, fais signe que oui, et prends mon sac. Le pistolet, comme mon père, a disparu.

À nouveau, je ne suis qu'une passagère. La route file derrière mon reflet dans la vitre. *Mossel Bay, 40 km. Le Cap, 436 km. Peintures rupestres san, tournez ici.* Il y a des graffitis sur le panneau, des initiales que je ne décrypte pas. Je me demande s'il y en a aussi sur les peintures.

On m'a trouvée sur la route près de la voiture, au milieu de feuilles et de cartes à jouer détrempées. La portière du conducteur était ouverte. Ainsi que le coffre. Il y avait un valet de pique dans mes cheveux, a raconté Paul. La femme qui m'a découverte et amenée à l'hôpital a pris des photos. Mais d'après Paul, il vaut mieux que je ne les voie pas.

Je crois reconnaître la route. Kouga, Humtata, annoncent d'autres pancartes. C'est ici que j'essayais d'éviter les lapins, pendant que mon père dormait à l'arrière. Ensuite, il ne m'a plus laissé conduire. Derrière des panneaux en langue hottentote, une banderole bleu canard et orange, aussi longue qu'un immeuble, invite à choisir la First National Bank.

La tête me tourne, le paysage est trouble.

« Regarde la route, dit Paul en changeant de vitesse. Tu auras moins mal au cœur. » Il me sourit.

« Merci. » Je ne comprends pas pourquoi on va au Cap en voiture, plutôt qu'en avion. Peut-être parce que tous les vols étaient complets. Ou pour me punir.

« Ça va ? » demande Paul en jetant un coup d'œil dans le rétroviseur. Il a remonté ses manches jusqu'aux coudes et quelque chose est écrit sur sa main.

Je secoue la tête pour signifier que cela n'a pas d'importance, m'appuie au dossier de mon siège et ferme les yeux. L'air est étouffant dans la voiture. Mon bras gauche pèse contre ma poitrine.

« C'était très intéressant d'écouter tes enregistrements, reprend Paul. Ta conversation avec Danie, notamment… Tu flirtes toujours avec les hommes pour obtenir des informations ? » Il a préparé sa question à l'avance, soigneusement choisi les mots. « En t'extasiant sur leurs gros muscles ?

– Non. Pas en Angleterre. Mais ici… Je ne sais pas, il m'a semblé que c'était le seul pouvoir que j'avais. » Est-ce que je devrais parler au passé, d'ailleurs ? « Mais pas avec toi. » J'ouvre les yeux, et je ne peux pas m'empêcher de lui retourner la question. « Et toi ? »

Il passe la quatrième. Au lieu de me répondre, il demande : « Depuis quand sais-tu que je suis son fils ? »

Je m'y attendais, et j'essaie de me remémorer le temps qui s'est écoulé depuis la station-service à Joubertina. « Six jours, je crois. Je ne suis pas sûre… J'ai perdu le fil. » Je le regarde. J'ai envie de lui toucher le bras. « Je voulais t'appeler, mais il avait pris mon téléphone. »

Il hoche la tête et déglutit. Je me rappelle avoir embrassé sa pomme d'Adam.

Je tire ma jupe sur mes genoux. J'ai de nouveau mal à la tête. Brusquement, je pense que je suis censée rentrer à Londres la semaine prochaine. Il faudra que je change mon billet d'avion.

Il décroche ses lunettes de soleil de sa chemise, les coudes sur le volant pendant qu'il ouvre les branches. « Il s'appelait Vusi, tu le savais ?

– Non, je ne connaissais pas son nom. » Mon père non plus, à mon avis.

« Je ne me souviens pas de lui vivant avec nous, mais il venait nous voir de temps en temps. Et puis, quand j'ai eu cinq ans, les visites ont cessé. » Il glisse les lunettes sur son nez. Les verres sont dorés. « Au début, ma mère a expliqué qu'il était trop occupé et ne pouvait pas quitter la ville. » Il s'éclaircit la gorge. « Six mois plus tard… le 13 décembre 1983… une femme est arrivée de Jo'burg. Thembi Quelque-Chose. Ma mère m'a ordonné d'emmener Lindi jouer dehors. Mais je l'ai entendue hurler jusqu'en bas de la colline. J'ai compris alors qu'il était mort. »

Comme je ne sais pas quoi dire, je me tais.

« Quand j'ai été plus grand, j'ai réussi à faire parler ma tante. Thembi était sa petite amie. C'était normal qu'il en ait une, j'imagine, puisqu'il ne voyait pas sa famille très souvent. Bref. Ils étaient au lit quand trois ou quatre types en uniforme ont frappé du poing sur la porte et les fenêtres. Il leur a ouvert… Il savait que ce serait pire s'ils étaient obligés d'enfoncer la porte… et ils l'ont embarqué. Quand Thembi est allée le chercher au poste de police, il n'y était pas. Elle a raconté ce qui s'était passé à ses amis au *shebeen*[1], mais ils ne pouvaient rien faire, les flics se seraient servi de ce prétexte pour les arrêter. Pendant un moment, j'ai haï Thembi, parce qu'elle était la dernière personne à l'avoir vu et qu'elle n'était pas ma mère. En réalité, elle avait risqué beaucoup – son laissez-passer, son droit de rester en Afrique du Sud – et dépensé tout ce qu'elle avait pour venir

1. Bar clandestin.

nous avertir. » Il s'humecte la lèvre inférieure avec sa langue. « J'ai regardé des centaines de photos prises par la police, j'ai cherché son visage parmi les morts et les corps passés à tabac. » Ma vue se brouille ; derrière lui, les troncs des arbres sont flous. « Je ne sais presque rien de lui, sauf qu'il jouait Stevie Wonder à la guitare. »

Mes oreilles bourdonnent, j'ai envie d'ouvrir une fenêtre. Je sais que je devrais regarder la route devant moi pour ne pas être malade, mais je ne peux pas le quitter des yeux, pas maintenant.

« Il n'a jamais été quelqu'un de réel pour moi. Juste une victime de quelque chose qui, d'une certaine manière, a défini toute ma vie. »

Un brouillard bleuté monte dans le sous-bois. Des fleurs… Y a-t-il des campanules en Afrique du Sud ? « Arrête-toi, dis-je en laissant aller ma tête en arrière contre mon dossier. S'il te plaît. »

Il se tourne vers moi. « Bon sang, Jo. »

Nous sommes sur la voie rapide, séparés du bas-côté par trois rangées de réflecteurs. Il regarde dans les rétroviseurs. Je bloque ma respiration en luttant pour contenir les spasmes de mon estomac.

« On y est presque. Tiens bon. »

Les yeux fermés, je guette le bruit de la voiture qui ralentit. J'ai envie d'être vide. Il écrase la pédale du frein, je m'agrippe de ma main valide au tableau de bord, puis je tire sur la poignée de la portière sans attendre l'arrêt complet.

« Attends…, dit Paul. Je vais t'aider. » Mais je suis déjà dehors. Je me précipite vers les hautes herbes qui bordent la route avant même qu'il n'ait détaché sa ceinture, et, à genoux parmi les fleurs jaunes et les tiges couronnées de rose, je vomis. Entre deux haut-le-cœur, j'entends Paul qui verrouille la voiture, ses pas qui se rapprochent. Je tousse et essaie de cracher toute l'amertume que j'ai dans la bouche.

« Ça va ? » Il pose une main sur mon dos.

J'ai encore un haut-le-cœur, même s'il n'y a plus rien à rendre.

Il retire sa main. « Je t'attends à la voiture. J'ai une bouteille d'eau à l'avant. »

Les spasmes continuent à monter par vagues. Ma respiration est comme mouillée de sanglots. Pliée en deux, j'attends, en observant les fourmis et les ombres des nuages. Mon bras droit tremble.

Derrière moi, le téléphone de Paul sonne. Il répond et parle vite, en zoulou. Je n'arrive pas à comprendre.

Le soir de mon arrivée en Afrique du Sud, quand j'ai téléphoné à Paul, il m'a donné son adresse, et le GPS de ma voiture de location m'a guidée jusqu'à chez lui en moins d'une demi-heure. Je n'avais pas prévu de l'appeler. Mais à ce moment-là, à l'hôtel, j'ai eu envie d'être seulement moi-même, et non pas un objet d'inventaire que l'on compare à une version antérieure. Ce n'était pas la faute de Naledi, et je savais que le lendemain matin, je me sentirais coupable de ne pas être allée chez elle.

Des hirondelles avaient fait leur nid dans le conduit d'aération. Mon coup de sonnette les a réveillées et, par la suite, nous les avons encore dérangées en ouvrant et fermant les placards pour chercher des verres. Paul a allumé des lampes sur pied aux coins de la pièce, parce qu'il ne savait pas lequel des deux interrupteurs commanderait le plafonnier ou bien activerait la ventilation, avec pour conséquence de rejeter une bouillie de plumes et de sang sur les murs.

« Voilà ce qui se passe quand on n'a pas son propre chez-soi », a-t-il déclaré en versant plusieurs cuillerées de sucre dans deux verres à moitié remplis de glaçons. Il portait encore son pantalon de costume, mais avait sorti sa chemise et ouvert le col jusqu'au troisième bouton.

« Ah, un politicien sans abri ? » J'étais en train de couper une orange en quartiers. « Vous devriez créer une émission de télé-réalité dont vous seriez la star.

– C'est prévu. » Il s'est frotté les mains pour les essuyer et a ri.

« Pourquoi vous n'avez pas de domicile ? » J'ai sorti deux cerises d'un bocal et je les ai posées sur la planche à découper.

« Je me déplace beaucoup dans l'exercice de mes fonctions, a-t-il répondu en versant un doigt d'eau dans les verres.

– Donc vous êtes hébergé aux frais du contribuable ? » Sur le plan de travail, au bord d'une soucoupe, il y avait une cigarette à moitié consumée dont la cendre formait un cylindre parfait. Des bouteilles de bière alignées à côté de la poubelle.

« Je paie un loyer, merci beaucoup. » Il a glissé une cuillère dans chaque verre. « Allez-y, remuez.

– Où sont vos parents ? » J'ai aussitôt regretté ma question. Une fois qu'il aurait répondu, il m'interrogerait inévitablement à propos des miens, et je ne voulais pas en parler.

Il s'est détourné et a pris une bouteille presque pleine dans le placard au-dessus du micro-ondes. Un alcool de qualité, visiblement. Après avoir mis une cerise et un quartier d'orange dans chaque verre, il m'a souri. « On va passer un accord, tous les deux…

– Pardon ? »

Il a versé le bourbon, mélangé, puis lancé les cuillères dans l'évier. « On ne parle pas de politique, ni de religion, ni de famille. » Il m'a tendu mon verre. « Ni d'animaux domestiques.

– Oh, vous ne voulez pas voir les photos de mon chat, Lord Meowberry Fluffington ? » J'ai humé le cocktail. « Je les ai dans mon portefeuille. »

Il a ri, au moment où une chanson que je reconnaissais s'élevait des enceintes de son MP3. Au bout de dix secondes, je l'avais identifiée. *With Teeth*, de Nine Inch Nails. Je ne sais pas à quoi je m'étais attendue, mais pas à ça.

« Asseyons-nous », a-t-il proposé en indiquant le canapé.

Dans la partie salle à manger, son attaché-case, fermé, était posé à une extrémité de la table. En face, des dessous de verre en osier décrivaient une orbite. Aucun élément de la décoration ne me semblait correspondre au goût de Paul tel que je commençais à l'entrevoir. Ce qu'il n'aimait pas, surtout, m'apparaissait évident, mais j'ignorais encore ce qu'il aimait. Ni si j'entrais dans cette dernière catégorie.

« Alors, si la religion et la politique sont des sujets interdits, qu'est-ce qu'il reste ? » ai-je demandé. On était assis les jambes croisées chacun d'un côté du canapé, tournés l'un vers l'autre, mais en veillant à maintenir la bonne distance.

Il a levé son verre à la hauteur de son visage. « Le sexe, les drogues, et le rock'n'roll ? »

J'ai ri. « Bon. Les drogues d'abord. » J'ai bu une gorgée ; je ne percevais que le goût du whisky. « Qu'est-ce que c'est que ce truc ?

– Une recette ancienne. » Il s'est essuyé le coin de la bouche. « Je crois bien que c'est le plus vieux cocktail du monde.

– On s'étonne que le monde ait renouvelé l'expérience, après la première fois. » J'ai pris une autre gorgée, certaine que, l'ivresse aidant, j'en viendrais à l'apprécier.

Il a secoué la tête, puis remué son cocktail avec son doigt en soutenant mon regard. « Votre éducation n'est pas terminée, à ce que je vois.

– Histoire de clore le sujet des drogues… » J'ai posé mon verre sur le coussin qui marquait un no man's land entre nous. « Vous êtes d'accord pour partager une cigarette ? »

Il a souri et m'a tendu son verre. « Absolument. Tenez-moi ça.

– Tout à l'heure, quand j'ai appelé, je vous ai interrompu pendant une réunion ? » ai-je demandé tandis qu'il partait vers la cuisine. La chanson s'est terminée. J'entendais maintenant les hirondelles qui piaillaient, mécontentes d'avoir été dérangées.

Il revenait déjà avec la soucoupe et un paquet de Stuyvesant. « Pas de politique… Non, l'entretien était fini. » Il a posé les cigarettes sur le canapé et s'est assis, au moment où *Hurt* sortait des enceintes. « Ça, c'est pas mal. »

Je lui ai rendu son verre et j'ai pris une cigarette. « Oui. Bien mieux que la reprise de Johnny Cash. »

Il m'a tendu un briquet, encore tiède de la chaleur de sa poche.

« J'ai une copine qui a vu Nine Inch Nails au Reading Festival. » La flamme a jailli et j'ai aspiré la fumée, en faisant attention à ne pas mouiller le filtre. « Elle a raconté qu'elle les connaissait pour impressionner un garçon, mais quand ils ont joué *Hurt*, elle a dit à tout le monde qu'elle préférait de loin la version originale de Johnny Cash. »

Paul a ri pendant que je lui passais la cigarette.

J'ai bu une autre gorgée de mon cocktail. « Alors, quel sujet on aborde maintenant ?

– À vous de choisir. » Il tenait la cigarette entre le pouce et l'index. Ça lui allait bien. Il avait l'air de fumer par plaisir plutôt que par besoin.

« Bon. » Je me suis laissée aller en arrière contre l'accoudoir. « Parlez-moi de votre première petite amie. »

Il a toussé. « On avait dit sexe. Ça ne compte pas, j'avais quatorze ans. » Il a tapoté la cendre dans la soucoupe et m'a tendu la cigarette.

« J'espère bien que ça ne compte pas ! » Le filtre était humide. « Vous êtes allé jusqu'où ? »

Il a secoué la tête, souriant. « Première phalange, je crois. » Il buvait plus vite que moi, j'ai remarqué.

« Vous étiez précoce…

– Et vous ? »

J'ai calé mon verre entre mes jambes et j'ai légèrement remonté ma jupe au-dessus de mes genoux. « C'est un peu cliché. J'avais dix-huit ans, je venais de commencer la fac, et je n'avais jamais vraiment parlé à un garçon avant. » J'ai tiré une dernière bouffée avant de lui proposer la cigarette. Voyant qu'il déclinait, je l'ai écrasée dans la soucoupe. « Bref, je suis tombée amoureuse d'un type qui avait douze ans de plus que moi et qui prenait son pied à m'humilier. » En fait, lors d'une dispute au cours de laquelle il m'avait expliqué que j'étais trop intelligente pour me contenter d'une carrière dans le journalisme, je m'étais rendu compte qu'il ressemblait beaucoup à mon père. Là, c'était pousser le cliché trop loin, et on avait rompu une semaine après.

« Sexy, a-t-il dit en allongeant une jambe sur le canapé.

– Je trouvais aussi », ai-je répliqué en suçant un glaçon. J'aurais pu lui parler de Dan, deux petits amis plus tard. Qui mettait de la musique sud-africaine quand on allait au lit. Qui me demandait de lui résumer la situation chaque fois qu'un sujet sur l'Afrique du Sud passait aux nouvelles. Le ton montait alors entre nous. *Tu crois qu'une seule personne peut te fournir un condensé de l'histoire d'un pays ? Que les gens là-bas sont des putain d'archétypes ?* J'aurais pu raconter à Paul comment j'avais acheté pour Dan le DVD d'un film afrikaans recommandé par Naledi. Le vendeur d'eBay avait garanti une version sous-titrée. Sinon, je pouvais retourner le produit et être remboursée. Quand le DVD était arrivé, il y avait un autocollant au dos de l'enveloppe portant l'ancien drapeau sud-africain ainsi qu'une phrase en afrikaans : *Ons sal oorwin.* Nous triompherons. Et pas de sous-titres, mais j'avais refusé de renvoyer le film. Je ne voulais plus avoir aucun contact avec le vendeur et ses autocollants.

« La musique est finie », ai-je fait remarquer.

Il a terminé son verre. « *Ja*, je n'ai pas l'album en entier.

– Moi si. » Sur mon iPod ! Je l'avais toujours avec moi, même si, ici, je n'avais pas l'intention de m'en servir dans les transports en commun ou en marchant. Je me suis levée, emportant mon verre dans la cuisine, et, à mi-chemin, je me suis arrêtée pour me frotter l'arrière du mollet avec le dos de l'autre pied. Une manœuvre de séduction que j'avais vue quelque part, mais je ne voulais pas trop me rappeler où. Dans un film porno soft, qui sait.

Paul m'a suivie. « Un autre ? a-t-il demandé en montrant mon verre.

– D'accord. » J'ai bu ce qui restait en grimaçant, les yeux fermés.

Il a souri et a essuyé une cuillère avec un torchon. « Maintenant, on arrive à la partie rock'n'roll de la soirée.

– Parfaitement. » J'ai laissé les écouteurs dans mon sac et j'ai débranché le lecteur MP3. « La musique que vous aimez le moins ? »

Il était en train de mélanger le sucre et l'eau. « Les power ballades. »

J'ai ri. « Je vous aurais bien vu en fan de Journey, pourtant.

– N'importe quoi.

– Bon, d'accord. Groupe préféré ? » J'ai essuyé l'écran de l'iPod avec le bas de ma jupe.

« Il y en a trop, je ne peux pas choisir, a-t-il dit en pressant les quartiers d'orange avant de les glisser dans les verres.

– C'est nul, comme réponse. » J'ai branché mon iPod sur les enceintes. « Et les plaisirs coupables ? Ce qu'on aime mais qu'on n'ose pas avouer ? »

Il a levé les yeux.

« Vous d'abord. »

Je l'ai regardé verser le whisky, davantage que la dernière fois. « Ah, je vois. Vous ne voulez pas répondre les Backstreet Boys, si mon choix à moi est plus cool.

– Voilà, c'est ça. »

J'ai cherché dans ma liste. « Bon, je vais vous mettre mon plaisir coupable », ai-je dit en m'adossant à la paillasse. « Mais c'est spécial, je vous préviens. »

Il a goûté son cocktail, puis a posé les deux verres à côté de moi. « Allez-y. Je suis prêt. »

J'ai légèrement augmenté le son et j'ai appuyé sur play.

Les premières mesures ont commencé. Paul a souri en poussant un verre vers moi. « C'est Jay-Z, ça ? Il est bon.

– Attendez… »

Debout l'un à côté de l'autre, moi toujours adossée, on a écouté Jay-Z qui martelait la coke, les flingues, la baise. Puis un solo d'accroche à la guitare.

J'ai ri et baissé le volume. « Vous voyez le genre ? »

J'ai voulu prendre mon verre, mais Paul s'est jeté sur moi, sa bouche dévorant la mienne, une main plaquée sur mon dos pour me serrer contre lui, l'autre dans mes cheveux. Il m'a soulevée et assise sur la paillasse en se pressant entre mes jambes pendant que le leader de Linkin Park chantait les cicatrices de sa vie.

J'arrache des herbes pour m'essuyer la bouche et le nez, et je m'assieds sur mes talons. En jetant un coup d'œil tout autour, je découvre que la pente au-dessus de moi s'éclaire de touffes mauves.

Je me relève prudemment, en appui sur mon bras droit, et je retourne à la route. Paul me regarde, les yeux plissés dans la lumière. Ses lunettes scintillent sur sa tête comme des phares. Il me tend une bouteille d'eau d'un litre, ouverte.

« Elle est un peu chaude…

– Merci. » Je me rince la bouche et crache dans l'herbe. Il revisse le bouchon.

« Comment va ton bras ?

– En fait, est-ce que tu veux bien m'enlever mon écharpe ? » Je me présente de dos, les cheveux rassemblés sur mon épaule gauche. « C'est mieux quand il n'est pas plaqué. »

Il pose la bouteille sur le toit de la voiture et s'approche. Je sens son souffle sur mon cou tandis qu'il desserre le nœud avec ses ongles. « Dis-moi si je te fais mal. »

Je ferme les yeux. « Je sais que je n'ai pas le droit, mais est-ce que je peux te demander un service, s'il te plaît ? » Je n'attends pas sa réponse. « Tu pourrais obtenir le compte rendu de la police pour l'accident de ma mère ?

– Pourquoi ? » Il laisse retomber ses mains, je me retourne face à lui. Il ne porte plus son brillant à l'oreille.

« Parce que d'après mon père, Gideon a saboté sa voiture et l'a poursuivie jusqu'à ce qu'elle perde le contrôle. » Je parle lentement, d'une voix que j'essaie de garder posée.

Il se masse le front en pressant fort avec ses doigts. « Oui. D'accord. » Un camion passe et klaxonne. « Bordel ! » En même temps qu'il crie, il abat sa main sur le toit de la voiture. La bouteille d'eau tombe dans l'herbe. Je recule d'un pas, revoyant mon père réagir de la même manière à la station-service de Joubertina. C'est peut-être une habitude chez les hommes sud-africains : maltraiter leur voiture quand ils sont en colère.

Mais mon père ne s'est pas limité à ça.

Je voudrais bien ramasser la bouteille, mais je ne peux pas me pencher aussi bas.

Il s'appuie en arrière contre la voiture, mains croisées derrière la tête. « Pardon.

– Pas de problème, dis-je (ce qui n'est pas vrai). Recommence. Pour moi.

– Plus tard, peut-être. » Il se redresse et me fait signe de me retourner. Afin d'atteindre le nœud de l'écharpe, il écarte mes cheveux, ses doigts m'effleurent le cou. Je dois me concentrer pour ne pas tressaillir.

« J'y suis presque… » dit-il.

J'ai encore une question à poser. « Tu crois qu'il a vérifié si j'allais bien avant de s'enfuir ? »

Les mains de Paul s'immobilisent. « Je ne sais pas. J'espère. » Il réussit à dénouer l'écharpe et, quand le léger tissu tombe par terre, il l'écrase avec son pied avant que le vent ne l'emporte. « Voilà… Tu te sens d'attaque pour repartir ? »

Je passe un doigt sous mes yeux mouillés et me retourne vers lui en hochant la tête.

« Tu es sûre ? » Il m'observe attentivement, comme s'il essayait de déchiffrer mon visage.

Je lui adresse un bref sourire. « Oui. » Je soulève doucement mon bras gauche. Je prends une profonde inspiration.

12

Le peuple dompté

Deux jours plus tard

La clôture est haute d'au moins trois mètres, hérissée de barbelés. Bien que le portail soit ouvert, je ne pense pas qu'il s'agisse d'une invitation à entrer. Un défi, plutôt. J'attends sur le trottoir.

Un chien au poil bringé – un boerboel, je crois – se lèche à l'ombre d'un pick-up maculé de boue, une de ses pattes arrière dressée au-dessus de la tête. Le pick-up est garé devant un garage double au fond de l'allée, entre les deux portes, dont l'une est ouverte. L'épaisse couche de boue, ancienne, d'un gris qui ressemble à la peau d'un rhinocéros, fait l'éloge d'un chasseur qui a rapporté de nombreuses proies. Je parie que le pick-up porte un nom.

Il fait trop sombre dans le garage, et trop clair dehors, pour que je puisse distinguer quoi que ce soit à l'intérieur. Mais sur le plateau du pick-up, appuyé contre la bâche à moitié relevée, il y a un fusil. Je baisse les yeux en serrant les poings. Je sens encore le poids du pistolet dans mes mains, la cellophane collée à ma peau, comme les résidus d'un plâtre après qu'on l'a découpé. Ici, le fusil paraît tellement anodin, posé à la manière d'une canne à pêche.

Je dois accomplir cette mission, et pas seulement pour moi.

« Brigadier van der Westhuizen ? »

Le chien se dresse sur ses pattes, ses griffes claquent sur la brique. Il tourne son museau sombre vers moi et aboie en approchant à petites foulées. Je ne bouge pas, mon sac à main plaqué devant mon corps, comme pour couvrir l'odeur de ma peur.

« Riebeeck, la ferme. »

Le chien s'arrête et regarde, derrière lui, la silhouette qui apparaît dans l'ombre à la porte du garage. Une tache blanche flamboie sur son poitrail et se divise en deux sur chacune de ses épaules. Il baisse sa tête plate, la peau de son front se plisse.

« *Kom* ! » Le *k* est prononcé si fort que tout le mot semble avalé.

Le chien part en bondissant vers le garage. Il est encore jeune, avec de grosses pattes aux extrémités blanches, et massif, comme l'esquisse intermédiaire dans une leçon « Dessiner un chien étape par étape ».

J'enjambe les rails du portail électrique. L'homme s'est renfoncé dans le garage, peut-être sur ses gardes. Je remonte l'allée en direction de la maison, une bâtisse de taille imposante, les mains ouvertes pour bien montrer qu'elles sont vides.

Je lance à nouveau, plus fort : « Brigadier Christian van der Westhuizen ? »

Le chien surgit du garage en jappant et file sous le pick-up. Je m'arrête, une main levée pour abriter mon visage de la luminosité. Le chien gémit. Je ne bouge pas, guettant un mouvement dans l'ombre.

Puis, derrière moi, j'entends le ronronnement d'un moteur. Je me retourne. Le portail est en train de se refermer.

« Bonjour. »

La première chose que je vois, c'est un fusil, des doigts épais qui soutiennent le canon. Et un viseur. Grâce à des centaines de films d'espionnage, je me figure comment j'apparaîtrais dans la lunette. La sueur me coule dans le dos.

Seul le côté gauche de sa bouche se relève quand il sourit. Il me détaille de haut en bas, lentement, et je le laisse faire, attendant qu'il choisisse une entrée en matière. Je sais m'y prendre avec ce genre d'homme – deux tiers petite fille effrayée, un tiers chipie –, du moins je croyais savoir. Ma récente expérience avec mon père me fait douter de mes talents. Je m'imaginais être la seule à jouer la comédie du rapprochement père-fille à Nature's Valley, mais Nico cachait encore mieux son jeu, et il ne comptait pas du tout aller à la police.

Le brigadier est habillé pour la chasse, en chemise vert olive, tachée d'huile, bermuda beige pour la touche safari. Une casquette motif camouflage lui cache les yeux ; une barbe argentée et une moustache noire complètent son visage. C'est un homme parfaitement à l'aise dans son pays – avec son fusil –, un sentiment que je n'aurai jamais. Pendant un moment, je le déteste pour cette raison.

« Qu'est-ce que vous voulez ? demande-t-il en afrikaans.

– *Om te praat.* » J'arrive à rouler le *r*. « Parler », j'ajoute en laissant mes cheveux me tomber sur les yeux.

Il pose le fusil en travers de ses épaules, derrière la nuque, une main de chaque côté, de sorte qu'il bombe le torse comme un oiseau lors d'une parade nuptiale et que sa bedaine déborde encore plus de son short. Je sais que seule ma peau – et peut-être aussi ma robe – m'évite d'avoir l'arme pointée sur moi.

« C'est vous le brigadier ? »

Il hoche la tête.

« Vous avez une minute ? » Je me concentre sur sa barbe, essayant de ne pas voir le fusil et le ventre poilu à l'endroit où sa chemise a perdu un bouton. Je ne peux m'empêcher de penser à Mr Twit[1], qui se régale avec les restes de cornflakes et de haricots à la tomate pris dans sa barbe. Mr Twit était cruel avec les animaux aussi. Il croyait que les oiseaux qui se posaient dans son jardin lui appartenaient.

« Venez avec moi. » Il repart vers le garage, sans regarder si je le suis.

Je range mes lunettes de soleil dans mon sac en résistant à l'envie de m'essuyer les paumes sur mes jambes. Dans ce jardin pavé aux plates-bandes d'aloès cernées de briques, je détonne, avec ma robe et mes bottes choisies pour cacher les bleus : version moderne de la tunique rouge. Je me tiens très droite, en respirant aussi profondément que possible, et je m'approche du garage.

Je me suis levée tard ce matin, raide et endolorie. Quand Paul venait au Cap, m'avait-il expliqué dans la voiture, il habitait une maison réservée aux membres

---

1. Personnage du roman pour enfants *The Twits* (*Les Deux Gredins*), de Roald Dahl, illustré par Quentin Blake.

de l'administration, au pied de Lion's Head, et je pouvais disposer d'une chambre au premier étage aussi longtemps qu'il resterait. Nous étions arrivés l'avant-veille, au crépuscule, juste au moment où les projecteurs s'allumaient au bas de la montagne de la Table. Paul m'avait aidée à monter l'escalier, mais il s'était arrêté sur le seuil de ma chambre en me souhaitant bonne nuit. À cause de mon épaule, j'étais incapable de me déshabiller seule et j'avais dormi tout habillée.

Par la fenêtre, au-delà des arbres, j'apercevais le faubourg de Camps Bay et la plage de Clifton. Deux grues se dressaient sur le flanc de la colline. La construction du stade pour la Coupe du monde avait commencé. Une brosse à dents et un savon, encore enveloppés, reposaient sur la table où Paul les avait placés hier matin. Une jeune infirmière m'avait aidée à me changer et à me laver les cheveux au-dessus du lavabo. Comme je n'avais pas faim, elle m'avait renvoyée au lit avec des analgésiques et un somnifère, en promettant de revenir aujourd'hui. Je lui avais demandé ce qu'elle me donnait ; ce n'était pas du témazépam, heureusement. J'étais surtout soulagée de voir les cachets avant de les avaler.

Paul était parti quand je me suis réveillée ce matin, et j'étais seule dans la maison. Le lit de sa chambre n'avait pas été défait. Il avait laissé l'adresse du brigadier et un numéro de téléphone sur le plan de travail dans la cuisine. L'infirmière viendrait à une heure, disait le message. J'ai passé un doigt sur mon nom, écrit de sa main.

Le réfrigérateur était vide. Les placards ne contenaient que du café, du thé et du lait en poudre. Je me suis préparé une tasse de rooibos avant de remonter, lentement, dans ma chambre. D'une main, j'ai fouillé dans ma valise. La plupart de mes vêtements étaient pleins de poussière et sentaient la fumée, mais j'ai quand même déniché une robe propre. J'ai songé un instant à me servir du lave-linge dans la cuisine, mais je me suis ravisée, estimant que le geste paraîtrait peut-être un peu sans-gêne. Puis j'ai renversé mon sac à main sur le lit et j'ai trié les mégots de cigarette et les papiers de chewing-gum. Mon dictaphone marchait encore, mais j'ai décidé de ne pas l'emporter chez le brigadier. En revanche, mon téléphone ne s'allumait pas. J'ai sorti la batterie, pensant qu'elle avait peut-être pris l'eau, et je l'ai posée sur le rebord de la fenêtre. C'est alors que j'ai découvert un autre problème : la carte SIM n'y était plus.

Mon père l'avait-il subtilisée aussi, comme le pistolet ? Assise sur le lit, j'ai contemplé mon téléphone inutile.

Le garage sent la coriandre. J'attends que mes yeux s'habituent.

« Qu'est-ce qu'une khaki comme vous vient faire derrière le rideau des *boerwors* ?

– Pardon ? » Son passage à l'anglais me surprend. Il exagère tellement l'accent afrikaner qu'il semble s'en moquer.

Deux lampes vert et or, que l'on verrait mieux dans un bureau, sont allumées de chaque côté d'un établi qui occupe tout le fond du garage. Le brigadier, dos tourné, se penche et bascule un interrupteur pour éteindre un ventilateur pointé vers le haut, près d'un petit frigo.

« Une British comme vous ? À Brackenfell ? » Quand il se redresse, il tient à la main un couperet pour hacher la viande. « Vous allez nous annexer ? » Il rit en se tapotant la cuisse avec la lame du couperet.

« Pas du tout. » J'essaie de sourire. « Je suis venue vous parler de l'un de vos soldats. »

Il s'approche de l'établi et manipule un objet métallique. Je ne vois plus le fusil nulle part. « *Ja* ? » dit-il pour m'encourager.

Je me rappelle comment Danie a réagi quand j'ai mentionné le nom de Nico. « Jaco Eloff. » Ma voix monte, comme si je posais une question.

« Qu'est-ce qu'il a à voir avec vous ?

– C'est mon père. »

Il éclate de rire, pousse son couperet sur le côté et se retourne, appuyé en arrière contre l'établi. « Putain, y en a qu'ont pas de bol. »

Je soupire et baisse les yeux pour cacher mon soulagement, espérant qu'il me croira offensée.

« *Ag*, pardon. Faut m'excuser. Je passe tout mon temps avec des bonshommes. J'ai pas l'habitude de parler à des gamines comme vous. »

Je me demande si je devrais répondre en afrikaans, et dans ce cas, utiliser ou non la forme de politesse – *U* au lieu de *jy*.

L'établi tremble quand il s'en écarte. « Qu'est-ce que vous diriez si on mettait un peu de lumière ? »

Je hoche la tête, les yeux toujours au sol. « Oui, je veux bien. » Je joue à fond les trois quarts petite fille effrayée.

Le brigadier cherche à tâtons l'interrupteur sur le mur de gauche. Je cligne des yeux quand le néon au plafond s'allume et se met à ronronner. « C'est mieux comme ça », dit-il. Il s'accroupit et plonge le bras sous l'établi. « Je vais vous trouver quelque chose pour vous asseoir. »

La deuxième place du garage est occupée par une Mercedes rouge à deux portes. Côté conducteur, le siège en cuir crème est trop rapproché du volant pour que ce soit la voiture du brigadier. Le fusil trône sur le capot, avec la bandoulière qui pend jusqu'au pneu. Il a sans doute une femme, mais il ne l'aime pas assez pour faire attention à ne pas rayer la peinture de sa voiture.

Il attrape une caisse en bois sous l'établi, la tire jusqu'à moi et appuie sur les deux coins pour vérifier qu'elle ne basculera pas. « Asseyez-vous. » Il a l'habitude qu'on obéisse à ses ordres.

« Merci. » Je pose mon sac sur la caisse et m'assieds, face à la porte.

Il m'agrippe par les épaules. « Pas comme ça. »

La douleur est instantanée. J'enfonce mes ongles dans mes paumes pour ne pas baisser l'épaule gauche et me dérober à ses doigts.

« Dans l'autre sens. » Sous la pression qui m'oblige à pivoter vers l'établi, je m'exécute aussitôt, le bras gauche serré contre ma poitrine. Il retire ses mains et part vers le frigo. Je cligne des yeux pour chasser mes larmes en calmant ma respiration. Au moins, il ne m'a pas présenté son ventre.

« Vous voulez boire quelque chose ? »

Il prépare deux verres sur un plateau.

Je crois que je vais vomir s'il me sert autre chose que de l'eau, mais il n'y a que des alcools sur le plateau. C'est un test, tout comme ses mains sur mes épaules. Je devine ce qu'il me propose. « Du whisky ? Cool. »

Il hoche la tête, dévisse le bouchon d'une bouteille ornée d'une étiquette noire. « Bravo, c'est bien. »

Lentement, j'étire mon bras gauche et pose la main à plat sur mon genou. Dommage que l'infirmière ne m'ait pas donné une poignée de ses cachets.

« *Tjorts.* » Il me tend un verre puis choque le sien, aux deux tiers plein.

Je porte le whisky à ma bouche, y trempe à peine mes lèvres, et souris en levant le verre. « Santé. »

Il se tourne à nouveau vers son établi et saisit le couperet. « Alors, qu'est-ce que je peux faire pour vous ? »

Je m'essuie la bouche sur le dos de la main.

« Désolé, j'ai pas le temps de vous offrir un thé et des biscuits, continue-t-il. Je pars demain chasser dans le Karoo.

– Merci beaucoup. Je ne voudrais pas vous retarder… » J'espère qu'il reviendra bientôt à l'anglais : je connais assez d'afrikaans pour parler d'animaux et de cuisine, mais pas pour affronter une séance de torture, si c'est ce qu'il a en tête avec son stupide instrument. « Qu'est-ce que vous chassez ?

– Le lion. »

Je déteste son dos, sa casquette. « Ça alors.

– *Ja, nee.* » Il se déplace le long de l'établi, jusqu'à un objet qui ressemble à un vieux taille-crayon industriel. « Plus tard peut-être, je vous montrerai les têtes que j'ai fait empailler. Les *kaffirs* là-bas sont d'excellents taxidermistes. » Il a dit cette dernière phrase en anglais, à mon intention, et jette un coup d'œil par-dessus son épaule pour s'assurer que j'ai compris.

Je souris et fais semblant de boire encore un peu. « Il est bon, votre whisky. Merci.

– Vous aviez l'air d'en avoir besoin, dit-il en soufflant sur le taille-crayon. Il vous faut toujours ça, à vous, les Anglaises, sinon vous baisseriez jamais votre petite culotte. »

Pendant qu'il rit de sa plaisanterie, je trempe le bas de ma robe dans mon verre et laisse le tissu absorber deux centimètres de liquide.

« Bon alors, qu'est-ce que vous voulez savoir ? » Il se retourne, une longue perche en bois à la main – comme celles qui servent à ouvrir un vasistas en hauteur. Sur son autre main, il a enfilé un gant en plastique bleu. Je le regarde lever son crochet vers le plafond. Au-dessus de l'établi, d'épaisses bandes de viande sombre sont suspendues à une corde à linge tendue en travers du garage. Il fait sécher du biltong.

« Je suis à la recherche de mon père. »

Il ramène un morceau de viande séchée au bout de la perche. De sa main gantée, il la pose sur un carré de mousseline au milieu de l'établi.

J'improvise. « Ma mère ne savait pas grand-chose de lui. Elle vivait en Angleterre. Ils se sont rencontrés quand elle est venue en vacances en 1984. »

Il brandit à nouveau sa perche pour décrocher un autre morceau.

« Elle est morte il n'y a pas longtemps, et j'aimerais connaître mon père. J'espérais que vous pourriez m'aider à le retrouver. »

Il ajoute encore une lamelle de viande à son tas. « Et comment vous êtes remontée jusqu'à moi ? »

Merde. Je feins d'avaler une longue gorgée de whisky, en couvrant le verre de mes doigts pour qu'il ne voie pas combien j'en ai bu, et je tousse. « Pardon… »

Il boit en me regardant fixement.

« À part son nom, dis-je, les yeux levés vers lui, tout ce que ma mère savait de mon père, c'est qu'il n'arrêtait pas de raconter comment vous l'aviez bien traité à la frontière. »

Il baisse son verre, les yeux dans l'ombre de la casquette. Il me rappelle les pires aspects de mon père. Je me rends compte qu'il attend que je poursuive et me dépêche donc d'enchaîner.

« J'ai conscience que c'était un pauvre type, mais vous étiez sympa avec lui et, pour moi, c'est précieux. Je ne veux pas vous causer d'ennuis, je le jure. »

Il vide son verre et le pose brutalement sur l'établi, si fort qu'il aurait pu le casser.

Je continue humblement en serrant les genoux, pieds écartés, de sorte que mes jambes forment un A. « Je suis désolée de vous embêter. J'essaierai de trouver quelqu'un d'autre pour m'aider si….

– Il n'y a personne d'autre », m'interrompt-il en anglais.

Il appuie la perche contre l'établi, repousse sa casquette et s'essuie le front sur son bras.

« Qu'est-ce que vous voulez dire ?

– Tous ceux qu'il connaissait sont morts. » Il se penche sur le tas de biltong. « Ceux qui vivent encore n'ont pas eu de contact avec lui depuis longtemps. Eloff a plutôt mal tourné, après l'armée. »

Je me sens plus à l'aise maintenant. « La drogue ?

– *Ja.* Du Mandrax. »

Subrepticement, je trempe à nouveau ma robe dans le whisky.

« Eloff n'était pas assez bon pour continuer dans les Forces spéciales. Les autres de son unité ont été pris – Barnard, du Plessis, Van Vuuren… et il a accusé le coup. »

Van Vuuren. Est-ce Gideon ? Je ne peux guère l'interroger.

Il se retourne vers moi, tenant un morceau de viande dont il extrait un crochet.

« Pendant un moment, on a tous essayé de l'aider.

– De quelle manière ? » Je referme discrètement la main sur le bas de ma robe mouillée afin qu'elle ne goutte pas.

Le brigadier soupire. « On lui refilait du Mandrax pour qu'il le vende. Avec un bénéfice net de dix rands par pilule. » Il lance le crochet dans un récipient sur l'établi. « Mais vous voyez où ça l'a conduit. » Je hoche la tête. Il prend un autre morceau de viande et retire le crochet. « Il a manqué de faire foirer plusieurs opérations du CCB en demandant de l'argent à ses amis pour s'acheter sa came.

– Pardon… Le CCB ? »

Il attrape la bouteille de whisky qui est restée ouverte sur l'établi et remplit à nouveau son verre. « Le Bureau de coopération civile. Une unité de choc. » Il pose un doigt sur ses lèvres. « Mais ne le dites à personne, hein.

– Bien sûr que non. » Je décline quand il propose de me resservir.

« Les crétins qui ont pendu un fœtus de babouin devant la maison de Tutu pour lui jeter un sort. » Il rit. « Ils faisaient du bon boulot contre les *terrs*, mais ça, c'était franchement con. »

Je ne dis rien, ne sachant quelle question poser.

« Par la suite, les gars ont veillé à ce qu'Eloff ne revienne plus. » Il tire le carré de mousseline vers ce que je prenais pour un taille-crayon, et je comprends que c'est une trancheuse à biltong.

Je pose mon verre par terre à côté de la caisse. « Il s'agissait d'opérations secrètes ? Quand vous dites qu'il a failli tout faire capoter…

– *Ja.* » Il enfile un gant en plastique sur son autre main. « Surtout dans la Région 6… Ça, c'était ici. L'Afrique du Sud. »

Gideon.

Il passe à côté de moi, se dirige vers une porte dans le mur du garage et abaisse la poignée avec son coude. « Sarie ! lance-t-il. J'ai besoin des bocaux. »

Le chien accourt, oreilles dressées et queue frétillante.

« Eh oui, c'était le bon vieux temps, dit-il en revenant à l'établi. Mais je suis pas votre prof d'histoire, vous n'avez qu'à lire des bouquins si vous voulez en savoir plus. »

Je tends mon verre au chien, un œil sur le brigadier, mais il reste le dos tourné. « Est-ce que vous avez revu mon père, après ? »

Il secoue la tête. « Seulement à la réunion des anciens, en 97. » Il coupe un morceau de viande à la trancheuse. « Et à ce moment-là, plus personne ne voulait se rapprocher de lui. »

Je caresse les oreilles du chien qui flaire le bas de ma robe. « Pourquoi ? »

Le brigadier ne répond pas tout de suite. Il évalue les dommages que je pourrais causer, le pouvoir dont je dispose. Puis il décide que je ne suis qu'une gamine et ne représente aucune menace pour lui. « Il voulait parler à la Commission Vérité et Réconciliation. »

La porte derrière moi s'ouvre ; le chien sursaute mais reste là. Je me retourne et sourit à Sarie, une femme d'une cinquantaine d'années aux lèvres rouge corail qui sent le parfum pour pot-pourri. Elle me fait un signe de tête et va déposer son lourd plateau chargé de bocaux stérilisés sur l'établi.

« Ragoût de haricots pour le dîner », dit le brigadier. Encore un ordre. Sarie ramasse mon verre vide et referme sans bruit la porte derrière elle. Le brigadier prend un bocal sur le plateau. « Vous allez repartir avec le meilleur biltong que vous avez jamais mangé. »

Est-ce qu'il signifie par là que l'entretien est terminé ? J'essaie encore. « Il a parlé à la Commission ? »

Il approche le bocal du bord de l'établi et y fait glisser des tranches de viande. « Non. » Le chien en regarde une qui tombe par terre. Mais il est trop bien dressé pour tenter quoi que ce soit.

« Pourquoi pas ? » J'insiste, sachant pourtant que je ferais mieux de m'abstenir.

Le couvercle du bocal à la main, le brigadier se tourne vers moi. Le chien détale. Je ne montre aucune émotion et prends l'air aussi ingénu que possible.

« Je crois que vous connaissez la réponse », répond enfin le brigadier en vissant le couvercle.

Je hoche la tête. Oui, je m'en doute.

« C'était la meilleure solution pour tout le monde, y compris pour votre père. Il n'était plus bon à rien, et il le savait. C'est pourquoi je pense qu'il n'a pas lutté. »

Je décide de risquer le coup. « Vous savez qui l'a aidé à comprendre ça ? » Je le hais, parce qu'il m'oblige à parler comme lui, par euphémismes.

« Les gars de son unité. Ils ont eu raison. »

Le portail commence à s'ouvrir. Je dois absolument poser ma question. « Une dernière chose, monsieur, si vous voulez bien ? » Je continue sans lui laisser le temps de refuser. « Ma mère a dit qu'elle avait rencontré quelqu'un de son unité qui avait été très gentil avec elle… Dans son souvenir, il s'appelait Van Vuuren. Il était roux… C'est un peu maigre, mais vous ne sauriez pas où je pourrais le trouver, par hasard ? »

Il me tend le bocal. Le couvercle est vert ; sans doute contenait-il les cornichons qu'il mange au déjeuner, en les coupant d'une manière bien précise. « Même si je le savais, ça m'étonnerait qu'il ait envie d'être retrouvé par quelqu'un comme vous. »

Est-ce un avertissement ? Je me lève et prends le bocal. « Merci.

– Je ne l'ai pas vissé trop fort. Au cas où il n'y ait pas d'homme avec vous quand vous en voudrez. » Il me fait un clin d'œil.

Je me force à sourire. « Merci de m'avoir reçue. » Je pars vers le soleil, dehors. J'y suis presque…

« Attendez. »

Je me fige. Dans son intonation, on croirait entendre *au pied*.

« Vous n'allez pas partir comme ça », dit-il en me rattrapant. Il sent l'huile et la viande. « Votre sac.

– Oh. » Je m'aperçois que je l'ai oublié à côté de la caisse.

« Permettez. » Il remonte la bandoulière sur mon bras gauche, veillant à ne pas me toucher, comme si j'étais un fil électrifié risquant de lui envoyer une décharge. Est-il au courant de l'accident ? A-t-il deviné que j'étais blessée quand il m'a fait asseoir dans l'autre sens tout à l'heure ?

« Merci. » Il cale doucement la bandoulière sur mon épaule. Le sac est léger ; je peux supporter son poids, le temps de disparaître.

« Y a pas de quoi. »

Je sors dans la lumière de fin d'après-midi, les yeux fixés droit devant moi, et je regagne la rue.

Le chauffeur descend de la voiture pour m'ouvrir la portière. L'espace d'une seconde, mon esprit confus s'étonne que ce ne soit pas mon père.

Le moteur démarre. Au dernier moment, quand je suis certaine que le brigadier ne me regarde plus, j'ouvre le bocal et je jette le biltong sur l'allée, entre les vantaux du portail. Le chien accourt.

13

Please Do Not Feed the Animals

Les olives sont servies dans une sauce aux myrtilles.

« Fais-moi confiance, dit Lindiwe en me voyant hausser les sourcils. Elles sont super bonnes. C'est pour ça que j'en ai acheté tout un seau. »

Je ris. « Les olives vont bien avec la tequila ?

– À partir d'aujourd'hui, oui. » Elle prend des olives avec une écumoire et les verse dans un saladier marron. « Je viens de l'inventer. Tu pourras dire que tu étais présente ce jour-là, et ma célébrité rejaillira sur toi. » Les olives sont violettes, mais elles paraissent laiteuses dans l'huile. « Bon, il nous faut quelque chose où cracher les noyaux. » Accroupie derrière le bar, elle sort un verre de brandy qu'elle pose sur le plateau, puis se redresse, les doigts glissés dans trois verres droits, tenant une assiette de l'autre main.

« Pour la tequila, on n'a que ceux-là. »

Je ne devrais probablement pas boire, mais rien qu'en anticipant les effets de l'alcool, je me sens plus libre. De parler, de pleurer. J'ai toujours pensé que c'était la raison pour laquelle les gens buvaient autant en Angleterre. De toute évidence, je me suis bien intégrée.

« Où est Paul ? » je demande. Dehors, le vent forcit. Les arbres du jardin s'agitent comme des brosses à vaisselle devant le gros nuage.

Elle se penche en avant, les coudes sur le bar, et fourre une olive dans sa bouche avant de répondre : « À Dundee.

– Oh. »

Elle hoche la tête. « Mais il arrive. Il a appelé de l'aéroport pour savoir s'il devait apporter quelque chose. Je lui ai dit "de la bouffe plus consistante et une nouvelle personnalité". » Elle mâche et me montre le noyau qu'elle serre entre ses dents.

Je lui tends le verre de brandy et lâche la question inévitable. « Qu'est-ce qu'il t'a raconté exactement ? »

Elle crache le noyau. « Il pense que ton père était impliqué dans le meurtre du nôtre. Ou du moins, qu'il en sait plus qu'il ne le prétend.

– Oh. »

Elle rit. « *Eish*, Jo. "Oh", c'est ton mot préféré maintenant ?

– Qu'est-ce que je…

– Je te taquine, dit-elle en posant sa main sur la mienne. Moi non plus, je ne sais pas quoi dire. » Elle ouvre un tiroir.

Mon épaule m'élance depuis ma visite chez le brigadier, mais je n'arrive pas à voir si ses doigts ont laissé une marque.

Je suis rentrée de chez lui au coucher du soleil. De ce côté-ci de la montagne, il faisait encore clair. Plus loin dans la rue, un homme baraqué lisait, assis à côté de trois garages ouverts, gardant les belles voitures importées que l'on pouvait admirer à l'intérieur. Il était déjà là ce matin quand j'étais partie pour Brackenfell.

Lindiwe attendait dans la cuisine, enrubannée comme un paquet cadeau avec une longue écharpe jaune et orange. Ses chaussettes étaient noires sous les pieds à cause de la poussière du carrelage.

« Tu sais s'il a découvert quelque chose au lodge ? je demande encore.

– Il ne l'a pas dit. De toute façon, il ne me raconterait peut-être pas. On n'en parle jamais vraiment. » Elle rince un couteau.

« Pourquoi ?

– Parce qu'on s'engueulerait. » Elle essuie une goutte d'eau sur son front avec sa manche. « Il ne pense qu'à ça, alors que pour moi, ce n'est pas très important. »

Je suce un noyau d'olive.

« Enfin, si, c'est important. » Elle s'assied sur un tabouret et prend un citron. « Mais moins que ce qui se passe *aujourd'hui*. En gros, je me fiche de savoir que Batman a une histoire torturée. Cesse de pleurer, j'ai envie de dire, et bats-toi contre des méchants, maintenant. Je crois qu'à un moment, il faut arrêter de toujours accuser le passé, et agir. » Elle coupe le citron en deux.

Ma mère et moi, on cueillait des citrons frais dans le petit jardin de notre résidence et on en mangeait une moitié chacune, avec un peu de sel, comme un pamplemousse. « C'est peut-être ce qu'il essaie de faire.

– Peut-être. » Elle hausse les épaules et tranche un deuxième citron. « Bref, tout ce que je dis, c'est qu'il faut se concentrer sur ce qu'on peut faire *maintenant.* Tu vois ? Regarder vers l'avant.

– C'est ton mantra, ou quoi ?

– Absolument. Je devrais me le faire imprimer en autocollant sur ma voiture. » Le tabouret penche quand elle tend la main pour attraper la salière.

« J'en achèterais un, dis-je. Même si je n'ai pas de voiture. »

Lindiwe sourit et lève son verre. « Allez, on va boire à… » Elle marque une pause. Elle et moi n'avons rien en commun à quoi porter un toast. « À tous les nouveaux amis. »

La tequila me rappelle les jeux d'alcool à la fac, les mélanges bon marché, les soirées fromage où on passait *Killing in the Name* en boucle, les clubs avec une barre de danse au milieu de la piste. Je risque d'être malade, mais je lève mon verre, je lèche le sel sur le dos de ma main et j'avale cul-sec. C'est une tequila assez bonne pour être bue pure.

« Quelle sale journée », elle soupire.

Je ne quitte pas des yeux le morceau de citron qu'elle vient de presser. « Tu m'étonnes.

– Je suis allée au foyer d'accueil, près du circuit automobile de Killarney, pour enregistrer les réfugiés du township de Du Noon, et il y avait des riches, des Blancs, qui stressaient à l'idée que les gens volent leurs voitures. C'était complètement irréel… Les femmes se tressaient les cheveux les unes les autres, les hommes jouaient au foot ou aux dames. » Elle repousse son serre-tête en plastique rouge sur sa tête. « Et puis, en parlant avec une des femmes, je me suis rendu compte qu'on ne leur avait rien donné à manger ni à boire depuis quatre jours. Elles, elles disent qu'elles adorent la paix, qu'elles ont montré à l'Afrique du Sud combien elles nous aimaient. Mais nous, on ne les aime pas. On traite nos chiens mieux qu'elles. »

Ou nos voitures, je pense.

Une tuile du toit tombe sur la véranda, tel un obus couleur terre cuite. Je sursaute et prends une grande inspiration pour calmer mon pouls. J'ai entendu dire que lorsqu'on vit en Afrique du Sud, on sursaute au moindre bruit, on dort avec une arme près de son lit, on compose un code tous les soirs pour enclencher l'alarme, mais Lindiwe n'a montré aucune réaction.

« Et maintenant, poursuit-elle, elles doivent choisir entre retourner dans les pays qu'elles ont fuis, ou dans les townships où elles seront battues ou tuées à coups de pierres. Où est le choix là-dedans ? »

Je secoue la tête. La pluie lèche les fenêtres.

« Leur vie n'est qu'une longue liste d'emmerdes. » Elle attrape la bouteille de tequila et essuie la condensation qui s'est formée en dessous avec un torchon. « Tu savais qu'il est possible d'être trop noir ?

– Comment ça ?

– Si tu es trop foncé, les flics t'interpellent parce que tu es peut-être illégal. Même si tu es un immigrant légal – ce qui reste une notion floue –, si tu ne leur graisses pas la patte, ils déchirent tes papiers et t'envoient à Lindela. » Elle roule le torchon en boule et le lance dans l'évier.

« C'est quoi, Lindela ?

– Ben dis donc, y a que le prince William et des photos de blaireaux dans les journaux anglais ?

– Tu oublies les nichons et les musulmans intégristes. »

Elle secoue la tête, accablée. « Lindela est un camp de concentration pour les réfugiés déportés. » Elle lève la main. « Pardon, pour les réfugiés *noirs* déportés. Il n'y a pas de *kwerekwere* blancs en Afrique du Sud. » Elle sourit. « Même pas toi. »

Je pousse un soupir exagéré en descendant de mon tabouret et vais rincer mon verre à l'évier. « Bizarre que les tabloïds ne se soient pas emparés du sujet, comme d'un exemple à imiter en Angleterre. » Je remplis le verre et je bois. L'eau est différente ici, plus douce.

Lindiwe pivote pour me regarder. Ses chaussures, à côté du bar, ont des semelles usées. « Les gens que j'ai vus aujourd'hui vivaient dans des cabanes où les Blancs et les Noirs de ce quartier ne voudraient même pas que leurs gosses rangent leurs vélos. Alors je propose qu'on laisse traîner nos verres mouillés sur toutes les surfaces en bois de cette maison pour protester. Ça, c'est un geste de résistance ! »

Je souris, appuyée contre l'évier. « On pourrait aussi rayer les voitures du voisin avec une clé…

– *Ja*, absolument. Ce qui me tue, c'est qu'aucun membre du gouvernement ne va leur parler. Non, ils vont juste déclarer une "journée de la guérison" ou je ne sais quoi, comme si un jour férié était un plâtre assez gros pour cette fracture-là. »

Je me rassieds avec mon verre d'eau. « Toi et Paul, vous n'êtes pas du même côté… Comment ça fonctionne ? »

Elle se verse deux doigts de tequila. « Pas très bien, la plupart du temps. Mais c'est pire pour lui que pour moi. Ça ne plaît pas au parti. » Elle fait tourner sa tequila dans son verre. Le sel pétille, comme un feu d'artifice. Puis elle relève les yeux. « La question qui me turlupine, moi, c'est : qu'est-ce qui se passe entre vous ? »

Je ris. « Jolie transition.

– N'est-ce pas ? dit-elle en poussant mon verre vers moi. Finis ton eau, pour que je puisse te faire boire. »

Je m'exécute et repose le verre, essoufflée. « Pour nous deux, laisse tomber.

– *Eish*, Jo. » Elle nous ressert. « Je vais continuer à y croire.

– Ça ne marchera pas. » Moi aussi, je fais tourner ma tequila. « Il n'y a aucun avenir possible. Je ne peux pas venir m'installer avec lui et vivre cet amour. » À voix haute, c'est encore plus risible. Démodé et naïf. Le romantisme n'a pas sa place ici.

« *Haw wena*. Pense positif. » Elle lève son verre. « Regarde vers l'avant. »

Je lèche le dos de ma main et attrape le sel, elle mord dans une tranche de citron.

« C'est parce qu'il embrasse mal ? » demande-t-elle, des larmes dans les yeux.

Je ramasse les noyaux pour les mettre dans l'assiette. « Pourquoi tu crois ça ?

– Oh, arrête… Je l'ai vu manger de la soupe. »

Le rire nous secoue les épaules.

« Putain, c'est calme dans cette maison, dit Lindiwe.

– T'as raison, je n'ai trouvé aucune télé ni radio nulle part.

– Peut-être qu'ils ne veulent pas savoir tout ce qui merde à cause d'eux. » Elle se penche pour prendre son sac à dos sur ses genoux. « À ce propos, tu veux bien m'aider à faire quelque chose ?

– Oui… » J'écarte les assiettes et les verres. « C'est quoi ?

– Un mailing au conseil municipal de Durban. » Elle ouvre une grosse pochette en plastique sur le bar et en sort des enveloppes et un tas de feuilles. « Une campagne pour l'électricité dans les bidonvilles.

– D'accord. » J'essuie le comptoir devant moi avec mes manches.

« J'écrirai les adresses plus tard. » Elle me glisse une liasse de feuilles. Sur chacune, en haut à droite, je reconnais le logo rouge et noir du bandeau que Paul et elle portaient au bras à Alex. « Merci. »

Je plie une première feuille dans le sens de la longueur et je marque la pliure avec l'ongle. Le tonnerre fait trembler les vitres. « Qu'est-ce qui t'a poussée à t'engager dans l'AbM ?

– Avoir grandi dans un bidonville, ça suffit », répond-elle avec un sourire.

Je secoue la tête. « Pardon. Question stupide. »

Elle pose la main sur mon bras. « Non, pas du tout. Parce que, nous, on a eu de la chance. Quand notre mère est morte, on est partis vivre à Jo'burg avec notre tante. Elle travaillait comme domestique pour une gentille famille anglaise de Brentwood. » Elle prépare une enveloppe et attrape une feuille sur sa pile. « Quitter le homeland, ça veut dire qu'on a pu aller à l'école. La famille a pris en charge une partie des frais… Bref. C'est parce qu'on a eu de la chance que je me suis engagée.

– Et que Paul est devenu un militant de l'ANC ?

– Il milite pour que ce qui est arrivé à notre père n'arrive plus, réplique-t-elle d'une voix grave, les yeux baissés. C'était pire pour lui parce qu'il se souvenait d'eux...

– Toi non ?

– Non. J'avais deux ans quand il a disparu, et cinq quand elle a été emportée par la tuberculose. » Elle lisse le pli de la feuille avec son doigt. « En un sens, ça m'a aidée. »

Je pose l'enveloppe sur le tabouret à côté du mien et soulève mon sac à main. « Je voudrais te donner quelque chose...

– OK. » Elle relève les yeux et ne bouge plus.

Je trouve le krugerrand dans la poche intérieure et le pose devant elle. « Tiens... Si tu n'en veux pas, dis-le tout simplement. »

Lindiwe prend la pièce et passe l'ongle du pouce sur les cannelures de la tranche. « C'est une vraie ?

– Oui. » On ne dirait pas, pourtant. Elle ressemble à une pièce en chocolat ou à une reproduction. Au début, quand je suis arrivée en Angleterre, j'amassais les pièces d'une livre que ma grand-mère me donnait ; comme un pirate et son trésor. Celle-ci aurait été le joyau de ma collection. « Mon père me l'a donnée. »

Lindiwe me regarde en fronçant les sourcils. Le krugerrand semble terne dans sa paume.

« Mais j'aimerais qu'elle serve à quelque chose de bien. Comme ton travail. Ça t'irait ?

– Je ne sais pas... » Elle referme la main sur la pièce. « Laisse-moi réfléchir.

– OK. »

Elle fourre la pièce dans sa poche arrière. À nouveau, je regrette qu'il n'y ait pas de musique ou une télé ; le bruit de la pluie ne suffit pas à remplir le silence.

Lindiwe, plus rapide que moi, glisse une feuille dans une autre enveloppe. « Tu avais quel âge quand ta mère est morte ?

– Douze ans. » Je plie cinq feuilles d'affilée.

« Et quand tu es partie en Angleterre ?

– Trois semaines après. Ma grand-mère a rejoint son deuxième mari là-bas en 1991. Oncle Rob. Il était Écossais, mais il travaillait à Londres depuis tellement longtemps qu'il avait perdu son accent. Je comprenais quasiment tout ce qu'il disait quand je suis arrivée. Heureusement. Déjà que c'était bizarre, sinon ça l'aurait été encore plus. » J'avais davantage pleuré à son enterrement, il y a cinq ans, qu'à celui de ma grand-mère. « Et une semaine plus tard, je suis entrée à l'internat. »

Elle lâche un sifflement. « On se croirait dans un vieux bouquin. Il ne manque qu'une méchante gouvernante et un tableau magique. » Elle baisse les yeux. « Et ton père, il était où ?

– Ici. » Je hausse les épaules. « Mais il a refusé de me prendre avec lui. Ma mère n'aurait pas voulu ça, de toute façon.

– Ils ne s'entendaient pas ? »

Je pose encore quatre enveloppes sur le tabouret. « Non. Ils ne s'étaient pas vus depuis des années. Depuis leur séparation, en fait, quand j'avais deux ans.

– Tu te souviens d'eux ensemble ? »

Je fais non de la tête. « Mais il m'a tellement parlé de cette époque, c'est presque comme si je m'en souvenais. »

Des histoires que je connais par cœur : on habitait avec une vieille dame, une certaine Mrs Pienaar, qui nous logeait dans une dépendance réservée autrefois aux domestiques et aux jardiniers. Mon père me faisait boire d'énormes bols de café au lait froid pour qu'on reste debout jusqu'à quatre heures du matin, pendant que ma mère dormait. Il me lisait des livres, passait du Wagner et me permettait de dessiner sur les murs avec des pastels poisseux. Quand il se couchait plus tôt, épuisé par ce rythme, j'escaladais mon lit à barreaux et j'allais traîner chez Mrs Pienaar.

Mon père racontait que j'étais remarquablement douée pour ouvrir les bocaux d'olives avec mes petites mains potelées. Je mangeais tous les cornichons dans le frigo de Mrs Pienaar. Je grignotais les coins du fromage en laissant des marques de dents et de salive. Je détournais des paquets entiers de saucisses – minces et roses comme des Barbie – pour nourrir ses poissons rouges, lesquels faisaient la grimace sous l'épaisse couche de viande qui flottait à la surface. J'arrachais les étiquettes portant le prix des couvre-théières qu'elle tricotait et vendait très cher. Je semais derrière moi des fils de laine et des grains de poivre.

Tel était le portrait que dressait de moi mon père : voleuse d'olives, socialiste attachée à une meilleure redistribution des saucisses, anticapitaliste. Ma mère jurait que rien de tout cela ne s'était passé.

« Un petit verre ? » Lindiwe indique du menton la bouteille de tequila.

« Oui, s'il te plaît. »

La porte d'entrée s'ouvre et les fenêtres tremblent, la pièce fraîchit. « Jo ? » Un parapluie tombe sur le carrelage.

« Ici, grand frère ! »

Paul allume la lumière du couloir et vient dans la cuisine. Des perles de pluie scintillent sur sa veste. Lindiwe fait claquer sa langue en pointant ses doigts sur lui comme un pistolet. Est-ce lui qui tient ce geste de sa sœur, ou l'inverse ?

« Je n'ai pas éprouvé grand-chose, en fait », dit Paul dans mon dos. Debout à l'évier, je fais la vaisselle après le dîner. « Et ensuite, je me suis senti affreusement coupable de ne pas avoir réagi comme j'aurais dû. J'étais là, à l'endroit où il est mort. » Il s'éclaircit la voix. « Enfin, où il est soi-disant mort.

– Comment étais-tu censé réagir ? » demande Lindiwe. Dans la vitre assombrie au-dessus de l'évier, je vois qu'elle lui caresse le bras.

« Je ne sais pas… J'aurais pu pleurer ou quelque chose. »

Je rince une assiette et la cale dans l'égouttoir.

« Je croyais que ça irait mieux si j'essayais de savoir ce qui s'était passé. » Une pause. « J'espérais que la réalité me libérerait de mon obsession. Que je n'y penserais plus qu'une fois par jour, au lieu de vingt. »

Lindiwe le prend par les épaules. « Tu devrais peut-être te centrer sur lui, plutôt que sur les faits. Apprendre à jouer de la guitare, par exemple.

– Tu donnes dans le coaching motivationnel, maintenant ? » Il y a un sourire dans sa voix.

« Ben, oui. Jo a fait la même remarque. »

Je baisse la tête. Je n'arrive pas à voir si la trace brune que je frotte est un reste d'aliments ou le motif de l'assiette.

Le téléphone de Paul sonne dans l'entrée. Un tabouret racle le carrelage, je l'entends qui se précipite pour répondre. Il est lui aussi en chaussettes maintenant. Je tire sur le bouchon de la bonde et l'évier commence à se vider.

Lindiwe pose les verres vides à côté de moi et s'appuie à la paillasse. « Drôle de situation, non ? Je ne sais pas ce que t'en penses… »

Je souris. Son humour me réconforte.

Elle sourit. « Quand on était plus jeunes, il construisait des pièges dehors au cas où quelqu'un viendrait nous enlever, comme papa. Et il cachait des armes partout dans la maison – des battes de cricket piquées de clous et des lances qu'il fabriquait. » Elle me regarde. « Tu en as vu chez lui ? »

Je secoue la tête en arrosant une éponge de liquide vaisselle.

« Mais t'étais peut-être trop nue pour faire attention. » Elle me pousse du coude et je recule, l'épaule raide. Elle se prend aussitôt les joues dans les mains. « Oh merde, pardon.

– C'est pas grave. » J'essaie de sourire.

Elle jette un coup d'œil du côté de l'entrée. « Je vais voir si tout va bien… »

Je me sèche les mains sur un torchon humide. Puis je remets les olives qui n'ont pas été mangées dans le seau, le referme et le range dans le réfrigérateur avec le lait, les tomates et le fromage que Paul a apportés. La bouteille de tequila est toujours sur le bar. J'essuie les traces de sel et de citron tout autour.

Dehors, le ciel est rose de pluie, un mur de nuages engloutit la montagne. Je m'assieds et j'ouvre l'enveloppe de photos que Paul a récupérées dans l'appareil laissé par mon père à l'arrière de la voiture. Il les a déjà regardées, a-t-il précisé en me les tendant pendant le dîner. Rien d'utile… La carte mémoire contenant les clichés réalisés à l'appartement de Wilna, au lodge, peut-être même chez Danie, a disparu. Qu'y avait-il d'autre, je me demande, qu'il devait emporter avec lui ?

J'étale les photos sur le bar. La plupart sont de moi, le plus souvent de dos. Sur le balcon à Nature's Valley, face à la mer. En haut de la colline à Dundee, prenant une photo avec son autre appareil. En train de fumer devant l'aéroport. Sur l'un des clichés, où je suis debout derrière une vitre, on voit le reflet de mon père dans le verre ; je me tiens les bras croisés, à l'intérieur de sa silhouette. Et puis, dans la voiture, mon visage tourné vers la fenêtre, contre un fond indistinct de jaunes et de gris.

Je lâche la mèche de cheveux que j'ai entortillée autour de mon doigt et je sors les autres photos de l'enveloppe : divers parkings dont je ne me souviens même pas, et la route derrière nous, vue par la lunette arrière de la voiture. Je les dispose sur mes semi-portraits, cherchant une voiture, ou quelqu'un, au loin, qui apparaîtrait plusieurs fois – véritable objet de la photo. Mais la question demeure : mon père se méfiait-il de Gideon, ou de la police ?

« Putain, c'est quoi cette lettre ? » demande Lindiwe dans la pièce voisine.

Paul répond en zoulou, à voix basse.

Il y a une photo d'un pick-up rouge, trois voitures derrière nous, sur la voie de droite, et une autre, prise au moment où il dépasse la station-service près de la Storms River. Ou celui-là est-il orange ? Peut-être que mon père ne mentait pas à propos du *bakkie* qui nous suivait. Peut-être a-t-il volontairement provoqué l'accident et m'a laissée là parce que c'était le seul moyen d'assurer ma sécurité.

« Tu crois vraiment que ses aveux résoudront tout ? continue Lindiwe. Que les choses peuvent être aussi simples ? Combien de temps tu vas continuer à t'infliger ça ? À toi et à nous tous ?

– *Hhayi* », soupire Paul. Non. J'entends qu'il rabat le couvercle de son attaché-case. « Mais je ne sais pas quoi faire d'autre.

– Je vais te dire ce que tu peux faire, moi ! » Elle enchaîne en zoulou.

« Lindi… » Paul essaie de parler en même temps.

Lindiwe revient dans la cuisine et dérape sur le carrelage. « Désolée, Jo, dit-elle en délogeant ses tennis de sous le bar avec un coup de pied. Il faut que j'y aille. Appelle-moi si tu veux. » Elle se penche pour enfiler les chaussures. « Ce crétin te donnera mon numéro.

– D'accord. Tiens… » Je lui tends mon paquet d'enveloppes.

Elle les fourre dans son sac à dos et le passe sur son épaule. « Appelle-moi si tu as besoin de quoi que ce soit. » Elle secoue la tête d'un air sombre. « Ou mieux, adresse-toi à quelqu'un qui n'a absolument rien à voir avec cette foutue famille. » Elle se détourne. Je tends l'oreille pour écouter ses semelles qui couinent. La porte d'entrée s'ouvre.

Je m'attends à ce qu'elle la claque, mais elle la referme sans bruit après être sortie.

Paul prend deux verres sur l'égouttoir et y verse un doigt de tequila pendant que je lis la lettre.

Elle est datée du 1er avril, mais ce n'est clairement pas une plaisanterie.

Mr Silongo,
Nico Roussouw, appartement 2, Malabor Court, Newlands,
Le Cap,
a tué ton père.
Bonne chance.

Le message, non signé, est tapé à la machine sur une banale feuille blanche. Une étiquette collée sur l'enveloppe porte le nom de Paul et l'adresse de son bureau. Le cachet de la poste indique Johannesburg.

« Pourquoi "bonne chance" ? Qu'est-ce que ça veut dire ? demande Paul en prenant place sur le tabouret de Lindiwe. C'est ironique, ou il voulait vraiment que j'attrape Nico ? »

Je remets la lettre dans l'enveloppe. « Tu l'as lue combien de fois ?

– Cinquante. » Il inspecte la tequila dans son verre avant de l'avaler. « Plus, même.

– Je suis désolée. » Je ne sais pas où poser mon regard.

« Ce n'est pas toi qui l'as envoyée », répond-il en poussant l'autre verre dans ma direction.

C'est la première fois qu'on se retrouve en tête à tête depuis notre retour de George. On n'a pas évoqué ma visite au brigadier, ni ce qui s'est passé à Alex, ni la nuit chez lui.

Il nous ressert une dose plus généreuse. « Qui a pu écrire ça ?

– Je ne sais pas. Gideon, peut-être. » Je ne lui ai pas parlé du témazépam ni du pistolet.

« Quoi, pour s'amuser ?

– C'est possible. » Pire encore, je n'ai pas réussi à lui raconter les derniers moments de son père sur la colline près du lodge. Je ne cesse de me répéter que ce n'est pas à moi de faire ça, mais qui d'autre pourrait s'en charger ?

Il choque son verre contre le mien. « Au bon vieux temps. » On boit tous les deux.

14

Particulars

Un gecko s'est noyé dans le caniveau devant l'appartement au rez-de-chaussée d'une maison. Je suis debout sous l'auvent, près des boîtes aux lettres, pendant que Paul s'entretient avec le policier à l'intérieur. Au bout de la rue, derrière un pylône électrique, Devil's Peak s'élance vers les nuages. Les palmiers se tordent dans le vent.

Le matin, le chauffeur a sonné à onze heures afin de m'emmener à Newlands, comme Paul l'avait promis la veille après son deuxième verre de tequila. Mais sans mon téléphone pour me servir d'alarme, je ne m'étais pas réveillée, et j'avais les cheveux encore mouillés de ma douche en montant dans la voiture. Paul, qui devait me rejoindre sur place, est arrivé en retard. J'ai eu envie d'acheter des cigarettes pour tromper l'attente.

Le policier enfonce sa casquette et s'avance sous la pluie. Il ne porte pas l'uniforme. J'évite son regard quand il passe à côté de moi, ne sachant pas si Paul lui a dit qui je suis, ou pourquoi il attend mon père. Je ferme les yeux et lève mon visage vers le ciel, comme si je l'offrais au soleil à travers l'auvent.

J'ai les mains moites dans les gants en latex que j'ai enfilés sur la recommandation de Paul.

J'en viens presque à espérer que les murs seront couverts de posters de femmes nues, armes au poing, avec des affiches du White Power partout et une panoplie d'antipsychotiques dans l'armoire de toilette : l'anormalité de mon père qui apparaîtrait enfin dans sa triviale évidence.

« Tu peux entrer maintenant, Jo, dit Paul. Ils reviendront quand tu auras fini. »

Je hoche la tête, les yeux toujours fermés, et je me retourne vers la porte.

Le paillasson est gorgé d'eau. Il y est écrit : *Merci de vous déshabiller.* Ça m'étonnerait qu'il ait été fourni avec l'appartement.

Paul s'efface et j'entre, directement dans le salon.
« Pourquoi ils vont revenir ?

– Pour tout dévaster. »

J'ai l'impression qu'un thème musical va commencer. Une chanson des Who, peut-être.

« Pour procéder à une fouille en règle, je veux dire. » Il boutonne la veste de son costume, sombre comme sa chemise, mais d'un noir différent. Elle est trop grande autour de sa taille et de ses bras.

Une tapisserie encadrée qui reproduit un texte est accrochée au-dessus de la télé. « Qu'est-ce que tu veux que je fasse ? » dis-je. Je ne sais pas par où commencer, et je ne veux toucher à rien.

Il croise les bras. « Cherche quelque chose qui pourrait être un indice. »

Je me tourne vers lui. « Comme quoi ? » La pluie pénètre à l'oblique dans la pièce et mouille ses chaussures.

« À toi de me le dire. Tu le connais. »

Je pose mon sac sur l'accoudoir du canapé, couvert d'un tissu aux couleurs vives dont les motifs imitent l'art rupestre. « Non, je ne le connais pas. » Ce n'est ni le moment ni l'endroit pour débattre de la question. « Mais je vais essayer. » Des silhouettes primaires pourchassent une antilope mâle sur l'accoudoir.

« Parfait. » Paul sort son téléphone de sa poche et regarde l'écran.

Le salon comporte peu de meubles, mais tout est bien rangé. La table basse et le buffet ne vont pas ensemble, l'une en pin ordinaire, l'autre en bois sombre, luisant comme une chevelure. Il n'y a que deux fenêtres dans la pièce, sales et maussades derrière des voilages à fleurs mauves. La cuisine est un long plan de travail aligné contre le mur de droite. Une fougère se fane près du réfrigérateur. Rien dans ce décor ne m'évoque mon père. J'ouvre les fenêtres, et les rideaux respirent dans le vent.

« Où tu es allé ce matin ? » J'ouvre un des placards de la cuisine. Deux bols, dont l'un est ébréché, posés sur deux assiettes.

« À l'un des centres d'accueil, dans une église près de Milnerton. » Il garde le menton sur la poitrine, absorbé par son téléphone.

« C'est chouette. Je veux dire, c'est bien. » Une seule chope. « Lindiwe m'a dit qu'aucun membre du gouvernement ne s'était encore déplacé. » Je préfère ne pas l'appeler Lindi devant lui. Pas ici. « Ça lui fera plaisir. » Des couverts pour deux dans le tiroir.

Il lève les yeux. « C'est mon boulot, Jo. »

Je remplis la chope d'eau. « Qu'est-ce qui s'est passé avec Lindiwe hier soir ? » Je n'ai pas encore eu l'occasion de l'interroger. Après le départ de Lindi, il s'est enfermé dans le bureau et je me suis couchée avec un roman policier que j'ai trouvé dans le salon, bourré de suspense à chaque fin de chapitre.

« Je ne veux pas en parler », répond-il tandis que j'installe la fougère dans l'évier et verse la moitié de l'eau dans le pot. Puis il me retourne ma question. « Qu'est-ce qui s'est passé avec le brigadier hier ? »

Je me dis que j'arroserai à nouveau la fougère avant de partir, pose le verre et m'adosse au plan de travail, les bras croisés. « Je ne veux pas en parler. » La douleur dans mon épaule est une punition méritée pour mon intonation puérile.

« Bon sang, Jo. » Paul lâche son téléphone et baisse les bras. « On ne va pas jouer à ce jeu-là. »

La moquette est sombre à l'endroit où il se tient, devant la porte toujours ouverte. Est-ce que l'arrière de ses jambes est mouillé aussi ? Se décidera-t-il à entrer ?

« Oui… Pardon. » Je retourne au canapé. « Comment c'était, ce matin ?

– Affreux. » Il range son téléphone dans sa poche. « Je ne sais pas combien de temps nous allons pouvoir les accueillir. Ni où ils iront ensuite. »

Les cadres sur la desserte ne contiennent pas de photos.

« J'ai parlé avec une Somalienne… Elle s'appelle Senga. Elle a perdu ses deux enfants pendant les émeutes. » Le frottement de sa main sur sa barbe de trois jours ressemble au bruit de la pluie. Tout a le bruit de la pluie aujourd'hui. « Perdu, dans le sens où elle ne sait pas où ils sont. Et elle n'a aucun moyen de les retrouver parce qu'elle ne peut pas retourner à Du Noon. » Il desserre le nœud de sa cravate lie-de-vin. « Elle s'est mise à pleurer et à se frapper les jambes, en disant "saloperie de peau noire". »

Muette, je trace du doigt les contours d'un bouclier sur un coussin du canapé, mais c'est lui que j'ai envie de toucher. La *World Book Encyclopedia* occupe deux étagères du buffet. Le volume II, lettre C, est manquant. Je me détourne et me dirige vers les deux portes logées dans le mur du fond.

« Et toi, hier ? interroge-t-il.

– Pas terrible. » La porte de la salle de bains est ouverte. Dans la douche, il y a une canne à pêche, un sac de charbon et une batte de cricket. J'ouvre l'armoire à pharmacie. « Il n'était pas très coopérant. » Eau de toilette. Fil dentaire. Un flacon de médicaments dont l'étiquette est en partie arrachée.

« Qu'est-ce que tu lui as demandé ? » Plutôt que d'avancer dans l'appartement, il hausse la voix.

« Je l'ai questionné sur l'unité de Gideon. » Le miroir est taché de dentifrice et de mousse à raser. Je décide de ne pas parler à Paul du fusil. « Sur ce qu'ils ont fait après l'armée. » Je mouille un morceau de papier toilette et j'essuie le mascara qui a coulé sous mes yeux. J'ai l'impression que ce n'est pas moi, dans la glace. Un visage différent. Plus vieux, plus fatigué. Et surtout, moins important qu'avant à mes yeux ; le mien, mais seulement par hasard. Je me ressaisis et poursuis mon compte rendu. « Je crois qu'ils ont tué Jaco Eloff pour l'empêcher de parler à la Commission Vérité et Réconciliation, et pour dissuader tous ceux qui envisageraient aussi de témoigner. »

Comme Paul garde le silence, je tire la chasse et reviens dans le salon.

« J'éprouve presque de la pitié pour Danie. » Je réalise aussitôt que ce n'est probablement pas la chose à dire. Même si Paul ne montre aucune réaction, je me sens obligée de justifier ma déclaration. « Parce que je crois qu'il a changé. Il ne peut pas dénoncer ce qui s'est passé, et il sait qu'il ne pourra jamais réparer. » Je me rappelle avoir eu la même conversation avec mon père devant chez Danie.

Le vent s'engouffre dans le costume de Paul. « Beaucoup d'entre nous avons ce sentiment », dit-il. À quelques mots près, la même réponse que mon père. À ce moment-là, je n'imaginais pas à quel point le propos pouvait s'appliquer à Nico. Je pensais qu'il faisait référence à son absence dans ma vie. Ici, au moins, je sais de quoi il est question. Sauf si Paul fait allusion au fait qu'il se sert de moi pour atteindre mon père, ce qui, à mon avis, ne nécessite aucune réparation.

La porte d'entrée tremble en tirant sur la chaîne qui la maintient ouverte.

« Quoi d'autre ? demande Paul.

– Un certain nombre des gars de la Koevoet sont entrés dans les forces de sécurité, pour "lutter contre le terrorisme". » J'espère que Paul devine les guillemets, même si je ne les ai pas marqués avec mes doigts. « Gideon aussi, sûrement, puisque d'après Nico c'était un excellent soldat. Le brigadier savait parfaitement quel genre de boulot on leur a confiés après l'armée. Et il a mentionné un Van Vuuren, mais a refusé de me donner plus de détails. »

Je ressens le besoin d'expliquer pourquoi je n'ai pas mieux réussi ma mission. « J'étais seule avec lui dans un garage plein de couteaux, et il voyait bien que j'avais mal à l'épaule – ou alors il le savait.

– Et Danie ? »

Je soupire. « On devrait sans doute lui parler. Si tu pouvais juste, je ne sais pas… essayer de considérer qu'il a changé. »

Il secoue la tête. « Même si je voulais bien "considérer qu'il a changé", je ne suis pas sûr que ça fasse une différence. » Il se détourne, les pouces sur les touches de son téléphone, et sort sous la pluie.

Je pousse la porte de la chambre. La pièce sent encore l'eau de toilette de mon père. Elle est trop exiguë pour abriter un lit double, et le matelas est plié en deux par terre. Un loyer modique, sûrement. Il ne mentait pas en me disant qu'il n'avait pas eu beaucoup de travail. Un mince oreiller, pas de housse sur la couette en vrac. La fenêtre est étroite et dépourvue de rideaux. Des sirènes de police passent dans la rue et dialoguent en bleu et en rouge au plafond. Un cendrier empeste dans le coin, près du matelas, posé sur une pile de livres. Je les tourne vers moi et lis les tranches. Wyndham. Gibson. Je soulève la pile pour attraper le dernier. *La Maîtresse du lieutenant français*. Sur la page de titre, quelqu'un a écrit : « Le romantisme serait-il gâché par une plaisanterie sur la menstruation ? » Je feuillette les premières pages. Dans la marge, au stylo : « Ça a l'air bien parti ! » Est-ce l'écriture de mon père ? Je rejette le livre sur le matelas, je ramasse le cendrier, et je tire la porte derrière moi.

Paul est de retour, il a fermé la porte d'entrée. Il est debout au milieu de la pièce. Lui aussi porte des gants maintenant.

Je laisse le cendrier sur la paillasse à côté de l'évier. « Des mégots, pour l'ADN ?

– On en a déjà pris. » Il a soigneusement drapé sa veste sur l'accoudoir du canapé, sa chemise mouillée lui colle à la poitrine. « Mais merci quand même. »

Incapable de soutenir son regard, j'ouvre le réfrigérateur, ôte le capuchon d'une bouteille de lait et le renifle. Une odeur aigre.

« Excuse-moi de t'avoir demandé d'interroger Van der Westhuizen toute seule, dit Paul derrière moi. Je tenais à voir le lodge avant de venir ici ou de reparler à Danie. »

Je lui fais face. « C'est pas grave. Je suis contente d'aider.

– Je sais. Écoute, j'avais une question à te poser… Pourquoi tu ne m'as pas appelé après Alex ? Avant de prendre la fuite avec ton père, je veux dire. »

Je réprime une envie de rire tant cette formulation me paraît impropre.

« Et pourquoi as-tu continué à couvrir les émeutes ? »

Nous y voilà, enfin. « J'étais obligée », dis-je en refermant brusquement le réfrigérateur. Un aimant tombe par terre. « Tu es retourné à Alex depuis ?

– Non. Et toi ?

– Non. » Je m'appuie au plan de travail et je bois l'eau destinée à la fougère. « Mais je suis allée dans d'autres townships…

– Oui, j'ai lu les articles. À croire que tu voulais être blessée.

– Peut-être. » C'est la première fois que je l'avoue, y compris à moi-même.

« Pourquoi ? »

Je pose la chope. « Tu sais pourquoi.

– Ni toi ni moi ne pouvions le sauver », dit-il en détachant les deux premiers boutons de sa chemise. Le col perd toute raideur et s'ouvre mollement. « C'est ça, le supplice du pneu. Une fois que l'essence s'embrase, on ne peut plus rien. »

Une chaleur me monte au visage. « Il y a tellement de raisons de culpabiliser. La femme dans la cahute. Celle qui a vu son mari brûler sous ses yeux. On n'a rien fait… On les a juste laissées là. » Je ferme les yeux. « Et c'est de pire en pire. Ton père. Nico. »

Paul a raison de dire que je m'enfuyais en partant avec mon père. Mais il a tort aussi. Si j'étais à Jo'burg, maintenant, je sais que je retournerais dans les townships. Je ne pourrais sauver personne, mais le fait de témoigner servirait peut-être à quelque chose. C'est ce que je me répète depuis le soir à Alex, et j'espère, plus encore à présent que je connais le passé de mon père, qu'en ne reculant pas devant la violence et la pauvreté, je serais moins comme lui et son objectif sélectif.

« Oui… » Paul est debout devant moi. Une goutte d'eau scintille sur la cicatrice au-dessus de son sourcil. Il a les yeux injectés de sang.

« De quoi tu te sens coupable, toi ? dis-je.

– Je n'ai pas bougé. Toi, au moins, tu as essayé d'éteindre les flammes.

– Je suis désolée. Pour tout. »

Il s'avance et me prend par l'épaule pour m'attirer à lui. « Moi aussi. » Mes cheveux étouffent sa voix. Il est froid contre moi, frissonnant dans ses vêtements humides.

Je m'écarte légèrement, sa main descend sur ma hanche. J'essuie sa tempe mouillée avec mon pouce. Le bruit du gant en latex qui couine lui arrache un sourire. Le frigo ronronne. D'une pression de mes doigts derrière sa tête, j'approche son visage du mien. Il a les lèvres entrouvertes, son souffle est chaud. Je ferme les yeux quand il pose son autre main sur ma joue. Sa barbe me pique la peau.

Structurellement, c'est presque le même baiser que la première fois, mais le contenu est différent.

Je baisse le menton. « Pardon, je murmure dans son cou.

– Non. » Sa voix vibre contre ma poitrine. « Je suis content que tu aies fait ça. Avant qu'il n'arrive autre chose et que ce ne soit plus possible pour nous. » Il repousse une mèche de mes cheveux derrière mon oreille. « J'avais envie de toi aussi.

– Tant mieux. »

Sa montre sonne l'heure. Il enlève ses mains et recule. « Alors… ? Est-ce qu'il y a quoi que ce soit d'utile ici ?

– Pas vraiment. À part quelques bouquins achetés d'occase, rien n'est à lui. » Je voudrais accompagner mes paroles d'un geste, mais mes mains tremblent.

« Merde. » Il parcourt la pièce du regard.

« Mais je vais continuer à chercher. » Maintenant que j'y pense, je suis étonnée de ne voir aucun tirage des photos de Nico, soit dans un album, soit accroché au mur. Même pas l'image du petit oiseau blanc picorant dans la gueule d'un crocodile qui se prélasse au soleil, dont il prétend qu'elle est célèbre. Peut-être qu'il n'a pas habité longtemps ici. Mais dans ce cas, où sont ses affaires, ses CD, le lampadaire ancien qu'il a acheté la deuxième fois que je suis venue au Cap ?

Je m'approche de la poubelle, tenant d'une main la bouteille de lait, de l'autre le cendrier. Le couvercle heurte le mur derrière quand j'appuie sur la pédale. À l'intérieur a été jetée une casquette de baseball, celle avec un springbok. Elle a l'air encore mouillée et est tachée de sang. Les policiers ont mal bossé.

Il est passé ici. Mais pourquoi ? Est-ce une manière de me faire savoir qu'il va bien ? Ou Gideon a-t-il gardé la casquette après s'être débarrassé du corps de mon père, et l'a-t-il apportée pour nous envoyer sur la piste d'un fantôme ?

Je laisse retomber le couvercle et pose le lait sur le plan de travail.

Il me faut une minute de plus pour réfléchir. Juste une.

Paul enfile sa veste, il a du mal à glisser les bras dans les manches mouillées. Je le regarde sans bouger. « On y va, déclare-t-il.

– Non.

– Quoi ? Qu'est-ce qu'il y a ? »

Je montre la poubelle. « Il est venu ici. Il y a sa casquette… celle qu'il portait au moment de l'accident.

– Oh putain. » Il attrape son téléphone et se précipite dehors. La porte reste ouverte. Le vent, qui a changé de direction, la rabat violemment contre la grille de sécurité.

Je m'assieds sur le canapé à côté de mon sac et sors le plumier que mon père m'a offert à Nature's Valley. La coquille d'oursin s'est cassée dans l'accident, mais tout le reste est intact. Je palpe les coins abîmés, la peinture qui s'écaille. Je n'en veux plus.

Ses trésors ne sont pas les miens. Je l'enfonce entre les coussins du canapé, où les prochains locataires le trouveront.

J'allume la télé. En l'absence de télécommande, je m'accroupis pour zapper. J'ai terriblement envie de lire mes mails, d'avoir un ordinateur. Mon téléphone. Aucune des chaînes ne donne les infos. Quand je tombe sur *Dr Phil*, je recule pour m'asseoir par terre contre le canapé. Dr Phil s'adresse à des infidèles pathologiques et n'y va pas par quatre chemins. Les femmes pleurent.

D'être là, sans bouger, me rappelle quand j'étais dans la voiture avec mon père. Je coupe le son de la télé, je me lève et me tourne vers le buffet. Il n'y a aucun bruit sauf le crépitement de la pluie.

Dans le tiroir du haut, sous un vieil annuaire, je découvre le *Profanisaurus*[1] que j'ai offert à mon père quand il est venu à Londres. Le dos du livre est fendillé, certaines pages sont cornées pour marquer les jurons particulièrement appréciés. Je le laisse à sa place.

Le deuxième tiroir contient des extraits de compte bancaire et des factures. Je les pose sur le buffet, pour Paul. Mon père doit cent rands d'électricité et une lettre signale que la ligne téléphonique a été coupée. Les relevés de sa carte de crédit révèlent quelques achats d'épicerie, dont aucun ne dépasse cinq cents rands, effectués au début du mois de mai, mais rien ensuite.

---

1. Titre composé de *Profanity* (« obscénité, grossièreté ») et de *theasaurus*. Il s'agit d'un ouvrage humoristique qui présente un lexique de grossièretés.

Dans le tiroir du bas, au milieu d'un fouillis de sparadraps, à quoi s'ajoutent un vieux paquet de cigarettes mentholées et un rouleau de sacs poubelle noirs, il y a une clé. Petite, argentée. La boîte aux lettres.

Un soir d'hiver, il y a trois ans, j'ai retrouvé mon père dans High Holborn. Pendant qu'on remontait une portion de l'avenue où flottait une odeur d'égouts, j'ai expliqué les travaux en cours, je lui ai montré mon restaurant de falafels préféré et l'auberge qui datait de 1585. À ce moment-là, un homme venant en face, son portable à l'oreille, est parti d'un grand rire ; en afrikaans, mon père a décrit les colonies de bactéries fécales qui en profitaient pour annexer sa bouche ouverte, son nez et ses poumons. « Exactement comme ce que nous ont fait les Britanniques », a-t-il conclu. J'ai dû réfléchir une seconde avant de comprendre que j'étais incluse dans ce *nous*.

On est allés dans un pub animé de Chandos Street qui servait de la bitter – ce qu'il voulait boire. « Là, tu *sais* que t'es en Angleterre, bordel ! »

C'était la deuxième fois qu'on se rencontrait pendant son séjour. La veille, je l'avais emmené chez les bouquinistes de Charing Cross Road. Il m'avait offert un beau livre du genre qu'on exhibe sur une table basse, une collection de photos prises au microscope dont je n'avais pas envie.

« Je n'ai pas de table basse, avais-je protesté.

– Eh bien maintenant, quand tu en achèteras une, tu auras un livre à poser dessus. Il est très intéressant ce bouquin, en fait. Tu devrais acheter une table basse exprès pour lui.

– Mais il coûte vingt-cinq livres. Presque quatre cents rands…

– Je veux te l'offrir. Alors, tu la boucles. »

Plus tard, dans un café, il s'était avoué déçu par les Anglais. « Je pensais qu'ils seraient tous raffinés et très cultivés. J'ai fait un tour dans une grosse librairie – Waterstones, je crois. J'espérais y trouver de meilleurs livres, plus de monde, et une plus grande variété de clients. Mais j'en suis venu à la conclusion que les imbéciles ici sont les mêmes que les imbéciles en Afrique du Sud, peut-être pires même. Ici, ils n'ont pas d'excuse. C'est le pays de Milton et de Shakespeare, de cette espèce de tête de nœud de Keats, et de quelques formidables athées. Le pays d'Arthur C. Clarke, nom de Dieu ! » Il criait.

J'avais plongé le nez dans mon café. « Les gens te regardent…

– Je les emmerde ! » Oubliant qu'il tenait une tasse à la main, il avait renversé du café par terre en gesticulant.

Dans le pub, en même temps que la bitter, il a tenu à commander un fish and chips – pour *savoir* qu'il était en Angleterre. En attendant d'être servis, on a fumé des cigarettes anglaises que j'avais achetées à côté de la station de métro.

« Je suis en train de faire un livre », a-t-il annoncé.

Un couple s'est installé au bout de notre table. La fille portait un haut largement échancré qui laissait voir un soutien-gorge noir et violet : les couleurs qu'on associe au sexe. Mon père la regardait fixement.

« Un livre sur quoi ? »

La fille s'est penchée pour embrasser son copain. Un string assorti apparaissait au-dessus de son jean.

« Putain, *c'est pas vrai.* » Nico s'est détourné. « Les incendies dans le veld. Surtout, les animaux qui sont prisonniers des flammes. La manière dont les bêtes meurent, à mon avis, nous enseigne quelque chose sur notre monde. En particulier les tortues et les léopards. »

Il était imprévisible et exploitait toujours ce trait de caractère à son avantage. Je n'ai pas aimé qu'il lorgne le soutien-gorge de la fille devant moi, et en même temps prononce des paroles qui pouvaient passer pour profondes, voire belles. Il m'obligeait à le considérer comme une personne à part entière, pas seulement comme mon père ; j'aurais préféré ignorer qu'il préférait les brunes et les liaisons d'un soir. Je détestais voir mon père avec mes yeux d'adulte, tandis que je n'avais eu qu'un regard d'enfant pour ma mère.

Le couple s'est embrassé, à grands coups de langue. Mon père mangeait. Sur la table, les sachets de sauces vides composaient une bannière bleue, verte, marron, bordeaux, jaune et rouge. « Je ne connais pas la brune ni la tartare, mais je vais les tester, a-t-il déclaré. En tout cas, les frites ont un goût bizarre. » Il m'a regardée comme si c'était ma faute.

« Ça s'appelle des *potatoes*.

– C'est nul. » Mais il les a mangées quand même. Il les trempait dans les six sauces différentes – qui formaient maintenant une flaque grisâtre sur son assiette – et piquait ensuite un morceau de poisson.

J'avais un verre d'avance sur lui. La fille était venue s'asseoir à côté du garçon, et je me suis dit qu'il avait sans doute une érection.

Mon père a terminé son repas, laissant cinq ou six *potatoes* détrempées, et a repoussé son assiette. « On va essayer de deviner comment elle s'appelle, a-t-il proposé. Moi, je dis Sharon. Choisis un prénom, toi aussi, et l'un de nous deux ira lui demander.

– Staci, avec un i. » J'ai fini ma pinte.

« Pas mal. Bon, je vais pisser et faire un tour au bar. Demande-lui, toi. » Il s'est levé.

Je n'ai pas interrogé la fille, et quand mon père est revenu du bar avec de la mousse sur les poignets de sa veste, je lui ai dit qu'elle s'appelait Kate. Il était déçu.

Dehors, Paul est toujours au téléphone.

Tête baissée, je file vers les boîtes aux lettres. Avec leurs volets métalliques et la peinture marron tout autour, elles ressemblent à des casiers d'école. Un journal abîmé dépasse de celle de mon père, qui porte le numéro deux. Quand je l'ouvre, une lettre et quelques prospectus tombent par terre. J'extirpe le journal de la fente et je ramasse l'enveloppe.

De retour dans l'appartement, je monte le son de la télé et j'étale le contenu de la boîte aux lettres par terre. Une invitée de *Dr Phil* dit : « Comme si j'allais faire exprès de tomber enceinte ! » Personne ne rit.

Il y a deux menus de pizzas et une note écrite à la main proposant des services d'aide-ménagère.

Dr Phil enchaîne : « Vous allez m'expliquer ça, parce que vous savez, moi, je ne suis qu'un plouc du Texas. »

L'enveloppe est adressée à Glenda Thacker. Ma grand-mère. Je la déchire. À l'intérieur, il y a une facture pour la location annuelle d'un conteneur dans un garde-meubles à Gauteng. Elle est datée du 15 mai, mais le cachet de la poste remonte seulement à avant-hier.

Le conteneur est au nom de ma grand-mère pour qu'on croie qu'il s'agit du locataire précédent, et que personne – ni la police ni Gideon – ne puisse établir un lien avec mon père. Personne sauf moi. Nouvel indice. Ce morceau-là est peut-être un coin du puzzle.

Je fourre la facture dans mon sac, dissimulée sous mon bloc-notes. Je ne veux pas la montrer tout de suite à Paul ; sinon la police me précéderait au garde-meubles.

Dr Phil dit : « Parfois, on prend des décisions, et parfois, on transforme ce qui arrive en décision. »

Heureusement que j'ai confié le certificat de décès de ma grand-mère à son notaire. Je ne l'aurais sûrement pas trouvé dans mes affaires à mon réveil à l'hôpital.

Je pose les prospectus sur le plan de travail à l'intention du recyclage, j'éteins la télé, puis je me rassieds contre le canapé en dépliant le journal. C'est celui d'hier et l'article en première page traite de la violence au Cap. Sur la photo, deux policiers, dont les fusils sont à peine visibles dans le cadre, arrêtent un homme devant un magasin tenu par un Somalien. L'un appuie un genou sur la poitrine de l'homme pendant que l'autre lui passe les menottes. Après la xénophobie, je parcours les nouvelles nationales.

Page sept, en bas à droite, je tombe sur la photo de mon passeport britannique. La légende indique : *Johanna Hartslief, 23 ans, dans un état critique à l'hôpital de George.*

« Jo ? » La porte claque derrière Paul. « Désolé d'avoir été si long. »

Je sors une cigarette du vieux paquet que j'ai subtilisé dans le tiroir et la redresse en la roulant entre le pouce et l'index.

Paul s'assied sur l'accoudoir du canapé. « La photo de ton père sera diffusée aux nouvelles ce soir. Et on va surveiller la maison de Danie pour le choper et avoir une petite conversation avec lui.

– Très bien. » Je règle la flamme du briquet sur la hauteur maximale.

« Tu as trouvé quelque chose dans le courrier ? »

J'indique les prospectus sur le plan de travail et j'allume la cigarette. « Rien que des pubs, dis-je en exhalant la fumée. Mais j'ai mis ses vieux relevés de carte bancaire sur le buffet.

– Bravo. » Tendant le bras, il les prend et examine la première page. « Oui, ça pourra peut-être nous aider, Jo. » Il y a un sourire dans sa voix.

« Mais ce n'est qu'un jeu pour lui. » Je relève mes genoux contre ma poitrine.

« Qu'est-ce que tu veux dire ? »

Mon reflet dans la télévision est immobile, déformé par la courbe de l'écran. « Il s'amusera avec toi, jusqu'à ce qu'il se lasse. De semer des indices et de voir que tu mords à l'hameçon. Il donnera sans doute sa carte de crédit à quelqu'un. Je voulais que tu le saches, c'est tout.

– Merci de me prévenir. » Il pose la main sur ma nuque, glisse son doigt sous mon col.

La cigarette coincée entre les lèvres, j'attrape le journal et l'étale sur mes jambes croisées. « Tu parlais de ça quand tu as dit “avant qu’il n’arrive autre chose” ? » Je montre ma photo.

Il retire sa main. « Oui. » Quittant l’accoudoir, il s’assied en tailleur à côté de moi. « Je suis désolé, Jo.

– C’était juste pour essayer de l’appâter, ou aussi pour me punir ? » Nos genoux se touchent.

« Je pensais qu’il viendrait peut-être te voir.

– Et il est venu ? »

Il secoue la tête.

« Je comprends pourquoi tu as fait ça, mais il n’y a pas que mon père et moi dans cette histoire. » J’ai des larmes dans les yeux. « Je pense à mon boulot, à mes amis…

– À ce moment-là, je m’en fichais. » Il pose la main sur mon genou. « Je suis vraiment, vraiment désolé. »

Je laisse la cigarette se consumer dans le cendrier. « Et Lindi ? Hier soir ?

– *Ja.* Elle avait lu le journal. »

Je hoche la tête. « Ah bon. » Je pose ma main sur la sienne en fermant les yeux. « Au moins, maintenant, je le sais.

– Jo… » Il ne termine pas sa phrase.

« Non, ça va. » Je sens que mon menton tremble. « Mais est-ce que tu peux me rendre ma carte SIM, s’il te plaît ? Je sais que tu l’as. » Dès que j’ai vu l’article, j’ai compris qu’il avait dû la prendre pour me maintenir déconnectée, coincée dans mon faux coma.

Il baisse les yeux.

« S’il te plaît, Paul. » Je ne me cache pas le visage pour pleurer. « C’est aussi ce qu’a fait mon père. »

Il étend ses jambes devant lui. « Elle est à la maison, dans le tiroir de ma table de chevet.

– Merci. » Je me passe un doigt sous les yeux, mon mascara a coulé. « Ce serait mieux que je retourne un peu à Jo'burg, je crois. J'irai chez une amie. » Merde, Naledi. J'espère qu'elle n'est pas partie à George. Qu'il ne lui est rien arrivé.

« Tu es en danger, Jo.

– Mon père est venu pendant que ton équipe surveillait son appartement. Et on sait tous les deux de quoi Gideon est capable. Si l'un ou l'autre me cherche, peu importe que je sois avec toi ou à Jo'burg. » Je lui prends la main. « Mais je serai prudente. Et si je pense à quoi que ce soit qui pourrait t'aider à retrouver mon père, je t'appellerai.

– Merci.

– Tu me diras quand tu voudras que je parle à Danie.

– D'accord. »

Je me penche et presse mes lèvres sur sa joue. Il est crispé, mais quand je me lève, en m'appuyant sur mes deux mains malgré ma douleur à l'épaule, il se tourne vers moi. « Je ferai circuler que tu t'es miraculeusement rétablie. »

Je lui souris. « Merci. » Puis je passe par-dessus ses jambes et sors de l'appartement, en laissant derrière moi la porte ouverte et la fougère à moitié arrosée.

Assise dans la voiture que Paul m'a prêtée, je regarde les vagues déferler sur la plage de Three Anchor Bay.

J'ai réservé une place sur le vol de dix-neuf heures trente pour Jo'burg. Un cadeau de Paul. Au moment de quitter la maison, j'étais triste en pensant à nous, à notre rencontre, à son deuil inachevé. Quand j'ai appelé le numéro inscrit sur la facture du garde-meubles, le gérant m'a expliqué qu'il me faudrait présenter le certificat de décès de ma grand-mère pour avoir accès au conteneur, ainsi que la clé. Je lui ai annoncé ma venue très tôt lundi matin, le temps de récupérer le certificat, ce qui me laisse un jour à tuer à Jo'burg.

Mon portable est maintenant posé sur le siège du passager, lugubre et muet. Je dois téléphoner à Naledi pour lui demander si je peux habiter chez elle pendant quelques jours – et lui raconter que je suis sortie de mon coma –, mais je n'ai pas le courage, pas encore, de me montrer enjouée et de parler d'une soi-disant erreur.

C'est sur cette plage qu'Ingrid Jonker s'est suicidée. Je ne suis pas revenue ici depuis l'âge de dix ans. Deux années de suite, en hiver, j'ai passé une semaine de vacances au Cap avec mon père. La deuxième fois, on s'est baignés dans l'eau glacée. Pour éprouver le sentiment d'être en vie, a-t-il dit. Selon lui, les gens avaient bien raison de retenir avant tout de cette poétesse le fait qu'elle s'était donné la mort.

« Ne plonge pas, m'a-t-il recommandé. Il y a des cailloux pointus et je préférerais que tu t'entailles les pieds plutôt que de te cogner la tête. » Des mouettes luttaient contre le vent qui soufflait de la mer. Nos serviettes nous ont regardés partir, étendues sur la rambarde, quand on est descendus sur les rochers. J'avais déjà mal aux pieds.

« On y va ensemble, à trois. » Plus loin, les vagues faisaient chanter les galets sur une petite plage. On a sauté, lui plus haut que moi, et j'ai sombré la première dans les ténèbres de l'Atlantique. Le froid m'a coupé le souffle. Prise dans un ballet d'algues géantes, j'ai ouvert les yeux et j'ai vu mon père, ses jambes blanches qui luisaient dans l'eau, mais ensuite tout est devenu noir comme au cœur du veld, noir comme la peur du noir.

Quand j'ai refait surface dans la lumière du crépuscule, mon père m'attendait, agrippé à un rocher couvert de fossiles.

« Putain de Dieu. » Il frissonnait, les lèvres pâles.

J'avais les pieds ankylosés par le froid, une algue enroulée autour du mollet.

« Tu as vu quelque chose ? a-t-il demandé.

– Comment ça ? » Je l'ai rejoint en nageant. Je ne voulais pas être plus loin que lui en eau profonde.

Il a jeté un regard tout autour. « La poétesse. Il paraît que son fantôme hante la baie. »

J'ai battu des jambes de toutes mes forces et me suis hissée sur le bord.

Après, on a rempli une bouteille en plastique bleu avec du sable et une blague de Toto version afrikaans, on l'a jetée dans l'eau et on l'a regardée couler. Pour remonter le moral de cette pauvre femme, a dit mon père.

Quand j'ai étudié Sylvia Plath au lycée, j'ai lu aussi des poèmes d'Ingrid Jonker. Même traduits, je les ai trouvés meilleurs que ceux de Plath, bien que difficiles à mémoriser. Ils échappaient davantage aux tentatives d'interprétation reposant sur le suicide de leur auteur.

Mon père m'a raconté cette histoire tous les soirs, durant ces deuxièmes vacances que j'ai passées avec lui. En 1965, alors qu'il avait lui-même dix ans, comme moi, Ingrid Jonker était entrée dans l'eau sur cette plage réservée aux Blancs. C'était la mi-juillet, à la tombée de la nuit, et les nuages s'amoncelaient au-dessus de la mer. À cause de la pluie battante, les touristes et les coureurs avaient déserté la grève. Elle était seule, dans sa robe jaune pâle et ses ballerines marron.

Bon, d'accord, ça, je l'ai inventé, avouait-il quand je lui demandais comment il connaissait ces détails. Mais c'était réaliste. Des chaussures discrètes. Des couleurs qui n'attirent pas l'attention. Elle avait aussi choisi cette robe à cause de ses deux vastes poches, qu'elle avait bourrées de galets noirs, ainsi que ses bas. Comme des chaussettes de Noël. Elle avait tout prévu, expliquait mon père. Le vent ne pouvait pas soulever sa robe ni son épais gilet de laine, qui comportait aussi des poches. Le gilet, précisait-il en me caressant la joue, n'a jamais été retrouvé.

Les cachets qu'elle avait avalés commencèrent à faire effet : dans l'eau à mi mollet, elle trébucha. Mon père tendait les bras devant lui comme un zombie. Le bas de sa robe flottait autour d'elle, puis s'enfonça à son tour, vaincu. Les cuisses, la taille… L'eau était glacée. Il croisait les jambes en claquant des dents.

Une vague plus haute que les autres la renversa. Mon père se levait, mimant la vague qui enflait, puis me poussait sur le lit et me chatouillait. Elle se coupa la main sur une pierre, mais la mer lava aussitôt le sang. La vague reflua, et alors vint la bénédiction. Il me traçait une croix sur le front avec son pouce. Le courant la roula, lui ôta son gilet, et, après l'avoir déshabillée, l'emporta vers le grand bleu. À ce moment-là, je grimpais sur son dos et il galopait autour de la chambre.

Quand Ingrid fut déposée sur la plage, dans sa robe d'un jaune encore plus pâle, elle était molle et enflée. Il y avait de l'eau dans sa bouche et une étoile de mer sur son nombril. Des fleurs d'algues lui faisaient une guirlande et son front s'ornait d'un hématome, souvenir de sa communion avec les phoques. Elle avait trente et un ans.

Il m'embrassait alors sur le front et éteignait la lumière.

Elle, elle dormait dans un cercueil ouvert.

15

Le plan bleu

Un serveur aux cheveux blonds hirsutes, les avant-bras couverts de bracelets en rangs serrés, nous apporte nos consommations. Lynda se cale dans son fauteuil, la carte fermée sur les genoux, pendant qu'il pose son plateau sur la table et attrape deux serviettes en papier. « Le vin blanc ? »

Lynda lève la main. « C'est pour moi. » Elle tâte ses courts cheveux bruns, striés de gris, comme pour s'assurer qu'ils sont toujours là.

Après avoir pris place dans le patio du café, j'ai espéré qu'elle commanderait la première, mais le garçon s'est tourné vers moi. Je m'attendais à ce qu'elle hausse les sourcils, au moins, quand j'ai choisi du cidre, ou qu'elle lui ordonne d'apporter plutôt une théière et deux tasses. Quand je l'ai appelée hier à Three Anchor Bay, elle m'a proposé de l'accompagner à l'office, et elle porte encore son tailleur-pantalon bleu du dimanche. Lequel semble d'ailleurs assez révolutionnaire pour l'Église réformée hollandaise, où les prédicateurs vous menacent des feux de l'enfer et où les hymnes sont chantés en pur afrikaans. Lorsque ma grand-mère est venue d'Angleterre et qu'elle m'y a emmenée, toute tenue s'écartant de la traditionnelle robe à fleurs signalait une femme à la pointe de la mode. Mais c'était il y a presque quinze ans. Encore une preuve que les temps changent. Lynda m'a fait un clin d'œil quand elle a rappelé le serveur pour lui préciser qu'elle voulait un *grand* verre de vin.

« Un Hunter's Dry avec citron. » Il pose la bouteille sur le set de table devant moi.

C'est ce que ma mère buvait. « Je n'ai pas besoin de verre, merci », dis-je en enfonçant le quartier de citron dans le goulot.

Il me regarde en hochant la tête. Est-il plus vieux que moi, ou plus jeune ? Je n'arrive pas à me prononcer, mais je crois qu'il y a une invite dans ses yeux. Quand Naledi est venue me voir à Londres il y a un an et demi, elle était surprise par la timidité des gens dans le métro, même chez les hommes, qui évitent de croiser votre regard. Dans un wagon bondé de la Central Line en direction de Tottenham Court Road, elle a lâché soudain d'une voix forte, en afrikaans : « Les trajets paraissent drôlement plus longs quand on ne se fait pas mater. » Notre rire s'est insinué dans les écouteurs des passagers. Certains d'entre eux, arrachés à la lecture de *Harry Potter* ou aux images de leur magazine, nous ont dévisagées d'un air réprobateur.

Le cidre déborde de la bouteille. Je l'essuie avec une serviette.

« Vous êtes prêtes à commander ? interroge le serveur.

– Non, pas encore », répond Lynda. Son vernis corail est assorti à son rouge à lèvres. Chaque ongle ressemble à l'intérieur d'une coquille, ou à une langue rose parfaitement dessinée. Le serveur reprend son plateau. Comment peut-il bien s'appeler ? Nick ? Steve ? Je suis meilleure à ce jeu à Londres.

« Vous pouvez laisser le verre de mademoiselle, s'il vous plaît ? dit Lynda.

– *Ja*, bien sûr. » Il pose le verre à moitié plein de glaçons devant elle et se détourne, non sans m'avoir enveloppée d'un dernier regard.

Lynda met un glaçon dans son vin. Il se fissure, mais reste entier. « C'était une aire de jeux pour enfants ici autrefois, tu sais ? »

Je secoue la tête. « On ne venait pas beaucoup à Pretoria.

– Il y avait un manège, une araignée et une grande cage à poules. » Son regard se perd derrière moi, comme si elle revoyait les couleurs primaires des installations et entendait encore le bruit des balançoires. « C'est triste. Mais bon… On est bien ici aussi, non ? »

J'acquiesce. Le centre commercial ressemble à une forteresse en stuc. Heureusement, à l'intérieur, il y a un petit lac, avec un saule et deux paons qui s'interpellent.

Je jette un regard tout autour mais je n'aperçois pas l'homme qui me suivait. Il a disparu après s'être garé à quelques places de ma voiture dans le parking.

« Tu te souviens de moi ? » demande Lynda.

Cette question me rappelle mon arrivée en Angleterre : les amies de ma grand-mère – que j'avais rencontrées à six ans, quand je lui avais rendu visite pour la première fois en voyageant en tant que mineur non accompagné – me la posaient, penchées sur moi pour me fourrer des caramels dans les mains.

« Oui… » Je presse un fragment de citron entre mes doigts jusqu'à ce qu'il éclate. Les vésicules de la pulpe, expliquait mon professeur de sciences naturelles. Avec ma mère, les quartiers d'orange devenaient des soldats déployés en ordre de bataille, même quand il n'était plus nécessaire de m'encourager pour m'en faire avaler cinq par jour. « Je crois. Enfin, je me souviens de votre piscine. »

Elle sourit. « Ah. Moi aussi, je me souviens de toi, même si tu étais beaucoup plus petite à l'époque.

– C'est vrai. »

J'avais sept ans la dernière fois que je l'ai vue. Nous n'avions pas encore les moyens d'habiter dans une résidence dotée d'une piscine, et ensuite, elle a déménagé à Louis Trichardt. Pendant que Lynda et ma mère discutaient, je m'entraînais à plonger et à faire le poirier dans l'eau. Lynda, qui était toujours enceinte, restait sous la gloriette. Son mari s'occupait du barbecue. Ma mère leur parlait à distance, assise au bord du bassin, et je jouais à être un requin. Après, les doigts tout fripés, je m'endormais devant un dessin animé de Disney ; je me réveillais invariablement, des heures plus tard, dans mon lit.

Je redresse le set de table pour qu'il soit parallèle à la table. « Je suis désolée de ne pas avoir appelé plus tôt. » C'est un mensonge, mais j'espère qu'elle ne s'en rendra pas compte.

« Peu importe. » Elle me prend la main. Sa bague de fiançailles est retournée et le diamant s'enfonce dans ma peau quand elle me serre les doigts. « J'ai prié quand j'ai vu dans le journal que tu avais eu un accident. Je ne comprenais pas pourquoi Dieu t'aurait reprise comme Il a repris ta mère. » Elle secoue la tête ; ses cheveux figés par la laque ne bougent pas. « Mais quand tu as téléphoné, bien vivante, j'ai su que Dieu avait un dessein pour toi. »

J'ai beau connaître ce genre de langage, je ne suis pas vraiment préparée à l'entendre. « Merci.

– Je t'en prie. » Lynda me tapote la main et se cale à nouveau contre le dossier de son fauteuil.

« Je ne crois pas à tout ça, mais merci d'avoir pensé à moi. »

Elle boit une gorgée de vin. « Je m'en doutais.

– Pourquoi ? À cause de Nico ? »

Elle sourit. « Pas seulement… Même s'il a craché de la fumée par les oreilles quand ta mamie a demandé à tes parents si tu serais baptisée. »

Je ne l'ai jamais appelée *mamie*.

D'un geste du pouce, elle étale la trace de rouge à lèvres sur le bord de son verre. La dernière traînée d'un soleil couchant. « On n'entend pas beaucoup de bien à propos de l'Angleterre… L'alcool, le sexe. » Je m'étonne qu'elle ne baisse pas la voix pour prononcer ce mot. « Même ta Mamie, en t'élevant là-bas, ne pouvait pas te protéger de tout cela. »

Dans le collège de Jo'burg où j'étais censée aller en janvier, après la mort de ma mère – celui qu'a fréquenté Naledi –, il y avait la prière le matin, un livret de cantiques, des cours d'éducation religieuse. Naledi m'avait écrit pour me parler d'un livre, *J'embrasse, je m'engage*, d'après lequel il ne fallait embrasser personne avant le mariage. Les filles qui n'observaient pas cette règle étaient des catins. Les autres, des prudes. Est-ce qu'elles étaient protégées, elles ?

« Surtout parce que je n'avais pas la foi non plus, à ton âge », explique Lynda.

J'appuie sur le citron dans le goulot de la bouteille, jusqu'à ce qu'il tombe au fond.

« Mais ensuite, la vie apporte des épreuves – crois-moi –, et c'est plus facile quand on sait que Dieu a un dessein pour nous. » Lynda priera pour moi ce soir.

« Sûrement », dis-je. Si Dieu peut me pardonner, je dois me pardonner moi-même, sinon ce serait placer mon jugement au-dessus du sien. Ça marche comme ça, en gros. Mais Dieu n'est pas venu à Alex depuis quelque temps.

« Tu veux des cacahuètes ? On va en demander. » Elle lève la main pour attirer l'attention du serveur. « Ou du pain. »

Dans l'oasis du centre commercial, l'herbe est vert vif au pied du saule dépourvu de feuilles. Un tableau inachevé.

Les chaussures du serveur (Grant ?) grincent quand il s'approche dans mon dos. « Madame ? » Il ne regarde que Lynda.

« Vous avez des cacahuètes ?

– *Ja*. Bien sûr. » Il a un crayon coincé derrière l'oreille, les mains enfoncées dans les poches arrière de son pantalon. « Vous désirez autre chose ? » Son T-shirt est trop délavé pour que je puisse reconnaître le groupe de musique dont il porte l'effigie.

« Jo ? » Lynda me désigne gracieusement.

« Euh, oui… » Je lève les yeux vers lui. « Un Coca light, s'il vous plaît. » Je repousse la bouteille vide sur la table.

Ses doigts effleurent les miens quand il la prend. « Avec du citron ? » Les poils sur son bras sont dorés et fins comme une brume de chaleur.

« Oui, s'il vous plaît. » J'écarte une mèche de mon visage. Lynda nous observe. « Et de l'eau. » J'esquisse un sourire et me tourne vers elle.

« D'accord. » Robert (?) se penche pour ramasser les morceaux d'étiquette que j'ai décollés de la bouteille. Quand il repart, sa main me frôle l'épaule.

« Tu ne me laisses pas voir grand-chose de toi, tu sais.

– Pardon ?

– Tu es très réservée. »

Tête baissée, je laisse mes cheveux retomber sur mon front. « Je ne vous connais pas vraiment.

– Tu ne te souviens pas vraiment de moi, c'est différent. Mais tu me connais. J'aimais beaucoup ta mère, même si nous ne nous sommes pas beaucoup vues pendant les années qui ont précédé sa mort. » Elle lisse un pli de la nappe. « Ça ne suffit pas ?

– Je ne sais pas… » Brusquement, je me rappelle mon père dans le pub près de Charing Cross. Il s'était vanté de n'avoir jamais été amoureux. Je relève les yeux. « Si, peut-être. »

Elle hoche la tête, comme si une question était réglée.

Le vent s'insinue sous l'auvent de chaume avec un bruissement de feuilles piétinées. Ma serviette en papier s'envole et atterrit sur la table voisine.

« Ne bougez pas… » Nick – c'est sûrement Nick – cale son plateau sur notre table et s'accroupit pour ramasser la serviette ; j'aperçois le haut de son slip.

J'attrape le bol de cacahuètes et le pousse vers Lynda. Puis je prends mon Coca et les deux verres d'eau.

« Vous faites mon boulot à ma place ? » Il froisse la serviette en boule et la met dans sa poche.

« Pardon. » Je ferme les yeux et bois plusieurs gorgées d'eau en touchant le verre avec mes dents.

« Merci », dit Lynda. Elle ne le regarde pas non plus, sans doute pour ne pas le retenir, car Nick et son plateau ont disparu quand j'ouvre les yeux. Je lui souris avec gratitude.

« Alors, qu'est-ce que je peux faire pour toi ? » demande-t-elle.

J'avais prévu de l'interroger à propos de mon père. Quelles étaient ses activités quand il vivait dans la communauté ? Avait-elle croisé un certain Danie, ou Van Vuuren ? Lui trouvait-elle des qualités, à l'époque, ou ma mère et moi étions-nous les seules à avoir été bernées ?

« S'il y a quelque chose que tu aimerais savoir sur ta mère, vas-y », dit Lynda en posant les coudes sur la table pour la première fois depuis qu'on s'est assises.

Il y a tellement de choses. Ma mère regardait *Aladdin* avec moi tous les vendredis, mais quel était son film préféré ? Lui était-il arrivé de se teindre les cheveux d'une couleur bizarre ? À quoi ressemblait sa chambre dans la communauté ? S'était-elle mise à manger du sucre sur du pain blanc parce que ça ne coûtait pas cher ou parce que le goût lui plaisait ? Que voulait-elle faire quand elle serait grande ? Quel était son album préféré ? Je voudrais savoir ce qu'aurait été sa vie si elle n'avait pas rencontré mon père et ne m'avait pas eue. Sa trajectoire. Tout ce qu'elle aurait pu connaître. Une carrière, une maison, assez d'argent pour payer la redevance télé. Son trente-cinquième anniversaire.

« Est-ce qu'il l'aimait, à votre avis ? Nico, je veux dire. » Je déteste ce besoin que j'ai d'être rassurée, d'entendre qu'il n'était pas *complètement* méprisable.

« *Ja.* Je crois que oui. »

J'aurais préféré que cette conversation se déroule au téléphone. « Mais vous pensez du bien de tout le monde.

– Pas de lui... Au début, il semblait plutôt gentil. Il l'embrassait dans le cou quand elle faisait la vaisselle. Je me souviens que j'étais jalouse. Je me disais, ça, c'est de l'amour. Maintenant, je sais que l'amour, c'est proposer de *faire* la vaisselle. » Elle rit, mais son rire sonne faux, comme si elle débitait un texte qui n'était pas le sien.

Depuis deux semaines, je ne cesse d'espérer que ma mère n'ait jamais connu mon père comme moi je le connais. « Quand elle l'a rencontré, elle était plus jeune que moi maintenant. Vingt-deux ans à peine.

– Oui, mais elle était tellement sûre de ce qu'elle voulait. » Lynda déloge un morceau de cacahuète coincé entre ses dents en essayant de dissimuler son geste derrière son autre main. « Lorsqu'elle m'a annoncé qu'elle était enceinte – je me rappelle, on était assises en maillot de bain dans le jardin –, je me suis beaucoup inquiétée. Pardonne-moi, mais j'ai offert de l'aider à trouver l'argent pour aller se faire avorter à Londres.

– Évidemment. C'est ce que j'aurais fait, moi. » Je ne me suis jamais tourmentée en pensant qu'elle ne m'avait pas voulue ; au contraire, je me sentais coupable à cause de ce qu'elle avait sacrifié pour m'avoir. Si elle était encore vivante, je sais que j'essaierais de gagner assez d'argent afin qu'elle puisse quitter son boulot, quel qu'il soit, et retourner à la fac pour finir son diplôme. « Mais je suis une païenne. »

Lynda sourit. « Ton père ne travaillait pas. Enfin, il se disait photographe… L'argent n'était pas un problème pour lui. Quand il a perdu ses parents, la première année qu'il a passée dans la communauté, il avait largement assez pour subsister. »

Je me penche en avant.

« Pardon ?

– Mais pour moi, il n'assumait pas ses responsabilités de père de famille. » Elle reprend des cacahuètes.

Je pose ma main sur la sienne. « Qu'est-ce que vous avez dit ? Ses parents ? »

Elle fronce les sourcils. « Ils sont morts en 84, je crois. Je m'en souviens, parce qu'il n'a pas pu assister à l'anniversaire des vingt et un ans de ta mère. La maison qu'ils lui ont laissée, quelque part près de la frontière avec le Zimbabwe – à Tzaneen, il me semble –, était en mauvais état et il voulait se charger des travaux lui-même. »

Une autre maison, cette fois dans le nord. Il faudra que je demande à Naledi de se renseigner au cadastre.

« Nous avons proposé de l'aider, mais je crois que c'était une manière pour lui de faire son deuil. »

Nico m'avait raconté que ses parents étaient morts avant son départ à l'armée. Quelle version était la bonne ? Peut-être que mes grands-parents étaient vivants quelque part, avec des petits chiens et une télé qu'ils écoutaient très fort, attendant des nouvelles de leur fils. Je demanderai aussi à Naledi de vérifier leurs certificats de décès. Si je connaissais leurs noms, je chercherais sur Google. Mais rien ne garantit que je trouverais – tout n'est pas encore sur Internet en Afrique du Sud. Des pans entiers d'histoire sont cachés – dans les mémoires d'hommes comme le brigadier van der Westhuizen – ou ont été détruits.

Lynda retire sa main couverte par la mienne. « J'ai dit quelque chose qui te perturbe ? »

Je pourrais lui avouer – tout expliquer –, là, maintenant. Mettre en avant qu'il n'est pas le seul responsable. Elle joue avec le médaillon en forme de cœur qu'elle porte autour du cou, l'ouvre et le referme. À l'intérieur, il y a les photos – des portraits pris à l'école – de deux enfants blonds.

Je me renverse en arrière contre le dossier de ma chaise. « Non. Pardon… Continuez.

– La vente était compliquée. Il devait y passer plusieurs jours par mois. »

Je hoche la tête en silence.

Où allait-il ? S'il m'avait dit la vérité, si ses parents étaient morts des années avant qu'il ne rencontre ma mère, comment se débrouillait-il financièrement ? Pourquoi aurait-il ressuscité ses parents, sinon pour cacher quelque chose ? J'en ai tellement assez de ses mensonges, de devoir toujours décoder, faire le tri, choisir l'option A puis accepter la logique de B, quand B signifie enlèvement et torture. Mieux vaudrait savoir, une fois pour toutes, ce qu'il a véritablement fait. Je découvrirai demain ce qu'il y a dans le conteneur du garde-meubles, mais je ne supporte plus d'attendre. Dès cet après-midi, je retournerai chez Danie : il est le seul maintenant à pouvoir me raconter ce qui s'est passé au lodge, de quoi mon père a été capable. Je lui dirai qu'il risque d'aller en prison, qu'il doit parler s'il veut échapper aux membres de son ancienne unité. Je pleurerai mon père qui a disparu. J'essaierai par tous les moyens.

« Même quand il a touché l'argent de la maison, je pensais encore qu'il aurait dû travailler. » Lynda repousse les cacahuètes vers moi. « S'il te plaît, sinon je vais tout manger. Il la prenait sans cesse en photo. En train de boire un café, de marcher dans la cour, n'importe quoi. Il l'accompagnait aux manifestations pour la protéger. Je lui ai suggéré de vendre ses photos des manifestants, mais il a refusé. » Elle secoue la tête. « *Ja, nee.* Tout ça, c'était gentil, mais ce n'était pas la vie qu'un homme doit mener, à presque trente ans.

– Non... » Je pique du doigt les glaçons qui se sont déposés au fond de mon verre comme des pièces de Tetris.

« Qu'est-ce qu'il fait en ce moment ?

– Je ne sais pas. » Enfin, la vérité. J'en ai assez de toujours me contrôler, de surveiller mon langage corporel et mes réactions, pour le couvrir. « Ne vous inquiétez pas, je m'en fiche », dis-je, avant qu'elle n'ait le temps d'offrir sa compassion. Ce qui est presque vrai, je m'en aperçois. Pas tout à fait encore, mais bientôt.

« Karen voulait t'appeler Hélène, tu le savais ? À la française. » Elle contemple un instant les cacahuètes, puis lève les yeux vers moi. « Mais Nico y était opposé. Il disait qu'il avait connu une Hélène, en Belgique, et qu'elle avait un nez tellement retroussé qu'on voyait l'intérieur de ses narines même quand elle vous regardait en face. Il était *hors de question* que sa fille... » Elle imite assez bien mon père : intonation théâtrale, grands gestes des mains.

Mon téléphone vibre dans la poche de ma veste. C'est peut-être Paul, qui m'appelle pour annoncer qu'il a découvert quelque chose ou pour m'expliquer pourquoi un homme me suit depuis mon retour à Jo'burg… Ou Naledi, plus probablement, qui me demandera ce que je veux manger ce soir.

« Il était drôle, continue Lynda. Mais il enjolivait toujours ce qu'il racontait, pour séduire son public. »

Deux Hollandais propriétaires d'un hôtel, par exemple, qui, rencontrant un homme à la dérive dans un café de Dundee, lui payaient une glace et finissaient par l'engager.

J'avais sous-estimé Lynda. Elle savait donc combien il déformait la réalité, chaque fois que ça l'arrangeait, en lui ajoutant – au point de les confondre – des expériences vécues par d'autres personnes ou lues dans des livres. Ma mère l'avait-elle compris, elle aussi, avant qu'ils ne se séparent ?

« Mais ta mère l'aimait. Alors, je n'ai rien dit. »

Ce ne serait pas juste de répliquer que peut-être, si elle s'était exprimée, ma mère vivrait encore. Je me contente donc de hocher la tête.

« Ensuite, ils ont déménagé, juste avant ta naissance. Et je n'ai eu aucune nouvelle pendant une éternité. » Elle hausse les épaules. « Jusqu'à l'enterrement de monsieur Webster, que Dieu ait son âme, ajoute-t-elle en effleurant la croix qu'elle porte autour du cou. Mais à ce moment-là, Nico avait disparu depuis longtemps.

– Monsieur Webster ? C'était qui ?

– Un professeur de ta mère à l'université. Un militant. Il a été assassiné par un sale con à la solde du gouvernement. »

La grossièreté ne s'accorde pas avec son personnage. Je me mords la lèvre inférieure pour ne pas sourire.

« Tu devais avoir quatre ans à peu près. Ta mère t'a amenée à l'enterrement. Ce n'était pas une bonne idée, avec la foule et les forces de l'ordre partout, mais elle n'avait trouvé personne pour te garder. »

Je secoue la tête. « Je ne me rappelle pas. » J'ai presque envie de m'excuser, mais ce n'est pas à elle que j'aimerais dire mes regrets.

« Je t'ai apporté quelque chose. » Elle soulève son sac à main et le pose sur la table. « Quand ta mère est morte, ta mamie a emporté certaines de ses affaires en Angleterre, mais elle m'a demandé de donner le reste à un organisme de charité. » J'avale péniblement ma salive et je m'agrippe les genoux à deux mains. « J'ai mis ça de côté pour toi. » Elle dépose un petit sac cadeau devant moi.

« Merci, dis-je, les mains toujours sous la table.

– Ouvre. »

Je tremble quand je défais l'emballage en papier de soie et dégage le coffret à bijoux en poterie que j'ai modelé pour ma mère, à huit ans. Bleu clair, avec des zigzags dessinés sur les côtés. Le couvercle ne s'adapte pas exactement. Je n'ai pas besoin de regarder, je sais que mon nom est gravé au-dessous.

« Ça, je ne pouvais pas le donner. » La voix de Lynda me parvient comme sous l'eau.

Je pose le coffret sur la table et caresse le motif du doigt. Le sang bourdonne à mes oreilles.

Soudain, je me rends compte que j'ai toujours voulu avoir quelque chose qui lui appartenait. Ma grand-mère n'avait pris que les photos, mais j'aurais aimé posséder un objet qu'elle se serait acheté, par exemple, ou aurait transporté dans sa poche. Un indice qui me révélerait un aspect de sa personne. La femme, pas seulement la mère. Comme toutes les mères normales, bien sûr, elle a conservé l'objet d'art fabriqué par son enfant. Si elle vivait encore, elle me l'aurait restitué autour de mes vingt ans, quand elle aurait déménagé. Je l'aurais gardé pendant quelques années, jusqu'à ce qu'il se perde au fil du temps. Maintenant, c'est tout ce que j'ai d'elle.

Dix ans qu'elle me manque… Tout mon corps est saisi d'un frisson. Je ferme les yeux. Mon visage est mouillé. Je me couvre la bouche – ma bouche tordue, si laide – pour faire taire les sanglots.

« Oh *liefie*, je suis désolée. »

Je sens que Lynda écarte le coffret à bijoux et m'attrape par le poignet. Mes doigts se crispent sur son avant-bras. Un hoquet monte de ma poitrine.

« Là, là… », dit-elle en me caressant la main.

Je secoue la tête. Je ne peux plus m'arrêter.

« Ça va aller. »

Je laisse un message à Paul en lui demandant s'il veut me retrouver un peu plus tard chez Danie. J'attendrai une heure, peut-être deux, qu'il me rappelle. Plus longtemps, j'en serai incapable. Pour me distraire après le coffret à bijoux, je lis. J'ai acheté tous les ouvrages que j'ai pu trouver sur la guerre de la Frontière, à savoir, pas beaucoup. Après les multiples versions de mon père, il paraît étrange de feuilleter un livre qui fournit un compte rendu précis de l'événement, avec une table des matières et un index. L'ordinateur portable de Naledi me réchauffe les cuisses pendant que je fais une recherche sur la Koevoet en ouvrant chaque fois un nouvel onglet.

Ce que j'ai appris jusqu'à présent :

À la réunion des anciens de la Koevoet en 1997, les hommes portaient des T-shirts arborant : *Tuer est notre métier et le boulot ne manque pas*. Certains se sont plaints à des journalistes d'être si mal compris. Comme les vétérans de la guerre du Viêt Nam.

« On avait subi un lavage de cerveau, a déclaré un soldat. On combattait le danger noir et les cocos, mais en réalité, il n'y avait pas de cible. Et plus personne ne se souvient de nous. On est les soldats oubliés. »

« On s'est battus pour notre pays, a dit un autre. On a le droit d'exister, même si les gens maintenant nous désavouent. »

« On ne devrait pas avoir à s'excuser parce qu'on tirait mieux qu'eux », a protesté un troisième.

J'essaie d'imaginer cette réunion, qui s'est tenue dans la grande salle de conférence d'un hôtel de Camps Bay. D'après l'un des articles que j'ai parcourus, sur chaque table étaient posées dix bouteilles d'un vin rouge nommé Koevoet, une cuvée spécialement élaborée pour l'occasion, dont l'étiquette présentait les chiffres : trois mille huit cent soixante et un terroristes abattus, contre seulement cent cinquante-trois membres de l'unité au cours des années 1960 et 1970. La Koevoet, clamait l'étiquette, était « la meilleure unité anti-terroriste du monde ».

Je me représente la moquette et les nappes dont les couleurs jurent, les chaises pliantes bas de gamme. À la table principale, je vois le brigadier van der Westhuizen, gras comme un porc. Il a officiellement fondé l'union des anciens membres de la Koevoet ce soir-là. Il a même dit une prière, relate l'un des articles.

Je déteste la facilité avec laquelle je lui invente des paroles.

« Père, merci de nous avoir rassemblés ce soir afin que nous puissions nous soutenir les uns les autres. Nous sommes des parias. Certains parmi nos frères se sont donné la mort. D'autres ont dévié du droit chemin et ne reviendront jamais à la raison. Nous te demandons ton pardon et ta lumière pour nous guider en ces temps difficiles. » Le brigadier ouvre les yeux et passe en revue son public. « Père... », poursuit-il, puis il s'interrompt. Avec son micro, il se prend pour Elvis. « Je souhaite simplement que tous les héros ici présents se sentent libres de s'adresser à toi. Si quelqu'un veut parler à Dieu, qu'il lève la main, et nous lui apporterons le micro. »

Je vois des nuages qui s'amoncellent autour de l'hôtel, tels les drapeaux d'une légion en marche. Des hommes qui balaient l'assemblée du regard, guettant la présence de Jaco. Le brigadier qui commence à manger la salade de pommes de terre pendant que les autres prient.

Je lis des témoignages qui décrivent combien le retour des soldats a été difficile. La solitude était un luxe, quand on dormait dans des baraquements et transpirait à l'arrière de Casspir avec une douzaine d'hommes. Un soldat raconte la fête organisée par ses parents à son retour, avec du champagne et une banderole bleue, blanche et orange. Son père fait un discours sur l'héroïsme et sur la manière dont on devient un homme. « La guerre est l'école de la vie : ce qui ne me tue pas me rend plus fort. » Les gens mangent du gâteau dans des assiettes en carton. Les invités sont en train d'applaudir et de chanter l'hymne national quand il part brusquement vers le fond du jardin, grimpe sur les poubelles, escalade le mur et saute dans le champ derrière la maison, laissant sur les briques derrière lui une rose en sucre glace bleue et blanche.

Paul m'envoie un texto : *Suis en réunion, ms j'arrive dès que possible. Toyota Camry bleue devant la maison… Vas-y avec eux. Sois prudente. X*

Pendant que je me prépare une Thermos de café instantané pour la route, j'apprends quelques euphémismes de l'armée. Mettre la radio. Faire des nœuds. L'hélicoptère. Je veux être capable de parler à Danie dans sa propre langue, même s'il ne l'a pas pratiquée depuis des années.

16

In Other Words

Il n'y a aucune réaction quand je sonne à la grille de sécurité, et je ne vois personne à l'intérieur de la Camry. L'air est jaune sale dans le crépuscule. J'appelle le numéro de Danie, pas de réponse non plus. S'il croit qu'il va m'échapper en se cachant derrière une palissade… Je me gare aussi près que possible de la grille et je l'escalade, après m'être hissée sur le toit de la voiture. La douleur dans mon épaule me fait monter les larmes aux yeux au moment où je mets pied à terre de l'autre côté. Si mon garde du corps me regarde, il n'essaie pas de m'arrêter.

La porte de la maison n'est pas fermée à clé. J'entre, et alors seulement je me rappelle les histoires de violation de domicile que Naledi m'a racontées. Souvent, les gardiens prévenus par une alarme ne se risquent pas à l'intérieur, de peur de surprendre les intrus et d'être abattus.

« Danie ? » Les lumières sont allumées, j'entends de l'eau qui coule quelque part. À côté du grille-pain, une petite télévision diffuse *Des jours et des vies*, sans le son. Une femme parle face à la caméra.

Derrière elle, un homme avec une épaisse crinière de cheveux fait de grands gestes dramatiques.

Toujours pas de réponse.

« Mr Gerber ? » Personne dans l'office. Je ferme le robinet. « Patience ? » Il n'y a pas de clés accrochées aux patères. Aucune clé. La cuisine sent la viande pourrie. Un réfrigérateur laissé ouvert ? La marmite de ragoût sur la plaque ? J'arrive trop tard. Il est parti, pour ne pas avoir à subir le deuxième interrogatoire que la police lui a promis.

« Danie ? » Je reconnais à peine ma voix qui me revient en écho.

Dans la salle à manger, neuf chaises à dossiers hauts sont repoussées sous une grande table en verre. La dixième a été renversée. Des grandes cuillères sont disposées sur une desserte, encadrées par des chauffe-plats. De plus près, je vois que le pied de la table est une roue de chariot à bœufs dont la jante a été polie. Il y a une fissure dans le verre. Une calebasse ressemblant à une grosse bouteille, une lanière en cuir autour du goulot, trône sur le rebord de la fenêtre derrière la desserte.

Appuyée au mur, je tends l'oreille avant de me hasarder plus loin. Aucun bruit ne me parvient depuis le bureau ; quand je pousse la porte avec le pied, les rideaux sont toujours tirés et le cendrier est rempli de mégots.

Je retourne à la cuisine. La baie vitrée coulissante qui donne sur la véranda est ouverte.

« Mr Strydom ? » Je sors en appelant Danie par son ancien nom. L'odeur, supportable dans la cuisine, m'assaille et me fait tousser.

La machine à sous est allumée et joue en sourdine, comme dans un film d'horreur. Trois cerises : jackpot. Le plateau est plein de pièces d'un rand.

Le bougainvillier frissonne dans le vent.

Patience me tourne le dos, allongée par terre près de la table de ping-pong. Son foulard vert a glissé sur sa tête. Le sang se mêle au ciment entre les briques.

Une voiture sombre s'approche dans la rue et se gare en face de la maison. C'est sûrement Paul.

Je lui ai téléphoné d'abord, avant de prévenir la police et d'éloigner ma voiture du portail. Les policiers ont mis vingt minutes ; Paul, un peu plus d'une heure. Il était en réunion, mais cette fois il a pris mon appel. « Danie a disparu et sa domestique, Patience, est morte », ai-je annoncé. Il a répondu calmement, quoique d'une voix pressée : « J'arrive », et a raccroché aussitôt. Sans doute s'est-il fait interpeller pour excès de vitesse.

Il y a du sang sous mes semelles, mais je n'ai pas laissé de traces sur l'allée de briques. Assise dans la voiture, je fume, tandis que mes chaussures, sur le trottoir, attirent une armée de fourmis.

Paul sort du côté conducteur. Pas de chauffeur aujourd'hui. Est-ce que le parti sait qu'il enquête sur la mort de son père ? Il claque la portière et vient vers moi, tête baissée contre le vent. J'attrape mon sac sur le siège passager et le prends sur mes genoux.

Il s'assied à côté de moi, referme la portière. Il est vêtu d'un costume de tweed sombre à fines rayures bleues. La fumée de ma cigarette flotte entre nous.

« Salut », dit-il au bout d'un moment. Il se passe la main sur les cheveux en remontant de la nuque jusqu'au front, puis se presse les tempes entre le majeur et le pouce.

« Salut. » Je tire une autre bouffée et lui tends la cigarette, mais il secoue la tête. « Merci d'être venu. » Fumer me rappelle trop mon père et je jette le mégot sur la chaussée en espérant que la pluie le lavera.

Il se tourne vers moi, les genoux contre la grille de la climatisation. « Ça va ? »

Trois semaines plus tôt, j'aurais dévié la question par une réponse du genre : « À ton avis ? » Maintenant, je me contente d'un simple : « Non. »

Les poings serrés, il ferme les yeux et se renverse contre l'appuie-tête. « Je suis désolé de ne pas avoir été avec toi quand tu l'as trouvée. » Brusquement, il frappe le tableau de bord du plat de la main. « Putain. » Mon téléphone glisse et tombe par terre.

« Je croyais qu'il était surveillé… »

Paul se retourne pour regarder dans la rue derrière nous. « *Ja* ». Il consulte sa montre. « L'équipe qui devait assurer la relève a été bloquée par un gros accident sur la N12, à la sortie de Jo'burg. »

Gideon a peut-être profité de l'occasion. À moins qu'il n'ait emmené Danie avant, pendant que Paul et moi étions au Cap, auquel cas les hommes faisaient le guet devant une maison vide. Je pose mon front sur le volant.

« Qu'est-ce que tu espérais obtenir de Danie ? » demande Paul.

Je me redresse. « Qu'il me dise ce que faisait mon père exactement pour Gideon. S'il était encore mêlé à ce genre d'activités quand il a rencontré ma mère. Ça n'a pas vraiment d'importance, mais je voudrais savoir.

– Je comprends. » À ce moment-là, une camionnette beige nous double et tourne dans l'allée. Un acronyme que je n'identifie pas est inscrit en noir à l'arrière et sur les côtés. « Il pourrait s'agir d'un cambriolage qui a mal tourné…

– Il y avait un mot peint sur les briques, près du corps de Patience. » Je déglutis avec difficulté. « *Impimpi.* » Traître.

« Bon sang. »

Mon père aussi était un traître. Quel sort Gideon leur réserve-t-il, à lui et à Danie ? Et pourquoi ai-je été épargnée, moi, et pas Patience ?

Je me tourne vers Paul. « Gideon est venu chercher Danie. Elle lui a juste servi à écrire un message, avec son sang. » Il crispe les mâchoires. « Danie ne l'a pas tuée. Tu ne veux pas croire qu'il a changé, mais moi, je sais que ce n'est pas lui.

– Dans tous les cas, je vais faire diffuser la photo de Danie. Un témoin l'aura peut-être vu… Avec ou sans Gideon. »

C'est toujours mieux que rien. « Merci… Et merci d'avoir collé quelqu'un à mes basques. » Je réprime une soudaine envie de rire. « J'ai remarqué. »

Il hoche la tête, puis ouvre la portière. « Je dois prévenir les flics que je suis ici. »

Je pose la main sur son épaule alors qu'il a déjà un pied dehors dans le crépuscule. « Paul ? » Il se retourne. « Tu peux demander depuis combien de temps elle est morte ? » Je me penche pour ramasser mon téléphone. « Si c'est possible ?

– Pourquoi est-ce important ? » La lumière du plafonnier clignote.

« Je voudrais savoir si j'aurais pu ne pas arriver trop tard. » Tout le monde me manipule, surtout Gideon et mon père, mais Paul aussi, et j'en ai assez. Demain, je trouverai peut-être quelque chose au garde-meubles qui me permettra de me rattraper.

« D'accord. » Paul baisse les yeux. « Pourquoi tu ne retournes pas à la maison à Jo'burg ? » Il ne dit pas *celle où on est allés ensemble.* « La police t'interrogera là-bas.

– Non. » J'allume la radio. « Je vais attendre ici. »

17

Ça s'est passé de la manière suivante, peut-être. Telle que je l'imagine.

Gideon pose son sac à dos et se met à genoux sur les rochers. La rivière est rapide, glacée, tout droit descendue de la montagne. Il se penche et boit, puis prend de l'eau dans ses mains pour rincer la boue accrochée à ses cheveux. Il y a du sang sous ses ongles.

Quand il a sorti la fille de la voiture et l'a posée sur la chaussée, elle respirait encore. Une pluie d'éboulis roulait de la falaise. Elle avait du verre dans les cheveux. Il a découvert un pistolet sous le siège passager et l'a braqué sur elle – cela aurait été tellement facile, et beaucoup plus propre, de la tuer –, mais la femme dans la voiture bleue n'était que quelques virages plus loin et il bloquait la route avec son *bakkie*. D'autant qu'il pourrait toujours la retrouver s'il changeait d'avis. Il l'a tournée en position latérale de sécurité. Voilà qu'il devenait faible maintenant… Pour faire bonne mesure, il lui a envoyé un coup de pied dans la hanche. Elle n'obtiendrait rien d'autre de lui.

L'orage s'annonce au-dessus de sa tête. Il remplit sa gourde d'eau fraîche et passe la bandoulière en travers de sa poitrine.

Le sentier franchit la rivière un peu plus haut, à l'endroit de rapides. Une chaîne est tendue entre deux arbres pour aider les touristes à traverser sur les rochers glissants. Mais le sentier ne l'intéresse pas, il n'a pas besoin de s'enfoncer dans la montagne. Pas encore.

Des feuilles gorgées d'eau tourbillonnent entre les arbres. Il fait sombre, mais il a effectué des missions dans de pires conditions. Les hautes fougères ne l'impressionnent pas. Il tire une lampe torche de sa ceinture. En réalité, cette pluie est une bénédiction. Elle lui permet de traîner l'homme plus facilement.

Roussouw a essayé de s'enfuir. Pourquoi font-ils toujours ça ? Il devait pourtant savoir qu'il valait mieux tomber comme Eloff, sans protester ni résister. En acceptant son sort. En *l'aimant*. Même si Gideon reconnaît qu'il s'est bien amusé à le traquer. Après, ce sera le tour de Strydom.

Une libellule bleue frôle son oreille. Il se demande ce que Roussouw a raconté à sa fille, si elle sait le rôle qu'il a joué. Sûrement que Roussouw s'est présenté en victime et lui a fait porter le chapeau. Peu importe, il pense. Ce pays a été construit par des gens qui n'avaient pas peur de faire le sale boulot, même si on les a insultés par la suite. L'Histoire leur donnerait l'absolution.

Gideon attache son sac à dos à celui de Roussouw et les passe par-dessus son épaule. Il attrape l'extrémité de la corde qui est nouée autour de la taille et des chevilles de Roussouw, puis il part le long de la rivière, en direction de l'aval. Dans mon imagination, Roussouw, sur le dos, fixe le ciel de ses yeux aveugles.

18

Underground People

L'homme assis derrière le comptoir à l'entrée du garde-meubles fredonne en examinant mon passeport, la facture que j'ai trouvée chez mon père au Cap et le certificat de décès de ma grand-mère. Je lui mens en affirmant que j'ai la clé.

Dans l'ascenseur, puis le long des couloirs bordés de portes métalliques, de minuscules enceintes diffusent un tube de Creed – dont le rock dit « chrétien » contribue à la vente aussi bien de Dieu que de véhicules tout-terrain, aux États-Unis comme en Afrique du Sud. L'endroit est désert. Pas de gardiens qui patrouillent. Heureusement, mon père est à la fois prétentieux et radin.

Parvenue devant son conteneur, je m'accroupis et je sors de mon sac à dos le kit que m'a donné Naledi pour forcer le cadenas, avec un mode d'emploi. Encore un geste que je ne me serais jamais imaginé accomplir… J'ai aussi acheté une grosse pince coupante, pour le cas où mon père aurait choisi un modèle à combinaison – « craquer » un code ne figurant pas encore parmi mes talents –, mais elle se révèle inutile et je réussis bientôt à crocheter la serrure. Gardant le cadenas accroché à la ceinture de mon jean, je fais coulisser la porte, rentre mon sac à dos à l'intérieur et trouve l'interrupteur. Le néon s'allume au plafond tandis que je referme la porte. Elle grince ; je serai donc prévenue si jamais quelqu'un – un gardien, Gideon, mon père – essaie de l'ouvrir.

Malgré la forte odeur de moisi, je suis soulagée de ne plus entendre la musique. J'avais oublié combien je déteste le post-grunge. Au fond du conteneur, une bibliothèque en contreplaqué côtoie un vieux sommier à la toile délavée. Il y a aussi un divan tendu de cuir noir, non pas d'un tissu au motif africain, et, derrière, une belle table de salle à manger en bois jaune avec des chaises assorties. Ça lui ressemble davantage. Je craignais qu'il ne soit passé avant moi ; peut-être est-il venu, d'ailleurs, et a pris tout ce dont il avait besoin. Mais j'espère que les barrages routiers et la présence de l'armée autour de Jo'burg l'auront dissuadé. Et qu'il se fiche complètement de moi et des sentiments que je pourrais éprouver pour lui selon ce que je trouverai ici.

L'espace au centre du conteneur est dégagé, entre une double rangée de cartons, le long du mur de gauche, et un buffet repoussé contre la table. Je pose mon sac à dos et le cadenas sur le canapé. S'il le faut, je tailladerai les coussins et le sommier… Mais d'abord, je vais commencer par les cartons.

J'en descends un sur le buffet. Les bords sont fermés par un épais ruban adhésif, les initiales *NR* écrites au marqueur noir sur le côté. Je sors de ma poche le cutter que j'ai apporté et je fais jaillir deux centimètres de lame.

Le soir qui a précédé l'accident, on s'est soûlés, mon père et moi. Moi, pour alléger le poids du pistolet dans mon sac posé sur mes genoux, pour effacer l'image de la voiture de ma mère en train de prendre feu dans le rétroviseur de Gideon ; mon père, parce qu'il avait soif.

Je l'avais attendu vingt minutes, tandis qu'il regardait Patience sortir les poubelles dans la rue et s'assurait que Danie ne bougeait pas. Pendant ce temps, j'avais décidé de rester avec lui. De lui témoigner mon soutien : je reconnaîtrais que ça avait dû être très dur pour lui, je déclarerais que je ne voulais pas qu'il aille en prison – me laissant orpheline de mes deux parents. Comme il ne s'y attendrait pas, il ne soupçonnerait pas non plus que je comptais le livrer à la police. Je ne savais pas encore exactement comment je m'y prendrais. En appelant Naledi d'une cabine téléphonique, peut-être. Ou en me servant du pistolet.

Avant de remonter dans la voiture, il avait mis la glacière sur la banquette arrière et m'avait tendu une bière. J'avais déjà bu trois canettes et demie quand on a traversé Kroonstad.

Ensuite, mes souvenirs sont incomplets. Les panneaux sur la route, la chronologie, nos paroles, tout s'embrouille. Je buvais en regardant le paysage – du moins, ce que je pouvais en distinguer dans le crépuscule. À cet instant précis, des millions de personnes voyaient la campagne défiler par la vitre de leurs voitures. Et des millions encore, après moi, se trouveraient assises dans la même position. J'étais seule, et pourtant, comme tout le monde.

Je suis sortie de ma rêverie quand il a allumé les pleins phares. « Pourquoi tu ralentis ? »

Il a ouvert une autre bière. « Il y a des radars dans le coin. »

J'en ai déduit qu'il était souvent passé ici. Mais pourquoi ?

« Un jour, a-t-il raconté en cherchant ses cigarettes dans ses poches, je me suis fait arrêter par un flic. Il m'a demandé ce que j'étais prêt à lui donner pour ne pas avoir d'amende. »

J'ai retenu dans ma bouche une gorgée de bière tiède.

« Je lui ai proposé dix rands. »

J'ai avalé ma bière et j'ai ri. « Il t'a collé l'amende ? »

Mon père m'a offert son paquet à moitié vide. « Non. Il a eu l'air complètement déprimé, et il a dit : "Bon, ben alors, circulez."

– Oh. » La brûlure sur ma cuisse me démangeait, je me suis tortillée sur mon siège.

« *Ja*, mais j'ai pas envie de prendre le risque ce soir. » Il a abaissé sa vitre de quelques centimètres. « Vu les circonstances… »

Le bruit des roues sur l'asphalte témoignait de notre déplacement dans le temps et l'espace, mais j'avais l'impression qu'on était immobiles, happés par notre sempiternel mode de conversation. À ce moment-là, ça m'a paru rassurant.

« Tu es contente d'être revenue ? » a-t-il demandé, sans quitter la route des yeux.

La flamme du briquet captait mon regard dans la pénombre. « Je ne sais pas. » Je me sentais sale, à l'intérieur comme à l'extérieur, et j'ai jeté le briquet et le paquet de cigarettes dans le cendrier.

« D'accord… » J'ai entendu le sourire dans sa voix. « Je sais que ça a été dur, mais tu revivras chaque moment plus tard dans tes souvenirs et on ne peut jamais changer le passé, alors à quoi bon te flageller ? » En se grattant le menton, il a failli brûler les poils de sa barbe avec sa cigarette. « Accepte, c'est tout. »

Je me suis dit qu'il y arrivait, lui, même après ce qu'il avait fait. Et moi, en étais-je capable ?

J'ai ironisé : « Tu pratiques le développement personnel, maintenant ?

– C'est la base de toutes les religions et de toutes les philosophies, à mon sens. »

Je me suis tournée vers lui, les genoux remontés sur le siège, la ceinture de sécurité en travers de l'épaule. Son visage m'apparaissait dans la lueur blanche et verte du compteur de vitesse. « Et toi, tu es content que je sois revenue ?

– *Ja*, bien sûr. » Il a secoué sa canette pour voir s'il y restait un fond de bière.

« Pourquoi ? »

Il m'a passé la canette vide et je l'ai glissée sous mon siège. « Parce que tu es ma môme », a-t-il dit en essuyant sa main humide à cause de la condensation sur son pantalon.

J'avais l'habitude de ce genre de réponse. Quel autre cliché digne d'une émission de téléréalité allait-il encore sortir ? *Parce que tu es la seule chose de bien que j'ai faite dans la vie. Parce que tu me rappelles ta mère. Parce que j'avais envie de te connaître.* Ou bien il enchaînerait avec une plaisanterie qui casserait aussitôt l'effet. *Parce que je voulais faire du vélo en tandem et qu'il me fallait quelqu'un. Parce que j'ai besoin d'un rein.* Je n'ai pas pensé, sur le moment, que la vérité s'énoncerait probablement par une réplique du genre : *Parce qu'il est facile de te manipuler et que je peux me servir de toi, jusqu'à un certain point.*

« Et je suis désolé pour tout. »

Il y avait déjà tellement de choses pour lesquelles il devait s'excuser ; comment aurais-je pu imaginer que d'autres surviendraient ?

Il a jeté sa cigarette par la fenêtre. Fin de la séquence émotion.

« Est-ce que Gideon existe vraiment ? » La question me taraudait depuis presque une semaine, mais je n'avais pas trouvé le courage de la poser. J'ai osé, alors, parce que j'avais trop bu, parce que j'étais fatiguée de la façon dont il coupait court à une conversation chaque fois que ça l'arrangeait, juste en éteignant sa cigarette. « C'est comme un méchant ogre que tu accuses de tout, même si ce n'est pas vrai. Dès que tu prononces son nom, je t'obéis. »

Je m'attendais à ce qu'il s'énerve et pousse les hauts cris, mais il s'est contenté de secouer la tête. « Merde, Jo. Bien sûr qu'il existe. Tu crois que j'aurais inventé ce qui est arrivé à ta mère ? »

Je ne savais pas si je devais le croire, si j'avais envie de le croire. « Comment on va le retrouver, si tu ne connais pas son vrai nom ? Il n'y a aucune trace de lui nulle part.

– On le trouvera.

– Comment ? » La disparition de Jaco et la réaction de Danie quand j'avais mentionné Gideon et le lodge ne prouvaient pas grand-chose, et c'était tout ce qu'on avait pour l'instant. Que me cachait-il d'autre ? « On ne peut pas rester dans cette bagnole éternellement.

– C'est vrai. Écoute… Fais-moi confiance, c'est tout. On y arrivera. »

Il me demandait encore de lui faire confiance ! Et pourtant, malgré ma colère, j'en avais envie.

« Ton boulot te plaît ? » Un bras entre les sièges, il a cherché la glacière à tâtons.

J'ai dégrafé ma ceinture. « On joue à “On vient de se rencontrer”, ou quoi ? » J'ai attrapé deux canettes dans la glacière.

« On peut, si tu veux. »

J'ai appuyé une canette froide et mouillée contre son épaule.

« Je m'appelle Dylan Snodgrass, a-t-il commencé en la prenant. Je suis pilote d'avion, et, comme hobby, je fabrique des dieux de la fertilité avec des capuchons de bouteilles. Parmi mes perversions sexuelles, j'aime que les femmes me piétinent les couilles et je m'habille en girafe.

– J'ai pas envie de jouer.

– D'accord. » Il a coincé sa canette entre ses cuisses pour l'ouvrir d'une main. Un jet de bière a éclaboussé son pantalon. « Putain ! »

J'ai ri. « Bien fait pour toi. »

Mais au lieu de mordre à l'hameçon, il a déclaré : « Écrire, c'est tellement passif. Tu te contentes de réagir à ce que tu vois. Tu n'es qu'un témoin. »

J'ai tiré sur la languette de ma canette. Dorénavant, ce serait le bruit que j'associerais à mon père. « Et la photo ?

– Oui, je sais… Mais moi, j'admets que je ne suis qu'un œil, qui cligne bêtement. On ne parle pas de soi, jamais.

– Je suis étonnée que ça te plaise, alors. » Je ferme les yeux et me cale contre l'appui-tête.

« C'est justement pour cette raison. » Il a marqué une pause. « Celle aussi qui te pousse à écrire. » Il m'a serré fort la jambe. « Je sais ce qui te motive, parce que je fonctionne comme toi. »

En repoussant sa main, j'ai renversé de la bière sur ma jupe.

Il a ri. « Bien fait. »

Je me suis rappelé que je devais faire semblant de le croire, d'être de son côté, afin qu'il ne se doute de rien. J'ai terminé ma bière d'un trait en respirant par le nez entre les gorgées.

« Toi et moi, on aurait dû travailler dans la construction ou quelque chose. Plutôt que de se cacher tout le temps. Avoir une activité honnête, physique… Et au soleil. » Il m'a regardée, mais je ne voulais plus parler de ce sujet.

« Si on jouait à un jeu ? » a-t-il proposé.

Les cartons ne révèlent rien d'utile. Trois d'entre eux sont remplis de vaisselle, de couverts et d'appareils électroménagers enveloppés dans du papier journal. Je déballe chaque assiette et j'étale les journaux sur le buffet, cherchant un message griffonné dans la marge, des mots croisés renseignés au crayon, un cercle tracé autour d'une petite annonce. Rien. Le dernier carton de la rangée supérieure renferme des cassettes vidéo de matchs de rugby et de cricket diffusés à la télévision. Les équipes, les dates et les lieux des rencontres sont soigneusement indiqués sur les étiquettes. J'entasse les cassettes dans la caisse que j'ai apportée, au cas où les étiquettes seraient mensongères. Au fond du carton, dans son emballage d'origine, je tombe sur le film *Debbie Does Dallas*. La jaquette montre une cheerleader blonde en chapeau de cow-boy, penchée en avant, découvrant sa gorge voluptueuse. Au-dessus, une phrase d'accroche : *Tous les membres de l'équipe marquent quand elle agite ses pompons.* Sport et nichons : pas étonnant.

Les cartons au sol ne contiennent que des livres. Je les feuillette un par un et vérifie qu'aucune note ou reçu quelconque n'a été oublié entre les pages. Certains portent le nom de ma mère inscrit sur la page de garde – le *K* et le *H* toujours plus gros que les autres lettres. Je les pose sur le canapé pour les emporter.

Je suis soulagée de ne rien trouver qui renvoie à ma personne – des photos de moi ou des dessins que je lui aurais offerts. Il ne s'est jamais considéré comme un père, ce qui, en la circonstance, me facilite la tâche.

Après avoir replacé les cartons le long du mur, j'inspecte le buffet. Rien dans les tiroirs, à part de la poussière de tabac. À genoux, j'ouvre les portes. C'est le dernier endroit à fouiller ; ensuite, il faudra que je m'attaque aux coussins du canapé. À l'intérieur, il y a une collection de cassettes audio – Wagner, Strauss, les *greatest hits* d'Elton John – et une enceinte. De petite taille, mais je reconnais la marque.

Je tends l'oreille. Pas de gardien, les couloirs du garde-meubles sont toujours déserts. À l'aide du cutter, je réussis à faire sauter le panneau arrière.

J'ai sous les yeux une épaisse enveloppe en plastique transparent dans laquelle est glissé un rouleau de pellicule. Je m'assieds sur les talons, l'enveloppe sur mes genoux.

Il faut que je voie le contenu avant de le montrer à Paul, mais, par le simple fait que la pellicule soit cachée ici, je devine que je ne peux pas la confier à une boutique de tirage photo en une heure. J'espère que Tumelo aura le temps de m'aider à la développer. Et qu'en découvrant les images, il me pardonnera de les lui avoir apportées.

Je me lève. Parmi les livres de ma mère, j'ouvre à nouveau celui qui se trouve sur le dessus, un recueil de poésie afrikaans que mon père lui a offert pour son vingt et unième anniversaire. Il a écrit la date dans le coin de la page de titre, et signé d'un simple *N* majuscule sous le nom de l'auteur. À cause de cette place qu'il s'est donnée, je ne sais pas si j'ai envie d'emporter le livre. Je m'assieds sur le canapé au cuir frais pour prendre ma décision.

Dix minutes plus tard, je m'arrête à l'accueil avant de sortir du garde-meubles. L'employé se lève, mais, sans lui laisser le temps de parler, je pousse le cadenas vers lui sur le comptoir et déclare : « J'ai pris ce qu'il me fallait. Faites ce que vous voulez du reste. »

19

Le plan rouge

Tumelo se baisse pour passer sous la porte du garage, enveloppé dans un tablier en plastique bleu marine, une main en visière devant ses yeux. Il sourit pendant que la porte continue à se relever derrière lui.

J'ai arrêté ma voiture à mi-chemin dans l'allée en pente. Je retire la clé du contact et prends une grande inspiration. Je ne sais pas ce que je vais voir aujourd'hui – le visage de Gideon, celui de mon père, tel qu'il est vraiment – mais je me dis que je suis prête. J'attrape mon sac, dans lequel je transporte la pellicule, j'ouvre ma portière et je sors dans la lumière du matin.

Un teckel noir vient se planter devant moi en aboyant vigoureusement.

Tumelo se frappe la cuisse. « *Thula*, Butch. » Le chien se tait, mais ne bouge pas.

« Salut, Butchie. » Je claque la portière. L'animal sursaute, puis recule et recommence à aboyer, avec encore plus de virulence. Au moment où je fais un pas sur la gauche pour l'éviter, Tumelo, qui s'est approché, le soulève brusquement d'une main. Ce décollage inattendu réduit Butch au silence.

« Désolé, dit Tumelo en lui tapotant le museau avec un doigt. C'est le chien de Gugu. »

Le teckel grogne quand Tumelo s'avance vers moi.

« Où est-elle ? » je demande. Sa fille est interne en médecine. Il souriait quand il m'avait parlé d'elle. Il en était fier ; mais ne se prononçait pas encore quant à son petit ami.

« À un congrès à Bloemfontein. » Le chien se tortille contre lui, ses griffes glissent sur le tablier.

Je tends la main vers Butch, les doigts repliés vers le bas pour imiter une patte. J'ai vu ça dans un film – un homme qui essayait de calmer un dogue allemand en patins à roulettes – mais j'ignore si ça marche vraiment. Butch fronce le nez et me renifle les doigts.

« C'est un bon petit bougre », dit Tumelo en lui caressant le flanc. Il se penche et pose Butch par terre.

« C'est chouette ici, je fais remarquer. Très bohème. »

La maison est peinte en bleu clair ; avec une porte d'entrée blanche, comme celle du garage. On s'attendrait à la trouver au bord d'une plage, plutôt que dans une banlieue de Johannesburg. Je lève les yeux vers la véranda, guettant un tintement de carillon ; mon regard s'arrête sur un détecteur de mouvement. Ce quartier de Melville ressemble au Paris qu'imaginent ceux qui n'y sont jamais allés : des gens qui boivent du café et fument, assis à des tables en terrasse, des boutiques qui vendent des disques et des livres épuisés, des bars branchés, à la limite du prétentieux. Mais les rues, qui portent des numéros, sont bordées de palmiers et de jacarandas. Et ce genre de lumière n'existe pas en Europe.

Tumelo se frotte la paume droite contre la cuisse et me tend la main. « Tu te rappelles ?

– Je crois, oui. En zoulou ou en sotho ?

– À toi de choisir. »

Je m'éclaircis la gorge. « *Sawubona* », dis-je en lui serrant la main. *Hello* en zoulou. Ses ongles sont noirs d'avoir trempé dans le révélateur.

Il hoche la tête. « *Unjani* ?

– *Ngikhona, ngiyabonga.* » Je vais bien, merci. Si je sais dire cette phrase dans suffisamment de langues, peut-être que ce sera vrai. « *Wena unjani* ? »

Il sourit et me donne une accolade. « Très bien, Thulisile », dit-il dans mes cheveux. Thulisile est le nom qu'il m'a attribué lors de notre deuxième virée ensemble. J'avais cherché sur Google le soir : le mot signifie *celle qui a fait taire les bruits*, et il m'avait semblé que Thulani, la forme masculine, s'appliquait mieux à lui.

« Merci. » Je suis émue, et étonnée de m'apercevoir qu'il m'a manqué.

Il s'écarte. « Alors ? Remise de ton voyage en enfer ?

– C'était bien ça, d'après ce que j'ai lu. »

Il claque des doigts pour appeler le chien. « Viens. La chambre noire est derrière la maison. J'ai tout préparé. »

Je me retourne face à la rue. S'il me surveille – mon père, ou Gideon –, je veux qu'il me voie. Qu'il distingue l'expression sur mon visage. Mais personne ne recule furtivement derrière un buisson ou un arbre. Hormis mon garde du corps, garé un peu plus loin, la rue est déserte. J'emboîte le pas à Tumelo qui entre dans le garage.

Sa vieille Golf bleue est logée entre deux longues étagères chargées d'outils, de matériel électronique désuet et de planches de bois. Les vitres sont opaques de saleté. Au fond du garage, la lumière dessine les contours d'une porte.

« Butch », lance Tumelo en attendant le chien, prêt à actionner la télécommande.

Je pose la main sur le toit de la Golf. Tous les matins, avec mon sac à dos rempli de fruits que je prenais au buffet du petit déjeuner, je l'attendais devant mon hôtel. C'est là qu'il m'a appris à dire *bonjour* et *comment ça va* en zoulou et en sotho. Qu'il m'a parlé de sa femme et de sa fille, et m'a montré comment régler l'ouverture du diaphragme sur son appareil.

La porte du garage commence à se refermer. « Allons-y, dit Tumelo. Butch suivra. »

Je le rejoins en posant les pieds avec précaution sur l'épaisse moquette tachée d'huile. Au passage, j'essuie discrètement la vitre arrière de la Golf. La trousse de secours est toujours là, sous le siège du conducteur. Mais je n'arrive pas à voir s'il y a du sang sur la banquette. Butch me frôle la jambe.

Je suis obsédée par la banquette depuis qu'on est rentrés de notre première interview de réfugiés, quatre jours après le début des émeutes à Alexandra. La violence flambait aux quatre coins du Transvaal, sautant les routes et les rivières, laissant un paysage fumant dans son sillage. Des hélicoptères de l'armée encerclaient les villes ; le récepteur scanner de Tumelo, réglé sur les fréquences de la police, ne cessait de grésiller.

On avait attendu cinq heures à un barrage routier près de Roodepoort, en partageant nos cigarettes et nos fruits secs. La dernière fois qu'il avait vu les townships brûler, expliquait Tumelo, c'était juste après la libération de Madiba, au début des années 1990. Pendant la guerre des foyers[1], ainsi qu'il l'appelait, qui avait précédé les premières élections démocratiques de 1994, l'ANC et l'Inkatha s'étaient disputé le terrain. Il travaillait alors pour le *Mail & Guardian ;* chaque jour, pendant neuf mois, il s'était rendu à Thokoza ou à Soweto pour couvrir les affrontements. Une de ses photos lui avait valu une candidature au prix Pulitzer – l'image d'un militant de l'ANC s'acharnant sur le corps d'un Zoulou.

En l'écoutant évoquer la guerre, je n'arrivais pas à croire qu'à ce moment-là, moi, j'existais quelque part, en vie. À part la libération de Mandela, que je me rappelle vaguement – les images me viennent surtout de comptes rendus que j'ai lus –, et le jour de l'élection en 1994, ma mère ne me laissait pas regarder les infos quand j'étais petite. Les médias parlaient de la guerre, comme de tout ce qui s'est passé dans le monde depuis, mais, à la différence des désastres naturels et des attaques terroristes qui ont eu lieu récemment, on ne voyait pas beaucoup d'images, et aucune vidéo sur YouTube.

Certains jours, racontait Tumelo, les photographes devaient emmener eux-mêmes les blessés à l'hôpital voisin, après leur avoir posé un garrot avec un T-shirt pour empêcher qu'ils ne se vident de leur sang sur la

1. Foyers de travailleurs immigrés (*hostels*), autour desquels se sont souvent concentrées les émeutes.

banquette arrière. Si seulement il y avait eu quelqu'un à Alex pour faire la même chose.

« Tu viens ? » demande Tumelo à la porte du garage.

***

« Autrefois, c'était une chambre pour la bonne, ici, dit Tumelo en sortant une clé de sa poche. C'est ce qui nous a fait acheter la maison. » Il ouvre la porte du labo et bascule un interrupteur sur le mur ; le tube au plafond s'allume progressivement tandis qu'il s'efface pour me laisser entrer.

La pièce est petite, même selon les critères londoniens, avec un sol en béton grossier. Immédiatement, j'identifie l'odeur qui imprègne les vêtements de Tumelo. L'un des murs est peint en blanc, les autres sont gris ciment. Une hotte de ventilation ronronne au-dessus de toilettes et d'un évier installés dans le coin, entre deux longs plans de travail perpendiculaires. Je m'attendais à voir des photos suspendues à une corde à linge, comme une guirlande de fanions noirs et blancs, mais tout est net et bien rangé. Le mur du fond est couvert de tirages, avec une couverture du magazine *Drum* dans un cadre.

« Ne bouge pas », ordonne Tumelo à Butch avant de fermer la porte.

« C'est toi qui as fait ça ? » dis-je en montrant la couverture : une jolie Noire en bonnet de marin, sur fond bleu.

« Ma première couverture. » Il rit.

Contre le mur opposé, quatre bacs étiquetés – révélateur, bain d'arrêt, fixateur, rinçage – sont encastrés dans le plan de travail. Des bouteilles de solvants et des bocaux en verre remplis de cotons démaquillants garnissent les étagères en dessous. Un tuyau en caoutchouc est fixé à l'un des bacs, près des toilettes, et, sur celui qui est le plus proche de l'évier, je remarque une pince en plastique bleu aux extrémités légèrement décolorées. Les fenêtres, qui donnent sur le jardin, sont obturées.

« C'est quoi, ça ? » Sur la paillasse en bordure du mur blanc, fixé à une planche en bois jaune, il y a un objet insolite, croisement entre un feu de signalisation routière et une longue-vue – le modèle dans lequel on glisse des pièces pour observer le paysage.

« Un agrandisseur. » Tumelo le branche dans la prise murale et une lumière rouge clignote sur le cordon.

« Et ça ? » Je regarde une petite boîte en plastique avec un anneau rouge autour du couvercle, pour bien montrer qu'il ne faut pas l'ouvrir.

« Une cuve de développement. » Il attrape une paire de ciseaux sur l'étagère. « Tu es venue prendre une leçon de tirage photo ?

– Non, pas vraiment. » J'essuie mes mains moites sur mon jean.

« Alors, assieds-toi », dit-il en me désignant un tabouret contre le mur du fond.

Je pose mon sac sur le tabouret et me tourne vers lui, toujours debout, tenant la pellicule contre ma poitrine. « Elles seront peut-être très malsaines… Les photos, je veux dire. »

Abandonnant les ciseaux sur la paillasse, il va fermer la porte à clé, puis se penche pour appliquer une serviette contre le rai de lumière qui filtre en dessous. « J'ai compris. » Il n'ajoute rien.

« Je veux que tu saches que si c'est le cas, je ne resterai pas sans rien faire. Même si ça doit m'attirer des ennuis, parce que j'ai volé la pellicule ou que j'ai aidé mon père à s'enfuir. Je m'en fiche. » Voilà ce que je me suis promis en partant du garde-meubles, avec la radio à fond dans la voiture et les quatre vitres baissées pour laisser la musique s'échapper dans l'air de la nuit. « Mais j'aurai peut-être besoin de ton aide. »

Tumelo hoche la tête. « D'accord. »

Je pose la pellicule sur la paillasse à côté de l'agrandisseur. « Merci. » Le tabouret branle quand je m'assieds, mon sac sur les genoux, le dos contre le mur frais.

Il bascule l'interrupteur. Dans le noir total, je ne saurais dire si mes yeux sont ouverts ou fermés.

J'entends son pas dans la pièce, ferme et assuré. Puis un clic, et une ampoule rouge s'allume au-dessus des bacs. Il tire sur un cordon qui pend d'une deuxième ampoule à côté de l'agrandisseur. La lumière, de plus en plus vive, devient bientôt aussi chaude que le soleil de midi sur des paupières closes.

Il se lave les mains à l'évier. Son tablier est soigneusement noué sur ses reins ; les deux fils, de longueur égale, pendent comme les oreilles d'un vieux chien.

Je me sens obligée de remplir le silence. « Tu crois ce que le gouvernement raconte à propos des forces de sécurité de l'apartheid ? » L'ANC les a accusées de déclencher les troubles dans les townships afin de déstabiliser l'État et de compromettre les préparatifs pour la Coupe du monde.

Tumelo ricane. « Non. » Il sort un décapsuleur de sa poche et s'en sert pour ouvrir la boîte de pellicule. « On essaie juste de leur faire porter le chapeau. » Il extirpe délicatement le film en le tenant par la tranche. « Mais le problème ne disparaîtra pas. »

J'acquiesce et serre mon sac contre mon ventre.

Il coupe l'amorce, puis fait avancer le film autour de la spire par un mouvement de va-et-vient.

« Ça va prendre combien de temps ? je demande.

– Quarante minutes. » Une fois le film complètement enroulé, il insère la spire dans la cuve de développement et applique le couvercle.

Je ferme les yeux. Les secrets de mon père – les zones d'ombre que j'ai toujours soupçonnées – seront bientôt exposés à la lumière.

« Et quatre heures pour faire sécher les négatifs. »

Un répit.

On est assis dehors au soleil de l'après-midi. J'essaie de deviner combien de temps il faut encore attendre en scrutant le visage de Tumelo, en même temps que sa montre. Butch creuse au pied du pacanier qui ombrage le garage et un petit tas de compost au coin du jardin.

Dans la chambre noire, je n'ai pas bougé de mon tabouret pendant que les négatifs se stabilisaient dans le fixateur, puis quand Tumelo a suspendu le film au-dessus de l'évier pour le faire sécher. Il a mis la radio, expliquant que c'était son habitude lorsqu'il rangeait le labo, mais je me suis demandé s'il avait déjà vu quelque chose dont il n'avait pas envie de parler.

La femme de Tumelo, Lebohang, nous apporte du thé et des biscuits. Une heure plus tôt, on a déjeuné tous les trois, puis j'ai accompagné Tumelo dans son bureau où il a répondu à ses mails ; je l'écoutais taper sur son clavier tout en lisant un roman de Dick Francis. C'était une lecture plaisante, avec un héros plein-de-défauts-mais-finalement-bon qui découvrait une machination infâme, s'envoyait en l'air une fois, pas plus, et terrassait les méchants à la fin.

J'aimerais que Lebohang reste avec nous – pour garantir une conversation légère et superficielle –, mais Tumelo lui demande en sotho de nous laisser seuls.

« Il y en a encore pour longtemps ? » Je serre les deux mains autour de mon mug en émail. J'aime bien boire dans de la vaisselle que mon père qualifierait d'« écuelle du jardinier ».

Tumelo consulte sa montre, plissant les yeux dans la lumière vive. « Vingt minutes. » Avec sa cuillère, il ramasse un morceau de biscuit qui est tombé dans le fond de son thé et le jette plus loin sur le gravier. « Butch ! » Mais le chien a déterré la cachette d'un écureuil et éclate des noix entre ses dents.

« Je suis vraiment désolée… Je ne voulais pas les apporter à un labo professionnel, et je n'ai personne d'autre que toi à qui m'adresser. » Mes paroles me rappellent la supplique de mon père sur la colline à Empangeni, treize jours plus tôt.

« Tu as bien fait. » Tumelo se masse le front, de sa main qui porte une alliance depuis trente ans. « Avant de regarder ces négatifs, je pensais aussi que tu avais raison d'aller rejoindre ton père. »

Dans le jardin voisin, un enfant hurle. Je sursaute.

« Ils font du trampoline », dit Tumelo en souriant. Il agite la main au moment où une tête blonde, un bref instant, jaillit au-dessus du mur.

Je ne suis pas certaine que la fillette nous voie, mais je la salue quand elle réapparaît. « Pourquoi est-ce que tu pensais ça ? dis-je, sans relever son allusion aux négatifs.

– Parce qu'il valait mieux que tu t'éloignes un peu des townships. Pareil pour Lebo. » Il sort un paquet de tabac de la poche de son pantalon. « Tu en veux ? »

Je secoue la tête. « Pourquoi as-tu arrêté de couvrir les émeutes ? » Chez Naledi, j'ai retourné la poubelle du recyclage pour exhumer les journaux que j'avais ratés pendant mon périple avec mon père. J'ai trouvé deux autres avis évoquant mon accident, et d'innombrables photos des affrontements, mais aucune qui n'était signée de Tumelo.

« Tant que je bossais avec toi, c'était supportable. » Il dépose du tabac dans une feuille de papier argenté et façonne la cigarette entre ses doigts. « Mais après ton départ, c'est redevenu une réalité que je connais trop bien… Triste. Qui n'évolue pas. »

Un vieux ballon de basket roule près de la table, suivi de près par Butch.

« Je suis retourné plusieurs fois à Alex, continue Tumelo.

– Pourquoi ?

– Pour la chercher. Je les ai cherchées toutes les deux. »

Inutile de lui demander de qui il parle. Je lui ai raconté ce qui s'était passé cette nuit-là à Alex quand on est repartis de Kagiso, après avoir interviewé des réfugiés. Quatre jours s'étaient écoulés, et j'avais besoin de me confier à quelqu'un. Les lampadaires étaient éteints, il ne pouvait pas voir mon visage dans l'obscurité de la voiture. Je lui ai parlé des cris de la femme pendant que les hommes la violaient, des longues secondes durant lesquelles l'homme avait flambé avant que je ne pense à faire quelque chose. J'ai expliqué que j'étais sûre que le type à la machette venait pour punir la femme d'avoir épousé un *kwerekwere*.

« Je l'ai retrouvée, dit Tumelo. Elle est vivante. »

Je me tourne vers le pacanier, les yeux pleins de larmes. « Qui ?

– La femme du brûlé. »

Il tousse brièvement, le poing devant la bouche. « J'ai prétexté un reportage sur les survivants. » Une ruse dont mon père se serait vanté, mais Tumelo, lui, a plutôt l'air de s'en excuser.

« Pourquoi tu l'as cherchée ? » Je repousse mon mug vers le plateau.

« J'étais inquiet pour toi.

– Et maintenant ?

– Encore plus.

– Elle allait bien ?

– Elle a une pommette fracturée, son mari est mort et elle a été recueillie par quelqu'un avec ses gosses et son frère parce que sa cahute a brûlé. »

Je sais ce que je devrais faire : donner l'argent de ma grand-mère à Lindi, au profit des réfugiés. Aider cette femme. Est-ce que les Blancs « payent » pour se soulager de leur culpabilité ? Dirait-on que c'est mieux que rien ?

« Mais, Jo… Au moins, elle est en vie. » Il jette sa cigarette sur les dalles et l'écrase sous son pied. « Je savais que tu te rongeais les sangs à cause de ça. »

Je me renverse en arrière sur ma chaise et tourne mon visage vers le ciel. Bleu délavé, comme le printemps en Angleterre. Une voix d'homme lance un appel dans le jardin voisin, les enfants arrêtent de sauter.

« Tu ne pouvais rien faire de plus », dit Tumelo.

Je laisse retomber mon menton dans ma main. Ma tête est lourde. « Au lieu d'essayer d'éteindre les flammes, je ne regardais que la machette… » J'ai été lâche, oui. Comme mon père.

« *Eish*, Jo.

– Et l'autre femme ? Celle de la cahute ? » Quand je lève les yeux, je connais déjà la réponse. Le chien pousse le ballon de basket tout autour du jardin. Je pleure.

« J'ai essayé, murmure-t-il en me tendant son mouchoir. Mais je ne l'ai pas trouvée. Ça ne veut pas dire… »

Il sort de sa poche un morceau de papier plié en quatre. « Tiens, c'est son nom. La femme que tu as sauvée. » Il cale le papier sous mon mug vide. « Au cas où tu voudrais savoir. »

Je prends le papier et je lis : Lerato Tshuma. Audessous, il y a un autre nom, que Tumelo ne m'a pas annoncé : celui de l'homme brûlé. Dakarai Tshuma. Et une adresse à Alex. « Merci.

– Qu'est-ce que tu vas faire ?

– Je ne sais pas trop. »

Il tourne sa montre sur la face interne de son poignet pour regarder l'heure. « Les négatifs sont prêts. »

J'attends à l'extérieur devant la porte, le ballon baveux de Butch dans les mains, pendant que Tumelo coupe les négatifs. Assis à mes pieds, le chien me regarde et agite la queue.

« Viens », dit Tumelo en ouvrant la porte.

Je lui tends le ballon au passage. Il y a trois piles de négatifs sur la paillasse, à côté de l'agrandisseur. Tumelo lance le ballon derrière Butch et referme la porte. Je m'assieds sur le tabouret. Tumelo branche l'agrandisseur dans le minuteur et le minuteur dans la prise.

« Je vais te faire une planche contact, dit-il. Pour que tu ne sois pas obligée de garder les négatifs sur toi.

– Merci. »

Il se penche sur l'agrandisseur. « Viens voir. »

Je prends une grande inspiration et je me lève, abandonnant mon sac par terre. Le négatif est chargé dans l'agrandisseur qui projette l'image sur la base. Tumelo tourne un bouton sur le côté de l'appareil et abaisse la tête d'un demi-centimètre. Quand l'image apparaît nette, il lâche un sifflement.

« Qu'est-ce que c'est ? » dis-je. Il s'écarte et me fait signe de prendre sa place.

La photo montre la page dix d'un document, en afrikaans, avec le titre aligné en haut à droite : *Opération*

Lion Blanc : Étude de faisabilité (Région 6). Rien n'indique qui est l'auteur.

« Qu'est-ce que c'est ? » je répète en regardant Tumelo.

Il ouvre une pochette noire sous la paillasse et attrape une feuille de papier photo. « Lis. »

Avec l'aide de Tumelo, je traduis le premier paragraphe : *Comme mentionné plus haut, le sujet présente indéniablement un risque pour la sécurité nationale, surtout au vu de la manipulation qu'il exerce sur des soutiens internationaux. Action décisive requise. Compte tenu des contacts internationaux du sujet, choisir un lieu des plus discrets.* Au-dessous, une phrase en gras : *Perte de la vie est à prévoir. Obtenir l'accord du Cdt.*

Puis le dernier paragraphe : *Mode opératoire envisagé : contaminer médicaments du sujet ; colis piégé ; voiture piégée ; embuscade au domicile. Officier traitant et agent recommandent l'une ou l'autre de ces deux dernières actions. Conseillent de recruter troisième agent pour embuscade. Prime estimée : R 10 000-R 40 000. Recommandations concernant troisième agent :*

La page s'arrête là.

« C'est une mission pour… liquider quelqu'un, n'est-ce pas ? » dis-je, ne sachant quel autre terme employer. Tumelo acquiesce. « Qui ?

– Aucune idée. Il y a un tas de candidats possibles… Albie Sachs, peut-être.

– Qui est-ce ? » Je suis capable de citer tous les rois et les reines d'Angleterre depuis les Tudor, mais on ne m'a jamais acheté une règle en bois portant les noms des militants pour les droits civiques.

« *Eish*, tu as besoin de prendre des cours d'histoire, ma fille », dit Tumelo. Il éteint l'agrandisseur, et le document disparaît. « Il est devenu juge. Mais dans les années 1980, il était en exil parce qu'il a aidé des Noirs à combattre les lois sécuritaires. Le gouvernement l'a poursuivi. Il a perdu un bras et la vue d'un œil dans un attentat à la voiture piégée. »

Pourquoi mon père a-t-il une photo de ce document ?

Tumelo charge un autre négatif qu'il prend dans la même pile.

***

Trente-cinq photos, réparties en quatre planches contact, sont étalées sur la paillasse.

La première planche présente le rapport de faisabilité, plusieurs autres documents en gros plan, et l'image d'un homme que ni Tumelo ni moi ne reconnaissons. Si on suppose qu'il a eu accès à la totalité du rapport, mon père a sûrement caché quelque part les photos des pages manquantes – qui permettraient d'identifier la cible et l'auteur. Mais où ? Impossible de le savoir.

Tumelo attend, assis sur le tabouret, pendant que j'examine à la loupe les photos de la deuxième planche.

« C'est quoi, ça ? » dis-je en relevant la tête.

Il a les yeux fermés. « Continue. »

En bas à gauche, un jeune Danie Strydom me sourit en découvrant les dents avec insolence. Au-dessous, mon père et lui font mine de s'étrangler. Les cheveux de mon père sont plus courts, plus clairs ; je n'ai jamais remarqué qu'il avait les oreilles aussi décollées. Il semble détendu et en rajoute pour la photo. Parfaitement à l'aise.

Sur la photo d'à côté, un troisième homme les a rejoints et ils bâillent tous les trois façon Charlie Chaplin, bouches largement ouvertes, appuyés sur leurs fusils comme sur des cannes. Ce doit être Jaco : il ressemble à ce que mon père a décrit – les yeux profondément enfoncés, le grain de beauté. Malgré la pose comique, ils n'ont pas l'air seulement bête, mais aussi méchant.

En haut de la deuxième colonne, on voit mon père avec un quatrième homme – flou, tournant la tête pour regarder quelque chose derrière lui. Ils lèvent le pouce, une oreille sanglante accrochée à leur cou par un fil de fer.

« Bon sang… » Et il n'aurait fait que prendre des photos ? Je me penche plus près, mais comment pourrais-je identifier Gideon ? Je ne sais rien de son physique, hormis qu'il a les cheveux roux, et ces clichés sont en noir et blanc.

Tumelo a toujours les yeux fermés.

La première photo de la troisième planche a été prise à travers une petite fenêtre arrondie. Une piscine et, dans le fond, un ciel strié d'éclairs. Je reconnais cet endroit. C'est le lodge à Dundee.

L'image suivante a saisi Danie et Jaco en train de boire du café sur des chaises longues, devant l'une des cases. Jaco sourit à l'objectif. Danie a d'énormes lunettes de soleil avec de fines montures métalliques. La tasse qu'il porte à sa bouche est floue. Un regard naïf pourrait croire qu'il s'agit d'une simple photo de touristes.

Sur la troisième photo, Jaco, accroupi entre les chaises longues, dos à l'objectif, caresse un chien. Mon père est debout à côté de Danie et lui sourit. Il a les cheveux mouillés et est torse nu, il vient de sortir de la piscine. Il a l'air si jeune. On aperçoit un doigt dans le cadre.

Il m'a menti sur tout, je comprends maintenant. Il était leur ami. Il ne leur a pas ouvert le lodge sous la contrainte. Peut-être même qu'il l'a suggéré. Et il ne s'est pas retranché dans le bâtiment principal pendant qu'ils faisaient leur boulot. Il a nagé dans la piscine, joué avec le chien, il leur a fait du café.

Je m'approche de la dernière planche contact. Il n'y a que deux photos.

La première est celle d'un Noir couché à plat ventre, les poignets ligotés, un jet d'eau dirigé sur la cagoule qui recouvre sa tête. Son dos est constellé de cicatrices rondes.

La deuxième montre un Noir plus mince, plus grand, affaissé sur une chaise, bras attachés, cagoule trempée. Le sol tout autour est mouillé, mais je ne distingue pas si c'est du sang ou de l'eau. Le mur en arrière-plan n'est pas incurvé, mais droit. Cette photo-ci n'a pas été prise dans une case au lodge.

Est-ce que l'un de ces deux hommes pourrait être le père de Paul ?

Tumelo se lève. « On dirait qu'il a choisi précisément ces images et photographié les originaux pour les rassembler sur une seule pellicule. C'était peut-être un moyen de se protéger ? »

Ou des trophées, je pense.

« Rien ne dit qu'il soit l'auteur des originaux », ajoute Tumelo. Je sais qu'il essaie de me réconforter.

Butch gratte contre la porte en gémissant.

J'écris *trophée* en sténo sur l'ongle de mon pouce. Un signe qui se replie sur lui-même.

20

J'essaie d'imaginer ce qui s'est passé. Je dois affronter ça, malgré ma répugnance. Si je détourne les yeux maintenant, les photos ne seront plus que des images, elles ne signifieront rien. Les hommes qui sont morts près du lodge se réduiront à un simple épisode dans l'histoire de mon père. J'imagine les derniers jours de Vusi Silongo.

L'homme assis sur la chaise tremble. Une coulée de sueur envahit ses genoux enflés. Il ne peut pas se laisser aller en arrière contre le dossier et est obligé de garder les bras tendus devant lui à hauteur des épaules, sinon ils lui fouetteront la plante des pieds avec un *sjambok*. Entre deux cigarettes, les hommes posent des canettes de Coca ouvertes sur ses paumes. Quand il ne parvient plus à soutenir le poids, elles tombent et le liquide lui brûle les pieds, à l'endroit où ses ongles ont été arrachés.

Dehors, un matelas pneumatique rose flotte sur la piscine. Gideon van Vuuren est assis du côté peu profond, les pieds dans l'eau.

Dans la case, l'homme hurle. Un cri enroué que le vent n'emporte pas loin. Aucun oiseau ne s'envole, personne ne vient.

Quand je me représente Gideon, c'est le quatrième homme que je vois – avec un bras autour des épaules de mon père et, comme lui, une oreille sanglante accrochée au cou. Je ne sais pas quel visage a Vusi et il m'est difficile de ne pas lui donner celui de Paul. Je me rappelle les paroles de mon père : il n'a pas reconnu Vusi sur la photo que lui montrait la police parce que, pour lui, tous les Noirs se ressemblent.

Ils ont enlevé Vusi à Mamelodi, et c'est Gideon qui l'a amené ici, de l'autre côté du Vaal, seul avec lui dans la voiture ; les autres étaient partis devant pour préparer l'accueil. Avec l'air chaud du moteur dans la grosse berline noire, il a roulé toutes vitres baissées, en fumant et en essayant de reconnaître les chansons qui passaient à la radio. Vusi se taisait. Gideon a pris la longue route du col, s'appuyant d'un coude sur le rebord de la fenêtre quand les virages étaient trop serrés.

Vusi avait été une cible facile. Il jouait de la basse presque tous les soirs avec un groupe de musiciens, sur la scène d'un bar-dancing clandestin dans un township. Les soirs où il ne se produisait pas, Gideon l'avait écouté travailler des chansons de Stevie Wonder dans sa cahute, trouvant les sons à l'oreille, attrapant la mélodie comme une mouche dans son poing. Il grattait les cordes avec énergie et chantait d'une voix forte qui était entendue par tous les voisins et les chiens du quartier. La première fois que Gideon avait découvert Stevie Wonder, c'était quand il pistait des guérilleros en Namibie ; personne ne se souciait de censurer la poignée de cassettes qu'on se refilait de main en main. Mais il préférait la version de Vusi : plus dure, un cri métallique.

Gideon avait surveillé Vusi pendant trois semaines, plus longtemps qu'il ne le fallait vraiment. C'était facile – les doigts dans le nez –, malgré sa peau blanche qui le handicapait. Suivre le gars dans ses trajets, de chez lui à l'usine et au bar clando, bref, le meilleur *jol* qu'il avait eu depuis son retour du Kavango. Pas besoin d'être un pro de la brousse pour pisser dans des bouteilles de Coca et bouffer du biltong en faisant le pied de grue.

Ils sont allés chercher Vusi à trois heures du matin, un jeudi. Vêtus d'uniformes de policiers, les hommes ont cerné la cahute. Vusi est rentré deux heures plus tard, mais il n'était pas seul.

« Et merde, grommelle Gideon. On va devoir attendre qu'il en ait fini avec sa *meid.* » Ils regardent les lumières s'éteindre, dans un silence lourd de sommeil.

« Allez, on bouge. » Quatre lampes torches cisaillent la nuit, les faisceaux balayent la tôle. Gideon cogne contre la porte. « Sors de là, *kaffir* ! C'est la police ! »

Par la fenêtre en Plexiglas recyclé, la torche de Jaco éclaire un amas de couvertures à l'intérieur, des visages effrayés. « On les repère toujours au blanc de leurs yeux », lance-t-il en riant.

« Sors ! On sait que t'es là-dedans ! » Gideon perçoit du mouvement chez les voisins, mais aucune lumière ne s'allume. Personne ne veut attirer l'attention.

La porte s'ouvre. Vusi est en train d'enfiler sa deuxième chaussure, mais Gideon entre et le bouscule. Il tombe brutalement sur le coccyx. La femme hurle.

« Dis à cette salope de la fermer, *kaffir.* » Nul besoin d'ajouter « sinon ».

« *Thula*, Thembi, dit Vusi, en essayant encore de mettre sa chaussure. Ça va aller.

– Habille-toi. » Gideon remarque que ses tétons sont durs sous l'effet du froid et de la peur. Il a balancé un coup de pied dans la guitare près de la porte ; le bruit des cordes heurtant le sol lui a paru en harmonie avec la scène. La femme ne dit plus rien, elle enfile sa culotte sous la couverture.

« Dépêche-toi, sale fils de terroriste. »

Vusi tressaille. Il n'a rien à voir avec l'ANC, mais il sait qu'il vaut mieux ne pas protester et obéir.

« *Kom, kom*, chargez-le dans la voiture. » Gideon pousse Vusi vers ses amis harnachés de métal.

Vusi voit que les uniformes sont déjà tachés de sang. Pour lui faire peur. « Thembi, viens me chercher demain au commissariat », dit-il en zoulou par-dessus son épaule. Quand le chef du groupe referme la porte, Vusi pense avec une brusque nostalgie au miroir devant lequel il se rase et à la nappe rouge que sa femme lui a donnée. Dehors, perdant leur peu d'humanité, les policiers ne sont plus qu'éclairs d'argent et formes anguleuses.

« Qu'est-ce que j'ai fait ? Pourquoi vous m'emmenez ? » Il emploie le *vous* de politesse. Les cours obligatoires d'afrikaans ont porté leur fruit.

Vusi regarde le coffre béant vers lequel les policiers l'entraînent. Il revoit la camionnette du boucher, ses portes grandes ouvertes sur trois carcasses. On pratique sûrement la magie du sang dans cet espace sombre… Il se débat, se laisse tomber de tout son poids en espérant qu'ils lâcheront prise.

Des pieds raclent la pierre. Gideon aime jouer avec cet homme qui se dérobe, mou comme un hamac, mais il y a de meilleurs endroits où le suspendre, où l'écarteler. Il ouvre la portière du passager et prend le pied-de-biche.

J'imagine la panique, la peur. Mais j'en sais trop sur des hommes comme Gideon et pas assez sur Vusi.

Il ne reste plus aucun meuble dans la case sauf une table dans un coin et une chaise au centre, posée sur un rideau de douche. Sur ordre de Gideon, les lampes à motif zèbre et le lit en rotin ont été sortis dans la cour. Il a besoin de place pour travailler, avec des prises électriques accessibles.

Debout contre le mur, il fume en regardant les rideaux. Il tient sa cigarette entre le pouce et l'index, la main en coupe. Chaque case porte le nom d'un animal, écrit avec des petites rosaces noires sur une pancarte orange près de la porte. Il demandera à Danie de l'enlever. Ça fait peut-être marrer les touristes, mais lui, c'est le genre de choses qui l'agacent et le boulot s'en ressent : il y va plus fort, plus vite. En ce moment même, les autres raniment l'homme dehors en nettoyant au jet les signes de cette irritation. Il faut qu'il ralentisse le rythme.

« Viens passer un coup de jet ici, Jaco, lance-t-il. Il y a de la pisse et du vomi partout sur la chaise, et il faut changer le plastique. » Il s'assied sur la table – son coin récré –, jambes pendantes.

« Oui, *baas.* » La silhouette de Jaco s'encadre dans la porte, à contre-jour, telle une empreinte réalisée à la pomme de terre en bleu foncé sur papier blanc.

Le tuyau à la main, il en bloque l'extrémité avec le pouce pour arroser la chaise. L'eau ruisselle et s'accumule en flaques rouges et jaunes dans les plis du plastique.

Dehors, sur le lit, leurs instruments dorment. Un *sjambok*, un pneu, une batte de cricket. Mais ils n'en sont pas encore là ; d'abord, ils se servent du corps de l'homme contre lui. Plastique, caoutchouc, bois, on réserve tout cela pour plus tard.

Jaco revient avec un balai. Il aime qu'on lui donne des ordres ; doué pour obéir, capable de traduire des mots en hématomes et en sang au point qu'on lui prêterait presque un talent artistique caché. Mais Gideon doute qu'il écrive en secret des poèmes sur sa mère et sur son âme. La torture est la seule poésie que Jaco connaisse.

« Merci, Jaco. Le plastique est assez propre comme ça, on n'a pas besoin de le changer. Tu le ramènes ?

– Oui, *baas*. » Jaco repart vers la porte. Gideon écrase sa cigarette sur la table. Le prisonnier – qui auparavant lui a servi de cendrier – est toujours couché dans l'herbe dehors, trempé, toussant et crachant.

Danie et Jaco le portent comme un canapé qu'ils tournent de profil pour passer la porte.

« Remettez-le sur la chaise. On va le laisser se reposer un peu. » Gideon voit que l'homme prend de courtes inspirations. « Qu'est-ce qu'il a ?

– Il a avalé trop d'eau. » Danie baisse les yeux, conscient d'avoir cafouillé.

« Arrangez-moi ça. » S'il a les poumons à plat, il sera trop faible pour la suite.

Danie hoche la tête. « *Ja*, on s'en occupe. »

Gideon se lève. « Une fois que vous l'aurez bien réveillé, proposez-lui une des boîtes dehors. » Il y a des pêches au sirop, des sardines à la sauce tomate et de la pâtée pour chiens, sans étiquette sur le fer blanc. Peu importe laquelle l'homme choisira : de toute façon, il la vomira bientôt.

« Oui, chef.

– Et donnez-lui un peu de *tik* à fumer, ça le requinquera. On s'ennuie quand il reste trop longtemps dans les choux. » Gideon fait craquer ses phalanges contre la table. « Mais d'abord, pendant qu'il roupille, allez vous griller une cigarette.

– D'accord, merci. » Danie est soulagé. Il préfère traquer l'ennemi dans le bush, interpréter les traces sur le sol. Pour les traces sur le corps, il n'est pas bon.

À la porte, avant de sortir, Gideon regarde Danie et Jaco attacher les bras du prisonnier à la chaise avec du ruban adhésif. Il est trop faible pour s'enfuir et ils lui ont râpé la plante des pieds avec une brosse métallique, mais ses liens le maintiendront en place lorsqu'il recevra les décharges. Il est nu, les poils de ses cuisses sont roussis.

Dehors, Danie remplit un bol d'eau pour le chien. Gideon lui offre une cigarette. Ils rient quand le chien grogne en buvant. L'animal agite la queue. De son dos s'envole un nuage de poussière. Puis il court lécher les mollets de celui qui sort de la piscine.

Je ne peux pas imaginer la douleur, seulement les paroles des tortionnaires, leurs actes et leurs instruments. Est-ce ainsi qu'ils ont pu faire ça ? Parce qu'eux non plus n'imaginaient pas la souffrance qu'ils infligeaient ?

***

Ils ont dormi trop longtemps. Il est presque onze heures du matin et ils sont en retard sur leur programme. Ils ont laissé Vusi dehors toute la nuit, suspendu à un arbre par les bras et les jambes, le corps tordu. Au crépuscule, ils l'ont frappé sur le dos avec des bouteilles de cream soda de deux litres ; chacun son tour, en le faisant tournoyer entre eux. Cette pratique s'appelle « l'hélicoptère ». Puis ils l'ont arrosé de soda, froid et poisseux, et sont retournés aux cases pour manger un *braai* et boire de la bière. Il doit être couvert de fourmis maintenant, pense Gideon en étendant sa serviette sur la barrière qui entoure la piscine. C'est l'heure de se mettre au boulot.

Les hommes jouent au gin rami sur l'herbe. Jaco a toutes les figures. Il triche. Gideon siffle, les petits doigts dans sa bouche. Ses sous-fifres lèvent la tête.

« Allez le chercher. »

Ils acquiescent et posent leurs cartes, face cachée.

« Prenez un drap pour le porter. »

Gideon retourne dans la case. L'odeur est infecte. Le sac en plastique dans lequel ils ont « coulé » Vusi, encore plein de merde de chien, gît près de la table. Gideon le pousse dehors avec le pied, tout en revoyant l'homme se débattre, la tête dans le sac, puis rester inerte pendant que tour à tour ils le bourraient de coups dans le ventre. Il est temps de lui poser quelques questions.

Quand ils l'ont déshabillé la veille, Gideon a remarqué une constellation de brûlures de cigarette sur son dos. Les plus récentes, entre les omoplates, encore roses et boursouflées, témoignaient d'un récent séjour au commissariat. Gideon était déçu. Il aime les territoires vierges.

Je suis en train de me cacher les yeux. Mon père y était. Je le sais. Il a pris des photos, peut-être même participé. C'est sur son modèle que je prête des attitudes et des pensées à Gideon. Mais ça ne suffit pas. Je dois le voir, lui. Voir ce qu'il a fait.

***

L'air est chargé d'humidité, il pleuvra dans moins d'une demi-heure. Danie emporte la batterie de la voiture et les câbles dans la case. Tant pis si le *sjambok*, les battes de cricket et les briques sont mouillés, les premiers coups n'en seront que plus douloureux. Jaco se baigne dans la piscine. Il aime nager sous la pluie. Le ciel au-dessus est vide ; seules deux ou trois ombrettes étirent leurs pattes palmées pour surfer sur le vent.

À l'intérieur de la case, Vusi est réveillé, un pneu rempli de briques autour du cou. Gideon est avec lui. Jusque-là, il a travaillé sans émettre aucun commentaire, dans le silence rompu seulement par le crépitement du flash et la pellicule qui avance dans l'appareil. Il veut capter l'image de la douleur, la montrer aux suivants pour qu'ils comprennent ce qui les attend. La porte est ouverte, comme toujours depuis qu'ils sont arrivés ici. Gideon souhaite que l'homme attaché à la chaise voie la pluie à l'horizon, annoncée par le vent. Qu'il voie le chien attentif aux mouches près de la porte.

« Regarde-moi », dit Gideon.

Vusi, affaissé en avant, saigne sur le pneu. Ils l'ont réveillé en lui enfonçant un couteau dans le nez.

Gideon sait que le monde est en train de sombrer autour de son prisonnier : vision brouillée, perte d'audition. Des mouches volent au-dessus de son oreille qui repose sur la table. Le flash se déclenche, Vusi ne tressaille même pas.

À chaque inspiration, ses sens s'amenuisent. Même s'il ne distingue pas les outils de ses tortionnaires, il sait qu'ils sont là. Mais ça n'a pas d'importance, parce que cette pièce, son corps qui l'abandonne et les Blancs devant lui sont les derniers fragments du naufrage. Le rideau de douche sous sa chaise est son ultime repère.

« Regarde-moi. »

L'homme relève péniblement la tête.

Un flash.

« Ça te plaît, ton petit séjour dans notre maison d'hôtes ? » Gideon voudrait qu'il parle, mais Vusi se tait. Peut-être parce que sa voix est la seule action qui lui reste, il tente de la garder en lui le plus longtemps possible. Qu'à cela ne tienne, Gideon sait comment s'y prendre. Il lui envoie un coup de poing dans le sternum.

« Tu vas cracher tes tripes et tout me raconter. » Il le frappe encore, au même endroit. « Dis-moi que tu es coupable. Allez, lâche le morceau. »

Un flash.

« Coupable de quoi ? » La voix de Vusi est rauque, un filet d'air entre ses dents sanglantes. Tout est une arme contre lui, même son propre corps. Il a oublié les prénoms de ses enfants.

Enfin, pense Gideon. « D'avoir violé cette fille. » Ça le fera, se dit-il. Il recule d'un pas, croise les bras, et sourit.

« Quelle fille ? » Le chuchotement laisse place à la vraie voix. La personne, sous les cris et les grognements. Gideon se rappelle l'homme qui chantait dans sa cahute.

« Tu sais très bien de qui je parle, espèce d'abruti », dit Gideon en marchant en rond autour de lui.

Un flash.

« Non. » Vusi essaie de secouer la tête, mais son cou, à force de supporter le poids du pneu, ne lui obéit pas. « Je le jure. »

Il est soulagé qu'il y ait une raison à ce qui lui arrive, pense Gideon. Il espère que ça s'arrêtera, s'il réussit à me convaincre qu'il n'a même jamais vu cette fille. Excellent.

Le chien se couche sur le seuil de la case.

« Tu l'as remarquée près du Pick'n Pay à Lynnwood, tu l'as suivie jusqu'à sa voiture et tu l'as violée. Et maintenant, elle est enceinte de ta saleté de môme. » Gideon rit presque de ces détails qu'il invente.

L'homme se raidit, le ruban adhésif autour de ses poignets creuse les plaies laissées par la corde. « Quoi ? Non, je ne sais pas de quoi vous parlez. » Les mots se précipitent dans sa bouche.

Un flash.

« Elle est en cloque, elle ne peut pas s'en débarrasser, et toi, tu continues à vivre tranquillement comme si t'avais rien fait de mal. » Gideon s'amuse beaucoup. Il fait craquer ses phalanges.

« Non ! » L'homme devine ce qui va se passer maintenant. Il a vu la Bible sur la table.

« Si, et on va rester ici jusqu'à ce que tu le reconnaisses. » Gideon le frappe encore sur le sternum. « On te lâchera pas tant que t'auras pas avoué. » Il recule, attend que l'homme reprenne son souffle.

« Non. » La voix coule comme du sang.

Un flash.

« Il suffit juste que tu avoues… » C'est une technique très ancienne, déjà utilisée à l'époque des chariots à bœufs et des crânes piqués sur des lances. « Et ça s'arrête. » Tout un monde qui s'ouvre.

Un flash.

« Allez, dis-le. » Un territoire d'immenses possibles.

De son pied, Gideon écrase le pénis de l'homme sur le bord de la chaise. « Je vais te l'arracher, menace-t-il. Dis-moi que tu l'as violée. »

Un flash.

L'homme pleure pour la première fois. Gideon appuie plus fort.

« Je l'ai violée », crie l'homme. Il s'effondre en avant, le pneu touche presque la botte de Gideon.

Gideon rit. « Ça, c'était facile », dit-il en retirant son pied. Il se détourne et s'agenouille devant la batterie de la voiture. Il n'y a pas de femme, pas de viol. L'homme, son bruyant enlèvement et sa disparition, ne sont qu'un message destiné au chef d'un groupe de résistance dans le township. « Tu as bien fait. » Il allume le transformateur. La batterie ronronne.

La pluie est là. Le chien s'assied devant la porte. Dans la piscine, Jaco fait un équilibre sur les mains et sent les gouttes lui tapoter les pieds.

Un flash.

Gideon démêle les câbles électriques. Il en passe un derrière la chaise et l'attache au poignet de l'homme. L'homme ne bouge pas.

Gideon s'accroupit près de lui. « Tu crois que ça va faire mal ? » demande-t-il en lui montrant un fil dénudé. L'homme lève la tête. Gideon sourit.

« S'il vous plaît. Non… » L'homme comprend qu'il va mourir ici. « S'il vous plaît. »

Sans rien dire, Gideon enfonce le fil dans la chair. Vusi tremble et s'affaisse en avant, retenu par ses liens. Il hurle. Les mots lui font défaut.

Un flash.

Dehors, des feuilles et des fruits abîmés tombent. Gideon éteint le transfo et se penche pour gratter le chien derrière les oreilles. Il allume une cigarette. La pluie joue du piano sur le bidon d'essence posé devant la case. Ça ne durera pas ; déjà le ciel se dégage.

Vingt-quatre photos. La pellicule se rembobine. Nico Roussouw sort après Gideon, abrite son appareil sous son T-shirt, et, rentrant la tête dans les épaules, part en courant sous l'averse.

Plus tard, quand ce sera sec, ils emmèneront l'homme sur la colline près de la ferme. Ils le poseront sur la terre et l'envelopperont dans le drap. Ensuite, quand ils auront trinqué avec leurs canettes de bière, ils craqueront une allumette.

Un jour, peut-être, un orage déterrera ses os. Il est plus probable que les pluies auront tout emporté de lui.

21

Johannesburg Streets

« Ça te rappelle l'aventure que c'était autrefois ? » La balle de Naledi roule en travers du fairway vert comme du feutre et bute contre une pierre. « Merde », dit-elle en tapotant le bout de sa chaussure avec son putter.

« Je n'arrive pas à croire que t'es en train de perdre. » Je laisse tomber ma balle et la bloque avec mon pied. « Je ne me sers que d'un bras.

– Ben oui. » Elle agite son club de golf tel un poing dans ma direction. « Les gens qui sortent du coma ne devraient pas jouer aussi bien. Je suis sûre que tu triches.

– Hé, ne me *tune*[1] pas parce que tu tires comme un pied. » Ma balle file tout droit et ralentit sur le pont qui traverse le ruisseau.

Après le patinage sur glace et les jeux d'arcade, on avait eu notre phase golf et on venait ici – ou sur un terrain semblable – chaque semaine pendant le dernier hiver que j'ai passé en Afrique du Sud. Nos mères se relayaient pour nous emmener ; au

1. « Bouder » en argot sud-africain.

début, elles jouaient avec nous, mais on avait fini par les lasser à force de leur expliquer nos propres règles, de sorte qu'elles attendaient le plus souvent dans la voiture. Peut-être que ma mère nous aurait attendues aussi devant des boîtes de nuit, deux ans plus tard. Peut-être même qu'elle serait entrée avec nous. Sa présence ne m'aurait pas dérangée, je me dis maintenant. J'aurais sans doute trouvé ça marrant.

L'eau qui coule sous le pont est trop bleue.

Naledi rit. « Tu vois ? En quelques semaines à peine, tu retrouves ton argot. »

Le 4 × 4 de mon garde du corps est garé sous un palmier, près de la clôture. Même s'il faisait déjà presque nuit quand on est arrivés, rechercher l'ombre est une habitude.

« Carrément, *bru* », je confirme.

Naledi mesure trois têtes de putter à partir de la pierre et se penche pour déplacer sa balle. « Tu vas peut-être reprendre l'accent, aussi. »

Je lève les yeux au ciel. « *Ja*, d'accord, mais à condition qu'on ne me croie pas australienne.

– Je te comprends. » Elle frappe, et sa balle franchit le pont. « Y a pas pire que de passer pour une Australienne. Heureusement, ça ne risque pas de m'arriver, vu que je suis noire. »

Je ris. Elle attend derrière moi pendant que je fais rouler la balle vers le trou, mon club calé sous le bras.

« Joli coup », dit-elle au moment où ma balle s'arrête tout près du drapeau. Des insectes tournoient dans la lumière du projecteur au-dessus de nous. « Désolée, mais c'est l'heure de la question fatale.

– C'est-à-dire ? » Il fait presque assez froid pour que mon souffle forme de la buée. « Tu veux savoir si je vois quelqu'un ? Si j'ai enfin un petit copain ? Quand je vais avoir un bébé ?

– Putain, non, je déteste ces questions-là. Heureusement, on ne me les pose jamais. Les gens n'aiment pas trop imaginer une femme qui en baise une autre.

– Dommage pour eux. Moi, je suis toujours prête à expliquer les variantes de la position du ciseau. »

Elle rit. « Sérieux, Hartslief… Qu'est-ce que tu vas faire maintenant ? » Elle prépare son coup, évaluant la distance entre la balle et le drapeau.

« Je sais pas… Te mettre une pâtée au golf ? »

Elle secoue la tête, puis joue. La balle heurte une pierre et revient à ses pieds. « Pile ce que je voulais faire. Cherche pas, j'ai ma stratégie. » Elle recule. « À toi. »

Ma balle est à moins d'un mètre du drapeau. Je regarde Naledi par-dessus mon épaule. Il n'y a personne sur le terrain. « Je dois jouer les yeux fermés ?

– Ta gueule. »

La musique d'un manège nous parvient depuis le parking du centre commercial. Je me concentre sur mon coup. La balle hésite au bord du trou, et tombe à l'intérieur.

« Salope, dit Naledi derrière moi. C'est ta balle qui a de la chance. » Elle sort le drapeau et récupère ma balle dans la coupelle en dessous.

« Seuls les mauvais joueurs accusent leurs balles.

– Je m'en fous, je la garde. » Elle replante le drapeau et fourre la balle dans la poche arrière de son pantalon. « Et c'est mon tour maintenant. Allez, Hartslief, réponds-moi. C'est quoi la suite ? » Elle fait un swing d'essai, affichant un air désinvolte pour accompagner sa question. « Tu peux rester chez moi aussi longtemps que tu veux, évidemment. »

Je hoche la tête. « Merci.

– Mais ?

– Mais je ne sais pas trop pour quelle raison je resterais. »

Elle frappe la balle, qui passe à côté du trou. « Bordel de merde ! s'écrie-t-elle en brandissant son putter. Hé, tu crois qu'ils me feront raquer si je casse le club ? »

Je sors la fiche de score et le crayon de ma poche. « Sans doute. Mais je veux bien payer la moitié, juste pour le spectacle. » J'écris nos points, le papier posé sur ma cuisse.

« Et puis non… Ça coûte déjà une blinde. En plus, je ne me rappelais pas que c'était aussi nul. J'ai combien de coups de retard sur toi ?

– Des tonnes », dis-je en lui tendant la fiche.

Elle relève les yeux et plie la feuille. « Tu ne me mettais jamais une telle raclée avant. Peut-être que je deviens con.

– Il n'y a plus qu'un trou. » Je désigne le pont de bois qui enjambe une petite mare. « Et après, on mange.

– Ou on boit. »

On se penche par-dessus la rambarde verte du pont. Les roseaux et les fougères qui poussent autour de la mare ont l'air d'être en plastique.

« Encore ? » Des carpes koïs aux couleurs vives, semblables à des tatouages, évoluent lentement dans la lumière artificielle.

« Sauf si tu n'as pas envie. » Elle se tourne vers moi. « Je ne sais pas quoi faire pour te rendre les choses plus légères. » Derrière elle, de l'autre côté du parking, les enseignes lumineuses d'un steakhouse et d'un restaurant de poisson pleins de monde clignotent.

Je souris. « Tu joues mal, ça aide. » Une coiffe indienne est dessinée au néon blanc et bleu sur le mur du centre commercial.

« Tu vas rester en Afrique du Sud ? » Elle contemple l'eau à nouveau, tête baissée. Ses tresses qui pendent me cachent son visage.

« J'en sais rien. » C'est la vérité : vraiment, je ne sais pas. J'ai un appartement qui m'attend en Angleterre, des amis. « Peut-être. »

Il y a trois jours, après avoir quitté Tumelo, je suis allée directement chez Paul et j'ai attendu dans la voiture qu'il rentre du bureau. Je craignais évidemment sa réaction quand il verrait les photos du lodge et des deux hommes, mais je n'avais pas le droit de ne pas les lui montrer.

Il savait par mon garde du corps que je m'étais rendue chez le loueur de conteneurs. « Je me demandais combien de temps tu mettrais à venir », a-t-il dit.

On s'est assis côte à côte pour regarder les photos.

Les documents avaient fait la une du *Star* la veille, et de toute la presse le lendemain. Tumelo était cité dans chaque article, sous des titres qui parlaient de commandos et de mercenaires. Le mot *squelette* revenait souvent, à la fois littéralement et au figuré. Dans une accroche, l'un des journaux reproduisait la déclaration de la Commission Vérité et Réconciliation à propos du Bureau de coopération civile : *Le CCB était une partie intégrante du système de contre-insurrection en Afrique du Sud, qui, au cours de ses opérations, a perpétré de flagrantes violations des droits de l'homme, parmi lesquelles des assassinats de citoyens sud-africains et non sud-africains. Les activités du CCB ont constitué une série d'infractions systématiquement et délibérément organisées.*

J'avais demandé à Tumelo de ne pas publier les photos de mon père et de Danie, pas encore – puisque Paul était toujours à leur recherche –, mais je l'avais laissé libre de se servir de mon nom, ou de celui de mon père. On s'était disputés quand il avait insisté pour que je cosigne son article. Mais à la parution, il n'y avait aucune mention de Jo Hartslief ni de Nico Roussouw.

Le parking est presque désert. Le golf va bientôt fermer.

« Je n'ai toujours pas compris pourquoi il m'avait appelée, dis-je. Peut-être parce qu'il s'ennuyait.

– Ou qu'il avait envie de te voir, suggère Naledi.

– Des retrouvailles père-fille autour d'un meurtre raciste… » Je pousse un nénuphar sur la mare avec mon club. « Charmant. »

Elle coince ses tresses derrière ses oreilles et se tourne vers moi.

« Sans doute pour que je l'aide à chercher Danie ». Je développe : « Et à questionner la copine de Jaco. J'ai l'impression que le réseau des anciens camarades n'est plus ce qu'il était. Ou bien il avait besoin d'argent pour aller récupérer ses pièces d'or. » Je ne connaîtrai jamais exactement la raison, mais je ne peux pas m'empêcher de m'interroger. « Ce serait plus facile pour moi de croire qu'il a perdu le contrôle de la voiture parce que quelqu'un nous suivait. Et que Gideon l'a enlevé pendant que j'étais inconsciente. Dans mon lit, la nuit, j'imagine Gideon en train de le traîner quelque part dans la forêt, pour le tuer. » Je sors mon club de l'eau et le sèche sur mon jean. « C'est naze que ce soit la version que je préfère, hein ?

– Plutôt, oui.

– Mais je sais que ce n'est pas la vraie. » Trop de preuves m'interdisent de voir mon père en repenti, conscient de ses erreurs passées. Naledi a confirmé qu'une chose au moins était vraie dans ce qu'il a raconté – la date de la mort de ses parents –, même s'ils n'ont jamais possédé une maison à Dundee ou à Tzaneen. Ce qui signifie qu'il a menti à ma mère et à Lynda à propos de ses revenus, sans parler de ses déplacements une fois par mois. Et à moi, il a menti sur son arrivée à Dundee, sa fausse installation, Gideon qui l'a retrouvé, le chantage… Sur tout. « Que Gideon ait vraiment existé ou non, ça n'a plus d'importance. »

Elle ferme les yeux. « Ce que je voulais te demander – j'espère que tu ne m'en voudras pas –, c'est pourquoi tu es partie avec lui. Enfin, plus exactement, pourquoi tu es *restée*. »

Il m'a posé la même question, mais je ne peux pas mentir à Naledi comme je lui ai menti à lui, ou à moi-même.

« Au début, j'ai pensé que je pourrais l'aider. Il n'avait jamais eu besoin de moi, avant. » J'évite de regarder Naledi, pour ne pas voir la compassion sur son visage. « Pourquoi je suis restée, c'est plus difficile de répondre. Parce qu'à certains moments, je le haïssais. Je voulais le livrer moi-même à la police.

Et à d'autres moments, pour l'empêcher de faire une connerie. » Malgré ma voix qui se brise, je m'oblige à aller jusqu'au bout. « Mais surtout, je crois, parce que c'était mon père, tu comprends ? »

Elle pose le menton sur mon épaule.

« Bon, ben maintenant que j'ai plombé la soirée, permets-moi de te dire que tu en mérites un meilleur. »

Je hoche la tête et je m'essuie le visage avec mes manches.

« Si je peux faire quoi que ce soit, surtout n'hésite pas, ajoute-t-elle.

– D'accord. »

La cascade du cinquième trou vient de s'éteindre. Dans le silence, la route paraît plus proche.

« On est obligées de jouer le dernier trou ? » je demande.

Elle ouvre le poing et lâche sa balle dans l'eau. « Oh zut. » Les poissons s'éparpillent. « On ne va pas pouvoir finir la partie. Quel dommage. »

Un klaxon retentit, je pivote sur mes talons. Je cherche des yeux la voiture de ma mère dans le parking. Pour la voir, assise sur le capot, agitant la main. Mais ce n'est pas elle. Ce ne sera jamais elle.

Je me tourne vers Naledi. « On rentre ? »

22

Nous autres « sans-patrie »

La tombe est petite, délimitée par un ovale de briques grises au milieu du terrain rocailleux, avec un biberon en guise de stèle. Un éléphant en peluche rose à qui il manque un œil gît dans la poussière, couché sur le côté. *Complet*, annonce un panneau à l'entrée du cimetière d'Alexandra. Malgré de récents travaux d'agrandissement, il n'y a déjà plus assez de place pour les morts.

Quand Lindiwe a appelé ce matin, je dormais encore, sur le lit trop court dont mes pieds dépassent dans la chambre d'amis de Naledi. Elle a laissé un message me demandant de la rejoindre au cimetière à onze heures. Paul pensait que j'aimerais peut-être venir, avait-elle dit.

En longeant le quartier de Standton par la N3, je suis passée devant le chantier de construction où doit s'élever la future gare du Gautrain[1]. C'était encore un dépotoir, mais une banderole suspendue entre deux poteaux promettait une ouverture en juin 2010. J'ai retraversé la rivière Jukskei, cette fois dans le sens

1. Train reliant Johannesburg à Pretoria.

inverse, et je me suis garée dans Pansy Crescent du côté de Marlboro Gardens. Il y avait trois cimetières à Alex, dont celui-ci, le plus éloigné de l'endroit où nous avions vu l'homme brûler. Paul l'avait-il choisi pour cette raison ?

Les tombes sont rapprochées les unes des autres, en rangées qui commencent à un mètre cinquante de la clôture et s'étagent jusqu'au sommet de la colline. L'herbe est clairsemée, jaune dans la lumière hivernale ; aucun arbre pour fournir de l'ombre. La sécheresse ressemble à une tache de thé. Entre les limites du cimetière et la rivière, dans un espace sans doute oublié des cartes, des milliers de cahutes brillent au soleil.

Au-dessous du cimetière, Alex fume. L'armée est venue la semaine dernière et les journaux télévisés ne présentent plus de foules dansant dans la poussière, brandissant des machettes. Les politiciens s'accusent les uns les autres d'avoir saboté le mouvement en prévision des élections de l'année prochaine. Le chef de l'AbM, Lindiwe debout à ses côtés, a employé le mot *pogrom* hier soir au journal télévisé. Je me demande si Paul l'a vu.

Il n'y a pas de gens endeuillés dans cette partie du cimetière. Les tombes sont dépourvues de stèles, distinguées seulement à l'aide de plaques numérotées fichées dans la terre. De longs numéros pour se rappeler des morts qui n'ont pas même droit à un monticule. Le lot 3 475 se signale par une bouteille de Coca de deux litres.

Lindiwe, dans une robe bleu vif, agite la main et vient à ma rencontre. Paul se retourne, lunettes de soleil étincelantes.

Je souris et accélère le pas dans la pente, serrant mon sac à main contre ma hanche. « Salut », dis-je, un peu essoufflée. La fleur blanche glissée derrière son oreille me frôle la joue quand elle me serre dans ses bras.

« Pas trop dur avec ton épaule ? demande-t-elle en s'écartant.

– Non. » Je secoue la tête. « Ça ne me fait plus vraiment mal.

– Tu as bien meilleure mine, d'ailleurs. » Elle passe son bras sous le mien et on remonte vers Paul. « Merci d'être venue », dit-elle encore. Un ibis hagedash se pose un peu plus loin, mais ce pourrait tout aussi bien être un vautour.

« Pas de problème. Je suis contente de te voir.

– Moi aussi. »

Paul, en jean noir et polo vert sombre, est debout devant une tombe qui ne porte pas de numéro.

« Qu'est-ce que vous faites ? » Je suis tournée vers Lindiwe pour que le vent ne porte pas ma voix.

« On honore la mémoire de notre père. » Elle me regarde. « Tel qu'on veut se le rappeler, et pas comme il aurait pu être sur ces photos. »

Lindiwe va se tenir d'un côté de Paul, moi de l'autre. Elle lisse un pli de sa robe, attendant que l'un de nous trois prenne la parole.

« Bonjour, Jo. » Il enlève ses lunettes de soleil et les accroche au col de son polo.

« Bonjour. » Je me tourne vers lui. La lumière est derrière moi.

Il s'avance et me passe un bras sur les épaules. « J'ai pensé que tu devrais être là. » Son cou sent le savon.

Des éclats de verre, bleus et verts, dessinent un vague motif dans la terre.

« Comment ça va ? je demande.

– Est-ce que j'ai trouvé ton père, tu veux dire ? Dans ce cas, mal. » Il lève les yeux. « Mais si tu parles de moi, je vais mieux.

– Tu as bien raison de marquer la distinction, grand frère. » Les bracelets d'argent de Lindiwe descendent sur son avant-bras presque jusqu'à son coude, pendant que, la main levée, elle attend en vain qu'il tope. « Regarde vers l'avant. »

Il sourit. « Elle n'a que cette phrase à la bouche maintenant. C'est ta faute, Jo. »

Lindiwe tire la langue. Elle contourne la tombe et s'assied par terre en face de nous, jambes croisées, son sac sur les genoux.

« Pas étonnant que Danie ne se soit pas montré. » Paul fait rouler une pierre sous sa chaussure. « Patience était morte depuis au moins quarante-huit heures, le légiste n'a pas pu être précis. » Un oiseau plane, mince trait noir au-dessus des tombes près de la clôture. « On a interrogé le brigadier, mais il n'a pas été en mesure d'identifier le quatrième homme sur les photos. Ou il n'a pas voulu. Quant aux archives de la Koevoet, elles ont été détruites il y a longtemps. Tout ce qu'on a trouvé au lodge, c'est un sac de krugerrands caché dans le mur à l'intérieur de l'une des cases. Pour une valeur d'environ dix mille dollars. »

Voilà pourquoi il m'a emmenée là-bas.

« D'autres trous avaient été percés à côté, continue Paul. La mémoire se perd, apparemment. »

Il y a un mois, l'image de mon père creusant un mur sans parvenir à se rappeler, tant d'années plus tard, où il a enfoui son trésor m'aurait peut-être paru insolite ou amusante. À présent, je n'y vois qu'un geste désespéré qui me répugne.

« C'est une impasse, on dirait, déclare Lindiwe en plissant les yeux dans la lumière.

– Je suis désolée, dis-je. Tu veux que je fasse autre chose ? »

Paul me fait taire d'une main. Il y a de la corne au bout de ses doigts. Est-ce qu'il se serait mis à la guitare ? « Non, répond-il. Ça suffit.

– Oh. »

Il sourit. « Mais merci d'avoir proposé. » Il lève son visage vers le ciel, les yeux fermés. « Autrefois, je pensais qu'il devait y avoir une raison à son enlèvement.

– Pourquoi ? » J'ai la voix enrouée. « Pourquoi fallait-il une raison ?

– Parce que sinon, l'horreur peut surgir à n'importe quel moment. La moindre décision, comme sortir acheter du dentifrice, risque d'entraîner la mort. Tout n'est que hasard. » Il secoue la tête. « C'était insupportable. »

Je revois l'homme à quatre pattes sur la terre, prisonnier du pneu embrasé.

« Mais c'est comme ça en Afrique, conclut Paul.

– C'est comme ça partout, dit Lindiwe en remontant ses genoux contre sa poitrine. C'est la vie.

– *Ja*… Je sais. » Il baisse les yeux.

En haut sur la colline, des femmes chantent. Leurs voix s'appellent et se répondent lentement. Un chant funéraire.

« Bref, lâche Lindiwe.

– Bref, dit-il à son tour. On a voulu choisir un lieu où se rappeler notre père ensemble. »

J'avale péniblement ma salive. « Pourquoi Alexandra ?

– Ça nous a paru un bon endroit. » Il effleure ma main, et je comprends que, par ce choix, il honore aussi la mémoire de Dakarai Tshuma.

Lindiwe tapote la terre. « On s'est dit qu'on allait emprunter cette tombe. Personne ne s'en occupe de toute façon. » Elle ouvre son sac et en sort un gobelet rouge et une petite pelle.

« Tu veux bien aider ? » Paul s'accroupit, les yeux levés vers moi. J'acquiesce. « Merci. »

Il commence à rassembler des pierres. Je pose mon sac et je ramasse des cailloux plus petits que j'entasse dans mon T-shirt. Lindiwe fredonne en façonnant un monticule à la tête de la tombe. Quand j'apporte ma contribution, les yeux de Paul s'arrêtent un instant sur mon ventre pâle qui apparaît au-dessus de ma ceinture.

Je m'agenouille à côté de lui et vide mon T-shirt. « Pour remplir les espaces. »

Ensemble, nous traçons une épaisse ligne de pierres autour de la tombe. Lindiwe, à quatre pattes, plante le gobelet dans le monticule après y avoir mis des petites fleurs en verre montées sur du fil de fer. Puis elle s'assied sur ses talons, chantonnant doucement en zoulou, et range la pelle dans son sac.

« C'est bon, déclare Paul, les paumes grises de terre.

– Oui. » Lindiwe tend les mains vers lui pour qu'il l'aide à se relever. Elle prend la fleur glissée derrière son oreille et la respire. « Pour Vusi Peter Silongo », dit-elle en donnant la fleur à Paul.

Je me redresse. « Vous voulez que je vous laisse ?

– Non, répond Paul. Reste. » Il se penche en avant et pique la fleur dans le gobelet.

« Pour Vusi. Dans son dernier repos. »

C'est leur monument aux morts.

Pendant que Lindi et Paul s'attardent à côté de la tombe, je me dépêche de retourner à ma voiture, le rapport de police concernant l'accident de ma mère dans mon sac. Je n'ai pas pu déchiffrer le visage de Paul quand il me l'a remis. Il l'a sûrement lu, mais n'a rien laissé paraître. Pour contenir mon impatience, je compte les pas qui me ramènent vers le parking. Dix jusqu'à la tombe marquée par la bouteille de Coca. Quarante jusqu'à l'éléphant en peluche. Je suis essoufflée. Pour la première fois depuis la nuit à Alex, je perçois les effets de l'altitude. Cinq pas jusqu'au portail.

J'actionne la clé à distance de la voiture. Encore onze pas. Je m'assieds du côté passager, mon sac sur les genoux, et je verrouille la portière.

Le rapport est mince, quelques feuillets seulement, dans une chemise cartonnée marron.

Je pose mon sac sur le siège du conducteur et je regarde l'heure au tableau de bord. De gros traits verts qui indiquent : 12 : 08. J'attends que le huit se change en neuf, puis le zéro en un. Quelques secondes après 12 : 10, j'ouvre la chemise.

La première page porte un numéro à sept chiffres dans le coin gauche. En dessous, je vois six cases à cocher et une croix, décentrée, dans la case *Fatal*.

Les larmes me montent aux yeux. Le rapport précise la date, le jour de la semaine et l'heure de l'accident. Il y a eu une sortie de route, la case *Tonneau* est cochée. Elle se dirigeait vers le sud. Elle rentrait chez nous. Son nom, le numéro du permis de conduire du conducteur, la date de naissance, notre adresse : toutes ces informations rédigées par la main d'un étranger me révulsent. Vient ensuite un tableau, dont seulement la première ligne est remplie. La police a noté qu'elle avait trente-trois ans, qu'elle était assise sur le siège avant droit. Qu'elle portait sa ceinture de sécurité. Dans la colonne *Blessures* sont inscrits deux codes à deux chiffres. Je saute la marque du véhicule, le numéro de série, l'assureur, pour chercher la légende des codes. Là, en bas à droite de la page… Le premier signifie que les blessures visibles étaient localisées sur sa tête ; le deuxième, *Tuée – poitrine*.

Mon mascara me pique les yeux. Je tourne la page. Le policier qui a constaté l'accident l'a dessiné au dos selon les indications : un trait plein pour représenter le trajet avant l'accident, en pointillé après. Je suis du doigt le trait plein, les derniers moments de ma mère. Juste après la sortie Louisa Road, à l'endroit où la route amorce plusieurs virages, la voiture a dévié de sa course et mordu sur le terre-plein central. Elle a réintégré sa file – le trait passe en pointillé à partir de là –, mais est partie du côté opposé, jusqu'à quitter la chaussée. Sous le diagramme est notée une brève description de l'accident. La voiture a dérapé sur l'accotement, percuté un muret d'un mètre de haut et s'est retournée.

Pourquoi a-t-elle fait une embardée ? Était-elle fatiguée ? Est-ce que je l'avais réveillée la nuit précédente, pour lui raconter un cauchemar ? Ou bien je m'étais levée trop tôt, j'avais écouté ma musique trop fort ? J'ai envie de retrouver ses collègues, de leur demander si elle leur avait paru différente ce jour-là. Mais personne ne se souviendra de tels détails. Même moi, j'en suis incapable. Je pose le rapport de police sur le tableau de bord.

Je regarde ensuite la première page du rapport établi par le médecin légiste. Il a indiqué les blessures sur deux dessins figurant un corps humain asexué, de face et de dos. Je les couvre de la main. Ils sont anonymes ; ils n'ont rien à voir avec elle. En dessous, il y a encore un tableau.

Je ferme les yeux. Sa mort n'avait rien d'aussi organisé ; des cases à cocher et des colonnes ne peuvent rendre compte de ce qui lui est arrivé ce soir-là, ni de tout ce qui a suivi.

Sous le titre *Causes probables de la mort*, le légiste a tapé : *Traumatismes contondants multiples au thorax et à l'abdomen avec section de l'aorte*. Les mots se brouillent et dansent devant mes yeux, vides de sens. Une larme tombe sur la case *Autorisation de crémation*, l'encre de la croix bave. Au verso est dressée une liste détaillée des blessures, parmi lesquelles je ne comprends que le terme *hémorragie*. Mais en bas de la page sont notés les résultats du bilan sanguin. Le taux d'éthanol post-mortem était de 0,2 g.

Elle avait bu.

J'entends la voix de mon père, soûl à la bitter quand on est sortis du pub à Londres. « Ta mère est parfaite parce qu'elle est morte. »

J'ai hurlé : « Non, elle est parfaite parce qu'elle est *restée* ! » Et je l'ai laissé se débrouiller pour retrouver son chemin jusqu'à la station de métro.

À présent, je pense à toutes les bières que mon père s'est enfilées dans sa vie. Si seulement ç'avait pu être lui. Je froisse avec rage le rapport du légiste et le jette sur le siège du conducteur. Je pleure bruyamment, pliée en deux, les oreilles bourdonnantes, la poitrine secouée de sanglots.

Mes larmes mouillent le reste du dossier sur mes genoux. Je les essuie et cligne des paupières pour m'éclaircir la vue. J'ai sous les yeux la déclaration d'un témoin, un court paragraphe dactylographié, signé par un certain Gareth Bruyn. Mes mains tremblent en tenant la feuille.

Aux alentours de 18 h 45, je remontais vers le nord sur la M45 [Great North Road] en direction de Kempton Park. Une Toyota bleue qui venait en sens inverse a fait une embardée sur le terre-plein central. J'ai klaxonné. Elle est revenue sur la chaussée, puis a dévié jusqu'à l'accotement, a heurté un muret et s'est retournée. Je me suis rangé, j'ai appelé une ambulance [enregistré 18 h 48] et je me suis précipité pour secourir la conductrice. Elle ne respirait pas. J'ai arrêté la première voiture qui est passée en direction du sud [cf. témoin Jodie Booth, déclaration 4673398b], nous avons sorti la victime et nous avons essayé de la ranimer jusqu'à l'arrivée de l'ambulance.

La signature est clairement lisible, la queue du *y* contournée.

Je cherche la déclaration du deuxième témoin, mais elle ne figure pas dans le dossier. Jodie Booth, Gareth Bruyn. Pas de Gideon van Vuuren.

Mon père m'a menti, encore. Je ne sais pas si je dois être déçue ou soulagée.

***

Je rentre chez Naledi par le chemin le plus long, en prenant la R25 jusqu'à l'aéroport international Oliver-Tambo et la Great North Road en direction de Benoni. C'est la route sur laquelle elle est morte.

Paul et Lindi me suivent à quelques voitures de distance. Naledi nous rejoint là-bas.

La circulation est ralentie à cause de travaux d'élargissement en prévision de la Coupe du monde. Une des voies a été fermée. Des hommes en dossards orange vif s'activent entre des camions arrêtés sur le terre-plein central. Le nouveau goudron est noir et lisse. Rien n'y a encore été écrasé avant de parvenir à destination. Un panneau lumineux annonce le temps de trajet jusqu'à la N12. Vingt minutes.

Sur le siège à côté de moi, il y a des photos de ma mère que Lynda m'a envoyées, avec un message disant : *L'amour, c'est proposer de faire la vaisselle.* Je les regarde pendant que je suis à l'arrêt. J'ai envie de voir son visage, de me la rappeler telle qu'elle était, non pas comme une succession de cases à cocher et de termes médicaux. Le premier cliché la montre debout sur une pelouse de l'université du Wits, brandissant une pancarte tournée à l'envers. Sur un autre cliché, on la voit dans un sit-in, en train de passer une cigarette à un étudiant.

Elle sourit à l'objectif en soulevant son T-shirt pour montrer une plaie de la taille d'une balle de cricket sur son ventre, à gauche de son nombril. Du sang perle sur les bords. Je me rappelle avoir caressé du doigt cette cicatrice, la peau douce et rose, à l'endroit où la balle l'avait effleurée.

Elle est couchée sur un lit de camp, enceinte, elle dort. Il y a des bougies et une boîte de fruits en conserve ouverte sur la table de chevet. Dans le miroir au-dessus du lit, je vois les épaules de mon père. Son visage est caché par le flash.

Les voitures qui me précèdent commencent à avancer. Je pose les photos sur le tableau de bord, pardessus le rapport de la police, et je change de vitesse en me penchant en avant pour lire les panneaux sur le portique. Louisa Road n'est plus qu'à cinquante mètres. Je change brusquement de file pour prendre la sortie. Un peu plus loin, je m'arrête sur le bas-côté en allumant les feux de détresse, j'attrape mon sac et je descends de voiture dans la lumière éclatante.

La route file en pente douce, sinuant au travers d'un grand champ noir. Elle n'était qu'à dix minutes de la maison. J'ai dû dormir chez Naledi ce soir-là. En m'approchant de l'herbe calcinée, je me souviens que chaque fois qu'elle était en retard pour venir me chercher, j'imaginais sa voiture retournée entre des arbres, une roue tournant encore, l'essence et le sang mêlés en une flaque sombre. Son corps gisant parmi des grenouilles écrasées et des serpents. Et puis, un matin, la mère de Naledi, en larmes, m'avait annoncé que c'était arrivé pour de vrai.

Paul toussote derrière moi pour m'indiquer qu'ils sont là tous les deux.

Je m'accroupis au bord du champ. Il n'y a aucun signe, pas de monument. Rien d'autre que les chemins du feu dans le veld, tels une lithographie à l'encre noire. C'est suffisant.

Je ramasse une poignée de terre et je la serre dans ma main.

Remerciements

Merci à ma mère, Lise Roode, qui garde foi en moi, qui a lu toutes les versions du manuscrit et s'est montrée si généreuse de sa personne depuis vingt-huit ans.

Merci à Jamie Knight, qui a cru en moi, m'a témoigné sa gentillesse et m'a distraite avec sa franche altérité, son fer à souder et ses T-shirts dinosaures. À Renée Hložek, pour sa sagacité, ses messages d'amour et d'encouragement, son usage inventif de l'afrikaans. Où que nous soyons, grâce à elle, je me sens au pays. <3 à vous deux.

À Claire Urwin, lectrice attentive et auteure stimulante, dont l'amour et la confiance en ce roman m'ont épaulée, y compris durant les moments les plus difficiles. Pour elle, je veux bien faire semblant d'admettre que la reprise de *Hurt* par Johnny Cash est meilleure que l'originale de Nine Inch Nails.

À Sarah Chandler, Hannah Dedman, David Hiles, Clare Hodder, Medi Jones, Mila Roode et Jessica McNeill, pour leur assistance et leur amitié. À la F.A.

À tout le monde au Centre de création littéraire de Manchester University, particulièrement M.J. Hyland et Geoff Ryman, pour m'avoir laissé l'espace et le temps d'écrire. Et pour leurs délais de remise.

Un grand merci à Elinor Cooper pour son aide précieuse au cours des révisions. Travailler avec elle a été un plaisir, même si elle a anéanti mes espoirs secrets de parvenir à une première version publiable. Et à tous les membres de AP Watt pour leur soutien.

Et enfin, un énorme merci à mon éditrice infiniment encourageante, Margaret Stead, à James Roxburgh, Louise Cullen et tout le personnel d'Atlantic qui m'a prodigué réconfort et conseils, et à Clara Finlay qui m'a appris à maîtriser l'outil « suivi des modifications ».

Table
et notes explicatives

pca
cmb
édition pré-presse
livres numériques

44400 Rezé

Achevé d'imprimer en décembre 2016
sur les presses de Normandie Roto Impression s.a.s.
à Lonrai (Orne)
pour le compte des Éditions Payot & Rivages
18, rue Séguier - 75006 Paris
N° d'imprimeur : 1605402
Dépôt légal : décembre 2016

Imprimé en France